MU DUO

木铎

李一清◎著

作家出版社

祖父敲击的锣声、喊住的锣令，却与曾、高祖父们不同。他深厚的旧学功底，能把各种锣令编成韵文，歌呼鼓吹，朗朗上口，能把每一下锣声都敲响得似字字珠玑、沉厚雄浑，仿佛来自江心波涛，又使他想到在私塾里正领读的四书五经。每当锣声响起，锣令传来，嘉陵江边的这个小村，除却一派往日的祥和安宁外，更凭添了几分风雅典籍，浓浓古韵。土地、道路、溪流、村庄、屋舍，在锣声响起时如一册册、一页页被打开的经典，如同书中方正的象形码字，僵化但却组合排列得极其有序……

李一清

生于 1956 年，籍贯四川西充。现为四川省作家协会副主席、南充市作协主席、国家一级文学创作，享受国务院特殊津贴。

上世纪七十年代后期从事文学创作，主要作品有中、短篇小说集《山杠爷》、《傻子一只眼》，长篇小说《父老乡亲》、《农民》，电影文学剧本《抬头是天》等。作品曾两度获四川文学奖。根据《山杠爷》改编的电影和同名戏剧，分别获全国多项大奖。

第一章

在里村，除了祖母、七公和宽叔几位当年的见证者，没有谁还会知道木铎——它的功能，它所使用的年代，它所选用的材质，它所发出的声音和声音弥漫在村庄上空的色彩。

为此，他对它有过无穷的想象，结果愈想象愈离奇，因而就更让他着迷了。曾经有一段时间，木铎夜夜在梦中出现，形状有时像县衙上的惊堂木，有时像法师手里的令牌，有时像和尚诵经敲打着的木鱼，有时像更夫的梆子，有一次竟像古代大臣们上朝时手握的朝笏。还像些什么？他记不清了。每次醒来，他都会睁大眼睛，听门前的嘉陵江静静地流成荒老，寂寥的里村在黑暗中驶向更深的寂寥……睡在隔壁的老祖母，要么呼噜延绵，要么像躺进了棺材悄无声息，更多的时候是在支离破碎地梦呓，于不经意间，暴露了不少他渴望了解到的秘密。这些秘密不但关乎祖母，关乎里村，更关乎他们家和整个家族！散碎得像满天星斗，连缀起来竟是生命的长河。

——长河如同时间，总是流向未来。如今，他却要溯流而上，去寻找曾经跋涉过的足迹。

江上要修电站，坝址在里村下游那弯弓流处的浅滩，里村和上游两岸大量的村庄，即将被远远迁徙。为此，祖母让七公和宽叔捎来口信，要他务必抽出时间，为这个注定要四处散落的家族，编写一本谱书，以便族人们远迁时各自带走。他明白老人们用心良苦，不过没有立刻答应，修谱很麻烦，虽然家谱是历史的重要组成，盛世修谱又渐成时尚。

谁想就在七公和宽叔离去的当晚，他梦回故乡，梦到小时候曾见过的祠堂、古墓和那棵老树！在祠堂门口，还看见了一位清癯长者，貌相庄严，渊渟岳峙。他忘了问老者该怎样称呼，却好奇地一味向他打听，祠堂始于何年修造？长者说，很早，在三世祖吧。说完，便径直带他去看那座古墓——世代相传中三世祖的坟墓了……

在那道隆凸的短冈上。短冈蟹钳似的向两侧伸出，中间洼地里的里村，便极像被人的双臂环抱着。面朝东方，大片斜伸出去的田野，直插进那条叫嘉陵江的大河。古墓高大巍峨，西北向，墓前老树枝撑柯架，冠盖浓阔，将古墓和一大片土地遮断了。过去，他一直想不明白，里村墓地里所有的坟头，为什么都朝西北望，安葬的只要不是女性，墓碑上的镌刻面又一律郡望陇西？陇西在甘肃，这跟里村李氏有什么瓜葛？他们的入川一世祖可是来自湖广呀！长者指给他看古墓两侧的墓联，告诉他都出自四世祖的手笔。三世祖在祠堂建成后不久病故了，儿孙们在他坟前栽下了直长到今天的这棵大树。那位四世祖也是一棵大树。他重教育、兴礼仪、定族规，是治才也有文才。这副由他撰写的墓联，品格高致，内中似有禅机：远水曾经家下过，白云飘去又回来。他不觉读出了声……

梦醒了。

他感觉蹊跷，便在一个星期天回乡下去问祖母，竟被告知梦中的长者，恰是家族中最了不得的传奇人物，为常听人谈论的二先生！听七公和宽叔讲，二先生在出家前曾续修过族谱，由时任族长的天昌爷保管，可惜在那场抄家中被烧毁。二先生第一次出现在他梦中，绝非偶然，他突然觉得修谱很有意义，便决心把谱书的编写结束在里村搬迁之前，让族亲们带着它各自上路。那样他们就不会忘记自己曾经从哪里来，现在向何处去！

这样，每到周末和寒暑假，他便会赶回里村，为谱书的编写搜集整理资料，也正好多陪陪祖母。祖母太老了，她时而自语年过九旬，时而又称已满百岁。祖母拒绝到城里居住，且身体尚还健朗，又有族亲们多所照顾。里村没有谁能活到她这等高寿，今人没有，据说自一世祖填川以来也绝无仅有。她无疑是里村的活字典，正是在这本活字典里，他知道了木铎，还知道了他们家有几代做铎人的经历。

铎人不是专门的职业。铎人种田，跟家族中的男人们一样，只有族中有重大事体，需要聚集或告知族人时，铎人才会秉承族长的旨意，丢下农活去击铎传令。如果天下不很太平，铎人也会按族人要求，持铎巡夜，维护治安。铎仅用来报警，绝不可以打更，铎人不是更夫，木铎更不比梆子，它的功能颇类似法器。

铎人须经严格挑选，得到家族的肯定与认同。他们要忠厚诚实、慈仁信守，更无行为不端，最好还能识文断字。铎是庄严神圣的，绝不是谁都可以把持的！

如此，他应该为自己出生在铎人世家而自豪，何以木铎会带给他灵魂的震撼和持久的疼痛呢？这缘于铎在祖父和父亲心中的分量，以及铎对他们性格和命运有形无形的影响！父亲是里村李氏家族的最后一代铎人，他在自戕前曾最后一次敲响木铎，谁知死后木铎竟不知去向。

不过，他更关心木铎何时在里村出现，这样寻找才更能逼近真实。他问过祖母、七公和宽叔，可谁都说不清楚。他仅能凭梦中二先生所言推测，木铎应该诞生在四世祖时代，因为相传在四世祖之前，三代祖宗都是文盲。

铎，对于这个家族的影响和改变，至关重要。

这就不能不说到入川一世祖了。据说他离开湖北孝感一个叫高石梯的地方，是在一个古老而年轻的清晨！没有谁看见过那个清晨，那时天空比现在更显汪蓝，太阳圣洁得像刚出生的婴孩。

一世祖在带着妻儿上路之前，祭扫了祖茔，跪拜了神龛，族人和所有能来的亲友，聚在一起吃了顿团圆饭。临动身的头天夜里，他和老父亲在庭院中整整坐了一宿。这一宿父子俩有过太多的祝福和叮咛，又好像什么话也没有讲，后来天就亮了，妻子抱着儿子，母亲牵着弟妹们出现了。一世祖发现母亲和妻子的眼睛里都布满了血丝，弟妹们眼巴巴地望着他。从前爱早哭的儿子，此刻在妻子的怀中异常安静，童蒙未开的他，似乎也意识到这个清晨非比寻常。一世祖看父亲母亲，看他的弟弟妹妹们，他们也在看他，看他的妻子和儿子，好像彼此要把对方刻在心里。

后来一世祖不看他们了，一个人走到井台边，打了桶水。他蹲下身去喝水，不像往常大口地吞，而是小口呷着，直到他站起身来时，喉咙里才发出咝咝声，好像这个早晨的井水突然变得太甘甜，爽冽得使他喘不过气来。

一世祖夫妇告别父母亲友，离开家，走过州县，跨越省界，一直进了四川。接下来还是走，不停地走，后来又沿着一条叫不出名字的江边继续走，最后才到了现在的里村，一个他们从未见过的非常荒芜凄美的地方。他们将留在这儿创业，这片陌生的土地即将会成为他们的第二故乡！

这一路上他们并没有像世代传说的那样被官方押解，人和人用绳子串联，像糖葫芦一嘟噜一嘟噜的。最早的移民大多是自愿填川，官方只是动员。移民的范围也不仅限于湖广，还涉及江西、福建、陕西、云南等十多个省份。按官方的宣传，由于剿灭张献忠之乱，天府之国连年灾荒战乱、瘟疫流行。直到康熙三年战乱终于平息时，已是城镇遗废，市井摧残，间无炊烟，千里沃野正待开垦，任由人去圈占。何况官方还发路费，并提供种子、农具、耕牛，以及多少年内免征赋税。土地的诱惑于农民无法抗拒，尤其是那些地亩严重缺少，生活又已陷入极端穷困的农民，填川就成了他们的自愿！虽然此去关山险阻，虎狼当道，生死未卜，但也强似坐穷桑梓，衣食艰难。那些踌躇满志、敢冒风险的年轻人，把填川看成是他们今生创业的绝好机会，于是便踊跃报名，逢人就宣讲那道后来在中国历史上最为有名的诏书：《康熙三十三年招民填川》，其喜滋滋的模样，仿佛他们这是“奉旨填川”，是去做钦差。

一世祖应该也是那样一位青年。在选择去填川之前，他似乎还应该对他的父母和亲友们说过许多豪言壮语。在他的肩上应该压着一副担子，里面装着此去千里路上必不可少的东西，包括锅碗瓢盆。年轻的一世祖母背着孩子，手挽粗蓝布包袱。古道。黄昏。酷暑。骄阳。凄风。冷雨。他们总在这样的画面里进进出出，画面也总在不断切换、重复、延伸，头顶依旧月升日降，而故乡却是渐行渐远……

现在他们看到了另一幅画面：一道隆凸的短冈，蟹钳似的朝两边张开，中间留出一块平坦的洼地。短冈的背后是迂缓向上的斜坡，尽处高成一座山峰，苍黑的树林像下雨天低垂的云翳，洼地前横亘着大片的土地，被蓬蓬荆棘和乱草深深掩埋，时不时还能看到兔走狐蹿。一丘荒田里还插着一张犁，露出的犁辕，木质糟朽得像死人从坟墓里伸出的手臂，土地就这样一直到伸进长满苇蒿树林的滩涂，才被一条大河阻断。那条大河是他们后来才弄清了的嘉陵江，她发源于西北秦陇的嘉陵谷，在千山万壑中，初时蛮腰细瘦，步履轻盈，流经到这段时早已涛声翻滚，不尽的丰腴肥阔。两岸山峰排列，林木蓊郁，江水都被映成墨绿了。

随后他们又花了整整两天熟悉周围的地形地貌，先看了洼地后那道隆凸的短冈，最后缓缓爬上那座高黑的山峰，结果却怎么也钻不进茂密的林子。

那是他们在老家从未见到过的森林！树都柯杈交搭，拔地参天，结合着年代久远与宏大庄严。树下生长着矮粗的灌木、削劲的茅草，以及沿灌木向上攀缠的古藤，很多树都被藤压塌了，有的枯死，更多的又长出新芽，树叶很厚地铺着，上面落满白花花的鸟粪和野兽凌乱的踪迹。那一刻林子里静如虚空，听不到鸟鸣和任何一点声响。一世祖对年轻的妻子说，他要用这山林中最粗最直的树做栋梁，在山脊下那块洼地里盖最高最宽敞的房子，他说这样大的山林，足够他的子子孙孙们世代享用。一世祖还想说点什么，忽听林深处传出几声虎啸，震得整座老林子抖动起来，夫妻俩这一刻惊得毛发倒竖。

第二天清晨，他们顺江边走，在下游那弯弓流处的浅滩，见到一圈烂掉了的绳子，不是粗麻，而是耐水泡的竹篾。在上游他们还看见了一重断崖，崖壁上有开凿的痕迹，上面被踩出深深浅浅、密密麻麻的脚窝，夫妻俩判断，这两处都曾经有过纤夫拉船，篾绳和脚窝因他们留下了，但现在这条江上，却望不见一艘行船，更别说有拉船的纤夫。再后来的某一天，他们在更远些的下游，看到一座废弃的码头，停靠着几只木船，都无一例外地朽掉了。码头上是一爿小街的废墟，处处可见焚烧后焦黑的痕迹，以及一具具白森森的骷髅呈现出的各种恐怖的姿势。

若干年后，那座废弃的码头得到恢复，就是今天的里镇。江上的船只木排多起来了，上广元、下重庆，你来我往，如过江之鲫。运载的货物有木材、桐油、布匹、盐巴、烟叶、木炭，还有畅销外地盛名已久的本土丝绸，船只在这里集散停靠，码头帆樯如林，镇上勾栏瓦舍，繁荣兴旺得连顺庆府也不及。拉船的纤夫，在很多年前一世祖夫妇看到的那道浅滩和断崖处被人踩出的脚迹上赤裸匍匐，船头上的艄公喊着号子，扳船的船夫划桨应和，这些号子后来经过搜集整理，曾一度唱彻大江南北。还有一首在抗战时期也非常有名的歌曲——《在嘉陵江上》，当时四川是大后方，嘉陵江又是大后方的大后方，不少沦陷区的难民都流落到这里，那首歌表达的就是他们的心声，被一个叫小小陈圣谕的女子唱得活色生香。

祖父一生中最浪漫的故事也发生在里镇，是在民国初年。老祖母至今也没有忘记那个据说是江浙绸缎商人的小妾或是姘头，就在昨天夜里，她的名字还重复出现在老祖母梦呓般的喃喃自语中。他在隔壁不仅听到了，而且听得十分真切，末了听祖母骂了一句：

“嗳，那个骚小白兔儿!”声音里有那么一丝爱怜，尾音还上扬的，真倒不像是在骂了。

据说在这个清晨，入川一世祖夫妇把孩子锁在临时搭建的窝棚，然后就出门砍芭茅了。芭茅已谢了花絮，像一杆杆乏降的小白旗，他们安顿在嘉陵江边的这片土地，节令已到深秋。一杆杆小白旗很快就被插到已相中的土地周围，像动物在撒尿占据地盘，他在前面跑着插占，一世祖母跟在后面递送茅秆，夫妻俩都累得气喘吁吁。一世祖还嫌年轻的妻子不够利索，不时回头骂几句脏话，女人毫不介意，喜颠颠的，好像多亏男人那些脏话才把她骂舒服了，只在偶尔抬头擦汗时，她才肯斜一世祖一眼，嗔怪道:

“哼嗯，急啥呢?这四下荒无人烟，怕有谁跟你抢了!”

一世祖愣了愣，又警惕地望望四周，随即就用手去拍脑袋，嗬嗬地大声笑着。笑声传达出拓荒者的心情，远处回荡开铜质般的嘤嗡声，像天上撒下哗哗的铜钱雨。听女人这么说，一世祖就开始不慌不忙地插茅秆了，悠闲得像在散步。

在多年前的那个秋天，像他这样插茅圈地的还有大量拥入四川的其他移民，只是相互距离远，彼此不知。这就是有关清初那场移民的插茅圈地，又叫插占。

一世祖当年究竟插占了多少地，现已无从考证。不过有一点可以肯定，他边插占边在心里盘算，现在一个儿，老婆还能再生几个儿，这些儿们又能给他生多少个孙，孙们又能再给他生多少个曾孙……数字成几何倍增长。而每一代每一房，究竟要种多少亩土地，才能确保衣食无虞?数字也是成几何倍增长，他算得昏天黑地头晕脑涨，最后他不算了，坐下来吸旱烟，想，管他们呢，管他什么曾孙辈、玄孙辈，再往下什么孙辈呢，儿孙自有儿孙福，做始祖的可不想谋虑那么长远!这样想归想，他却没舍得再多坐一会儿，在鞋帮上磕磕烟锅，起身抓过茅秆，一边吆喝女人，再接着乱插一气。

现在放眼望去，他拥有的土地简直无边无际。他会情不自禁地拿它比较老家那点可怜的田土，感觉就是一枚小钱跟无数大锭的金元宝了!填川选择对了，在老家他是穷人，到四川他就成了地主，而且还是了不得的大地主。

这要是在老家盘下，得花多少银钱？耗费多少代人的精力？又会惹下多少人垂涎嫉恨？虽说填川老大艰险，但艰险得值当！

他终于停止插占了，那时已是夕阳西下，无限斜晖涂抹到他刚刚圈占的土地，被阳光涌卷着的漫漫苍黄，即将是金色的麦峰稻浪，如云翻滚，高接天齐。浓郁的生荒腐败，曾经令他这个骤然闯入的人差点窒息，现在那气息里突然溢满了粮食的香气，他不由得张大嘴巴深深地呼吸。有一瞬，他看了看后来才知道的嘉陵江，壮丽得分明就是一条用金子和翡翠铺垫的大道，这样的大道只配出现在天堂。他真想马上呼喊着奔跑过去，也在上面插占，那样，他和他的子孙们拥有的就不只是土地、山林，还有江河。

接下来是辛勤地开垦，要好不容易才能清理出一小块土地，他们片刻也没有停止，直到有更多的地可以耕种。那时秋光已见迟暮，夫妻俩用官家提供的耕牛、农具和种子，开始了在异地他乡的首轮播种。

一世祖扶着犁，挥动鞭子催赶拉犁的牛，一世祖母在后面缓缓跟随，把种子与肥料丢进刚翻开的犁沟。俯仰交替，样子极像在老家的神龛前跪拜祖宗。今天，嘉陵江两岸的人们把种粮食不叫种，而叫“点”，“种”仅寓形劳动，而“点”带有那么点宗教的意思。

翌年，垦殖得到了丰硕的回报。当然，一世祖也没忘记另一种垦殖，渴望女人像一只会生蛋的母鸡，不停地给他生儿，生多少也不怕，因为他有多得吓人的土地，期待着有更多的儿孙们分享继承！那样，“奉旨填川”才更能体现出皇家的大政方略，他的生命因之也才会更加光辉灿烂。还有，女人如果不再生育，他们从老家带来的小儿子哪天要有个三长两短……入川一世祖的心，刹那间被巨大的恐慌紧攫着，仿佛眼前广袤的土地突然没了，他和女人死后的骸骨也没人收葬，像在江边废弃码头上看到的那一具具骷髅。他可不想千里迢迢到四川绝户，他要做入川始祖——这片土地上即将诞生的李氏家族的开山祖宗！两种垦殖意义同等紧要，甚而就是他生命的全部。然而一年过去，对土地的垦殖已初见成效，女人却颗粒无收，为此，他把相当多的时间和精力，都投放到对一世祖母的垦殖了。

夫妻俩开始煎服一种俗名叫箭猪子的草药，那是一种叶梢弯弓、四季都开红黑两色碎花的小草，老家才有，不多见，只生长在冷僻幽深的山谷，蛇蝎常出没的地方。这箭猪子是草药，却不治病，只作用于男女同房，事前女人煎服红花，男人将黑花煎食，不多时辰就都亢奋无比，激情丰沛。在老家，父亲禁止他采用，警告他切莫学那些不知羞耻的淫荡鬼，既伤身体，又注定多弄出些人口负担，占去原本不多的那点土地。然而这次一世祖填川之前，父亲却偷偷采来种子，藏匿到他的行囊，其用心与期盼不言而喻！他把那包种子撒播在由他亲手开垦出来的土地上，撒播在山坡河谷，它们很快就疯生疯长，开出了红黑两色的细小花朵，妩媚妖艳，直向着这对男女招摇、旎婳。

现在，箭猪子在里村早已见不到了，相传它绝种在四世祖手上。那位熟读圣贤的祖先，不知是担心有伤风化，还是虑及箭猪子会使里村的人口过快繁殖，便在某天请来巫师，一番作法，从此那种神奇的药草就死尽灭绝，至于它壮伟的功效，后来的儿孙们再无体验。

一世祖夫妇那时体验深刻，箭猪子把他们改造成了天底下最荒淫无耻的男女！夜里在居住着的窝棚，白天有时药力发作，就在野外，还时常到江边，那里绿草如茵，沙滩细软，不过要冒风险，因为偶尔会有老虎由那片老林子下山，带着几只小虎在江边饮水游玩。

七公和宽叔曾经见到过二先生修订前的那本家谱，上面记载二世祖无弟妹，无疑他正是入川一世祖从老家带来的那个也是惟一的男孩了。看来箭猪子并没有帮助这对夫妻，他们所有的努力全都白费，当然也不排除曾硕果累累，只可惜一个都没有成活，但这种可能性微乎其微。

最普遍的说法是一世祖母那几年太过颠沛劳累，从此落下不能生育的毛病。也有传说她死于老虎，有一天夜里，夫妻俩刚刚睡下，忽然就听窝棚外嘁嘁嚓嚓响。一世祖隔着墙缝，看见月地里有一只虎和一个女人！女人用手对老虎指点，老虎就扑上来，把门扒拉得哗哗响，一世祖是个力大胆大不信邪的主儿，当即找了根木棍，悄悄伸出墙洞，对准老虎的眼睛使劲一捅，老虎吓跑了，那个女人也倏忽不见了。第二天，从来不敢独自去江边的一世祖母，不知中了什么邪，她竟一个人到江边去洗衣服，结果就遇到老虎，被虎吃掉。至此一世祖才恍然大悟，他头天夜里看到的那个女人是伥！她当晚没能得逞，第二天肯定用了什么邪法。这故事到了祖母嘴里，老虎就变成了一只大红公鸡，也有女人，但不是伥。原来某天清晨，一世祖母在家做饭，那时她已身怀六甲，行将分娩，忽然门外来了个抱着大红公鸡的女人向她讨水喝。女人喝水后很感激，坚持要把那只公鸡送一世祖母滋补身子，一世祖母再三拒绝，那女人就趁她不备，放下公鸡悄悄走了。一世祖母发现去追，四下里竟无人影。祖母说，那女人是产后鬼，她送公鸡在物色替身。果然没过几天，一世祖母生孩子时，死于难产。

不管哪种说法可靠，二世祖是单传，并顺顺当当地长成大小伙子，像他父亲一样有力气，有胆量。此时虽移民的人多了，第二代已经长成，到处都有了点烟火生气，但女人仍十分紧俏。一世祖四处托人做媒，又花了一份不菲的聘礼，才终于为儿子娶亲完婚。儿媳妇也是填川移民的女儿，祖籍好像是广东，说话不大能听懂，但这丝毫也不影响她的生育能力，过门没几年，她就给他养了个白白胖胖的乖孙儿，就是后来的三世祖！

中国的很多家族，虽百姓爱幺儿，不像皇帝爱长子，但在名分排列上，却又都自觉不自觉地仿效皇家，位尊长者。在一个家族的谱系上，有资格被称为“世”的人，大多是这个家族的长房长子。比如三世祖，不管他弟兄几个，只因他排行老大，便取得了称“世”的资格。

现在，一世祖再也不用担心后继无人了，他相信在不远的将来，在由他亲手创建的这片土地王国里，将出现一个庞大繁荣的家族。他们环境安定，买山有钱，娱宾有酒；他们多福多寿，儿孙满堂，家支发达，香火长盛。毫无疑问，他做稳了他们的入川始祖，好比根，他们只是他这棵老树抽出的枝条，当然，他也是一颗被风吹来的种子，来自异地他乡更遥远的同一棵老树。

大半生的奔波操劳，把一世祖的身体累垮了，也落下不少病痛，正当壮年就过早地离开了人世。弥留之际他说了不少胡话，有很多地名人名是二世祖以前听说过的，他知道那是父亲的故土和家乡的亲人，对于二世祖只能是模糊而略带诧异的想象！他父亲自从填川后就再没有回去过，那些地名和人名总是经常被他提起，有时他还会爬上村后那道隆凸的短冈，朝一条向远方斜逸而去的纤纤灰白无语凝望，神情像落坡的太阳眷顾来路，直到眼神潮润，略带空茫。

二世祖操办了他父亲的葬礼。入殓时他请来了剃头匠，剃去了父亲脑后那根长长的辫子，又特意为他穿上了前明的服装，共七件，件件都大袖宽袍。这是一世祖临咽气前特别交代的，何况圣旨说了，对前明臣子，允许生降死不降，官府概不追究。

不知一世祖死后，灵魂有没有回归桑梓，也像他当年入川时千里迢迢？二世祖将来肯定是不会了，他暂时还没有故乡的概念，如果有，那一定就是眼前这块他厮守的已安葬了父母遗骸的地方！

第二章

三世祖娶了个丑陋的老婆，不枉丑得不能再丑。

传说中，这位三世祖长得比他父亲和祖父还要高大威猛，力大无穷，尤其食量惊人，一顿能嚼半升米的干饭，啃整条猪腿，喝三碗烧酒。他能背三五百斤重的东西，途中内急时蹲下去方便，完了再呼一下站起来时，身影多长，湿地就有多长。造屋时做梁木的马桑，大多是他一个人从山顶扛回。有次，不知怎的竟捉回家一只小虎，生剥了皮给二世祖做褥子，那时，虎患虽不及一世祖刚入川时猖獗，但村后那座老林，不时还能见到这些百兽之王的踪影。

三世祖的坟茔在兴办人民公社时被平毁了，掘出的遗骸果然骨骼粗大，差不多是今天正常人的两倍！组织平坟的人是生产队长七公，他也是迫不得已，因上级号召活人向死人要地。祠堂也是在那之后被拆毁的，当时参与拆除的人都在惊叹：说这样大的马桑从山里弄回，需要多大的蛮力！有人便谈及三世祖，赞叹他年轻时竟能独自扛动这样一根巨木。马桑木质细密坚硬，耐得水泡，不怕虫蛀，可惜现在遍布山野的马桑，都是矮丛的灌木，没有一棵长得像树。

许多年后，有一次他外出考察，在与二郎同名的一座大山里，见到了几棵勉强还够得上树的马桑，但也不过丈多高、碗口粗细。同行中有个自称是研究乔木的专家却拍着胸口保证，那几棵马桑少说也快千年了！他不由得想起了在老家祠堂见过的马桑梁柱，怕是史前就该有了的吧？他顿时对一世祖夫妇当年见到的那片老林，肃然起敬。

三世祖多像那样的一棵马桑！在他心目中，三世祖简直就是壮士豪杰！只是，想不明白的是，他何以偏就娶了个那么丑陋的老婆，而且像世代相传的丑到不能再丑？有关祖先的传闻总是版本繁复，惟独三世祖娶丑妻毫无争议，个中缘由也惊人的一致。

那时三世祖快到了结婚年纪。冬日农闲，里镇来了讲圣谕的，二世祖和三世祖都去听讲圣谕。他们不知道眼前的里镇，正是一世祖夫妇当初看到的那座废弃的码头。从康熙三十三年招民填川，移民到现在雍正年间了还不绝于途，四十多年过去，地上生息烟火，江面橹响船摇。逢场天或节日里，偶尔也会有圣谕先生来讲讲圣谕，或是几拨戏剧鼓吹，除了四川的，还杂以其他各省份的剧种，但大多是哪省人爱听哪省的俚调乡音，惟有讲圣谕，却是人人都要听的。

讲圣谕始于康熙初年，宣讲者得持有朝廷颁发的龙票，类似于今天的营业热照。能领取到这样一张龙票的人，必须按朝廷明谕严格挑选，不仅要具有较高文化水准，还必得口齿清楚，嗓音明亮，能将“六训”、“上谕十六条”逐条导译，再依韵文讴歌。拿到龙票的圣谕先生，赏最低顶戴，虽无俸禄，但所到州道府县，衙门不敢怠慢，除了为艺人搭台点灯，还要派差役维持秩序。

讲圣谕是说唱曲艺，一人多角，坐地传情，也无须乐器伴奏，其声腔韵味，颇多宗教色彩。二世祖和三世祖那天去得迟，漏掉了开台诗、献香诗、献表诗、迎神诗。台上那个上次来还戴着六瓣瓜皮帽的先生，今天戴了顶深青色的风兜，清洪声里，已把上谕十六条唱过多半了：

……

第十条戒匿逃以免株连

第十一条完钱赋以省催科

第十二条隆书院以敬名士

第十三条联保甲以灭盗贼

第十四条定衡度以公买卖

第十五条禁奸淫以肃风化

第十六条禁赌博以纯风俗

讲圣谕的先生那日兴致极好，一番讴歌完毕，在讲格言故事之前，又特别加唱了一段小曲儿，劝勉人戒酒色财气。

“……一卷书包定了唐虞商夏，一管笔写的是四路烟霞，一杯酒忘却了天地造化，一盘棋直下得铁树开花。甚也不想——跨雕马，甚也不想——着绸纱。说什么娇妻美妾，谈什么雪月风花，到头来一场空话。诸公不信留大驾，听愚下说几个古人比譬他：刘伶好酒今何在？醉死三年还阳来，一口酒气出棺材，冲死他妻丧阳台。刘伶之死为的甚？一个酒字害了他……”

谁也想不到三世祖这时会粗声发问，道：“讲圣谕的，那个什么刘伶，他一顿能喝几大碗？”

圣谕先生瞠目结舌，不知如何作答，三世祖又说了：“嗨！老子每顿喝三大碗，倒他妈越喝越长力气！”

听众哄堂大笑。圣谕先生也不理会，待场子安静些了，继续接着往下唱：“殷纣王，人皆骂，女娲庙题诗神鉴察，铁桶江山如风化，摘星楼前染黄沙。纣王之死为的甚？一个色字害了他。石崇豪富比皇家，四十井藏放光华。石崇……”

三世祖又发问了，大惊小怪地，说：“石崇是谁？他家掘的那啥四十口井，为甚就能放光华？”

听众有了嘘声。圣谕先生还是忍了。不过，他再往下唱时，声腔已不如刚才饱满圆润。

“楚霸王，性烈大，拔山举鼎谁不夸！胯下一匹乌骓马，杀人长枪手中拿。一生不听范增话，乌江岸畔染黄沙。霸王之死为的啥？……”

二世祖见他这个愣头愣脑的儿子又想发话，正急得要阻拦，不料三世祖话已出口：“举个鼎有甚稀罕！老子上次空手逮回来一只小老虎！哼，不是吹牛，背它几百斤重的东西，蹲下屙泡屎时……”

圣谕先生终于忍无可忍了，他一拍桌子，勃然大怒道：“何处来的野物，不知书如此，尚敢不知礼乎？”

全场寂然，都把目光投向这对父子。那圣谕先生却还不依不饶，又指着二世祖说：“这位听官，想必你就是刚才那位的家尊了？有子如此，足可骄世！未审祖上可有略通斯文者乎？惟愿汝辈儿孙万代，都能背它几百斤重的东西，蹲下屙泡屎去！”

圣谕先生的话无异于掘人祖坟。原来二世祖曾依稀听他父亲生前说过，他们在湖北的祖上，不仅多少代没出过像样的读书人，而且根本没有一个人会读书。一世祖在老家也曾上过私塾，可惜没几天就被先生提溜着耳朵扭送回来，手板也被打得红肿。他比父亲更不幸，到了该念书时，却在这片移民杂居、初聚集一点人气的土地上瞎混。后来慢慢有了学堂，一世祖却坚持要他留在家垦殖荒地，并郑重地告诉他，这个家族的男人历来很蠢，天生就不是读书的料。

“那些个爬到书里去的蛐蟮，还不等我们认识，一般都认得我们了。”他这样说，却并不觉得有多难为情，好像这是他们家族与生俱来的传统，无法改变的命运。二世祖验证的机会，只能交给儿子了。

二世祖送三世祖去发蒙。这天，他放学回家，二世祖有心要考考他，就问，今天先生教的什么字？三世祖说，吾。一个追问：认下了吗？一个回答：认下了。三世祖怕父亲不信，还写给他看。二世祖看了心想，原来我们家族的男人，也并非全是字都认得我们了我们还不认识它。一时高兴，又问三世祖，吾是啥意思。三世祖说，吾就是先生。二世祖一想，说，错了！吾就是我。第二天到学堂，三世祖就对教他的先生说，你昨天讲吾就是我，可我现在才知道，你教错了。先生大吃一惊，问，何以我教错了？那你说吾是谁？三世祖一本正经道，吾是我爸爸。先生气得咬牙，说，放屁，吾就是我！三世祖从那天开始，就使劲琢磨“吾”到底是先生，还是爸爸？可惜还没等他琢磨透，就被先生赶出学堂，从此与书绝缘了。

听讲圣谕所遭受的那场羞辱还没有完全过去，不久又发生了一件事情。一世祖当初落葬时，二世祖没给他勒石垂碑，那时家道尚不宽裕，加上远近也难找到能撰写墓志的人。现在条件允许了，二世祖特地备了厚礼，去请一位老夫子捉刀。老夫子说，可以。请问尔李氏源出？二世祖一脸茫然。老夫子又问，不知源出，知郡望哉？二世祖拼命摇头，他根本就没听说过这姓氏还讲究什么郡望！老夫子说，述尔父必溯及其祖，名既知，也知其讳焉？二世祖说，不知。老夫子起身拱手，叹道，如此，墓志不可作矣！只今回去，留待汝家后人！

这些故事以前他听了也就听了，甚至还觉得那两位先祖都很可爱，个性率真，草泽山林，直到这次回来搜集整理谱书资料，听祖母和七公、宽叔等重新讲起，这才猛然发觉，那所有令人啼笑皆非的背后，其实暗藏着一把把利刃，在无情地戳着这个家族的软肋，蹂躏着肉体之外的某种内在！疼痛是钻心的，却又痛在隐处，连疼痛者都羞于言说。这些故事似乎还有意无意地向人类昭示着某种宏大的主旨，一朝悟出，幡然觉醒，他和他的家族将开启新端，崇文尚礼，期以尊荣，相反则流于鄙薄。

他猜测这痛，二世祖当年一定体会到了，尤其老夫子那句临别赠言：留待汝家后人。简直就是当头棒喝，振聋发聩！他仿佛看见时光隧道中的二世祖满面羞惭，诺诺连声，面朝那位老夫子狼狈退出，状极卑微。

连遭两番羞辱，二世祖回家后肯定如坐针毡，夜不能寐。他想得最多的恐怕是拿什么、该怎样去留待后人了！苦苦思索后，终于在某天萌发了一个怪诞的念头，虽然荒唐，但也许管用。

那时，给三世祖提亲的媒人多得快踩断了他们家的门槛。三世祖身材高大，膀阔腰圆，虽说人极粗莽，却勤劳厚朴，无不良嗜好，只要希望女儿嫁过去过日子的人家，没有不愿攀这门姻亲的。可二世祖一个都不满意，他干干净净放出口风，他们家的儿子，只娶读书人家的女儿，其他人一律免谈！

然而这只是一厢情愿，那时诞生在这片土地上的读书人凤毛麟角，大家闺秀又能有多少？即便有那略通诗礼的，待打听得知三世祖乃一粗蛮后生，又曾在里镇被圣谕先生连同他爹一道痛加申斥时，也就敬而远之，谁都不愿丢这个脸了。

二世祖仍不死心，他干脆要二世祖母多托媒婆，同她们四处搜寻。他又说，只要是读书人家的女儿，不问美丑，人间要实在找不到，就去地下挖也要挖一个回来。二世祖母不敢怠慢，随走马灯似的媒人，往各处村庄一茬茬地跑，还终于找着了，那姑娘是嘉陵江下游那弯弓流的对岸，几十里外一刘姓人家的千金，她父亲中过举，先前在外省一个什么地方为官，作了几首不合适的小诗，被雍正爷砍了头。二世祖喜出望外，他原指望能攀上个秀才亲家就很不错了，不承想这一位还是举人！待仔细询问二世祖母那姑娘的长相，祖母回说很丑，再问怎么个丑法，二世祖母说，之前也应该是个大美人，只因她爹被砍了头，那姑娘日夜哭泣，终于把自己哭成了红烂眼、歪嘴巴，要多难看有多难看。二世祖一番感慨，说，丑又怎样？再丑她也是举人的女儿，出生在官宦之家，何况丑又不是天生，都只因为哭她爹才落下的。这姑娘有孝心，更应该娶了！于是，“纳采”，托媒人上女家正式提亲，还不忘带去些鲜活礼物，一般为鸡鸭之类，二世祖又特意加送了一头猪、一只羊；接着，“问名”，将女方交付的生年日月与三世祖的合了八字，算出阴阳大吉，二世祖分外高兴，将占卜合婚的结果通知女方，顺便“送定”过去，与姑娘的母亲商定婚期。“送定”又称“小聘”、“过定”，礼物多为首饰、彩绸、糕饼、香烛，之后才是“大聘”。聘礼丰富得装了几只箱笼，由媒人和押礼人护送，礼品每一件都是双数，图个吉祥。押礼人是三世祖的弟弟，样子虽不及他哥威猛，却也长得仪表堂堂，那姑娘的母亲通过他仿佛看见了自己未曾谋面的姑爷，一时喜不自胜，也就按规矩从送来的聘礼中取出几件，连同自家事前准备下的几套衣帽鞋袜，嘱咐其回去交与家人，算是回赠了。

婚礼在冬天进行，二世祖把儿子的婚礼举办得非常隆重。先是迎亲的花轿把新娘接到江边，然后乘船，上岸后再换乘花轿。船是雇用的，铺张的红绸帷幔，正迎着旭日升起满江流霞，所经江面，愈红得烂漫了，吹鼓手们不知是亢奋于迎亲形式夸张得他们从未见过，还是畏惧江风的凛冽，一上船便卖劲地吹打，直热烈得整条嘉陵江——为三世祖迎载新娘的嘉陵江，愈发得喜气洋洋！很快，船接近那弯弓流，二世祖雇请的几十个纤夫早已在滩涂上等候，那天，他们都穿着体面的衣服，粗黑的纤索也裹上了大红绸，船被他们拉着前行，嘴里喊的也不再是往日狂放粗野的号子：

嗨，嗨哟哟，咳咳！咳！咳！
哟嗬嗬！嘉陵江喜连连哦。
迎新娘哟，拉彩船啰！
齐心协力呀咳，把船扳哟！
嗨，哟嗨嗨哟！
青山那个喂嘿，抱绿水嘛！
红绳那个哟呀，结良缘啰！
天地哎咳咳，配成双哦。
水流哟嗬嗬，归大海哪！
哟，哟嗬嗬——嗬嘿！

船上和岸上，鼓乐和号子。这般盛况，再不曾有过。

接下来就是三世祖的情绪悲乐大起。新婚之夜，这个连小老虎都敢生擒的壮汉，却觳觫于烛影摇红下的新娘！揭开盖头的刹那，她的丑陋像一条鞭子，抽打得他一个激灵，惊骇得连连倒退，他紧张地逃离洞房，任二世祖夫妇不停地责骂、推搡，却再也不肯迈进半步。二世祖只好哄他，说，你跟她成婚了，生下的娃长大了去听圣谕，就听得懂了，不会像你闹笑话了。二世祖又说，你跟她生下的娃去上学堂，先生再教“吾”，他肯定一听就能搞懂，吾就是我了。要是再有点儿出息呢，他将来就能给我们这些祖宗写墓志，一代代往上写，弄清个啥源出郡望。二世祖进而向往地说，如果更出息点儿，考个秀才，最好再像他外公中个举人或者进士……三世祖越听越糊涂，脑筋又像上学时转不过弯来了，他气呼呼地问他爹，说：

“我倒不明白，这跟娶那个丑八怪有啥关系？像他妈个吃人的女妖！”

二世祖说：“傻儿，关系大了！我们家世代蠢气，咱这是要借她一点书香血脉，改变人种！”

三世祖嘟囔道：“凭啥要我去借呢，你不会让我弟？”

二世祖说：“你弟还小，你是老大！”

三世祖直着脖子喊：“那也不该轮到我！你是我爹，又比我大，你借！”

二世祖气得大骂：“畜牲！什么话！”言罢，一巴掌打了过去。

三世祖的脸皮立即隆起几根粗虫，肿亮的血红在蠕动，他忙用手捂住，说：“打死我也不借！谁愿借谁去好了。”又赌气地说，“与其成天跟那么个丑八怪呆在一起，让她吓死，倒不如我这就去钻山林，拿给老虎吃掉！”

当晚他还真就去钻山林了，几天几夜不回家。二世祖夫妇的心，也跟着几天几夜撂在野外。

但这个故事最终了无悬念。那女人毕竟做成了三世祖母，生了四世祖。至于她怎样就做成了三世祖母，在里村历来讳莫如深！谁说了谁就是辱没祖宗，就是对祖宗老大不敬。

三世祖在老林里呆了几天，到底还是下山回家了。他到家时，家里已多出个陌生妇人，正在同他爹娘说话，那时他早已没精打采，可一见到那个妇人，马上就精神抖擞，饿了几天的肚子顿时没了饥饿感，倒是嗓子比下山前更要干渴。三世祖岂知那妇人正是他的丈母娘，他痴痴地望她，突然就笑了，笑得莫名其妙，还带着几分腼腆与忸怩。这使他瓷憨的样子看上去很可爱，一旁的二世祖夫妇，举人的遗孀和她丑陋的女儿，全都被感染，也像他那样在笑着。

妇人也就三十多岁，个子高挑，面容姣好，挽髻高七寸的牡丹头，鬓角蓬松，额头光润，穿窄袖管的赭色镶绣袄，黑缎面夹裤，披紫纱云肩，姿态高贵雍容。三世祖那一瞬脑瓜特好使，他很快猜到了这女人是谁，便不再笑了，恶狠狠地丢下一句话，宛如石破天惊，举人的遗孀险些当场晕厥！三世祖这样对他的丈母娘说：

“哼，就你还差不多！”

妇人是二世祖特意派人接来，陪她悲伤欲绝的女儿的，暂时不打算回去。三世祖有了频频接触他丈母娘的机会，然而，举人的遗孀不知如何慑服了三世祖，他在她面前俯首帖耳，对那门亲事的态度也因此变得缓和暧昧。但他仍不肯跟新娘同房，举人的遗孀规劝他时，他直用眼神火辣辣地将她撩拨，也不知是最终没能忍受住女婿的挑逗，还是出于其他考虑，这丈母娘竟荒唐得一天比一天轻佻，有时竟不避讳二世祖夫妇和她可怜的女儿，放肆地同女婿眼去眉来，现在已分不清是谁在勾引谁了，奇怪的是三世祖却一次次不能得手。二世祖夫妇没料到事情会出现这种结果，商量好第二天要打发她回去，谁知，就在当天夜里，两位祖宗惊喜地看见，三世祖推开了新娘的房门！接着，屋里就传出那奇丑无比的女人极其悲惨的叫喊，像他们的儿子当初捉到的那只小老虎一样。以后三世祖夜夜如此，有时甚至在白天。

二世祖夫妇猜测，举人的遗孀要么给过他们的儿子什么承诺，要么就是施了哪样魔法，才使他迷了眼睛，把丑陋的新娘错看成美艳的仙女了！箭猪子也火上浇油，三世祖有时成捆地采回家中，煎熬了红花的汤送女人，黑花的留下给自己，服用后俩人更加疯狂放纵，以致三世祖都扛不回整根的木料了，走路还时不时地闪跌。幸好他在山林里再没碰上过小虎，否则别说生擒，恐怕还会被吃掉。他巍然屹立的身躯消瘦萎靡，三世祖母的肚子却一天比一天凸显，结局皆大欢喜。举人的遗孀没有丝毫离去的意思，二世祖夫妇也不想放她走。

第二年秋天，丑陋的三世祖母顺利地产下了四世祖。这胎儿一俟落地，发出的啼哭声喑哑低沉，像涨水前的阴霾，严严地笼罩在嘉陵江上，笼罩在他高祖父插占的这片丰饶的原野上，他那哭声仿佛是他后来的目光，他在用它去睃巡、去审视、去思索自己将来该怎样在这片土地创建另一个崭新的王国：看不见，但又处处脉络可循，没有国家的至高无上，却有着家族的威严庄重！

给四世祖洗三那天，他的外祖母，也就是举人的遗孀，特意去很远的什么地方请到了一个白发苍苍的巫婆，为四世祖祛灾祈福。举人的遗孀为这个小外孙掬水洗三，她边洗边闭着眼睛轻轻哼唱：洗洗头，封王侯；洗胸前，中状元；洗洗腰，一代更比一代高；洗洗蛋，做知县……刚满三天的四世祖果然表现得不同一般：他泡在一大盆温热的艾水中，一边接受着外祖母的洗礼，一边紧盯住她不断开合的嘴唇，目光冰冷，让每个在场的人都不寒而栗。嗣后，举人的遗孀邀老巫婆过去说话，又将三世祖母叫过去，好像有什么天大的秘密要特别叮咛。相比之下，三世祖那天特别反常，儿子洗三时他心不在焉，总是在望天上的日头，盼太阳快快落山，好像在此前的很久，他就预约了这个夜晚。终于，如潮的夜色在他遏制不住的焦躁中姗姗降临了。趁家人不注意时，三世祖悄悄溜进了他丈母娘的房间，但很快，外面的人就听到了他惊慌失措的叫喊，这个连老虎都不憷的壮汉，那一刻的喊声里竟充满了前所未有的恐惧！

——举人的遗孀上吊死了！她才为她的外孙举行过洗三！之前，没人看出她有寻死的迹象，二世祖夫妇越想越不明白，他们的这位亲家母为什么非要把死亡选择在这个日子？据说，三世祖母曾经有过不祥的预感，那时她被母亲叫去，当着老巫婆的面交给她一块红绸的抹胸，叮嘱她从此要将胸抹着，发誓永不取下，而一旁的老巫婆，正意味深长地对她点头微笑。

那以后，红绸的抹胸产生了异想不到的神奇效果！三世祖母只要戴上它，三世祖不管有多么不情愿，也会在天黑前乖乖地走进她的房间，仿佛是被某种魔力牵引所致。他旺盛的情欲不仅没有丝毫减退，反而像嘉陵江夏秋两季持续不断的涨潮，一浪高过一浪，她在浪的激流里沉浮颠簸，瞬间就被快乐淹没。潮退了，他们的孩子就像滩涂上搁浅的鱼，一个紧跟着一个出世。

不过，这些孩子除四世祖外，似乎也并没有怎么承袭他们外祖父血脉里那点书香气质，究其四世祖一生的功名，也只不过是秀才而已。据说，三世祖母人虽丑陋却精通文墨，四世祖从小跟着她读四书五经、唐诗宋词，他天资慧敏，过目成诵。如果不是二世祖猝然仙逝，二世祖母又不幸染疾身亡，他完全不至于心性郁结，无意书斋发奋。二世祖夫妇都极为溺爱这位长房长孙，他对他们更是感情甚笃，在为二世祖母守孝的整整三年中，四世祖竟终日神思恍惚，每天必抱着门前那根檐柱，眼睛朝一个方向望着，呆呆地伫立着，如果家里人不把他弄走，他能从早晨一直抱到天黑。

不想，四世祖这种怪诞的行为居然还会遗传！从此，凡他嫡传的每一代长房长子，都无一例外地会在降生后的前三年去亲近那根檐柱，而且，他们三岁生日一天不过，就全不会开口说话！直到有了他这位孙儿，这铁律才被打破。

里村人对此言之凿凿。祖母更是能往上数出三辈五辈，这其中就有他的祖父和父亲，按照祖母的说法，如果不是父亲把自己的头颅打破，突然迸发了那声枪响，他肯定也逃不掉那段三年荒诞的宿命！

如此看来，他应该是这位四世祖嫡传的长房长孙。和这一脉根枝相连接的，还有二先生和天昌爷他们很多人家，其余的便是三世祖他弟弟嫡传的后代了，较之三世祖在家中老大的地位，这一脉世称小房，不仅读书远逊长房，齐家生计，谋划也多有不如。历经数代后，不乏有沦为穷困者，做长工佃客。三世祖偷来的那点书香血脉，在二先生之前除了四世祖秉承些许之外，这长房一脉，也没诞生过多么了不起的人物！何况二先生充其量也只是少年得志，老来竟出家当和尚了，而小房在共和国，倒出了个天宝将军。

二世祖夫妇相继离世不久，三世祖的弟弟，那个当年为哥哥行大聘充任押礼的年轻人，提出了分家。按大清律例，祖父母、父母在者，子孙不许分财异居，有违者杖一百。现在既然头顶的祖宗都不在了，分家也就成了早晚的事，好比一棵树，长着长着就长出了枝干，枝干长着长着又会生发出很多枝条。枝条多得千丝万缕，却依旧被那棵树系着——那根就是祠堂！

三世祖和他弟弟要在祠堂建成后再分家，据说，这是三世祖母的竭力主张，毕竟出身书香门第的人要与众不同，但也有人不这样认为，说，那时的三世祖经由他丑陋女人的多年调教，不但会听圣谕先生讲圣谕了，偶尔去里镇赶场坐坐茶馆，冷不丁还能把茶不叫茶，叫香茗。事实真相如何无关宏旨，重要的是，这座祠堂在三世祖手上建成，他就居功至伟！修祠堂前后用去了整整五年时间，五年里，老林子里每天都有千年的马桑訇然倒下，撼天动地的巨响吓跑了密林深处已越来越稀少的老虎和其他兽类，成群的鸟受惊，没命地扑向另一片山林。

祠堂严格按风水建造。传说中的那位风水先生，不用罗盘做堪舆指南，仅凭肉眼就相中了一世祖夫妇当年最初看见的那块洼地，它前平后突，两边掬抱，典型的阳结之穴。然后，风水先生就开始高谈阔论，讲穴分四类，水有六种，高低大小，肥瘦不同，重在制要得宜；高宜避风，低宜避水，大宜阔作，小宜窄作，瘦宜下沉，肥宜上浮，陪同的三世祖他们如听天书。他再三叮咛，建成后的祠堂大门不能正对嘉陵江，说那叫直飞水，主大凶，必须斜对江下游那一弯弓流，此为环水，虽不及九曲的好，但亦聚蓄钱财，回护子孙。祠堂依土行之规，屋宇方整，四檐齐平，天井明堂，阔狭适中。

前后五年的修造，三世祖被弄得心力交瘁，加之早年和三世祖母毫无节制地放纵情欲，掏空了身子，祠堂竣工后不到半年，他不幸也像马桑一样倒下，再也起不来了。

然而，也就在这一天，四世祖结束了他长时期的神思恍惚的状态，在没有家人强制的情况下，离开了为二世祖母守孝，直抱了整整三年的那根檐柱！他开始像正常人那样有条不紊地料理父亲的丧事，在建造墓庐时，居然还为他爹草拟了墓志，墓联撰写得极富禅意。更重要的是，他毫不费力就做实了这个家族的源出郡望，而且是天下诸李中最显赫的陇西氏，使后人从此知水有源、树有根。二世祖如果泉下有知，想必这就是他期待的后人吧！三世祖呢，大概也不会再埋怨父母给他娶回那么个丑妻了。祠堂的联对全都出自他秀才的手笔，村庄也由他重新命名。在此之前，里村叫李家户，和周围那些早期移民，以户成村的什么张家户、王家户、赵家户没有区别，是四世祖将它改成了里村。至于，为什么要用此“里”而非彼“李”，据说，上古时“李”与“里”相通，或者是取典“里仁而居”。

此后，四世祖就常常伫立在祠堂门口，用曾经看外祖母为他洗三时的目光，那目光正如他出生时一遍遍阴森的啼哭，在久久凝望着眼前斜伸向江边的田野和身后的村庄。也许正是那时，他那卓有智慧的头颅就有了要创建另一种王国的构想，自一世祖入川奠定基业，这个家族到他已历四世，代际赓续，瓜瓞日繁，现在建立新的王国正是时候，也非常必要。那是一种无形的王国，它诞生自土地，又超越土地，土地除了生产粮食，供人吃穿，它还应该有更多更重要的承载，而维系和推进承载的，就只能依靠他将要构建的理想王国了，刚落成的祠堂正好可以做王国的宫殿！

事实也正是如此。后来流传很广的《里村李氏祖训》，以及各房分支命名、字辈确立、宗谱修订、义产分配等等，无一不是经四世祖殚精竭虑，擘划完成。《里村李氏祖训》内容涉及孝悌、宗族、祭祀、伦理、廉耻等数十条，它甫一产生，立即被很多家族争相仿效抄传，影响深远。

随后的二百多年，每到清明节，里村李氏家族都要举行最盛大隆重的祭祀活动。先是到坟场公祭五服之外的远祖，再各房祭扫各房的先人，然后才去祠堂跪拜神龛，行阖族议事。族长或族副主持议事，无非按祖训查验每个族人的言行，合之者予以褒扬，有违者严加苛责，轻的罚跪、批颊、打板子，重则革除族籍，逐出家门。传说四世祖当族长时，就曾惩罚过他的一位堂弟：那位堂弟与人合伙在顺庆府营销丝绸，祠祭那天他身着绸衣，四世祖让其回家另着绢布，否则就必须离开祠堂。堂弟说，祖训也未曾规定子孙不可以做商贾，做了商贾就不可穿绸衣。四世祖说，祖训有云：凡吾族人，惟耕惟读。尔今既擅为商贾，又怎好以绸衣炫人？更何况大清《会典》早有定规：农家只许着绸、纱、绢、布，商家只许着绢、布，如农家有一人为商者，亦不许着绸、纱。汝今岂敢藐君命而欺祖宗乎？当即令人褫去绸衣，重责二十大板。堂弟受此羞辱，于后就专心务农，他是里村李氏夭折的第一位商人也是最后一位商人。

传说中的箭猪子也灭绝在四世祖手中，他那时并不知道，或许正是因为这神奇的草本植物，才有了他。那天，四世祖把里村成年的男女，集中到一块弥漫着箭猪子花香的草坪，那里早等候着一位白发苍苍的老巫婆，正是当年他洗三时来过的那一位！多少年过去了，她一点没变，老巫婆看那群男女的目光十分阴毒，充满了太多的嘲弄与幸灾乐祸。四世祖对她点头，老巫婆便拔起几棵箭猪子，一番作法之后，刚才还灿烂着的很淫欲的花朵，转瞬便在她鸡爪似的手掌中迅速凋零、枯萎，草坪周围的箭猪子也跟着凋零、枯萎，接着漫山遍野的箭猪子便全都死掉了！它们临死前的挣扎，像一群挨刀的小鸡在拼命掸着爪子，又像干焦了的禾苗正在被烈日抽去最后一丝水分般凋萎凄惨。

箭猪子从此在这片土地上绝种了。箭猪子的突然灭绝，麻痹了多少代里村男女的性腺神经，也减弱和迟钝了他们许多无法补偿的床第呻吟，但却在他们的梦中更加妖媚，风情万种。直到今天，里村仍有不少人深感惋惜，对老巫婆充满了难以名状的痛恨，尤其是那些体力不济的中老年男人，每遇力不从心，一个个更要气急败坏。

四世祖还做过些什么，就连祖母和七公、宽叔也说不上来了。这个终生不再谋取科考的入泮秀才，后来顶多也只是设馆授业，拿四书五经教教族中子弟。他把毕生精力都贡献给了宗祠，家族中总有那么多的事情等着他去做，仅就祭祀而言，除了清明节，还有中秋、元旦、除夕。此外还有义产支出，族人中的登第、出仕、荣升，以及对不肖子孙的以申孝思、以正行藏等。四世祖俨然成了李氏宗祠的精神砥柱，像祠堂的中梁，更像中梁上那只硕大的蜘蛛，在用自己的方式不知疲倦地织网。

他推测祠堂在举行种种活动之前，应该有一种类似于法器的东西，向族人发出召唤，把他们庄严地聚集到一起。如果不错的话，那东西就该是木铎！

第三章

祖母出嫁那天，也像当年那位丑陋的三世祖母一样，坐轿，换船，再坐轿，只是换船的地方不在里村下游那弯弓流处的浅滩，而是更下游的里镇。花轿、彩船、场面和声势，都远不如三世祖母时那么气派与铺张。

原来这年的农历五月末，曾祖父去顺庆府卖生丝。不知什么原因，家里养的蚕从二眠起就不断犯僵病，接着又是大头肿，好不容易才把一点老蚕捡到蔟笼上了。这天清晨，患病多年的曾祖母竟发现蔟笼上蠕动着不少幼蛾，骇得呆了半晌，她一声尖叫，曾祖父闻讯赶来，看见檐前的阳光下正飞旋着一圈银练，像晴天被风搅起的一个硕大的雪花漩涡。夫妻俩怕再生变故，忙把剩下的好茧连夜焙干，结果缫出的丝只有那么两小捆儿。曾祖父本想赶到里镇就近把它卖掉，可后来却去了顺庆府，倒不是因为那边的丝价高，而是他顾及养蚕人的尊严，担心去里镇会遇见很多熟人，他们不嘲笑，自己也会感到不好意思。

曾祖父卖了生丝就去街边酒楼上喝酒，他过去很少喝酒，那天望着比往年瘪了许多的钱袋，走出茧市街不远，就一头扎进了酒楼。他边喝酒边埋怨今年的蚕运，眼前总盘旋着那圈飞蛾，苦苦琢磨着会不会是某种不祥的预兆，他没在意同桌的另一位饮者，只注意到那人对他笑时，有颗龅牙很突兀地露出唇外。龅牙很快走了，曾祖父是后来想找个人说说那圈飞蛾时才发现那人已经走了，他有些失望，但目光旋即被桌上的一只褡裢牢牢吸引住。最初，他以为龅牙去上厕所，可久等不归，才知褡裢是龅牙临走时丢下了。褡裢里装着大半袋银元！天之所赐，不取不吉。然而曾祖父非但不取，反而更专注地替龅牙保管守候着，他那时已接替高祖父在里村做了多年的铎人，不取不知道是不是和这有关。

他终于等到了一脸惊慌的龅牙，见到曾祖父龅牙万分感激，作为酬谢，他送给曾祖父几块银元。曾祖父从中拿起一块，放嘴里咬咬，咂出一点金属的微甜，再竖耳边用指头轻叩，果然有银质“泠泠”的颤音。接着，他把它立在桌上，像儿时玩陀螺，手腕顺里侧使劲儿一拧，那枚银元便就势嘤嗡嘤嗡地转动，越来越快，最后，竟神奇地像被人拿鞭子抽离桌面，在空中晶莹转动，像那圈飞旋的蛾练了。他伸手把它抓住，连同另几块银元一并掷还给龅牙，大笑着离开酒楼。

龅牙随后追出，正巧与曾祖父一路同行，闲聊间方得知原来他姓葛，家住里镇对岸的一个什么山村。离开顺庆府出东城门不远，太阳便嗖嗖地朝他俩头顶西去，人还不到里镇，夜已降临，镇上的灯和天上星都融进了嘉陵江大河，在暗褐色的江面冉冉地闪动。曾祖父不放心龅牙的褡裢，雇了只小船送他过江，又坚持要送他回家，沿途经过几片树林、田畴和村落，最后总算见到了灯火，听到了纺车、缫车和织布机吱吱扭扭的声音。前面又见到一户人家的灯亮着，门也大敞着，有个小小人影在门口晃动，这时有个小女孩的声音传来，爹，这鸡都快叫了，你咋才回来？龅牙快步奔过去，问，凤儿，你两个弟弟呢？女孩说，睡了。龅牙说，唉，门也不关，你个来凤，贼胆大！小女孩像受到夸奖，放声欢笑着，声音像静夜里透澈涌腾的山泉，刚才的那股怨气全没有了。

这一路上，龅牙可没少对曾祖父夸他这个叫来凤的女儿，她在三姐弟中排行老大，足下还有来龙、来虎两个小弟。来凤也就十四五岁，她母亲早几年去世，父亲龅牙长年在外贩丝绸，家里的活儿都丢给她。他说，来凤性子烈，有些野，小时候给她缠足，她疼得骂爹骂娘，把裹脚布、袜船、弓鞋扔得满地都是，若是被逼紧了，就举刀威胁，说，你们嫌脚大了不好看，我干脆把它们都剁了，要没有才更好看！无奈，只好由着她，结果就落下天足了，龅牙说这话时不胜惋惜，担心他大脚的女儿嫁不出去。

曾祖父向来老实，又听多了非礼勿视，但他最终还是没能忍住好奇心，也不知哪来的心计，趁进屋抬腿的刹那，假装被门槛绊了，一低头，目光就落到了来凤的脚上。来凤回身朝曾祖父噘噘嘴，似嗔若怨地索性将那双脚在他眼皮下捣来捣去——的确不是三寸金莲，天生一对自长自大，曾祖父突然笑了。来凤和她爹都一脸茫然，问他笑什么。曾祖父如实说，他没笑来凤的脚，在笑来凤要是也像她爹长颗龅牙……话没说完自知失礼，便一巴掌拍在嘴上了。那父女俩并未生气，彼此望望，也都忍俊不禁起来，笑声灯影中的来凤唇红齿白，睛目莹莹，腰颤动得像被喜鹊喧闹的花枝，她身子娇巧，如果不是脚大，怎么看也是个小美人儿。

曾祖父很快见识了这姑娘的非比寻常。他和龅牙坐下才抽了两袋烟，来凤就摆上了七荤八素，用碎花青瓷盘、黑漆碟儿和土红彩釉的小碗盛着，整治讲究，味道精美。这时，有只公鸡不合时宜地开了亮口，啼声喔喔悠长，来凤闻听，一跺脚，便走了出去。曾祖父和龅牙也就三杯酒落肚的工夫，忽见她笑盈盈地端上桌一盘炒鸡，泡椒青笋配料，红鲜碧透，曾祖父喜不自禁，龅牙又殷勤相劝，俩人直喝到夜色阑珊，鸡声啼乱，曙色像一群白蛾扑满窗棂方尽兴。

祖父和祖母的婚姻在他俩的推杯换盏中，就这样被敲定下来。祖母对当时的情景仍记忆犹新，当她把那碗炒鸡端上桌时，看见曾祖父的目光比配料的泡椒还要红亮，比刚进门时还要更认真地望她一眼。她后来推想，曾祖父那时就认定她这个大脚女娃，最适合做他们家儿媳了。关于那圈飞蛾，祖母坚持认为兆示的不是曾祖父捡到她爹的银元，而是捡了她这么个像白蛾飞来的儿媳妇。

祖母似乎一生都在埋怨，她爹要没把装银元的褡裢丢在酒楼，她也就不会嫁到他们李家了！仿佛一嫁到李家，她就陷进了水深火热之中，似有着熬不尽的烦苦。几天前的一个清晨，他起床后发现祖母若有所思，便问她在想啥，祖母叹口气，说：

"唉，这人一落地，就注定了死，对吧？"见他点头，祖母就睁大了眼睛，问，"那，人在没死之前呢？"

他答不上来了。

祖母说："让我告诉你吧，是操劳、担心、害怕、烦恼、忧愁、痛苦、失望、绝望……跑不掉的，每个人都这样啦。"

他心里咯噔一坠，想到，这是阅尽沧桑的老祖母，对人生的透彻感悟吧！祖母的一生，正是被她所列举的那一切笼罩着，沉重得无以言说。

——其实，只要活着，每个人都一样。

祖父少小读经，两次与秀才无缘。比他稍晚入塾的二先生，那时已一考入泮，继而补廪。相形见绌，祖父自觉无脸见人，连自杀的念头都有了，幸好村里来了个圣谕班，讲完圣谕又演小戏，其中有一出演的是科场鬼，那人臂弯挎着考篮，手捧书卷，在台上来来回回地走，边走边翻书看，每翻一页必伸手指蘸蘸舌头，最终还是榜上无名，结果自缢了。同族的一位长者这时便回头冲祖父招手，说，老童生，老童生！你该不会也像那个啥科场鬼，这就去寻短见啊？祖父在四面笑声中落荒而逃，曾祖父担心他真有个三长两短，飞一般追去，到家后才发现祖父已危坐窗前，正一卷在手，咬紧牙关，两腮泪流。不料，第二年朝廷废除科举，他永无机会雪耻了。

祖父是四世祖嫡传的长房长子，自然也同高、曾祖父一样抱了三年的檐柱，过了三岁才开口说话。之后，曾祖母又怀过几次孕，但不幸都流产了，也就此落下病根——咳嗽、咯血，看了许多大夫都不见好。祖父继承了这个家族荒诞的宿命，却没有高、曾祖父强健的体魄，他自幼瘦弱多病，郁郁寡欢。据说，祖父的天资和二先生难分伯仲，两次无缘泮宫，主要是冲撞了晦气。

原来，那年夏天的一个午后，祖父早早到了学堂，同学们都没有来，只有先生趴在讲台上睡觉，祖父听了一阵天井里知了叫，这才轻轻走过去要叫醒先生，谁知，连叫几声都不应，再大胆摇摇先生的手，才发觉人已经僵硬冰凉，无了气息。如此倒霉的事都能让祖父碰上，也难怪他两次都考不中秀才了。废除科举的消息一经证实，祖父没听完就停转了眼珠，缓缓张嘴欲哭，结果吐血数口，大病了一场。

二先生也不用准备赴乡试了，他对废除科举的态度比祖父开明得多，没事儿就过来陪他说话，偶尔还带去几张不知从哪儿弄到的报纸。他给祖父讲甲午中日海战和两次鸦片战争，讲曾经闹得沸沸扬扬的戊戌七君子，称习八古，贻误国家，这科举废了也罢。祖父对这些不感兴趣，他甚而想二先生这样讲，是因为他已经秀才补廪，只是安慰自己罢了。

不久，二先生要去顺庆府阳山书院深造，动员祖父也去，祖父心动，病也似乎轻了。但这事却遭到了曾祖父的强烈抵制，他铎人的脑袋，总固执地认为，新不如旧好，何况上新学还不能考取功名，去城里又是一笔不菲的费用，加之曾祖母常年延医用药，这个家只会更承受不起。既然指望不上儿子光宗耀祖，那么现在最要紧的就该是传宗接代了，祖父是单传，他要看着儿子续上香火了才放心。为此，父子俩常常发生争执，有一次吵急了，曾祖父大骂儿子忤逆不孝，骂完，拿起木铎威胁说，这就去请求族长，通知族人们到祠堂，拉他去跪神龛，最好再打顿板子。祖父生性懦弱，当时就吓哭了，抱着曾祖父的腿求他宽恕。从此，祖父变得更忧郁沉默，对任何事都了无兴趣，年纪不大，又不擅劳作，把时间多用来睡觉了。这样，曾祖父夫妇更想早点给他娶妻，多个人管束他。后来，就正如你已经知道的，曾祖父见到了龅牙的女儿……他喜欢她少小当家，爽朗干练，至于那双大脚，走路利索，也没啥不好。

新婚那天，祖母的脚才移出轿帘，祖父脑子轰地就炸了！又看见有人对新娘指指点点，有人在掩嘴窃笑，他羞愤得恨不能一头撞死。勉强入了洞房，他却又不肯揭新娘盖头，祖母等得不耐烦了，索性自己扯下盖头，又打来一盆水，赌气地洗她那双大脚，声音像两条鱼在上下扑腾，啪啪地拍着水花。祖父没能忍住偷觑，但眼光只往上瞟，觉得新娘很可爱，目光稍向下移，还没触及到祖母的脚弓，祖父的眉间立刻拧出深深的憎恶。他弄不清自己是否真的那么憎恶，事实上，女人的脚大了，普天下的男人都不喜欢，他也就不该喜欢，何况，还读了那么多子曰诗云，知道女人的三寸金莲，很大程度上都跟文人士大夫有关，亦为他们所最钟爱。祖母把脚洗干净了，还故意拿盖头揩脚，抬高了腿在祖父眼皮下晃。祖父由此又看出她的粗野不羁，愈恶心得要死，苦笑着摇摇头，就和衣睡下了。

翌晨天没亮，村里村外突然响起阵阵奇特的声音，欢乐的音阶把整个村庄都覆盖了。过了些日子，祖母才知道，那声音正是来自木铎，由做铎人的公爹亲手敲响。这次铎声的主题，正是昨日完婚的新郎新娘，祖母很快被一帮男方的亲友簇拥着来到祖祠，已经有很多男男女女在等候了。曾祖父夫妇喜盈盈地引领着新婚的儿子和儿媳，先从族长芝长公开始，见长辈，磕头、作揖，遇同辈，欠身、问好，折腾得已过子丑寅卯了。曾祖母本已是抱病前往，笑容在苍白的脸上直哆嗦，虚弱的她几次站立不稳，最终没有跌倒，多亏聪明的儿媳及时揽紧了她的后腰，每次，她都要回头看儿媳，眼里充满了感激，在心里赞赏儿媳的机敏。曾祖母生前待祖母如同己出，在那时的婆媳关系中极为罕见，当然这都缘于祖母对病中的曾祖母照料周至，替她把家内外拾掇得件件都称心满意。

那时，见过了阖族长幼，新郎新娘正式行祭祀大礼，对着龛台上叠叠垒垒的神牌匍匐起伏，然后，由一人引领，夫妻共诵《里村李氏祖训》；再然后，听族长芝长公训勉，核心重在纲常，特别强调，为妻者要孝敬父母、慎守夫纲、谨遵妇道。忽然，他指点着一个妇人，说，天昌家的，你昨天骂了天昌？天昌家的就乖乖出列，站到芝长公面前。芝长公说，按祖训“敬夫”一条，你该自己掌嘴，但今天我不想冲了喜气，下回再犯，决不轻饶！他眼角的余光却始终在看祖母，话虽威严，样子却和蔼。祖母定睛看天昌的女人，银盘大脸布满麻坑，涨满了绯红。她忍不住噗嗤一笑，打破了肃穆的气氛。

在里村，所有嫁过来的女人都必须履行这套仪程，名为“告祖”。无非是告诉龛台上供奉的列祖列宗，他们的后辈儿孙中谁娶了新妇，她是怎样一个人。只有当着阖族宗亲的面“告”过“祖”了，新娘才算正式成为这个家族中的一员，祖宗们的在天之灵，也才好名正言顺地庇护她为这个家族传宗接代，生男育女。

可事情到了祖母却并不简单。原来，结婚以来祖父就不肯和她圆房，她又无当年三世祖母那块据说被老巫婆施了魔法的抹胸。这就有了祖母一生中的第一次壮举，她在那个清晨，毫不犹豫地拿起了公爹使用的木铎！里村族人听到熟悉的铎声，还误以为是啄木鸟在啄一段空洞的木头，他们都诧异曾祖父怎么会把铎敲成这样，待看清敲铎的人是祖母时，一个个无不大惊失色。铎是圣物，历来严禁妇人触摸，祖母擅自敲击，无异于欺宗诳祖，亵渎神明，闯下了大祸。曾祖父起早蹲茅坑，骤听到铎声，慌得提上裤子就急冲出门，可是已经晚了，祖母已敲着木铎走进了祠堂。族长芝长公刚起床，迷糊中竟想不起他何时交代铎人去发布什么铎令，他也顾不上步态雍容，跌跌撞撞地便赶往祠堂，发现已到的族人们全都无比愤怒地立在祠堂，正等待着他的到来。而持铎的祖母，瞅了他一眼，偏又将铎再敲了个石破天惊！芝长公感觉祠堂在飞快旋转、塌陷，似乎将堕入深渊，万劫不复，他脸色青白，嘴唇颤动不止。祖母不待他发话，自顾把木铎往龛台上一拍，疾言厉色道：

“我已听说了女人不能敲铎，但我今天就敲了！目的只想叫齐各位宗亲长辈的来评评理，问问我葛来凤，你们叫李葛氏的，究竟还算不算你们李家的儿媳妇？”

众人一阵嚷嚷，说，怪！当然是了，早行过大婚了，还跪神龛“告”过“祖”了！

祖母继而冷笑，说：“哼，既然如此，我至今还是个女儿身呢。你们李家的男人未必、未必……”说着，便低下头，啜泣起来。

祠堂里鸦雀无声。

祖母抹把泪，又说：“今天当着列祖列宗的神牌，请各位长辈宗亲作证，他李天开要么马上把我休了，我葛来凤这就回娘家；要么不休，今晚就跟我圆房。不然，我这就撞死神龛，决无二话！”说时，侧了身子，头抵龛台，就等一碰。

几个婆婆婶娘，慌张得忙把祖母抱住，祖母用膀子撞开她们，望芝长公说：

“爷，你是长辈，又当族长，我恳请你主持公道！”

芝长公从未遇到过这种事情，忙和几个长者去一旁商量。末了，再将祖父叫过去问话，祖父不语。芝长公便当着阖族人众，望着他说：

“据我所知，李葛氏婚后无有不良，照顾你病中母亲更是百般周至。既为夫妻，就该当有夫妻之实，你何以要将她无故怠慢，直闹到这怨恨深重，枉你熟读圣贤！”

闺闱秘事，被女人拿到祠堂大肆渲染，此刻，再经芝长公一通训斥，祖父那张脸，窘极涨红得都快破了皮儿。芝长公最后发落，说：

“天开，你这就把李葛氏快快领回，只今晚开始，再不能让她守空房啦！”

事后有人认为，祖父固然该当责备，但祖母的胆大妄为更应严惩，话传到芝长公耳朵里，他也觉所言极是，很懊悔那天给吵昏头了。过了些日子，二先生从城里回来，芝长公对他说了这事，谁知，二先生听罢，哂然半晌，方跷起大拇指，感慨道：

“她何以会有那份胆量呢？嘿，奇女子！奇女子！这肇元兄何以就讨了个奇女子？哎，我还真该去见识见识了。”

芝长公听他一个劲夸奇女子，也就不去想该不该惩罚的事了。

二先生那天从阳山书院放寒假回家。他爹芝长公广有田土，平时也做些轻松活儿，繁重的都交由长工李六子去做。更多种不完的土地，都用来出租，首先租给本家族的穷困户。收租那天，除了该收的租谷，向来滴酒不沾的芝长公，还要各租佃户外送他一坛自酿的好酒，他当众一家家品尝，很快便酩酊大醉了，这才喜红着脸去验租谷，不外信手在箩筐面上抓一把，举到眼前瞅瞅，摊掌心里用嘴吹吹，再拈几粒放口中咬嚼。这谷子看起来籽粒饱满，也吹不起秕糠，咬起来更是声声响脆，这就验过了，掷回筐中，拍拍手，笑着点头，让这个佃户挑过去过秤，再走向下一个佃户。新佃户都提心吊胆，老佃户们却只顾相互挤眉弄眼，好像并不担心过不了验租关，只在笑东家不胜酒力。租佃户们果然都过关了！芝长公还会和佃户们拉拉家常，末后，总免不了要问问人家，明年还租不租他家的土地，好像生怕没人租种地就撂荒了。说到高兴处，他还会同佃户们捶肩拍背，全没个东家的样子。通常，在租谷收齐后，人们会看见李六子在忙着开仓晒粮、过风车，芝长公也会出现在晒场上，没谁听见他骂娘，也没听他怨自个眼瞎。

二先生去看祖母那天，她正在院子里晾衣服，猛听到有脚步声水样流来，抬头见一年少书生，长手白面，眼神温和，正盯着她看，目光聚在她那双大脚上。祖母一时张皇无措，脸羞得通红，那是她初见二先生，从来都满不在乎的她，此刻，竟恨不能将那双大脚躲藏。得知二先生来找祖父，祖母把他让进屋，沏了茶，再回到院里晾衣服时，人就开始走神，心也跳得厉害。二先生和祖父在屋里说话，不时传出只言片语，好像是二先生在历数缠足的罪恶，赞美天足的好，还听他说，这大清朝气数将尽，外面很多地方都开始放脚了，你肇元兄倒嫌弟媳脚大，陈规陋习，不惟迂腐，简直就是不入潮流！祖父似反问了句什么，就听二先生高声回答，非大脚不娶！要娶就娶个像弟媳的！祖母一怔，心窝眼窝呼地热了。很久，才听到祖父在笑，声音也像他本人一样阴柔。

在二先生和祖父谈过话的当天夜里，祖父和祖母行了房事。自从祖母击铎大闹过宗祠后，祖父迫于压力，敷衍过她几次，但这一回却很是认真，全神贯注，第二天早晨起来，小夫妻俩还高高兴兴地去回访了二先生呢。临别时，祖母回头望见二先生正冲她微笑，到家后，便感觉像丢了啥东西似的心里空落落的。

寒假期间，二先生正赶上族中义产分配。这天一大早，芝长公就让曾祖父去击铎传令，把族人都集中到祠堂。

第三章

里村李氏宗族的义产有十多亩水田和一片老林子，据说，在三世祖兄弟俩分家后共同留置。义产作为宗族的经济支撑，维系并保障了宗族社会的稳定，济恤于孤老废疾者，学无其养、丧不能葬者，女不能嫁、鳏不能娶者，孀妇困苦守节者，还用于宗族祭祀，补路修桥，还有铎人的报酬。

曾祖父那天领了钱正要离开，芝长公让他稍等，说，经族中长老和几个分房长议定，你们家今年蚕茧歉收，还有给天开娶媳妇，他娘又长期生病，听说最近还加重了，这等应从义产中支出五千文，也算族人们的一点心意。曾祖父坚辞不受，问，族中还有无人更需要救助。芝长公回说，都照顾周全了，别的你不用管。曾祖父仍旧推辞，芝长公大加赞赏，说，我就知道你不会接受，不愧大家选你做铎人！继而又说，五千文一定要领。你要真不肯接受救济呢，那这笔钱就算作对你的褒奖。曾祖父诧异道，褒奖啥，我又没尺寸功劳。芝长公说，怎么没有！夏天卖茧子，你捡到半褡裢银元……曾祖父忙打断说，不是我的钱，我就该还，祖训原本也这样教诲哩。芝长公说，你还了，作为一族的表率，就应该褒奖啦！曾祖父说，他已经受到褒奖了，手指了指人堆里的儿媳妇。芝长公会意，直望着祖母点头。

那天，二先生也在场，帮着司事的人监管司账、司钱，祖母感觉到，他似乎有意忽略自己，目光一次也不看她。祖父那天不知因何又去了里镇，祖母想到病床上的婆婆该喂药了，便快快地离开了祠堂。外面天阴着，刮着小刀一样的风，絮絮的灰色云雾，刚刚被风拉开，还来不及显山露水，风又吹来更大团的灰色云雾，仿佛某个冒失鬼仓促间拉错了舞台的帷幕，又仓促间被纠正了。嘉陵江和江边的那条大道，对岸冬日的村庄和树林，都尽在这如此不定的飘忽中闪烁行藏，这景象严重影响了祖母的心情，她突然想哭，不知为何。

曾祖父最终接受了五千文的褒奖。他大概觉得受之有愧，于是，越临近年关，每天越殷勤地去敲木铎。芝长公只要求他早晚敲两遍，无非是提醒族人快过年了，防火防盗，曾祖父喊得厌倦了，嘴巴又不肯闲着，他就喊《里村李氏祖训》。大约想通过这加倍的殷勤，回报那五千文的褒奖吧。铎人脚步悠闲，铎声悠远绵厚，如古乐天籁，江边清气，天地湛然。一时，铎声浸漫的这爿江村，守望着村前江心过往不尽的桡帆，愈显出它旷世的祥和与安宁。

过了年，曾祖母就病得起不了床了，去里镇请几回医生来看，也不见好。有位老郎中开了剂偏方，吩咐吃下去如再无好转，就需及早准备后事了。曾祖母喝了药，症状没有减轻，反而愈加严重。曾祖父赶紧请木匠打棺材。

勉强拖过了正月。这天早晨下雨，弥留了多日的曾祖母突然醒来，听了一阵窗外淅沥的雨声，对曾祖父说，今天是二月二，龙抬头。曾祖父闻听，大惊失色，弥留了多日的女人，竟还能真切地记住每一个日子！曾祖母又说，龙抬头下雨好，可惜我再也不会抬头看今年的好收成了。见祖母在场，就招手让她来到床前，捏住她一只手，说，好儿媳呀，自从你嫁过来，我可没少连累你，尤其病到后来……祖母忙说她孝顺不周，要婆母安心休息，到春暖花开时，病就会慢慢好起来。曾祖母摇头苦笑，说，他们就要来了，在路上。祖母吓得向门外望，除了檐前一片被风吹偏的雨脚像女人的裙裾在摆动外，别的什么也没有。待祖母回过头，曾祖母又指了指一旁的祖父对她说，天开性格懦弱，你要多担待，我看你比好多男儿都强。祖母呜咽着点头，拉祖父一起跪下。说完，曾祖母又拼命地咳嗽、咯血，昏迷过去。少顷，她忽又睁开眼睛，平静地说，好了，他们到门口了，我该走了。屋内顿觉阴风扑进，再看病床上的曾祖母时，胸腔处正飘出一缕白烟，幽幽杳杳直蹿向屋外，瞬间没了踪迹。

祖父是独生子，从小依恋曾祖母，娶妻后也无多改变。现在，曾祖母死了，他顿觉彷徨无依，天塌地陷，整天把自己关在家中，时而向隅喃喃，时而以泪洗面。有一天，祖母从外面回来，看见有个小男孩，紧抱着门前那根檐柱，眼睛朝一个方向望着，一动不动。她走过去要拉他，手才伸出，那小儿突然噌噌地蹿高，直高成那时的祖父！祖母相信，她刚才看见的，正是三岁前的祖父！

此后，祖父就这样天天去抱那根檐柱，回到了他童年的时光，似乎在用这种特殊的方式为曾祖母守孝。曾祖父拉他不动，便拿荆条抽他的手，手被打得血肉模糊了，他却抱得更紧，曾祖父扔掉荆条，气喘吁吁。祖母说，爹，我去趟顺庆府吧。话才出口，祖母的脸腾地红了，她惊诧自己怎么会生出这个念头！祖母忙又解释，说，二先生和天开都是读书人，兴许他回来劝劝管用。这理由还算勉强，曾祖父也就答应，直催她明天早早动身。

夜里鸡叫头遍，祖母就起床梳洗。先梳个钵盂头，形同覆盂；想想觉得不好，弄乱了，在额前挽一螺髻，似蚌中圆珠，亦名蚌珠式；想想又不满意，改梳个元宝髻，用细黑线网结了；想想又散开，最终做成个前刘海。穿戴也反复斟酌，先穿了绣花小红袄，想想自己笑了，这又不是去做新娘，便改穿黑对襟的；下穿薄棉裤，怕走路热了，便换成夹的，将裙子套在黑对襟袄内；又再想，还是不穿裙子的好，套上了，即刻又褪掉。鞋是薄底绒面，担心不结实，穿厚底，垫托得有些身姿。这番手忙脚乱之后，天就亮了，她正该出发上路。那时，祖父仍在熟睡，像女人的蜷曲，也像女人那样呼吸。起床后，他又该继续去紧抱门前那根檐柱，仿佛在做一门没有做完的功课。

祖母从来没有像今天这样梳洗打扮过，想到这都是因为二先生，不免有点伤心起来。自从年前那次在祠堂分配义产，二先生对她视而不见，祖母离去时曾暗暗发誓，今后再也不要理二先生了！谁知，自过了年二先生回学校后，她又忍不住思念，感觉时间已漫长得像过了三年五年，她为此暗自羞愧，却又茫然不知错在哪里。她没有太多的非分之想，最多只是强烈渴望能再次见到那个长身白面、眼神温和的青年！她迷恋他的姿态俊美、声音优雅，当然最重要的是迄今为止，他是第一个不鄙视她那双大脚、第一个赞美她为奇女子的男人！钦慕和感动，就这样把年轻祖母的心弄乱了。

然而，昨天话刚出唇，她就已追悔莫及。为什么一定要二先生回家来劝祖父呢？不就是自己借故想见到他吗，他有什么好见的？现在，这一路行去，却又恨腿短路长。还有她这身穿戴，二先生看了可会满意？

不过，祖母的担心纯属多余。二先生在见到她时，仅是微微一怔，说，兄嫂，你怎么来了？祖母有些失望，自然也就没有了来时的慌乱和紧张，她坦然面对同宗的小叔子，还真把祖父的情状说成个事儿了。二先生听罢笑笑，说：

“肇元兄三岁前就那样的。我正巧有事要回家，兄嫂稍等，我这就请假去。”

祖母忙说：“不等了，你随后来吧。”

她本来想好了，要同二先生一道回家，路上说说话，可不知何故，话到嘴边竟变成了这样。当然，她说完就后悔了，眼巴巴地将二先生望着。

二先生说：“也罢。”便送祖母出阳山书院了。

二先生随后回来，只对祖父说了一句话，俨然醍醐灌顶，祖父还真就离开那根刚才还紧抱的檐柱了！

——他问过祖母那是句什么话，会有如此大的神奇。祖母想也不想，道：“生者何戚戚，死者长已矣。”

他听了很失望。原来早在上大学之前，村里有谁死了，祖母常用这句话去安慰死者的亲人，不想它是出自二先生！

第四章

二先生要去日本留学！公派，阳山书院就他一个人。他这次回家，正为这事同父母商量，二先生担心会有阻碍，结果还真遇到阻碍了。

晚上，芝长公照例问二先生，阳山书院都开设有哪些课。二先生以前都告诉过他，只得再告诉一遍，书院创办之初，原拟开设经、史、小学、辞章等课程，尤重经学。芝长公略通文墨，连说学经好，通经致用。二先生说，后来院长开明，改授新学，有天文、舆地、商务、测绘、算术等，考试多为策论，鼓励学生发表时评。芝长公忙说，这你可要当心了，时评妄议朝政，弄不好要掉脑袋。至于那个啥算术，学不学都一样，我不学也照样刨算盘珠子，那些交租的佃户们休想骗我！二先生见他兴致很高，就趁机说了他要去日本留学的事。

芝长公一听，呆住了！甲午战争后，他才知道中国有个近邻，叫日本，蕞尔小国，住在岛上，好听的叫东洋，不好听的叫倭奴、倭寇。这日本国的来历，据说跟当年秦始皇派一个什么人带五千童男童女，去海上为他寻长生不老药有关，谁知，他们后来背祖忘宗，从前明到大清国，屡屡侵犯。每每听人谈到日本，芝长公就很生气，更何况这二先生还要去日本留学。他正要愤慨，只听二先生他娘李岳氏抽抽噎噎地哭了，说，二先生此番远走外国，母子不知何年才能相见，老大，呜呜老大……

老大是二先生同胞兄长，性格和二先生截然相反，他少小顽劣，无心读书，常偷跑到江边去看纤夫拉船，看他们赤裸着古铜色的身子，手脚并用，各种不同形状的阳具在两胯间晃荡，回家就跟大人眉飞色舞地描述，他又拣些下流号子，有板有式地学着吼唱。芝长公每发现必将他往狠里收拾，但越收拾他越要往江边跑，着迷了似的。终于，他看厌了纤夫拉船，却又恋上了下江玩水，任芝长公百般打骂、李岳氏苦苦哀求都无济于事。锁家里也不行，无论换哪种锁，总会无缘无故被打开，钥匙都由芝长公攥着，为此他百思不解。一次，芝长公躲暗中想要看个究竟，正眼困时，忽觉风叩门环，似有金属声轻微弹跳，老大不知怎的已显身屋外，边往嘉陵江飞奔，边十万火急地除脱衣裳。芝长公大骇，疑心闹鬼了。后来，他干脆拿绳子把老大捆在一棵树上，并派长工李六子日夜守候。这天中午，老大嚷嚷口渴得不行，李六子端水给他喝，碗才递过去，人就像遭了雷击，一闪翻身倒地，李六子骇得魂飞魄散，赶紧去叫芝长公；芝长公不信，上前试，也被一闪，翻身在地。消息惊动里村，很多人都跑来试验，没有一个不被翻倒的，有人拿来一尾鱼，用木杆挑着伸过去，只听嗞啦一声，鱼身上蹿起熊熊火苗，绑缚老大的那根麻绳，这时也莫名其妙地燃烧起来，眨眼间化成灰烬，老大却毫发无损。在族人们惊恐的注视中，他早已飞逃到江边，跳浪里扑腾去了。芝长公从此再不敢干预，任由他春夏秋冬，把自己泡得越来越像个水鬼。这年腊月暴寒，嘉陵江罕见地结了冰，他居然破冰下水，还抱回家一条三尺多长的岩鲤鱼，这种鱼只潜藏在江底深沱，能被他捞上来，可见他水性已非同小可！

然而，水鬼老大却在这年开春后不久的某一天突然失踪，常言，善水者溺于水，大家都相信他已被淹死了。谁知，他只是出了趟远门，跟一个什么船老大，顺着嘉陵江走出了大半条长江！芝长公本欲将他痛殴，无奈李岳氏哭得泪水涟涟，好似心儿肝儿落回肚里，便只好罢了。水鬼老大从此如脱缰野马，高兴了就找个船老大桨声帆影，呼风吼雨，追波逐流，终于有一天，他提出自己要去做船工了！

里村李氏素重耕读，如此粗贱行业，芝长公万万不肯答应，说，你真敢去当船工，我这就以族长身份，革你族籍，逐出家门，父子断绝，永不相见！水鬼老大耸耸肩，倒身拜过父母，说既如此，他就以水为家，大不了死在江湖。谁知，一语成谶，多年后的某个秋天，当抗日烽火燃烧到武汉，水鬼老大还真就葬身在长江口了！

二先生最终还是留学去了日本。芝长公为何会同意，或许二先生对芝长公讲了两次鸦片战争、中日甲午海战、英法联军火烧圆明园……讲得情绪忧愤激昂，芝长公大概受到了震动，少不了埋怨朝廷，到处割地赔款，若是再不师夷长技以制夷，泱泱华夏，没准真要被列强很快瓜分了。二先生又耐心地给他讲日本的明治维新，强调日本和中国同种同文，又是近邻，一衣带水，终于，听得芝长公深以为然了。

二先生离家去日本那天，正逢蚕神节，祖母和很多女人在江边洗蚕具。她们把洗好的蚕网晾挂到堤岸的树枝上，蚕簸就每两张棚拢来，撑晒在滩涂的草坪上。洗蚕具时人都站在水中，小腿荡漾在水间，像一节节莲藕似的。有人在摆家长里短，不知怎的话题转到了二先生，祖母仔细听着，这才知道了二先生要出国留学，原来那天他说正好有事要回家，竟是因这事！对二先生，她早已心如止水，此刻，她内心却像被一粒石子荡起了波澜，脑子又空又乱，攥手里的蚕网竟忘了搓洗，人就那样呆着。突然，妇人们都出奇地安静了，望着那条顺堤岸蜿蜒的江道，只见，有一行人过来，二先生走在前面，后面紧跟着芝长公和二先生他娘李岳氏，最后是长工李六子，他们手上都提着行李。女人们都争着同二先生打招呼，二先生也热情地回应。祖母正想低下头去，不料，二先生却喊她：

“兄嫂！”二先生问，“我刚才去向肇元兄辞行，没见着，他去哪儿了？”

祖母说：“他还能去哪儿，里镇！”声音恶狠狠的。

二先生笑笑，说：“替我转告肇元兄，我去日本留学了。这次匆忙，没来得及同他说话。”

“嗯。”祖母说完，慌忙转身，把攥了很久的蚕网和委屈的泪，一起撒进江里。

后来她才知道，二先生那天是乘船走的，在里镇码头上船，就顺着眼前这条嘉陵江，直通到遥远的什么大海。

祖父知道了二先生去日本留学，身子像在发冷，边冷还边往下矮去，矮到不能再矮时，突然就向上一耸，放声大笑。后来不笑了，就哭，哭累了就趴下，很快便鼾声大作。这之后，他有些日子没去里镇，整天把自己闷在家中，像个大活人被装进了棺材。一天半夜，却又蓦地醒来，望窗外好一阵，说，船过三峡了。祖母被他吵醒，问他，谁？啥三峡呢？一日，祖父忽又失声惊叫，呀，快看！船差点被海浪打翻！再一日天将破晓，祖母起床后见他正坐窗前，口中呢喃，眼睛放亮，忙问他，又都看见啥了。祖父说，就这样坐着听课，窗外是花园，如雪如锦。祖母只当他胡言乱语，不甚在意。谁知，半年后，祖父忽收到二先生从日本寄给他的一封信，信中二先生说他坐的船果然是在半夜过三峡，船又果然在那一日于海上遭遇风浪，至于如锦如雪，那是开遍校园的樱花。曾祖父和祖母担心祖父会疯癫，不想，他在说过樱花的那个早晨，吃罢饭又赶去里镇了。

这个暑假，他因在家搜集整理有关谱书的资料，也常去里镇。在他童年的记忆里，里镇很古老，石板街道，木屋青瓦，两旁店铺，门都用木板一块块拼装，板壁与他小小额头齐高。码头装货卸货，江上船来船往，街面人摩肩接踵。他儿时多和祖母同去里镇，一般先在场口的铁匠铺，找铁匠打锄镰刀斧，再去街上找师傅锔碗、修伞，或者是钉鞋、补铜盆，然后才去采买些家常日用。忙完了这些，才能吃上祖母为他买的吹糖人，或是几块夹心饼干。现在，古镇的街道楼房，早已被清一色的钢筋水泥所替代，因为陆续修通了几条高等级的公路和铁路，嘉陵江航运废弃，偶有行船，不外载人过往、输送沙石，打鱼人驾着几只小舟还在像祖先们那样撒网，码头长满荒草，蛇伏鼠窜，惟嘉陵江江流依旧，不舍昼夜。

那天，他踯躅在里镇街头，总想寻访到一点儿时的记忆和祖父当年的踪迹，结果都枉自徒劳。他熟悉的铁匠铺不知在何年消失了，从里面传出的不再是叮当的打铁声，而是一家电器商行播放的流行歌曲，再无从看到小徒弟吃力地拉动风箱，师傅从炉膛里钳出一块烧红的铁件，放到砧墩上举小锤一敲，大徒弟便抡圆了铁锤，砸向师傅小锤敲打的地方，该轻该重，宜疾宜徐，小锤会给出信号，打到一阵时停下，回炉，再锻打。如是几番，那块铁件便被敲打成了他们想要的东西。街檐下修伞锔碗的工匠，也个个身怀绝技。锔碗的攥住一柄尖锥，能霎时在破碗的两边打出针眼细的小孔，铁丝穿锁，有如榫卯对接，再敷上用菜油掺和的铁末，就严丝合缝了。铜匠将一把细碎的铜块放进特制的小锅，架火猛熬，渐渐锅里出现些像游动的小金鱼，快沸时，从锅里冒出铜黄色的烟，莹莹的似带五彩，有飞舞的小金蛇、绿羽毛的鸟、蹦跳的蚂蚱，还有蜻蜓、蝴蝶什么的。待到铜块熬化，锅底一泓黄亮，像吹糖人精心熬制的糖汁。经铜匠补好的铜盆，完美得像根本就不曾有过损坏。应主人要求，铜匠还会在铜汁里兑进各种颜料，在刚补过的地方或绘或画，图案大多为虾为鱼，或荷花水荇，偶尔也弄些蝈蝗春闹、蛙吹明月，装上水，盆里的生物便都漾漾地活了。

当然，他最想寻找到的还是祖父当年常去的水云间和那个江浙商人留给馨儿的绸缎庄。这一刻，他眼前突然出见那爿古街了，人都穿着他从未见过的服饰，男人们脑后还拖着长辫。铁匠铺不是他和祖母见到的师徒仨。锔碗修伞的也一个都不认识。场头场尾两座戏台，戏班热闹得像擂台赛，哪边精彩了人就往哪边奔涌，两股人流在街中心漩涡跌腾。几个耍魔术的艺人，他们能把小鸡变成肥鹅，又能转瞬把肥鹅还原成小鸡，还能拿刀砍下一个人的脑袋，但那人喷血的颈腔里，马上又长出一颗脑袋。有群小孩在围着个年轻人，争看一只短筒凹面镜。有人在摆弄一架机器招呼人照相，见到的人都双手掩面，直叫嚷拿开拿开，你那框子摄魂呢，装进去了，人非死即病！圈着个大大"洋"字的蓝布招幌下，有穿长衫的老板在不停地吆喝："嘿，洋火！十里洋场新到码头的洋布洋袜！""武汉来的洋油，卖咧——！"街巷僻静处，一些紧挨着的门楼子，多为烟馆，出入其间的烟鬼们大多形销骨立，酷似幽灵。他正想走过去看看有没有"水云间"，蓦地望见人群中有个似曾相识的背影：瘦长羸弱，步子极像鹭鸶探鱼，冥冥中似有人在告诉他，这个人正是他从未谋面的祖父了！

祖父在早去那个江浙商人开设的绸缎庄，按照祖母的说法，那里是他和馨儿认识鬼混的场所。据说，江浙商人姓高，馨儿是他的小妾，也有说姘头，她同高老板当初怎样来到里镇，人们不感兴趣，只关心他俩刚开始还聚多离少，渐渐就聚少离多，直到有一天高老板再没有出现。有人说馨儿是贫家女，有人说她来自大户丫头，甚至有人说是从良的娼妓，至于美貌，连最忌恨她的祖母都从不讳言，否则，也就不会骂她骚小白兔儿了！女人大凡沾着个骚字，似乎多颇具姿色，小白兔儿又多灵顺乖巧，难怪祖母骂时要尾音上扬。

至于祖父如何勾搭上馨儿，他听到的至少有两种以上不同版本：一说祖父某天从江浙商人的绸缎庄门前经过，馨儿正拨拉算盘，口里报数。祖父站下听一阵，说，错了！馨儿不抬头，又算，再报出个数，祖父仍说，错了！馨儿不得不抬头看祖父了。见他书生文弱，不像恶人，就请祖父进店帮她算账，之后，便好酒好菜款待……另一说祖父隔三差五去馨儿那里买红绸，每次也就扯两尺三尺，头总低着，显得很不好意思，馨儿把他要的红绸递过去，祖父隔柜台接过，离开时也从不回头。来她这里的男人，鲜有不围着她嬉笑软语的，祖父这般循规蹈矩，她不由得充满了好奇。那日，祖父又去扯二尺红绸，馨儿待他伸手来接，咯咯笑着，有意将红绸高高举起，祖父接了个空，立时又羞又窘，慌得夺门而逃。馨儿忙拿了红绸去追，平日走路像鹭鸶探鱼的祖父，此刻，却早已无踪无影了。

那以后，馨儿有很长时间没见到祖父。她会在一个风雨愁人的黄昏想起他，雨滴檐前，生意清冷，街面一溜溜水泡，雨才将它们打个破灭，继而，又连连泛起。此时，她才强烈地意识到，自己非但不曾将祖父遗忘，反而将他更深地烙在了心底，那个文雅腼腆的青年，身上有一种难以言喻的东西，让任何女人见了都会可怜得心痛。她开始向来她店里的顾客打听祖父，特别想要知道，是什么样的家族培养出了这样的儿郎？

这天上午，馨儿在店里忙碌，抬头忽见祖父从店门外经过，她直叫先生！李先生！祖父过去了，馨儿又追出去叫喊，祖父不应；馨儿一急，改叫他肇元，祖父仍自走路；馨儿更急，就直呼其名，叫祖父李天开。祖父见已有许多人在望他俩，只好停下了。

祖父后来向祖母坦白，他那天特地从馨儿店门前经过，因有些思念馨儿，他本意想悄悄瞄她一眼就走，不想正被馨儿看见。祖父的窘迫可想而知，他忸怩着，问馨儿什么事。馨儿说，先生忘了？你上次扯的红绸，还放在我店里没拿去哩！众目睽睽，祖父不得不随馨儿进店。馨儿并不急于把红绸交给祖父，说，先生，你干吗见了我总紧低着头，难道我是老虎？祖父的头低到了胸前。馨儿又问他，先生，你每次买绸，为啥就从没超过两尺三尺？她见祖父脸更红了，担心再问下去他又会窘得一走了之，忙轻声道，先生，我想求你个事儿呢，你看……祖父不由得抬起眼睛，正碰上馨儿碍难的模样。馨儿又说，也不是多大个事儿，听说，要不是废了科举，先生早中了秀才，好文墨哩！能不能……能不能替我修封家书？祖父说，你不会写字？馨儿笑笑，说，我要会写字，也不会劳驾先生了。祖父想想，说，你不会去求别人吗？这镇上会写信的人多哩。馨儿哼哼道，那是不假，只要我愿意，人多得都能排起长队了。以前就请人代写的，可那些人没一个安好心。祖父不好再拒绝，就同馨儿去她店里的木楼。信是写给高姓老板的，无非问讯他别来无恙，何时归来，再诉诉她店里最近买卖的情状，祖父难以展露文采，念给馨儿听了，她倒还满意。

有了这次面对面的交往，祖父再见到馨儿，也就少了拘谨。他现在可以冠冕堂皇地到馨儿的绸缎庄，偶尔扯二三尺红绸，不买就顺便问问馨儿，有没有收到高老板的回信，是否需要他回复。终于等到一日，听她说有，不待邀请，祖父就自动登楼，向馨儿讨要来函，字句展读，末了，再听她口述，代为修书。来来往往，无甚奇曲，真正惹祸的根苗，是祖父最后一次替馨儿代笔。这封信不再是寻常家书，馨儿憋足了满腹苦水，倾诉怨妇的愁苦情绪，祖父被触动得才思泉涌，文采斐然，不想，馨儿听后更觉伤心，直哭得泪水涟涟。

祖父这才知道，原来高老板一次也没有回过信，那些所谓的回信，其实全都出自馨儿！怪不得笔道无力，言词粗浅，文理不通。祖父可怜馨儿，又因他生性柔弱，不免陪她落泪，后来，俩人不知怎的就倒在了一起，干柴烈火般不能自禁，但祖父在最关键的刹那间推开了馨儿，人像个醉汉似的站起来，踉跄着往楼下去。馨儿愕然，她羞愤地望着祖父，说，你也嫌弃我？祖父说，不是。馨儿问，那是什么？祖父一脸沮丧，说，我想起圣人言了，发乎情，止乎礼。馨儿恨声道，我看先生是书读多了吧？迂腐得都不像个男人了！既如此，那你就不该常借故到我店里，扯三尺两尺的红绸。祖父老老实实地回答，他扯绸是假，只为看她。馨儿冷笑，说，哼，我有啥好看的，念着的真来了，你倒不敢了！读书害人呢，连打口野食，也有这么多的穷讲究！

这当然是一方面，其次，祖父不能不对祖母有所忌惮。新婚后，只为嫌她脚大，冷落了祖母一阵空房，她竟敢击铎聚族，鸣冤宗祠，馨儿这事若要被她知道，那还不翻了天！祖父越想越憷，虽然也曾动过疏远馨儿的念头，但才三日两日不见她，脚又会不自觉地走到她店门前。

祖父曾经买回那么多三尺两尺的红绸，正好都被祖母用来刺绣。那一日，祖母正绣得聚精会神，忽地有风吹来，嘎一声绷子折断，刚绣上去的一只蝴蝶，竟飞起来了，翩翩地，一径飞到了门外。祖母出门去追，刚要捉住，它紧地一闪，又红红粉粉地飞去，祖母不追，蝴蝶停下，再追，它又飞走。如是重复，像是要引领祖母到什么地方，祖母感觉奇怪，就直追下去。渐渐追出村口，追到江边，沿着那条通往里镇的江道，愈追愈远，不觉已到了里镇！那只蝴蝶在镇子上空飞翔，被一个年轻女人追着，引得许多人都抬头观望，眼看天空中的彩蝶扑扑悠悠，飘过几条街巷，徐徐飞进了馨儿的绸缎庄。祖母心想，这下你可跑不了了，便紧跟着追进店内，四下寻找，那只蝴蝶却不知藏到了哪儿。祖母正要转身离去，却隐隐听见有男女在楼上说话，那男人的声音很像祖父，她不敢相信，不顾店里的小伙计阻拦，径奔上楼去，正撞见祖父和馨儿相拥相偎，有说有笑。祖母从未见祖父对自己有这样亲热，登时妒火中烧，冲馨儿猛扑过去。

随后，两个女人扭扯厮打。从楼上打到楼下，从店里打到店外，从街上打到码头，又一直揪扯哭闹到嘉陵江边，围观的人山人海，都当她俩在争风吃醋，就只顾起哄架秧子，火上浇油。大脚的祖母虽占有腿上优势，无奈馨儿也不管不顾，祖父劝谁也不是，最后，只能眼睁睁地看着祖母和馨儿，双双滚翻下去，坠江里时浮时沉，观望的人都惊呼呐喊，没谁愿意跳水救人。幸而正有船过来，情急中从船头跃下个壮汉，几个猛扑，才把两个女人救上了岸。

这救人者正是水鬼老大！那天，他正好由重庆沿嘉陵江往里镇运一批洋货，船正要靠码头突然看见祖母和馨儿正在江里撕扯沉浮，便跳下去将二人救起。老大在众人的七嘴八舌中很快知道了事情原委，他一双眼睛望着祖父，问，天开，你跟这个啥馨儿的，真干过那事了？祖父也顾不得脸面了，他哀声叫屈，说，自己最多也就是跟馨儿亲近，别的什么也没有发生。水鬼老大哼哼道，嘿，你还算个男人呢，真有出息！又问，哪个是你婆娘？祖父朝祖母一指，像受到欺负的孩子，水鬼老大上上下下地瞅着祖母，说，你个大脚货，看不出脚大醋劲也大哩！就你这横蛮，也不配嫁我们里村李氏的男人呀！祖母见水鬼老大像尊黑塔，心里有些发虚，但嘴上却硬着说，你个撑船的，少管闲事！水鬼老大笑起来，哈，倒嫌我管闲事了？要不是我，你这婆娘早做了水打棒！——被淹死的人叫水打棒，像产后鬼，要找到替身才能投胎转世——祖母讥诮水鬼老大，说，哼，我看你才像根水打棒哩！鬼叫你来救我，要死，我跟那骚货死一路！水鬼老大说，好！从今以后你要再敢欺负我天开老弟和馨儿，你不跳河滚水，老子都要扯你去跳河滚水！那是祖母第一次认识水鬼老大，也是第一次知道这个家族还有个这样的蛮人。馨儿已缓过气，正拖着软腿往回走，水鬼老大见她翘臀蜂腰，被水沾湿的旗袍裹贴得轮廓更加分明，突然大步赶上，将她从后面拦腰抱起，轻松地往肩上一扛，回头对祖父说：

“天开，我看你是孔夫子读多了！我没上几天学，这女人你真要没用过，那大哥我替你用了！也省得你家那个大脚货打烂醋坛，不定哪天真闹出人命了。”

在众人目瞪口呆中，水鬼老大扛着馨儿，直走向码头一侧的滩涂，钻进了茂盛的芦苇。馨儿竟不挣扎，也不哭闹，反而伸出双臂，很配合地勾紧了水鬼老大的脖颈。

——他能想象软弱无能的祖父，那一刻只能气得浑身发抖。祖母从此不再担心祖父和馨儿了，她相信，祖父应该不会贱到像一条狗，去啃另一条狗啃过的骨头！她这样想时，满脸的幸灾乐祸。

那以后，祖父就开始吸上鸦片了。这个生性懦弱的乡村知识青年，身逢末世，绝缘科场，早年遭受丧母之悲，二先生留学东洋不久，便已然意志消沉，现在又离开了馨儿，他似乎彻底丧失了精神支撑，像刹不住的车轮径直趋往腐朽堕落的路上。馨儿的绸缎庄他再不愿去了，每次到里镇都要绕开那条街道，甚至都不愿去想，想她就恶心。

他很快成为了水云间的常客，日日沉迷于卧榻烟灯云雾缭绕，渐渐忘却了种种失意，空虚的精神被快活地麻醉，《里村李氏祖训》中有关勉励子孙奋发向上的训条，也统统被他化作了鸦片的烟缕，随风远遁。他热爱烟枪胜于一切，一“枪”在手，足以忘忧！不事劳作，不理稼穑，更不问世事。这年春天，老佛爷和光绪帝相继驾崩，消息传来，里镇人边议论国事，边服国丧，女人头插白花，男人将瓜皮帽上的小红线球摘除，或染成其它颜色，祖父却较前更努力地拿烟枪堵嘴，照戴小红线球的瓜皮帽，也不管祖母生父亲时血沃被褥，生死床榻。祖父最初染上鸦片，祖母和曾祖父竟浑然不觉，等到后来发现时，祖父早已深陷泥淖！

祖母记得那天早晨，父亲刚满三岁，之前他一直也像祖父忠诚地拥抱着门前那根檐柱的，这天，父亲突然就张开双臂扑向她，嘴里惊恐失措地叫喊：

“别！别！”

父亲没有背叛这个家族的遗传基因，那是他出生三年后，第一次开口说话。祖母盼这天盼了很久，她喜极而泣，却又对父亲喊出的那声“别”大惑不解，曾祖父也忧心忡忡，因为，这不该是小儿们通常喊出的第一个字。担心随即应验，吃早饭时，家里来了两位不速之客——水云间的老板和替他把看烟馆的门房。原来，祖父长期赊食鸦片，烟馆还侍候他一应吃喝，连本带息，利又滚利，早已欠下水云间大笔的银钱。人，现在烟馆扣着，这一家人果然是要被“逼”了！

那时，他们家除去衣食，再无余裕。曾祖父自曾祖母去世后就经常生病，这又不禁恨急交加，水云间老板刚走，他人已倒地昏迷。祖母为曾祖父寻医抓药，并忙着为祖父筹措欠水云间的银钱。村里首推芝长公最有钱，祖母去求他借钱，他非但不肯，反而还以他族长兼长辈的身份，把祖父大骂了一通，祖母万般无奈，只得回娘家求助她爹龅牙。自从祖母身怀父亲，祖父又天天去水云间泡着，她就没回过娘家了。三年不见，两小弟来龙、来虎已长高了个头，对姐姐十分亲热，龅牙虽亦可怜女儿，但他只一味诉穷，声称小本买卖，打死也不会有积攒的银钱。偏在这时，来龙、来虎兄弟俩各拽住祖母一只胳膊，直拉她去看院墙角落里那棵老杏树，龅牙见状，大惊失色。原来，他曾悄悄将满缸元宝埋藏在老杏树下！想必不慎，被那兄弟俩偷窥？他飞奔过去，啪啪两巴掌，打得小哥俩哇哇大哭，祖母已隐隐猜到是怎么回事，她不再言语，只怨恨地看了看她爹，便扭身头也不回地走了。

现在，惟一能做的就只能是卖地了。按理，这么大的事，当儿媳的可不好做主，无奈曾祖父还处在昏迷中，祖母顾不得那么多了，她寻下买主，请托中人，也就两三天，将家里几亩田土差不多全卖了出去。地是芝长公买走的，给价也还合理，他不会乘人之危。

“不是爷不肯，只因他烧鸦片烟，不肖子孙，那钱就不能借！”芝长公如是对祖母说，“这样也好，给他个教训啦。至于卖给我的地呢，权当我替你们保管着，哪天有钱了再赎回。”

祖父被水云间放回来的那天下午，曾祖父从昏迷中苏醒，突然听见从他家地头传来咚——咚——的打桩声，他挣扎着起来，拄着木棍，艰难地挪到地头一看，原来是芝长公领着李六子，正在他家的土地上打界桩。曾祖父忙惊问，这是怎么回事？芝长公很不情愿地讲了实情，曾祖父气得将拄棍一下下地在地上杵着，嘴里直骂，孽障，孽障啊！身子慢慢朝前倾斜，眼见快倒下了，他就用木棍撑在胸前。界桩仍在不停地敲打，随着楔尖一下下深入地心，曾祖父胸前的木棍也愈撑愈紧，每一下锤声，他都会喷射出一口鲜血，最终，木棍戳进他的心脏，从后背穿出。曾祖父倒在了高祖父留给他的这块沃土上，眼睛仍大睁着。祖母在收殓他时，惊恐地看见他瞳孔里映现出一匹白马，驮载着两大木箱，驰骋而来，昂颈扬鬃，祖母不小心触动了尸体，却响起钢啷钢啷的马铃声……

里村的族人们都听说过这匹白马，关于它的神奇及背后的故事，百多年过去，从未间断过。

白马是芝长公他爹的坐骑。芝长公他爹那时也当族长，闲暇时会骑了白马赶里镇、下顺庆，喝喝茶，听听戏文，给他牵马的人就是高祖父。那时的高祖父正如现在的李六子，地无一垄，给芝长公他爹做长工，快四十岁了还没娶女人。

那年初夏，高祖父骑上这匹白马，去西南方大山深处给东家买牛，那里的耕牛最好也最便宜。不想在路上遇到大队长毛打着啥翼王旗号，结果买牛的钱被悉数搜光，人和白马也被掳去服苦役。后来，就到了大渡河谷，长毛同前堵后追的官军打了一场恶仗，长毛拼死突围。高祖父和白马被抓去给一位将领搬运家私，两口大木箱，沉甸甸的，才冲出不远，人和白马就被官军的大炮轰散了。那一仗，长毛全军覆没，高祖父躲在死人堆里才捡了条命，但弄丢了东家买牛的钱和白马，他也不想活了，只是不想这样不清不白地死，他最终没纵身跳进大渡河滚滚波涛。一个月后，高祖父回到里村，才到村口，就听到从东家的畜棚里，传出白马的咴咴嘶鸣……

原来，白马已到家多日，它驮回来的两口大木箱，装满了金银！芝长公他爹要分一半给高祖父，他却坚持不取一文，说出门原本给东家办事，得多大的意外财喜，也该归属东家，还不住地责备自己，没能给东家买回几头好牛，买牛的钱弄丢了，还差点把白马也弄丢了，这又耽搁了许多时日，误了东家的活路。芝长公他爹大为感动，连自己该得的那一半金银也不要了，他马上让铎人击铎传令，把族人们都召集到祠堂当众宣布，那两箱金银归阖族共有，用于充实义产、培缮宗祠、救孤恤贫、修桥补路。另拿出自家的几亩上等田土，作为褒奖，赠送给高祖父，高祖父坚决不敢受，相持不下时，芝长公他爹不由恼道：

“我既在祠堂宣布，实已告知历代祖宗。你如此忠良可嘉，又同承一脉，我要再忍看你贫不立锥，无配偶子嗣，香火了绝，不惟祖宗不依，实亦天理难容！就这样吧，自今往后你自食耕种，不必再到我家做长工了！”

高祖父伏地号啕，阖族为之动容。芝长公他爹和高祖父互为懿行，不仅在嘉陵江两岸广收赞誉，也为里村李氏家族赢得了好名声。

高祖父有了这几亩上好田土，随后娶妻生子，这才有了曾祖父。不久，里村的铎人死了，阖族上下一致推举高祖父做新的铎人，这是他们家的第一代铎人。曾祖父是第二代，曾祖父出生的前一年，白马和芝长公他爹已先后归天。曾祖父不曾见过白马，何以死后瞳孔里会出现白马的影子？应该是他在临咽气的刹那，痛惜的不仅仅是丧失了几亩土地，而是比土地更为重要的东西！感应天神，白马的影子才在他眼里出现了。

祖父从此被祖母关在家里。可他鸦片烟瘾早深入骨髓，每当发作，便不停地在床上翻滚、呻吟、哭泣、叫喊，痛苦极了时还会啃食被褥、撕扯头发，抓破自己的脸皮，大小便也常常失禁，屋子里臭气熏天。祖母无奈之下，干脆把祖父捆绑到院里那棵老槐树上了，按时送去吃喝，夜里也不松绑。一天中午，祖母不在，祖父嚷渴，正在院子里玩耍的父亲，竟抖抖索索地去给他端来了小半瓢凉水。父亲刚过了三岁，他踮起脚尖，头向上仰着，努力把水瓢举到最高，说：

“爹，水，水。”

祖父低下头，嘴巴却够不着水瓢，但他看见了儿子清澈的目光，看见了氤氲在水面上，那像雾一样的疑问。

“爹，水！水！”父亲又说，急得快要哭了。水瓢在他手里摇晃着，突然“哐”一声，掉地上了，父亲像吓着了，他惊恐地望着祖父。

祖父摇了摇头，他声音已极其微弱，说：“儿子，帮帮忙，你把捆在我身上的绳子解开吧。”

父亲没有马上答应，他似乎在考虑着，祖父见状幽幽地叹息，极无奈地说：“好，”他苦咧了一下嘴唇，“像这一房的长子长孙，传承的衣钵。”

父亲好像终于考虑好了，他绕到树后，正要去解捆绑在祖父身上的绳子，恰这时祖母回来了。她背着一捆柴火，见状砰地扔下，从中抽出一根荆条，照父亲劈头盖脑一顿猛抽。父亲的鲜血喷溅到了祖父的脸上，也许是心疼儿子被打得太狠了，要不就是他那双清澈但又像罩着雾一样的目光，让祖父深受震撼，他突然大喊一声：

“别打他！快放开我！”

祖母一怔。自从嫁给祖父，她还是第一次听到他这样大喊大叫，何况又是快奄奄一息的人了！她简直不敢相信自己的耳朵。她期待着他接下来的叫喊，然而祖父像懊悔了似的，脑袋软弱地耷在胸前，用细弱的声音，央告说：

“来凤，求求你松开绳子吧，我不抽鸦片了还不行吗？”

祖母失望极了，手里的荆条转而更猛烈地挥向祖父，“讨饶！我要你讨饶，讨饶，饶、饶……”突然，她蹲到地上，揽过鲜血淋漓、早已吓呆在一旁的父亲，呜呜地哭了。

第五章

二先生到家那天，一路上被人前围后拥：围前的频频回头，看他穿戴的奇装异服；拥后的指点议论，他脑后怎就敢少了那根小辫！早有人将二先生回来的消息飞报芝长公了，他迎出来时，满脸的惊恐和震怒。接下来的两天，他不敢放二先生出门，还找来几位族中长辈商议，这事要如何才不走漏风声，又该怎样才能让二先生的脑后尽快长出辫子。依众人的意思，芝长公去了里镇一家剃头铺，花了重金买回一根假辫。不想，二先生却死活也不肯顶戴，他面对假辫时的目光，仿佛在看一条快要僵死了的蛇，哼哼冷笑说：

“看吧，大清国这条蛇，它已经顾不上咬人啦。”

事实也正如此，尽管芝长公日夜担心衙门的差役上他家捉人，但日夜里却风平浪静，他不由得悲哀地想，这大清朝没准真的就要完了！既然官家无暇顾及，芝长公也就放宽了二先生活动的范围，不过也仅止于里村。他听人讲“百足之虫，死而不僵”，何况大清朝这条蛇眼下还并没有死，朝廷公派二先生去日本留学，现在学成归来，他就不应该背叛朝廷。他更不愿看到二先生因触犯大清刑律，身遭不测，祸及家门。

祖母可不想见到二先生，她带着一家三口回娘家了，祖父更希望这样。当年，里村族人最看好的两颗读书种子，如今，一个留学归来，前程正不可限量，另一个却因抽鸦片卖光了田地。二先生却在苦等着他们归来，他似乎有许多话想告诉祖父，偏偏祖母总能感觉到二先生的行踪，下决心他不离开里村，他们就不回去。祖母还能感觉到二先生等得焦躁，渐渐心绪惆怅，眼神失望，其实，她也很想见到二先生，烦闷时便同她爹龅牙说说话，怂恿父亲去和来龙、来虎俩小舅倌儿玩捉迷藏。龅牙对女儿不仅毫无愧色，反而振振有词地宣称：他当初不借钱给她，正是顾虑女婿又拿去抽了，那烟瘾就戒不掉了。至于女儿卖光了田地，今后怎么生活，他可不想多问，祖母已无暇计较她爹的冷酷，她完全沉醉在对另一个人的思念里，虽然仅凭感应，但她坚信那感觉千真万确。有几次，她分明看见自己已变成了一只小白兔，日夜抓挠着二先生的心房，直闹得他坐卧不宁，魂不守舍。每到这时，她就会想起那个叫馨儿的骚货。这时的祖父可不敢碰她的目光，因为那正瞪着他的，简直就是两把想要杀人的刀子。直到有一天上午，祖母才说：

“唉，他已经走了，我们回家吧。”

“谁走了？你说谁？”祖父问。

“还有谁？当然是二先生了！”

祖父张了张嘴，想问她怎么知道的，但到底没敢问。

后经证实，二先生离开里村，正是祖母感应到的那个时辰！他是趁芝长公疏于防范时悄悄离去的。一个不留发的青年，敢于在尚为大清朝的世界里行走，吓得他娘李岳氏昼夜啼哭，芝长公也无时无刻不胆战心惊。数日后的某天清晨，他们家紧锁的房门被骤然敲响，夫妻俩还以为是差役来捉人呢！幸而在这时听到了祖母的声音，她是和祖父一同来的。祖母手上还提着一盒点心，他们想恳请芝长公租给他们点地种。

“地都租出去啦！”勉强镇静下来的芝长公，尚心有余悸地说。

“爷，”祖母把那盒点心放到桌上，转回头鞠了一躬，“年前，我卖给你的那几亩地呢，我知道现在还没人租种。”

从此，祖母和祖父做了芝长公家的佃户，租种了曾经是属于他们的土地！祖父弄丢了这片土地，他在把自己沦为穷人的同时，也不得不开始了他真正意义上的乡村生活。他不能再游手好闲，他得自食其力，学会耕种。第一天下地，他双手掌心里起满了血泡，第二天累得连腰也伸不直了，第三天早晨他赖着不肯起床，被祖母一把提溜起来，像押解逃犯似的送到地头。租地上的阳光，总是把他原本单薄、而今又被鸦片抽空了还来不及完全恢复的身影拉得更长，摇晃着仿佛随时有可能飘离地面。祖母不仅强迫祖父劳动，还不容许他有丝毫的偷懒，她对付他偷懒的武器仍是荆条，只不过，打手换成了小不丁点的父亲。每次下地，祖母都不忘带上父亲，并顺手塞给他一根荆条，但凡看见祖父歇着，或者懒洋洋的样子，祖母就会气急败坏地叫喊：

“长山长山！快过来抽你爹这只懒虫！”

第五章

父亲叫长山。据说，取名那天祖父翻遍了《诗经》、《论语》，报出的名字都有典故，祖母却嫌一个也不中听，她嘲笑祖父，说：

“斯文得很！是嫌你们家的男人还不够懦弱呀？依我，就叫他长山吧！听着硬朗。”

祖父悻悻地合上《诗经》、《论语》。父亲的名字还算合字辈的，字辈中有“天长地久”，祖父叫天开，属“天”字辈儿，父亲正该当“长”字一辈。

听到祖母的尖声叫喊，父亲总会在第一时间赶来，挥舞着那根荆条抽打祖父，边打还边直叫他懒虫！懒虫！最初，父亲不敢抽打祖父，拼命摇头，祖母就一个劲地怂恿他，说，长山，打呀，使劲打呀！父亲看看祖母，迟疑着。祖母用眼神鼓励他，又说，长山莫怕，有娘在哩，你打！父亲的手颤抖着，突然扔掉荆条，坐在地上哇哇大哭，祖母一愣，随即破口大骂，说：

“小瘟牲！种你爹哩。你们李家这一房的男人，咋就一代比着一代熊啊？”

祖母捡起被父亲扔掉的荆条，发疯般地朝他抽打。这样，父亲怕自己挨打，只能被逼迫着去打祖父了。开始还小心翼翼的，渐渐胆子越来越大，直至把这种抽打当成了他儿时最简单快乐的一种游戏。对于儿子的抽打，祖父一般不会生气，他最多抬高肘腕护住脸颊，也许是要护住他作为父亲那可怜的一丝尊严吧，同时加紧了刚被他懈怠下的活儿，这正是祖母渴望看到的效果。她就是要用这种特殊的方式，去磨砺祖父的筋骨、决心，乃至意志！在祖母内心深处，她还寄望于借这种方式，能锻造出她最希望见到的两个男人，阳刚、坚强！她时常感叹这家的男人，同传说中的入川一世祖和三世祖比，是大大地退化了，她希望他们有一天能重新扬威！

那天，父亲正在抽打祖父，不巧被从租地边经过的芝长公看见了。儿子打老子，这还了得！老人正要发声断喝，猛想起二先生出走后至今还尚无消息，没准他哪天还不如眼前这个改邪归正的人呢，虽然庸碌，倒亦能平安自保，于是便佯装不见，绕道走开了。

二先生悄然出走后，气急败坏的芝长公也不去寻找，无奈李岳氏不依，整天扭住他哭哭啼啼，说，老大做水鬼被你革除族籍，至今人也不回，老二要有个三长两短，我们将来靠谁去？留发不留头呢，你就不怕他被官兵捉住了杀头？芝长公说，杀了头，那也是他活该！李岳氏说，好，你不去寻找，我去！当即行动起来，吩咐长工李六子备轿。她体弱多病，又颠着一双小脚，芝长公不放心，只得自己去了。他估计二先生多半在顺庆府，便去了他留学日本前的阳山书院，城里大大小小的衙门和别的学堂，始终找不到二先生的踪影，也无从打听到他的消息，李岳氏急得快要疯了。一天深夜，芝长公被她突发的叫声惊醒，她簌簌发抖，眼珠往床上床下骨碌碌地转动。芝长公忙问她看见啥了，李岳氏说，人头，人头！原来，她刚才做了个梦，帐帘像敞开的城门，上面悬挂着一排溜十几颗人头，尽都没留发辫，她正要仰望有没有二先生的，突然就掉下一颗，跌落到她怀中。梦醒后，李岳氏再也不肯入睡，吵闹着这就要和芝长公进城看看，芝长公只好把李六子叫来，吩咐他再去寻了几个族中青壮，用轿子抬上二先生他娘，自己骑了白马，一路火把灯笼，连夜向城里进发。天亮前到了城楼下，果然见城墙上有一排溜人头挂着，已有人在那里仰望。他们反反复复地看，并不见有二先生的，但李岳氏仍当场被吓昏死过去。回家后，她疯疯癫癫，夜里常会没来由地惊叫，直到有一天，芝长公终于收到二先生的家书，一遍遍念给她听了，她才慢慢有些好转。原来，二先生离家后竟去了成都，信里还另附了一张纸，是给祖父的。

祖母记得那天天气很好，上午她和祖父在江边洗衣服，父亲也跟去玩耍，满江滩追撵蝴蝶。祖父蹲在祖母身旁，赶在每件衣服下水之前，先摊放到一块平整的石头上，再手拿卵石，使劲碾磨那些躲藏在衣缝里的虱子和臭虫。祖父那时强健多了，掌腕间已有了力气。

芝长公的脸色比那日的天还要晴好，他一手撩着长衫，一手扬着那封信，喜盈盈地往江边走来。祖母见了倏地站起身子，大声喊叫道：

“啊呀！芝长公，是二先生来信了！”

芝长公脚步一慢，愣了愣神。正和父亲专注于碾压虱子的祖父，这时也向祖母侧过脸去，祖母自己也吃了一惊，她那声喜不自禁的冲动叫喊，俨然如同卸下了久压在心头的包袱一般的明快。她慌张地绞着提在手里的衣裳，让它滴答着水珠，一边喃喃地低声辩解，说：

“我瞎猜的哩，也许芝长公另有啥喜事了。”

果然是二先生来信。他在成都给祖父谋了份差事，信中问他愿不愿屈就，祖父把那封信连看了两遍，久久不发一言。从前，受高祖父约束，他不能像二先生那样遂心，才自暴自弃，现在高祖父没了，机会也来了，他反而把握不准自己了。祖母一直在留心观察祖父的神情，见他用眼睛征询自己，便说，天开，可惜我没读过书，也不是个男人哩。祖父似乎懂了，他认真地对祖母说，来凤，我还是想陪你在家种地。祖母就叹息说，唉，我们家现在哪还有地啊？又说，就算还有，那又怎样？二先生他信上咋讲？祖父说，二先生这样讲：“值此泱泱华夏将被世界列强豆剖瓜分，书生报国，古今一同。宁信兄坐视不耳，甘愿伏处墉下，久居田亩乎？”祖母说，这咬文嚼字的！田亩我懂，只不知啥叫墉下？祖父含笑，说，墉就是墙，墉者墙也！祖母点点头，于是问他，啥东西才伏处墉下，不待祖父回答，祖母就扳着指头列数，有鸡、猪、猫、狗、蚂蚱、田鼠、癞蛤蟆……还没数完，祖父的脸早红来白去地低下了。

祖父离家的那个早晨，天无风无云。祖母才送他出门不远，突然头上就阴了，瞬息间黑云攒聚，雨水瓢泼而至，祖父和祖母不得不返回家中，等待天晴。谁知等到的却是那年入夏后的一场梅雨，淅淅沥沥下了十多天，家中的地板和墙壁都潮得直冒水珠，木柱里还钻出许多白蚁，和黑的苍蝇一齐飞舞，密密麻麻。梅雨弄得人心情很坏，祖母把这场雨看成是不祥的先兆。

祖父去成都不久，里镇传回消息，成都闹什么“保路同志会”了，发起者竟然是几个留洋回国的川籍学生！芝长公担心二先生也在其中，又不敢让李岳氏知道，便隔三差五瞒着她去一趟里镇，听到的消息是越来越糟糕！六月，保路同志会发布宣言，派代表赴京请愿；八月，保路同志会召开股东大会，誓言“路存与存，路亡与亡”，很快成都率先罢市，各州县争相响应。

形势还在迅速恶化。保路同志会在川西南发动起义，已聚众数十万，从四面逼近成都；朝廷命武汉之兵急调入川。果然，经武汉上来的商家和船工证实，他们这一水行来，已看见岸上往四川赶路的官兵，急如星火，昼夜兼程。外面风起云涌，二先生和祖父都不曾寄信回来，芝长公天天盼着，也向祖母打听消息。这天，祖母正在耕地，芝长公又跑去问她，说：

“咳！成都乱得不得了了，你当真就不担心天开？”

祖母吆喝着牛，一双大赤脚在犁沟里踩跳着走，她头也不抬地回答道：“担心啥？我只担心他不去乱哩！”言罢，一鞭子狠狠地甩出，直抽打得那头刚想停下来听人说话的黄犊身子猛地往下一挫。

芝长公不理解祖母话里的含意，他分外迷惘地望着眼前这个干活比男人还凶狠的女人。受惊的黄犊负痛狂奔，铧尖滑出地面，祖母的身子赶紧压伏在犁轭上了，嘎嘎声正从她身下源源不断地响起。那是一块向江边倾斜的长地，最远端像一只头雁，仿佛渴了要飞向江边喝水，时值潮涨秋汛，嘉陵江正浩荡铺排。芝长公惊出一身冷汗，正想喊祖母快快放手，就听轰隆一声巨响，人和牛顷刻间荡然无存。

祖母不会水，虽然她和馨儿滚过大河，黄犊也不会水，刚跌进江里时，人和牛都恐慌万状。危急中，祖母迅速冷静下来，她拼命抓牢犁辕，借助它微弱的浮力，使自己不下沉，她还柔声地呼唤黄犊，慢慢地，在最紧要关头勒转了缰绳，人和牛终于脱离险境，接着她又更大声地吆喝黄犊，哗哗地翻耕过来，看也不看芝长公。

不久听说，朝廷马上要大开杀戒。芝长公正急得像热锅上的蚂蚁，不想，祖父在这天回来了！芝长公看见他时，祖父正坐在一张矮板凳儿上，头耷拉着，一根辫子很肮脏地从脑后出溜到胸前，像极了一个刚逃荒归来的穷途乞丐。

“天开！”芝长公这样直呼祖父，“你回来了，我们家老二呢？”

祖母说：“我才骂过他哩。这个脓包，胆小怕事，自顾逃命，把二先生给丢在成都啦！”

祖父的头抬高了些，很委屈地替自己辩护，说，也曾劝二先生一同离开，是他坚持要留下继续保路，与朝廷誓不两立。二先生和另几个留洋归来的川籍学生，果然充任骨干；他替祖父在成都谋到的那份差事，其实就是给特别股东会办文案、写宣传。早知道这样，我就不去了，祖父小声嘀咕，弄不好杀头大罪。祖母忍不住又要训他，芝长公忙摆手道，算了，我看天开做得对！我们家老二呢，八成是洋墨水喝多了。乱臣贼子啊，乱臣贼子！他叹息着出了门，忽又折转身，望祖父，嘴唇嗫嚅着，祖父的目光赶紧躲开了，芝长公费了半天力，说，天开，你知道二先生在成都的落脚地……没容他说完，祖父便瞪着异常恐慌的眼睛，说：

“不，不不！”他声音也变调了，“爷，可不敢去啊。马上要屠城哩！要，要屠城……”

“懦夫！”祖母鄙夷地丢给祖父一句，一面迎向芝长公，说，“爷，啥也不用讲了，我去！明天一早，你让李六子替我牵马。”

“那咋行？你一个妇道人家……”

“妇道人家咋啦？就这样定了！”祖母斩钉截铁地说，顺势又一脚将祖父屁股下的小板凳儿踹倒，“爷们儿，你为啥要夹副卵呢？”

那是祖母第一次出远门，也是第一次跨鞍马，她劳动惯了，又有一双大脚，正好帮助她牢牢地套进马镫。她在马背上摇晃着，途经那些收割后的深秋的田野，只有农人贮藏在野外准备用来越冬喂牛的稻草，还垛码在大树的周围，高高的，看上去像是一棵棵“稻草树”，树冠绿着，树身臃肿金黄，像一只只竖着的腰鼓，距离远些了，那些“稻草树”看上去则像她纺线的纺锤。白马驮着她穿过一丘丘山冈，峰岚树影，落木飘零。

他猜测祖母那时的心情，或许正弥漫着些许的惆怅吧，但更多的，应该还是兴奋和激动！没准刚上路，她就一遍遍在想象见到二先生后的情景。这想象还不受打扰，因李六子头蠢嘴笨拙，自顾攥紧缰绳，在前面低头行走。他粗短身材，呈外八字的腿一蹦一蹦的，像只兔。

李六子在芝长公家做长工，好不容易娶了个哑巴婆娘，头年生了个儿子叫长辛。李六子胃大得像一只口袋，干活从不偷奸耍滑，该九分的力他使出十分，人又老实得毫无脾气，对东家绝对忠诚。曾祖父死后，里村暂缺铎人，芝长公和族人们一番商量，都同意先由李六子代着，等哪天有合适的人了再换下。这李六子代做铎人，糟糕在记性太差，族中议事，他会喊成祭祖；真要祭祖了，他又喊成族中议事。有时，同一件事情，他第一遍喊的与第二遍第三遍喊的各不同。还有，他走路如蹦兔，敲打的铎声蹦跳，人听了都觉滑稽。

那天，李六子就这样牵马在前行，谁知，走着走着白马开始模仿他。祖母渐渐感觉到她屁股下像垫着的一只小白兔一蹦一蹦的。祖母觉得又好气又好笑，恨不能拿鞭子猛抽兔蹦的李六子的脊梁，到底还是忍了，只说，六子爷，你去后面！把缰绳给我。李六子却坚定地一摆后脑勺，不，你妇人家，又才学骑马，有个人牵着稳妥哩。祖母“啪”地一抖鞭子，李六子激灵地猛回头，正撞上祖母凶恶的目光，像个母夜叉，李六子怯怯地交出缰绳，出溜到马腚后。白马失去模仿对象，慢慢走的又是匹马了，祖母心情变好，又有了这大半日的马上工夫，便两腿磕磕，让白马跑了起来。李六子在后面追赶，气喘吁吁。奔驰的白影和白影上颤动的女人，伴着一串串蹄声和钢啷啷摇动的马铃，随日头红着脸西去了。过了些驿站客栈，又迎来客栈驿站，等到日头窝回家睡觉，星星开始像贼一样出来忙活，他们才选择在路旁一家鸡毛店住下。

这一夜，祖母睡得死沉。早晨醒来，李六子却还睡着，祖母叫他不应，就付了店钱，骑了马继续赶路。没走出多远，就听后面李六子在急慌慌地叫喊，祖母头也不回，反狠抽了白马一鞭，瞬间将李六子甩在抛扬的尘土外了……

几天后的一个上午，翻上一座大坡，白马一个激灵，仿佛受到了极大的震骇，祖母忙望前面，竟亦惊骇得屏住了呼吸。原来，坡底是一望无际的坝子，如天落下，整个坝子似忽地直立，却又倒卷着压过来！祖母后来才知道，那就是有名的川西坝子。下坡后，往坝子中间走，稠密的市井村舍，驿道纵横，路较来时宽阔，人却往来拥挤。再往里遥望，叠压压一方城廓，比她到过的顺庆府不知大了多少倍！奇怪的是，离城愈近，行人愈稀，更少见有挑夫脚力、商旅马帮，惟有越来越多的一列列队伍在向前开进。队伍中多为农民，肩扛大刀长矛鸟铳，衣分五色，脚蹬草鞋布鞋，甚至有打赤脚者。从城门洞那边拥过来许多百姓，拖家带口，扶老携幼，见祖母要进城去，就有人劝她，说，谁家的小妇人，没看见这一路路同志军马上要攻城吗，进城去找死呀？赶快打马回头吧！祖母笑笑，亦打马，蹄声倒急了，马颈仍朝着城池的方向。

祖母要找到二先生并不难，临行前祖父写给她一张字条，上面有二先生在成都的地址，她只需向人问问路。祖母去时，二先生到一个什么校场口开股东大会了，祖母又问路去校场口，见那里黑鸦鸦人头攒动，在听台上一位先生讲话。祖母远远地就认出，讲话者正是二先生！先不忙喊他，祖母也像那些人支了耳朵倾听，说的正是保路。她不感兴趣，也听不太懂，她听，只为听二先生的声音！二先生的声音，从来都让她着迷。

渐渐地，祖母从二先生的声音里，仿佛听到了嘉陵江滔滔的奔腾，人群亦随了这江声而变化节奏，或骀荡澎湃，或号泣低咽，或雷霆万钧，海啸山呼，成千上万的人在为二先生疯狂。现在，令祖母着迷的，已远不止他的声音了，还有他无与伦比的号召力。白脸修长的文弱书生，在她眼里瞬息间变得高大威猛，在台上如耸立起的一座山峰！她不由得满情景仰，同时又渐生凉寒，情绪沮丧，那一刻她似乎蓦然看见祖父匍匐在山峰脚下，如惊弓之鸟。她怎么也想不明白，根同一体，血脉一支，又同读圣贤，为什么二先生就如此英武刚强，大义凛然，而自己的丈夫竟那样怯懦卑微，藏头顾尾？

祖母正心绪烦乱，人群开始散了，二先生突然来到她身旁，叫了声，兄嫂。祖母一惊，问，怎么就看见我了？二先生指了指白马，原来祖母还骑在马上！祖母下了马，笑起来，二先生顾盼四周，问祖母，肇元呢，你来了他怎么没来？祖母赌气道，他要肯来，当初也不会撇下你了。二先生感慨地说，唉，肇元兄也真是呢。不由得夸赞祖母，女流辈骑白马独闯成都，这般敢冒风险，巾帼不让须眉。祖母被他夸得不好意思了，赶紧拿出芝长公的信。二先生拆开看了信，又问了些家长里短，手不停地在白马头颈上摩挲，好像这样就摸着家乡了。白马似乎也很眷恋这难得一见的二少爷，它用嘴去蹭他的衣袖，不时还昂头喷声响鼻，空气中便有了嘉陵江水草的气味。

二先生安排祖母在一家小客栈住下，那儿离他办公的地方不远。成都的形势越发的剑拔弩张。街上很乱，二先生他们要忙着应对时局，祖母就只好在客栈里呆着。很多次，她听见二先生在外面敲门，直呼兄嫂，慌张地去把门打开，迎进来的却只是一股冷风和小客栈特有的霉潮。有天夜里，她反复惊醒，也不曾做啥噩梦，只是没来由一次次心惊。这天，夜深了她才将睡下，不想，二先生倒真的来了，是催祖母明天起程，顺带捎封回信给芝长公。祖母面露难色，说，临行前芝长公再三叮咛她，这次无论如何要接二先生一同回家。二先生说，值此危难关头，正该我辈挺身而出。我信里已讲得清楚，你只管拿给家父复命。祖母想想也不再坚持了，她满怀崇敬地盯住二先生，说，那天听你讲话，相信你做事总不会错。我要是个男人，我也会像你！二先生激动起来，一把攥住了祖母的手。等到他发现，急要抽出，不想反倒被那只手更紧地攥牢。

祖母每次讲到这里便停住了，她接着讲，第二天她起来很迟，牵着白马才走出客栈，就见街上吵吵嚷嚷，人都拥往一个方向。祖母一番打听，得知有几位带头闹保路的首领，已于昨日被官方诱捕，市民们都争着去督署衙门请愿，要求放人。因川汉铁路获先帝谕旨，准由川人筹资修建，内中就有不少人手举光绪帝牌位，一路号泣呼冤，载歌载哭。祖母担心二先生，便尾随人流而去。

督署衙门前早已是人山人海！那里把守着大队官兵，像扎起了几道坚固的栅栏。这时请愿的人群中有人在喊，我们要见川督！请川督赵尔丰出来说话！祖母听得真切，那喊的人就是二先生！心还没有放下，就听得人们在跟着他呐喊，山洪暴发般急吼吼的。紧接着，又听二先生喊了嗓什么，人们都奋勇向前冲去，一时像水涨连天，一浪压过一浪，那几道官兵的栅栏，瞬间无了踪影。然而，就在这时，祖母听到了枪声，很清脆的一响，接着就密集得跟爆豆子似的。人潮也像撞上了森严壁垒，被砸成碎末，再狠狠地掷回，抛撒一地。到处传来奔跑的脚步声、哭喊声和叫骂声，空气中顿时被硝烟与血腥的气味所弥漫。

祖母也被裹挟奔逃，身不由己。等到终于可以停下，她才发现白马丢了！白马是芝长公家的爱物，自从被高祖父弄丢的那匹白马，意外地驮回两大箱金银，芝长公家从此便只选纯白品种的马来养了。但祖母现在最着急的不是丢了白马，而是二先生的安危，她冒险回头寻找，路上踩着无数被弄丢了的鞋、烟袋、衣帽，还有数不清的光绪帝的牌位，也在她大逆不道的脚下纷纷碎裂。回到督署衙门前，兵们却都不见了，空地上只躺着几十具尸体，像嘉陵江退潮后搁浅的鱼，眼珠鼓着，嘴巴大张着，满地斑斑血迹。她俯下身在死人中间寻找，没发现二先生，这就惊慌得喊起来：

“二——先——生！二——先——生——哪——！”

听不到二先生回应，她就固执地喊着，直喊到声带嘶哑，嘴角流出血沫。那些像鱼一样偃伏在江滩上的尸体，竟被她喊得一次次挺立，也像鱼挣扎着要重回水里。恍惚间，祖母觉得自己也是那样的一条鱼了。

几天后的一个早晨，李六子的哑巴婆娘去江边洗衣服，在进村的路口发现了祖母。她已气若游丝，背像尺蠖似的伸缩，却不能向前爬行。哑巴婆娘将她抱回，每个见到的人都很难过。经镇上来的老郎中诊断，祖母这是患了一种可怕的伤寒，没死在归途，简直就是奇迹。

祖母此番九死一生，直到又昏迷了些时日才渐渐苏醒。她感觉自己还像走在那条白马曾经过的官道上，太阳和天空在头顶石磨般地嘎吱吱转，脚下软绵绵的，像踩着云。有时，她又感觉在贴地爬行，黑黢黢的周围静得只剩秋夜鸣虫，以及从她身下发出的像蛇行的嗖嗖声。她恍惚进了路边一块红薯地，刚刨出红薯，就被手吃掉了，又仿佛那不是红薯地，而是在官道旁的茅屋人家，她站在低矮檐前，手捧着向主人乞讨来的半碗稀粥，这回用嘴不用手了，但吞咽却异常艰难，喉咙仿佛被针卡住。碗里突然照见了路旁的水塘，她趴下去埋头喝水，两手艰难地拨开乱草榛芒。她时不时地感觉头痛欲裂，体内大火燃烧，人如一团火球，好不容易才熄灭了，却又似骤然掉进了冰窟，牙齿嗒嗒地打战。她记不清是在霞落露起的黄昏，还是在秋光靡荡的早晨，走着还是爬行着，耳畔隐隐传来熟悉的水流声，等到声音大些了，她似乎就嗅到了水草和鱼虾的气味，甜腥的，幽幽艾艾，那么迷人。嘉陵江已近在咫尺，但真触摸到它时，却又转换了日月星辰。太阳还沉沦在地平线后，那条著名的大河被月光浮着，江面伏着很宽的雾带，睡蟒似的一动不动，只在最远处将头伸进深远的峡谷。里村的轮廓朦胧得像一摊鸟窝，已见的几粒灯火，微弱得像是萤火虫。鸡鸣声传过来，很低沉，她分不清这是梦境还是现实，有一阵轻松，彻里彻外，随后更深的疲惫便沉沉袭来，人便像一直绷紧的弦，猝然断裂了。

其实，祖母还未到家之前，里镇已议论开了这场成都血案。现在，李岳氏从刚苏醒的祖母那里得到证实，但她却无论如何不相信二先生还会活着！这是因为，祖母捎回的那封信里，二先生有这样一段：“……今事既急，惟抗争到底，别无退路。并从兹肇始，力促朝廷再图维新变法，非如此不能雪洋夷之耻，擢中华于强国之林！儿自留学归来，常恨无门报国，今当登高奋起，引颈成快！……”由此，她坚信二先生已经死了，竟日日到江边，呼喊二先生的名字。她就这样喊着，终于于一日，走进了江水深处……三天后，人们在里村下游那弯弓流处打捞上她的尸体，发现她双手绕指成环，铁铸似的掰也掰不开，仿佛在箍紧幻影中的二先生。

芝长公给李岳氏办丧事，打发李六子去里镇置办寿衣孝服。李六子去不多时，突然就兔蹦着两腿回来，该办的一件没办，手里攥着张报纸，已被捏出了汗，人喘得上气不接下气。原来，因这场保路风潮，革命党趁驻武昌的清军奉调入川之际，已乘虚起义，一举攻下了武汉三镇！事情都登了报纸，在里镇传得沸沸扬扬。这李六子从来缺心眼，那天却买回一张，想让芝长公找找报上有没有二先生的消息，果然真有一篇，极状二先生如何领头去督署衙门前请愿，不避生死，慷慨悲歌。报由祖父读给芝长公听，他近来眼睛不大好使，祖父念到中途，忽然停下，似有所触动。

“往下念呀！”祖母哼哼地问，“你怎么不念了？”

祖父再往下念时边偷觑祖母。每次都看见祖母在嘲笑他，目光里带着冷漠。

第六章

这年春天，江面上出现了那条拖着黑烟的大船。祖母清楚地记得，那天村里来了讲圣谕的，族人们都听从铎声召唤，到祠堂前的坝子去听圣谕。

李六子已经不代做铎人了，改由祖父接替。原因在祖母弄丢的那匹白马，李六子懊恼那次被祖母途中扔下，没能跟她去成都，否则白马就不会丢失了。虽然没受芝长公责备，但他觉得很对不起东家。他相信这匹白马仍会创造奇迹，没准哪天就又驮回来两大箱金银哩！他可不敢奢望得到东家褒奖的土地，只求白马平安到家，以减轻自己的过失。他惦记到走火入魔，没少眺望村前江道和村后那道隆凸的短冈，把路望白了白马也没有出现。有时正干着活儿，他还会突然趴下身子，耳贴地倾听。李六子把自己熬得神思恍惚，不仅多次错传铎令还把神圣的木铎敲得像马蹄驰骤，人亦像马一般满村巷地疯跑。尽管这症状后来慢慢消失，但芝长公和族人们都觉得他不宜再代做铎人了，这样祖父便做了铎人，延续了曾祖父做铎人的历史。开始阖族尚有争议，全仗芝长公竭力支持，说祖父早已远离了馨儿，又戒绝鸦片，行为再无不端，浪子回头，实属难得。

祖父敲击的铎声、喊传的铎令，却与高、曾祖父们不同。他深厚的旧学功底，能把各种铎令编成韵文，歌呼鼓吹，朗朗上口，每一下铎声都被敲响得似字字珠玑、沉厚雄浑，仿佛来自江心波涛，又俨然他当年在私塾里正诵读的四书五经。每当铎声响起，铎令传来，嘉陵江边的这爿小村，除却一派祥和安宁外，更平添了几分风雅清穆，浓浓古韵。土地、道路、溪流、村庄、屋舍，在铎声响起时如一册册、一页页被打开的经典，如同书中方正的象形文字，虽然僵化但却组合排列得极其有序，这经典告诫每个人必须谨言慎行并严格遵从。祖父的铎声还能因事变化：阖族祭祀，庄严恢弘、绵长厚重；

讣丧吊孝，哀婉悲恻、若思若诉；逢乐遇喜，嘀呖鸟啼、雨打晴空；某人将遭惩罚，沉痛恨怨，似长者诫之谆谆。日子久了，里村的族人们但闻铎声，便能猜测到铎令的大致内容。

祖母却是个例外！自从祖父做了铎人，她就越来越怕听见铎声，初始感觉头痛欲裂，那支铎槌似乎在她脑门上一下下地敲击，而后开始翻肠倒肚地呕吐，直到把胆汁都吐尽。每当铎声响起，她便赶快用手捂紧耳朵，或将棉球塞进耳朵。所有应祖父铎声召集的家族活动，能躲避也尽量躲避。这天听讲圣谕，要不是二叔死缠，地里又没有非赶着要做的农活，祖母也不会去了。

二叔那一年刚过两岁。这个家中的老二，该当不秉承家族宿命，他八个月开口说话，十个月开始行走，活泼顽皮，周围总聚集着一大堆孩子。结果总有邻居三天两头来找祖母，诉说自家崽娃被二叔打了，或是他领着娃们偷摘了园地里的瓜果，再不然就是去谁家翻箱倒柜，打坏了不少值钱的东西，但这丝毫不能影响祖母对二叔的偏爱。父亲的性格越来越像祖父：谦逊、阴郁、内敛、温良，至于懦弱，有他时常从学校带回的各种伤痕作证！那时父亲在镇上读书，欺负他的人有同学，也有街坊间的恶少，父亲从来都是忍让，打不还手，骂不还口。镇上方姓首富是袍哥总舵爷家的方五少爷，有一次他竟当街拦下父亲，揭了他头顶的瓜皮帽往里尿尿，尿完又命他戴起。父亲竟乖乖地听从，任尿液像破伞顶漏下的雨水，在脸上乱淌。祖母后来得知，冲父亲一通臭骂，骂完了又放声大哭。父亲在一旁垂手侍立，他一点儿也不明白祖母为啥要如此伤心。祖父拿着一块儿绢布，蘸了桐油，在灯下极专注地擦拭木铎，铎身和铎槌渐渐地变得锃亮了，屋子里也有了些那种木材特殊的幽幽香气。谁知祖母竟被这种香气激怒了，她冲过去夺下木铎，“哐”地扔到了墙脚。幸好铎的木材坚实，在地上砸出个坑并未损坏。祖父笑笑，父亲忙弯腰替他去捡，祖母见了更哭笑不得，叹息地说：

“老天爷啊，你真是啥窑窑烧啥罐罐！这父子俩咋就一个更比一个熊呢！”

父亲学国文也如祖父一样聪颖，一点即通，而新开设的美术、算术、体育和自然类科目却总不大好。上体育课时他常在一旁呆着，面对操场上的龙腾虎跃，他百无聊赖地望着。他画的鸡蛋愣是像蟠桃，画的蟠桃则像鸡蛋；算术的阿拉伯数字3，经他写出来像个驼背的人在躬身跪着，他的算术老是算错。二叔的性格和父亲截然相反，祖母那么彻底地憎恶祖父，自然对二叔要另眼相看了。

那个早晨祖父的铧声刚响，二叔便迫不及待地拽祖母出门听讲圣谕，不去就不依不饶。原来，自民国初创，皇帝被推翻，圣谕便少有讲了，几年中到里村来讲圣谕这还是第一次。讲圣谕的父子俩因生计无着，不得已才出门混饭。后来他们又来过几次，大家知道了他们姓陈，人们都习惯叫老陈圣谕和小陈圣谕。那天主要是听说唱，故事仍多为因果报应、节义忠孝，老陈圣谕所讲的并无特别的新意。带彩的应属小陈圣谕讲时事，从孙中山推翻清朝到袁世凯复辟帝制一命呜呼，他一路讲来滔滔不绝，或悲愤难禁，或长歌当哭，或喜不胜喜，或忧愁未来，无不绘声绘色，情动于中。听的人亦时而感觉到地走沉雷，时而又不禁咽喉哽哽，忧愤绵长。祖母也沉浸其中，不曾注意到二叔早已从她身边溜走，此刻正同一群孩子在江滩上疯耍疯玩。“圣谕”快结束时，二叔他们从江边飞跑回来，头前有个大点的孩子，嘴里直叫：

“哟哟！大人们快去看啦，江上有条船冒烟了！着火了！”

场上乱了，人们都争着拥向江边。果然看见有条大船，正飞快地逆流而上，拖着浓浓的黑烟，突突地吼叫。那声音震荡峡谷，波涛展开，像宽大雪白的鱼鳍，哗哗地扫向沙滩，直到船过去一阵了，岸上的树木花草才重新慢慢地直起腰来。船上的人来到船舷边，跳着、笑着、喊着，向岸上的人纷纷招手致意，并未显出因船“着火”而惊慌。那船很快远去，比不冒烟的船快多了，直到那拖着的黑烟融入天边深长透明的岚影，里村的族人们还一个个呆若木鸡立在原地。

祖父管这条船叫“机器船”，族人们却偏爱叫它“怪物船”。随后的几天，总要有那么多的人去江边守候，想再次目睹到怪物船，想弄清船舱里是否藏着妖怪，但它却始终再不曾露面。人们传言它在上游的什么地方触礁，船毁人亡；又有人赌咒发誓，称他在某天深夜，听到它突突突顺江而下，醒来后急赶到江边，正看见一点灯火远去，烟消融在它身后的星空，像是一条江。人们再见到它已是多年以后，往来的多了，终于也就改叫它机器船了。又听说，机器船最早能驶往嘉陵江，还多亏了二先生几上重庆与一家啥轮船公司交涉磋商，才最终说服人家前来试航，目的在于探明水路，为机器船日后大举进入嘉陵江做前期准备。

自那次督署衙门前发生血案后，祖母再见到二先生时在民国二年，时逢清明。那天忙完一应祭祀，里村的族人们就聚集到祠堂的坝子前，过一年一度的“清明会”。清明会又叫“吃清明”。据说自四世祖兴起，从无罔缺。一年中每到了这天，但凡一姓宗亲，不分远近贫富，无不整肃衣冠，倾巢出动，从四面八方奔向祖祠，像一条河分布出去的无数支流，最终又汇集到源头。“吃清明”通常用八大碗，蒸炒煎烹，体面的再配八小碟凉菜，主食多用磨成的碎米，拌以腊肉、香肠、花生、豆腐，煨焖得明亮油黄。与“吃清明”对应的还有“吃官酒”，即族中但凡谁家来了客人，必视此亲共有，家家户户都非得要备一盘下酒菜，送过去款待了。料理下酒菜多为妇女，然后由她们亲自送去，临了被请去“吃官酒”的，则多为这家主事的男人。可惜“吃清明”吃断在共和国初年，“吃官酒”也仅“官”到史无前例。

在民国二年的那个清明，里村的族人们尚未宴开，忽见村前江道上出现一行人，二先生领前走着。原来，二先生那时已在省府担任实业部要员，此次回家省亲，被地方获悉，官员纷纷奉迎趋从，虽经他婉言谢绝，无奈还是有人坚持尾随而来。

二先生此番回家，给族亲们都送去了小礼物，祖母收到的是一面玻璃的小圆镜，果然明亮百倍，镜中人也漂亮多了。从此她对那小圆镜宝贝得不肯示人，连祖父也不让碰。祖母照着它梳妆，常常手就停了，心中充满甜蜜。原来，自那次在督署衙门前的死人堆里没见到有二先生，她一直为其萦怀牵挂，何曾想到他会这般显荣归来，还送给自己这件与众不同的小礼物！

这天祖母突发奇想，她将小圆镜悬挂在帐幕杆头，照着自己一件件地脱衣裳。虽然她那时早已做了母亲，但镜里的胴体依旧炫目，很快连她自己都着迷了。一时忽发奇想，按捺不住冲动，就急切呼唤祖父，想要他来参与完成一件更有趣的事情。祖父进来了，他惊呆了，不是因为祖母诱人的身段，而是在他读书人固有的性意识里，女人总应该被动，如此放浪猖獗，简直不齿于良家妇女！但他悚于祖母雌威，勉强着，像遭胁迫般。祖母却兴致高涨，脸充血涨得通红，眼睛亮得像发情的牝猫，她的注意力却并不属于祖父，而是望过他肩膀，那帐幕杆头挂着的玻璃小圆镜像荡漾在水面的太阳。阳光纤毫毕现，曾经熟悉的陌生了，一切都那样新奇，那样极富挑逗与刺激！最奇妙的是祖母看见镜中的祖父似乎变成二先生了！她丰沛的欲望更加泛滥，身心像卷入嘉陵江的激流，人成了一叶舢板，被浪涛迅猛冲撞，飘零。祖父远非神勇，又因心有障碍，便更加不配合。他愕讶于祖母异乎寻常的疯狂，也注意到她目光不在自己，扭回头时终于看到了那面圆镜！祖父仿佛受到惊吓，镜中不堪入目的景象，让他一下就羞软了。祖母却还在沉浮，等到她察觉平静，屋里已没了祖父的踪影。她气得顺手扯过床单，裹紧身子，抄了把笤帚急撵出去。祖父在前面走着，祖母边追边气急败坏地叫喊：

“天开，还没完呢！你往哪儿跑？回来，快给我滚回来！”

祖父回头一见，便撒腿跑开了。祖母将手中的笤帚狠狠地朝他掷去，正砸着祖父的脚后跟，祖父又接着没命地奔逃。那以后很长时间，他每和祖母同房前，总会下意识地先瞅瞅帐幕杆头。

里村人看厌了机器船频繁出现在嘉陵江上，也不觉有啥稀罕，但这一天突然有十多艘机器船首尾相接，鱼衔驶过，他们不胜惊喜，争相往观。直到船队驶入远水，消失在云天外，一干人想要从滩涂上撤回时，才发觉他们已被虾和蟹重重包围，任怎的也挪不开步！

原来在蜿蜒起伏岸线的洁白柔软沙滩下，栖息着的这些膻腥水族，被刚过去的庞大的机器船队激扬上了岸。那些虾都个大色青，须触如刺，蟹们也多嘴钳锋利，壮硕横行。它们拥挤掀腾，互不相让，很快就爆发了一场大规模的武斗：虾与虾与蟹，蟹与蟹与虾，或单兵对垒，或集团冲锋，须钳交接，忘命厮打，转瞬遗尸遍地，其惨烈程度，丝毫不逊于军阀混战。如此恐怖浩大的虾蟹争斗场面，令人惊惶不安，深恐天降大祸。芝长公要祖父赶快查找根据，怎奈他翻遍家中典籍，也没能找到相关的记载。

那时的祖父，既安了心要种庄稼，也就认真从头做起。他时常就农事请教李六子，这个芝长公家最蠢笨的长工，种地喂马却是一把好手。有时祖父走着路，吃着饭，嘴里亦总在无声地嘟囔，仿佛在默诵一篇艰深的古文。有一次他嘟囔出了声音，才知道他背的是一年中十二个月的农事！祖母闻听哈哈大笑，原来他把该六月做的农事，一不小心放到了十月。后来祖父将十二个月农事整理出来，写到墙上，蝇头小楷，到时该做啥便一目了然：

正月，棉花地翻泥；二月，麦田菜地施肥料；三月，秧田布谷，加泥于田塍，育种苕，种瓜种豆；四月，育蚕蚁，刈麦，种苞谷，种棉花；五月，插秧，摘茧，栽苕，棉花地锄草，种黄豆，种芝麻；六月，稻田施肥料，稻田戽水；七月，薅秧，扯稗，荅地提藤锄草；八月，获稻，获棉花，获绿豆、黄豆，获芝麻；九月，犁田，加泥于田塍，种菜；十月，挖苕，耕地，种麦，种豆；冬月，捕鱼，樵薪，垦桑地；腊月，杀年猪，涤祭器，祭神，祭祖……

很快祖父件件学会，惟力气欠缺又极斯文，身体虽不十分强壮，却也不再像从前那般羸弱。加之祖母内外操持，这小小佃农之家，开始生机转换，日显丰盈。祖母和祖父盘算着，照这样再有几年，他们好赖就能买些土地，慢慢结束佃农生活，重回到过去的时光。只是他们有时又很犹豫，觉得当今做佃户也没啥不好，虽然要交租谷，却省了地亩上越来越不堪承受的捐税和无尽的烦恼。

原来自护法战争滇军讨袁入川，曾一度结成倒袁联盟的川、黔、滇之军，在袁世凯被迫取消帝制一命呜呼后，现在不知为何又彼此间打得稀里糊涂。后滇、黔军退走，四川军阀虽各自划定防区，占山为王，却又彼此觊觎，互相争抢地盘，直到国共两党联合北伐功成，国民党中枢掌控，他们明里归统，实则仍据地称兵，勾心斗角。蜀水巴山，祸乱频仍，狼来虎去，兵戈流水。

这方面很多史料，都互为印证，历史记载，直到川军出川抗日，四川军阀关门自斗，不务远略，在巴蜀大地发动的大小战争多达四百余场，为全国之最！而每次防区易主，老百姓都要遭受一轮横征暴敛。其时在乡间，地主最受煎熬，因为所有苛捐杂税都按地亩征收，土地越多，被滥征的就越多，有时多到一年两征、三年五征，弄得不少地主纷纷弃地逃亡，有的倒需佃户们去救济。

芝长公就曾有过这种遭遇，他不仅倒了大霉，还连带祖父身陷行伍，从此彻底改变了命运。

第七章

父亲懦弱如同祖父，又畏惧恶少欺凌，几个寒暑往来，便抵死也不肯再去学堂了。二叔才刚发蒙，就有同学的父母陆续找上门来，说自家的孩子遭二叔殴伤，要求赔付医药。二叔没少被祖父罚跪、打手板。挨打时他不吭不哼，气得祖父常拿他和小时候的水鬼老大作比较，说，不定哪天祖父也要学芝长公，将他逐出家门。祖母有时袒护二叔，向来不动怒的祖父这时必冲她大发脾气，说，何袒护之有？古往今来，待子弟严厉者易成至德，姑息者多招败行。教小儿宜严，严气可以平躁气。祖母说，是小儿就该有躁气。他要没躁气，长大了也就不是个男人了！祖父只好顾自摇头，感叹此子大不类父。祖母说，他也要真像你呢，那这家的男人就没个好指望了！祖父并不觉得自己这样有啥不好，有一次他耐着心性，给祖母讲什么天下至柔，莫柔弱于水，而攻坚强者，莫之能胜。他讲得颇有些得意，孰料，祖母不假思索，回应了一句，祖父的脸色立即难看得像霜冻的茄子，从此再也不拿水作譬喻了。

“问题是，”祖母打个哈欠，懒洋洋地应道，“你们这家的男人，软得像豆腐，快提都提不起来哪。”

祖父虽受到糟践，却仍时常责罚二叔，并对他越来越忧心忡忡。他坚信忠厚传家的真理，反而更喜欢父亲。虽然父亲不再上学堂有些可惜，但祖父却可以抽空教他读些古文，儒家正统，首要四书五经！于是在午间溽暑，在寂长冬夜，芝长公和里村的族人们总会听到祖父的抑扬引领，父亲的顿挫读诵。时间长了，父亲还真就长了不少学问。

祖母谈论二叔最多的，是那年夏天的一个午后。那时她和祖父正在家午睡，忽然听江边传来叽哇哭喊，原来是里村在里镇读书的孩子，他们像被鹞鹰追逐着的一群小鸡，正没命地向村里逃来。祖母以为他们又是在玩军阀打仗，向例是二叔在后面得胜追赶，谁知祖母看了半晌，却久久不见他露面，孩子们的惊慌也不像是在做游戏，祖父和祖母这才感觉到不妙。

事情比想象的要严重。原来这天放学后，二叔和同学们去江边玩耍时，看见江心驶过来一艘货船，还不及靠稳码头，盖货舱顶上的油布就被突然掀翻，从舱里纷纷跳下穿黄皮的丘八，一上岸就同原驻防军开了火。码头上立时弹雨横飞，人们哭喊惊窜。里村上学的孩子们都平安逃回家了，祖母急着去里镇寻找二叔，谁知刚上江道不远，恰看见二叔正迎面走来，边走还边往空中抛掷着什么东西，而每一次抛接，在夕阳的折射下总闪耀一点金光。他们这才得知二叔看士兵们打仗，兴奋得不得了，直到新来的队伍将原驻军驱赶殆尽，他在地上捡拾到几粒子弹壳儿，才想起该回家了。

第二天，担惊受怕的祖母将二叔锁在家中，不让他再去学堂。谁知二叔却逃走了，其手段竟离奇得如当年芝长公家的水鬼老大——锁和门窗完好，人不见了！祖母忙动身去里镇，却在村口碰到几个带枪的官兵，他们拦下祖母，向她打听这村都有哪些大户，然后立逼着她领路去找族长。芝长公好酒好菜侍候着官兵们，刚打发走他们，这就紧忙让李六子去叫来祖父，吩咐祖父快快击铎传令。祖父这次将木铎敲得破天荒的十万火急。人皆眼见芝长公家来过丘八，都知道准不会有好事。

——果真如此！原来这次里镇和顺庆整个防区易手，新来的军阀又要开征捐税钱粮。族人们都围住芝长公吵嚷，说，才被打跑的那帮豺狗，已搜刮走今年全部的赋税了，这新来的一拨不认账，又要重新征收，还要不要老百姓活了？又说到过去几年已换了好几茬军阀，没有谁不狠心搜刮地皮，要不是二先生从中斡旋，日子早没法过了。从前，里村族人无不感念入川始祖，赞颂他为后裔们选了这么块风水宝地，现在倒羡慕起荒江偏远，渴望深山野渡的生活了！

芝长公拥有土地最多，摊到的征粮和强要他认捐的军饷，数目都大得惊人。几经敲骨吸髓，他早已无多积蓄，便只能还像以往，派李六子给二先生送信，要他在城里务必疏通。但事与愿违，李六子带回来的消息是，二先生这次碰壁了！

当时二先生早已不在省实业局担任要员，而是回顺庆筹备地方自治，其后历任川北《民声报》主编、顺庆中学校长、嘉陵江丝绸商会顾问、川北抗敌后援会副会长……直到渐行渐远，最终淡出。

他推想二先生那次去见军阀，应该是以《民声报》主编或顺庆中学校长的身份，已无官职，影响又远不及当年，大概递了几回名帖方得见。见多了国产电影中的军阀，多庸俗粗鄙、耳大头肥，他宁可把这一个想象成柴瘦羸弱。二先生被副官领进时，这柴瘦的军阀正卧吸烟枪，对他爱答不理。直等到烟瘾过足，方龇龇黑牙，问二先生何事禀报。二先生陈情事由，不卑不亢。柴瘦没听完就忽地恼了，坐起来冲二先生一顿粗训，说，你当你是谁？脸面有多大？都像你请求减免，老子们还东打西打做啥？副官该是读书人出身吧，想必他听说过二先生，便忙去柴瘦腮前耳语。柴瘦还没听完，横瞥了一眼副官，说，哼，那又怎样？落毛的凤凰！他们这些洋秀才当初要不起来闹事，这天下也不会有今天的大乱了！便讥诮二先生道：

“天下是被你们文人弄乱的，害得我们武人出来收拾，现在倒怪罪起我们多收老百姓钱粮了！这乱世当真还有没有个理讲？”

以前被赶跑的那几个军阀，大凡知道了二先生是谁，好歹也要送个人情，做个结交，以备后用。哪知这柴瘦的反打一耙。秀才遇着兵，就有理也讲不清了。二先生也不愿讲，他只能用愤怒噤声，来表达更强烈的鄙视！

不能疏通，芝长公已到了无路可走的地步。这天，他在家闷坐了半晌，突然很想去看看李六子和他家的佃户们！

那时快近黄昏。李六子正在畜棚前给牲口铡草料，他的哑巴婆娘在帮着把稻草喂进铡槽，而他们的小儿子长辛，却将铡短的稻草不停地往空中抛扬。夕阳和稻草都纷洒着金黄，稻草的金黄又要比夕阳更具质地，还散发出甜丝丝的气息。去年新来的小长工天宝，此刻从江边给白马洗刷了回来，没事好做，就拿出两只臭鞋，也不停地往空中抛着，并闭上眼睛，口中呢喃着。这孩子去年死了娘，爹又患肺痨，芝长公念在族中人的分上，答应他来家做小长工。两只臭鞋都已开帮裂隙，从空中落下时，还掉出些泥沙、草屑和秸秆皮，以及鼠粪疙瘩和他拴马时从畜棚带出的马粪！芝长公知道这孩子在没事的时候，总喜欢用这种方式打卦，也不知占卜的都是什么内容，没准儿是在问他爹的肺痨何时能好起来吧？瞧着李六子一家和悠闲玩卦的天宝，芝长公倒突然十分地羡慕起来。

他来到野外，那些在他家土地上忙碌的佃客，或耕或耘，或浇或灌，一家家、一户户，时不时就响起笑声。他知道这都是因他们交清了小春的地租，入夏后雨水又异常丰沛，庄稼处处油绿，不用担心交不上大春的租谷，无土地也就不会有土地带来的忧愁。他懊悔这几年一茬茬的军阀横征暴敛，为什么自己就不忍向他的佃户加租？不是没想到，实在是他觉得那不该成为加租的理由，他不能把军阀强加的负担转嫁给佃户！何况租种他土地的又多为里村李氏族人。再说，加租要租佃双方议定，多了，佃户们不肯往土地上投入，也不见得肯卖力气，到头来地力破坏，吃亏的还是自己。如果再多到交了租少有余剩，佃农们也会退佃，选择新的地主。此刻，他真的羡慕起家里的长工和佃户们了！只要劳动，只要交租，全然不用像他为土地多而所累。

祖母至今还能清晰地描述，那个下午芝长公巡视他的租地，不仅没有往昔的雍容与沉着，甚至还有些自卑。虽然他亦同佃客们打招呼，亦笑，但声音却不似他们听惯了的那如朗朗洪钟般地震荡。他来到祖父母租种的土地，一望茂盛的高粱，正结了沉甸甸的籽实，顶尖部分已现了丝微的酡红。前夜江面刮来大风，许多高粱被吹倒了，祖母领着父亲和祖父，正在将它们一株株扶正。芝长公站在地塄上，眼睛望着高粱又像在望这一家三口。祖父和祖母忙丢下手中的活儿，过去同他说话。父亲蹲下小憩，他循规蹈矩地凝望着眼前的一株高粱，有一队蚂蚁正在秆节间爬行，这边上去的那边下来了，接着再上去，如是循环往复，首尾相衔，像那时到处都过不完的士兵。父亲看得眼睛乱了，目光仍不肯离开，直到祖母拍了一下他的头，他才发现大人们的谈话已经结束。

"还是你们好哇，"芝长公离去时感叹，"只管给我交租，再不用管土地上那么多捐税。唉，弄到这……"

祖父同情地望着芝长公，"那么，"他谨慎地选择着词句，"难道他真就没有别的办法好想了？比如，比如……"

"比如让他拿出积蓄？"芝长公大摇着头，"他拿薪吃饭，还总要资助几个穷学生娃，还要每年下乡去劝课农桑，帮穷人买些蚕种桑苗，还要……前几年又娶老婆，眼下病恹恹一个……"

祖母心一疼，不知是为芝长公说的那个病恹恹的女人，还是为二先生。

芝长公走后，祖母发了一阵呆，突然扔下祖父和父亲，朝着江边，朝着里镇的方向疾走而去。那时夕照已全无，暮色从江面、从江边的草丛和树木间升起，迅疾向两岸铺卷，很快便漫布了天空江河与村庄大地，隐没其下的鸡鸣狗吠、妇唤儿归，一声声的喑哑阴沉，似突围不出这绵密厚实的帷幄，只能像被网住的鱼在网里碰撞呻吟。

或许你已约略猜到，祖母这是要连夜赶回娘家找她爹龅牙。她到里镇时家家的灯都鬼火似的亮了，有特别红亮的，那是挂在酒馆、澡堂和妓院门前的灯笼，招摇进出的多为穿黄皮的驻军，三三五五，歪七劣八，或酒气喷天，或淫调浪唱。码头有哨兵在行走，身背长枪，手提灯笼。过江的船已停止摆渡，艄翁尚在舱中，一碗酒、一把炒胡豆、一嗓子川剧高腔。祖母再三央求艄翁，许诺给他多几倍的铜钱，他也置之不理，只顾做这快活神仙把酒高唱。祖母一急，拽住艄翁叫喊，说：

“老叔，我这有紧急事呢，劳烦你吧！你要再喝再唱，信不信我这就敢把你扔下江去！”

醉眼迷离的艄翁酒像一下醒了，他朝祖母直翻白眼，却又来了一段老生韵白：“呀！小娘子，还能有啥紧急事呢，莫非你这是要去追赶潘郎？”

祖母不知道有出戏叫《陈姑赶潘》，讲的是尼姑陈妙常和书生潘必正相爱后潘必正不辞而别，走水路悄悄离去。小妙常赶到江边，求老艄翁驾船追赶。为了让此艄翁快快摆渡开船，祖母便胡乱点头应了。艄翁大乐，说，如是，老生开船来哉！一边解缆摇橹，一边再韵白了声腔，唱起了小旦：

“咿呀！潘郎，我妙常这就来也——！”

入夜刚有些倦怠的嘉陵江，再度被船被艄翁和鱼们激活了，在船横过的这段江面，那种咸腥的、微甜的和各种水生物混合的味道，比白天来得要更生鲜，更浓郁，刺激得祖母肺叶张开，头脑异常清醒，思考着见了她爹龅牙，该怎样说动他。

等到她赶回娘家，只见家中一派狼藉，院墙角落的那棵老杏树也已被扒倒了，她爹龅牙双目失神地守着树下一摊青花瓷缸的碎片。来龙、来虎兄弟俩瑟缩在一角，吓傻了。原来这个家刚遭遇土匪，不仅现有的财物和龅牙囤积在家准备相机出售的生丝被悉数抢劫，土匪们还将父子仨威逼吊打，很快撬开了其中一个的嘴巴，也就撬开了外曾祖父窖藏在老杏树下的那缸金银。

当年他不肯借给女儿去偿还女婿欠水云间的债务，如今却白送给了土匪。祖母本是冲着这缸金银来的，路上已想好了怎样说服她爹，现在看来说什么都没用了。

“嘀嘀，来凤，你都看见了？早知道会这样，当初……”龅牙哭着，负疚地低下了头。

祖母只得安慰他，说：“爹，都过去的事了，还提它干啥！只要你和两个弟弟活着，就比啥都好。”

祖母从娘家回来，获悉芝长公已被抓走，解送到顺庆的驻军司令部了。空手归来的祖母，现在只能谋划着该怎样救援。这天她备下酒菜，让祖父去通知芝长公家的所有佃户来家议事。祖父迟迟疑疑，想问又不敢问。他去后不久，一干人众很快到齐，面对满桌佳肴，且惊且喜，不知此为何故。直到酒过三巡，祖母道出原委，是要佃户们凑钱凑粮救援东家。佃户们愣了半晌，而后开始纷纷叫穷，有的竟起身想走。祖母见状砰地把门关上，转身用背抵紧。

“要走也行！不过得先回答我两个问题。你们往年在给芝长公交租时，有谁没往箩筐底藏秕糠、瘪谷、湿谷？又有谁没瞒产压产、偷割私分？”那些人目光躲闪，嗫嚅着想要狡辩，祖母一声冷笑，“哼，你们以为骗得了东家呀？其实芝长公最是心知肚明！不然他就不会要你们在交租时，各自给他酤一坛酒了。他那是不想当众揭穿你们的把戏，才借品酒把自己喝醉去验租。”

原来会是这样！到场的佃户们都震惊不小。他们挖空心思地弄虚作假，东家如此变着花样顾及他们的脸面名声，人们无不万分羞愧，感到自己的卑劣渺小。祖母趁势晓以情理，又说：

“东家和佃户，从来被土地捆着，像一对掰也掰不开的夫妻。难不成东家有难，做佃户的乐得袖手旁观吧？各人摸着良心，以前给他交了多少秕糠瘪谷湿谷，还有多少瞒产压产偷割私分，这就赶紧回家去筹措钱粮，也好早点救芝长公出来，算是对他一个补偿。”

佃户们都唯唯诺诺，即便有像祖母这样从不瞒产“压产”偷割私分，不往租子里掺秕糠瘪谷湿谷的，也纷纷表态要倾其所有，帮东家渡过难关。祖母这才放一干佃户们出去。但筹集来的多为粮食，他们便挑去里镇，向驻军缴纳了。然军阀强要芝长公认捐的那大笔军饷，一时还万难凑齐。

第七章

祖母如此死心塌地，不知是真惦记芝长公对她和所有佃户们的好，还是因了二先生的缘故？要不就是她一色的丈夫血性，天生侠义助人？或者都兼而有之吧！总之，她为这事睡不着觉了，在床上辗转得像翻烙饼。第二天天不亮就突然把祖父推醒，催促他起早赶去里镇。祖父睡眼惺忪，满腹狐疑，说：

“你平常就少让我去里镇的，今天这么早去干啥？”

祖母叱道：“少问，去了你就知道了。”

夫妻俩这就上路。赶到里镇时正值大小店铺开门，远远地望见馨儿绸缎庄的门也已开了。渐渐走近时，祖父似乎才突然醒悟，不肯再朝前多挪半步。原来，自祖母和馨儿那次滚大河，祖父再去里镇时都绕开馨儿的绸缎庄。但，那个早晨由不得祖父，他被祖母强行推搡到馨儿店中，进屋时脚还磕着了门。馨儿坐在柜台后，额上还斜着几缕青丝，眼角睡意残留，就像刚刚苏醒的小镇。乍见到祖母凶凶地揪着祖父，大清早闯进店来，馨儿十分惊骇，继之又不无尴尬。她瞧不起祖父，更仇视祖母这个横蛮刁悍的母夜叉！她不知道自己又因何事惹恼了她，这些年她和祖父可是干干净净。馨儿紧张得身子一下绷直，还真像一只看见猎人的小白兔儿。但再看祖母的神情，又不像来寻衅滋事，倒一脸为难的讪笑，像有所乞求。

果然虚惊一场。眼前的母夜叉会俯下身子，对着她耳根轻告，悍性全无，声音卑微，竟然还有着女人的温柔甜美。馨儿慢慢镇定了，末了，竟对祖母生出无尽的好感来，满脸敬佩地请她稍候。说完，她噔噔地爬上楼去，少顷下来，将一张银票塞到祖母手中，并说了城里一家钱庄的字号。祖母谢过，推祖父赶紧给馨儿立个借据。馨儿眼睛正对祖母，余光却瞟向祖父，尖利又颇不屑。祖父至此也才恍然，祖母为什么要强拉他到里镇，原来是为芝长公找馨儿借钱来了！

自从被祖母拽进馨儿店里，祖父就一直低着头，祖母要他给馨儿立借据时刚要抬起，不想却碰上馨儿的冷眼，立时又蔫耷下去。但这一瞬还是不妨碍他瞅见馨儿，她越发像个标准的美少妇了。祖父的心里五味杂陈，他在给馨儿立借据时，握笔的手一直在发抖。

夫妻俩离开绸缎庄，来到街上，祖母表现得如释重负。她一高兴便怂恿祖父，说，他以后只要愿意，尽可以来找馨儿。祖父以为她在拿他打趣，要不就是试探，慌得只顾摆手摇头。

“真的！我保证不再干涉，更不会像从前拉她去滚大河了！”祖母说得一本正经。

祖父吃惊地望着祖母，愣了半晌，随即将一口痰吐到街面，像被啥恶心着了。

祖母既这样表态，后来也真就兑现了自己的诺言。在祖父驻防里镇期间，任凭他和馨儿鬼混得昏天黑地也不闻不问，仿佛非如此，就不能偿还当初欠下馨儿的这笔人情债。

其实，祖母那时已经从馨儿斜刺祖父的凤眼里，感觉到了这对狗男女心里都还装着对方，他们早晚有一天会冰河解冻，干柴烈火。不过那时她并未多想，完全陶醉于自己居然会想出这么个好主意，拉上祖父，找馨儿借钱，还真就如愿了！有了这张数额不菲的银票，就不愁芝长公不被放回。她仿佛已听到二先生正在对人一个劲地夸奖，直道她为奇女子！祖母最爱听这句赞美，她觉得用奇女子称赞一个女人，是对这个女人至高无上的赞美与褒奖。正是由于二先生最早这样赞美过她，才有了祖母对他长久的情愫，并乐于为他和他的家人承担风险，做她自认为该做的一切！

说来你也许不相信，几乎在一夜之间，祖父成为一名军人！且多经战事，直到那年冬天战死沙场，灵柩从一个叫六方嘴的山里运回。其实，祖父完全能够避免成为军人，之所以成了，实在是鬼使神差，造化弄人。但祖母却坚持归因自己，说这话时已无多懊丧，倒像是她成就了祖父一般。

解放后已成为将军的天宝，在由他口述的一本回忆录里，清楚地记录了他最初参加革命的情景。“那天我正在嘉陵江边洗马……”将军这样开头，“忽听耳边有人喊我，抬头一看，是同族天开家的婆娘李葛氏……”

被天宝将军称作李葛氏的祖母，就这样喊叫着跑向江边。江边，天宝每泼一次水，白马都要浑身一个激灵，马背上腾起青烟。听到祖母的叫喊，天宝从水中跃出，两胯间只罩了一条赭红色裤衩，皮肤黑得像一条乌鱼。祖母责怪他不该趁芝长公不在，偷骑白马，更不该将大汗血的马带进冷水，像是在给烧红的铁块淬火，马要闭汗了咋办？倘若有个三长两短，就算把你天宝卖了，也赔不够这匹白马的价钱！天宝傻笑着，急忙将白马牵上了岸。

第七章

天宝去岸边树丛里穿好衣服，出来问祖母找他有何紧要的事，祖母说，要他陪同祖父去一趟城里。天宝自是乐意，他还从没进过城呢。他提议带白马去，为芝长公回家时提供脚力。祖母说，她也想到了这点，又特别交代他祖父胆小，这一去又带着大张的银票，还有佃户们筹措的散碎，更应该多多留神。

临到祖父和天宝将出门时，天宝突然想起什么，他忙脱下脚上的臭鞋，嘴里一番喃喃自语，然后往空中抛去！少不了又掉下些泥沙草屑。如是三次，神情也经历了三次变化：喜、忧、窃喜，按捺不住的窃喜。祖母也听说过芝长公家的这位小长工，闲下时就喜欢用臭鞋玩卦，此番无非是在占卜出门的吉凶，便问他卦象如何。天宝想了想说，芝长公有喜，肯定能放回。只是、只是天开的卦相，此行恐怕凶多吉少哩。祖母问，会丢命吗？天宝说，丢命倒不会。祖母说，不丢就好！说时眼睛望了望祖父，似乎在说他那命还不值你这双臭鞋，真要丢了，我谢天谢地！紧接着再问天宝，那你呢，终不成老天给你降下个啥福喜吧？天宝不肯说，窃喜得嘴都合不拢了。祖母上前扯着天宝的耳朵，说，赶快走吧，你那双臭鞋，还能够打出啥香卦了？天宝便穿上鞋，跟祖父出了门。不想才到村口，祖母又喊叫着追上来，说：

“天开！我对你说过的话都记住了？”

祖父说：“记住了！兑银票时叫上二先生，再由他出面找驻军交涉。”

“记住了就好，”祖母说，“真要弄出个啥闪失，你就个人去死！死到外面，不要回来障我眼睛！听见了？”那声音大得吓了祖父一跳，他忙不迭地点头。

祖父和天宝赶着白马前行，渐渐走得热了，人也有些累乏，天宝就劝祖父骑马，两个人轮换着骑。祖父从没骑过马，也不敢，天宝就将他抱上马背，待祖父坐稳了，自己便到前面牵着缰绳。祖父在马背上颠着，双手抓紧马鬃，脸都吓变了颜色，直嚷嚷着要下来，边嚷边哇哇地吐黄水。天宝见他真吓破胆了，也就依随他下了马，乐得独自骑马行走，还将缰绳挽在手上随马的步伐有节奏地抖着，祖父则在马尾后吃着灰尘像个跟脚的伴当。最初祖父走着还能跟得上，慢慢就变成了小跑，再后来天宝纵马奔驰，转瞬回头，身后已不见了祖父。不过天宝可不像祖母当年去成都时那样，途中丢下李六子，他往往跑出一段距离后停下来等祖父。这样跑跑停停，到日头快落山时，已望见城门了。

祖母后来常想，假如那天由她去取银票，或者陪同祖父的不是天宝，而是别的什么人，也许就不会有后来发生的事了。他这个孙儿今天猜测个中隐情，很可能是二先生几年前已有妻室，祖母这是要竭力避免同他夫人见面。那女人祖母见过，脸蛋娇小，身材玲珑，还有点弱不禁风。二先生在城里结的婚，婚后他曾带着夫人回里村，那次他们在江边散步，祖母在远处暗自观望，那小不点儿的身影，因风款冉。当时，祖母产生了浓浓的妒意，发誓再也不要见到二先生的夫人了。

祖父和天宝进得城门，正赶上华灯初上。不是大红灯笼，而是天宝在乡下从未见过的电灯。祖父当年随二先生在成都呆过一段时间，已识见过这用电发光的物件。他准备先寻个客栈住下，明日起早去见二先生，可是天宝第一次见识电灯，新奇得不得了，非要先逛逛亮洋灯的街道。祖父被缠不过，只好依他。天宝牵着马，怕它受惊伤人，缰绳短短地挽在手上。那白马最初对电灯很惶恐，不过很快适应，也会像牵它的人一样，边走边翘首去看，还不时眨眨眼，似乎也在思考：这灯为什么要挂在高高的木头杆子上，不烧洋油也能闪闪发光？就这样人和畜走走看看，半条街过去，祖父早已兴味索然，几次要催天宝，却见他兴趣正浓，便不好开口。谁知正在这时，从城西北角方向，突然枪声大作，人喊马嘶。俄而就见那边燃起冲天大火，像被飓风卷着，很快便朝市中心翻滚蔓延。刚才还熙来攘往的人群开始大乱了，到处响起惊叫声、哭喊声、呼儿唤母声以及杂沓的奔跑声……在满城失魂落魄的慌乱中，祖父和天宝被如潮席卷的人流冲散了。

原来这是发生了兵变。这场兵变就是后来载诸史册的顺泸起义，由共产党暗中组织运筹，策动川军中的进步力量脱离旧军阀，起而响应广东国民政府正在举行的北伐战争，起义成功后兵出夔门，与北伐军会攻武汉。起义在顺庆、泸州两地发起，顺庆率先采取行动，于是，就有了这个城里夜晚骤然响起的密集枪声。柴瘦的军阀于突变中率残部仓惶出逃，但很快他就纠集起周边几地防区的军阀部队疯狂反扑，起义军经过激战，最后向川东方向撤离。

如果这是真的，那么指挥这次起义的将领，应该为那时驰誉全川的军中骁将，后来成为共和国元帅的著名军事家刘伯承。今天在顺庆城区的公园里，还矗立着一座巍峨的顺庆起义纪念碑。城外西山，还保留着当年刘伯承率部抵御军阀们合力围攻时使用过的指挥所，以及后人为他雕刻的石像。空山人静，花木森森，凭高及远能望见远处逶迤而来的嘉陵江和向嘉陵江涓涓流去的几条小河。丘山如潮，高低错综，从四面将天推远，风起时碧波堆天，涛声訇訇，壮阔得令人心悸！那些冈陵、田野和村庄，在早晨像一群刚出浴的少女，绿裙曳地，香紫氤氲。静候的朝霞升起，一任阳光抚爱，到正午或夕阳西下，便泛着金绿、铜黄、柔红或是大红的色调，似流动又似静谧，潮涌的丘陵，便成了色彩绚烂的海。

不过，他在查阅相关资料后发现，顺庆起义的时间在冬天，而并非祖母所说的夏季！如果是祖母记错了，那她印象中怎么会出现芝长公巡视租地的那个黄昏，他们一家人在地里扶植前夜被风吹倒的高粱？要不就是天宝将军记错了，人到晚年总会记忆模糊，何况那本回忆录是由他口述别人代笔的。或者是他出于某种考虑，要有意记错？若果真如此，那么，祖父和天宝根本不曾遭遇那场起义，被他们碰巧遇到的，只不过是那时军阀间最常见的又一次狗咬狗了。

总之，这于他将要编写的这部谱书，并不是十分重要，重要的是芝长公很快就回家了，而祖父和天宝却从此杳无音信！

第八章

父亲开始做铎人时，七公和宽叔还是小孩子，小到尽可以在各自母亲的怀抱里咂奶撒娇。在收集谱书资料的过程中，俩老人没少上门找他闲聊，有关父亲最早击铎传令的情景，他们会这样描述：头低到胸前，眼睛不看左右，脚步像鹭鸶探鱼，铎敲得不很响，喊和没喊也无太大分别，总之，少年的父亲，像个腼腆少女般矜持。每当击铎时一群娃崽会跟在他身后，学他走路，模仿他敲出的铎声，也跟着他喊叫铎令，声音比他要响亮得多。

从高祖父到父亲，他们家已是第四代做铎人了！依然由族长芝长公推举，阖族共议。以父亲那时的年纪，断不适合做铎人，在里村也尚无先例。芝长公之所以要破例举荐，是因他已看好父亲胆怯谨小、温文善良的性格，相信这是家风使然，长大了也不会错。当然也不排除他包藏私念，由父亲去填补祖父缺空出的铎人，年底从家族的义产中名正言顺地支领一份钱粮，也算是对祖母为救自己所做种种努力的一点回报！尤其对于祖父的失踪，更让他深感歉疚。

芝长公有感于祖母的义举，回家后也仿效祖上，要赠与祖母二三亩田土。祖母坚辞不受，说，芝长公能够回来，全因城里发生兵变，她非但没起作用，还让人弄丢了东家的白马，那两个也不知是死是活。真要感激的，那也该是你们家所有的佃户！危难时，他们都想着帮东家哩。

芝长公于是把佃户们召集齐了，再三感谢，并答应他们这次为救他筹措的钱谷，都算到自己头上，今后会在他们的地租里扣除。谁知佃户们都不同意，说那些钱谷原本就该是欠东家，地租不能减，该交多少还交多少。见芝长公一脸茫然，佃户们就纷纷坦白，说，过去在交租时，他们如何往箩筐底掺秕糠、瘪谷、湿谷，也有交代如何偷割瞒产，愧对东家！芝长公直摇头，说怎么会呢，我每次都把验过了，哪家不是一等的好粮！佃户们都难为情地笑了，说，东家，我们现在才知道，其实你心里透底儿明的，只因心地仁厚，不想让人难堪，也是要多留给我们一口饭吃，验租时才要我们外送一坛酒，借品尝把自己喝醉。又说，东家，事情挑明了，你都还不承认，还在想着要顾全我们的脸面，我们这些人做的，真是该死！芝长公也就笑起来，渐渐有了眼泪。

祖母说，自那以后，佃户们再给芝长公交租，都是底和面一色的好粮，更不会再发生瞒产压产、偷割私分的事了。议定地租时，双方妥协，彼此满意。虽然芝长公早已经发话，交租时无须再外送一坛酒了，但佃户们届时仍要将酿造的好酒送上，芝长公推辞不掉，吩咐李六子都窖藏好。年终备下菜肴，任长工佃户们开怀痛饮。他和他们的关系原本融洽，只今更见其乐融融。

祖母不赞成父亲去做铎人。原来，就在祖父这次走失之前，有很长一段时间，她一直在怀疑这家男人的性格，似乎和做铎人有着某种说不清的关联！高、曾祖父不好说了。祖父在做铎人之前，虽然性格也本分懦弱，但他尚且敢去交关馨儿、吸食鸦片，这要放在今天，借他个胆他也不敢。做铎人有很多道德约束，铎人在敲打木铎时，无形中先敲打过了自己。大凡一件东西还未经敲打，必定有棱有角，而一旦被敲打，就落入既定模式，未必算好事了。

自从有了这些古怪的念头，以后祖母再听到铎声，眼前总会浮现出一圈圈绳子，以声源为中心，在空气中像水的波纹般层层扩散，直到化为条缕，最终编织成一张硕大的蛛网，罩覆着山水田园。被罩住的里村族人，便如大大小小的各色飞虫，尽在那张网里无可奈何地挣扎，而持铎传令的祖父，简直就是一只蚕在茧里竖着蠕动！当祖父回来，她总要疑窦丛生地将他打量，有几次，还真就从他的头发和衣服上，摘下像蛛丝的物质，这物质比蛛丝长而且亮，也更富韧性，眼看要扯断了，又能弯曲着弹回来。祖母想，这些物质，极可能就是木铎的魂！正因了它的存在，他们家男人的行为个性，尤其到了祖父，才会越来越像柔软的丝，也越来越像茧里的蛹。祖父不如曾祖父，曾祖父不如高祖父，一代不如一代，如果再答应让父亲去做铎人，没准哪天他真要不如祖父了！

但祖母不好再拂逆芝长公的美意。她不肯接受他执意要赠与的土地，如果再推辞掉父亲去顶替祖父做铎人，便会让老人更加生气。有时她又想，祖父的懦弱，没准还有更深层的原因，比如他从小受到的教育，他读过的那些书，等等诸如此类的原由。

父亲做了铎人后，祖母时常表现得更加忧心忡忡。她最瞧不起祖父懦弱温良，女儿情状，快全无了大丈夫的铮铮铁骨！她最崇拜的男人是二先生！虽然那时她已感觉到二先生不再像从前那样锋芒毕露，但他毕竟有过那一回保路风潮，好比一堆柴火，燃过了，这就够了，便值得人崇敬了。男人最怕像点都点不燃的湿柴，不发光，不爆响，霉秋秋的，结果倒是保全了自己，可最终却窝囊地腐烂。

事实上父亲后来有很多经历，简直就是祖父的翻版。

祖父和天宝同时失踪，里村人猜测要么死于那场兵变，要么就是被乱兵劫走了。天宝有个患肺痨病的老爹和小妹花儿，家中仅有几分薄田，芝长公让花儿去他家做女佣，如此多份收入，又能节省下一个人的口粮，好歹也算是照顾了。自从李岳氏死后，芝长公迄今未续弦，家里也需要有个人煮饭洗衣。阖族议定，如果天宝永无生还，他肺痨老爹的将来和花儿出嫁时的开销，都尽由族中义产支付。

天宝的家人再无后顾之忧，但他患肺痨的老爹仍要日日去村口张望，冷风一吹，咳嗽声和哮喘声整个村子都能听见。祖母则显得异常镇静，仿佛失踪了的祖父，还不如丢了只鸡！鸡丢了她得寻找，祖父丢了无所谓。这并非祖母的心有多狠，而是预感告诉她，祖父还活着！何况她一直不满意祖父窝囊在乡下，一生只做个什么铎人，大丈夫应有大事业，要像二先生那样。祖母没想过夫荣妻显，她只希望祖父这块湿柴，哪天能爆出个响，最好能像块铁石，被炼成铁，然后再被锻炼成钢。

祖父感觉眼前那道疾驰而去的白光，不是白马和骑在马背上的天宝，而是他灵魂被吓出窍，如电去了。那时恰逢一队乱兵杀来，祖父骇得赶紧钻进旁边的一条小巷，身子贴墙根站着，连呼吸也屏住了。墙面映耀着大街上燃烧过来的火光，时强时弱，飘忽不定。那些在火光中奔晃的人影，无不像从地狱里放出的憧憧鬼魂，恐怖狰狞，明灭闪烁。巷道口不断有人过去，祖父怕被发现，急切地想找个藏身物，无奈巷子里空空荡荡，惟见一只废弃的背篓，便顺手抓来往头上一罩，缩下身去。背篓里臭烘烘的，还不时掉落下灰尘，还有虫子在嗡嗡地往脸上叮，痒得难受，祖父强忍着，留神着外面的动静。也不知过了多长时间，渐渐枪声稀落了，人潮声也小下去，祖父正想掀开背篓出去看看，猛听见一阵杂乱的脚步声进巷子里来了。原来是得胜的大兵进巷道搜索，走在前面的一名士兵踢翻了背篓，发现了躲藏在里面的祖父。

祖父就这样被抓进了兵营，藏在他身上的银票被兵们搜走。天宝也没能够冲出城门，他刚要骑上白马逃命，一颗子弹从后面飞来，白马被打死了，人被掳去。天宝被押解到那支部队，经盘问才知他是个进城的农民，人又年轻，便将他征集进了兵营，第二天送到西山去挖战壕。城外四周的山头，都遍布着挖战壕的民夫与士兵。

夺城的部队料到柴瘦的军阀将组织反扑，早已提前做好准备。果然两天后战事展开，城外枪声大作，天宝就是想逃也不敢逃了。他和一群同是被抓来的民夫，被强迫着上火线抬伤员、运送子弹。头上不时有流弹哧哧飞过，炮弹从嘉陵江的那一面打过来，落在前沿阵地，发出撼天动地的巨响。天宝开始还有些害怕，后来便不怕了，倒觉得打仗挺好玩儿，他常常在双方打得不可开交，而他正好有片刻喘息时躲到一个安全的地方，偷偷看士兵们放枪，看他们投掷出的手榴弹怎样在空中炸腾开黑红的烟雾；看向山上冲锋的士兵，如何像被砍倒的苞谷般一棵接一棵地倒下，最后居然像一堆被推倒的乱石，全部稀里哗啦地滚下山坡，然后再集聚了往上冲……有一回，天宝看得突发奇想，又心血来潮地开始抛掷脚上那双臭鞋。这次他要占卜的绝非个人安危，而是交战双方的胜负。预测的结果外人不得而知，天宝将军后来在他的回忆录里也无记载。最后的情况是，经过两天激战，守城部队在这日拂晓向城外突围，柴瘦军阀和他纠合的多路军阀队伍卷土重来又占领了该城。

天宝随突围的部队撤离，其中包括不少像他一样被征集来的民夫，帮兵们挑运东西、抬伤兵病汉、牵骡马。沿途又经过大大小小若干次战斗，到黄昏时这支部队早已人困马乏，在一个叫不出名的山村宿营。夜里，民夫们被集中圈到一个院子里，四周点上马灯，派哨兵守着。天宝在灯光里意外地瞅见了一个稔熟的身影，上前一看，正是他原以为失散了的祖父！

那时的祖父一定垂头丧气，见到天宝大约也不会怎样惊喜，没准压根儿就不搭理他。天宝本想问问祖父这两天有没有也被弄去挖战壕、抬伤员，缘何他竟不曾看见，可一瞅祖父没好脸色，便闭嘴了，不由得懊恼起自己进城后不听祖父安排，偏去观他妈的什么洋灯！种下这许多祸由。那时他还不知道祖父被搜走了银票，只顾愁闷白马被打死了，哪天见到东家，该如何交代？一番前思后想，他最终打定主意不回去了，就留在这支部队，当兵吃粮，何尝不是一条路子？看了两天打仗，他觉得打仗其实也没有那么可怕，就像当娃时在嘉陵江边玩游戏，你一把沙砸我，我一把沙砸你，斗狠了也用鹅卵石，好比他看到的兵们投手榴弹。祖父不知道天宝的心思，睡觉时天宝还过来和他挨在一起，和衣而卧，哨兵不让说话，他俩就只能默默地躺着。人早已疲惫不堪，天宝倒地就睡着了，祖父却半睡半醒。恍惚中，他又见到白马和那张银票了，还望见点点星空，听得到虫鸣，却听不见嘉陵江隐隐的涛声，也嗅不到空气里那江流特殊的气味——那种气味带着河风和水草的腥甜，能让熟悉它的人远在百里之外也能闻到！祖父意识到这里已经远离家乡，不知从明天起还要到何处？临近半夜时，祖父突然感觉有人在拉他起来，推着他轻轻往外面走，他的双腿不知不觉地经过了哨兵身旁，且清楚地看见那兵在抱着枪呼呼大睡，甚至还看见了从他嘴里流出的哈喇子，挂在他下巴的胡须尖儿上。祖父就这样来到了那村庄外，又越过几重岗哨，诧异的是那些哨兵都像吃多了眠药，无一不在酣睡如泥。

现在祖父已走出一段路了，离那支部队宿营的村庄已越来越远。他完全可以撒腿奔逃，但不知为什么，他突然感到十分后怕，背后像有阴气袭来，每朝前迈出一步都令他胆战心惊。突然，他听见身后传来一声断喝：“格老子，站住！”紧接着是枪栓拉动的声音，又一声喝令响起：“格老子，回来！”祖父已经被骇得两腿如筛糠乱抖，根本转不动身子。这时传出一声枪响，暗哑的像乌鸦追咬死亡时发出的嘶叫，子弹擦着祖父左脑边飞过，头发像被火燎了一般。

祖父吓得稀溜瘫坐在地，费好大劲才爬起来慢慢往回走，头低着，腿也哆嗦得不听使唤，一路上根本不见喝令他的哨兵，那一重重岗哨依然睡着，整个营地也不见有任何异常，似乎刚过去的那一幕根本就不曾发生！祖父怀疑自己在做梦，狠劲揉揉眼睛，看见自己走出的那院子门前，流哈喇子的哨兵被他的脚步声惊醒，猛地跳起来高喊一嗓：“嗨！哪个？”顺势伸出枪管顶在祖父胸膛。祖父又被吓瘫软了，双手乱摇着说不出话。哨兵见是个往回走的民夫，正想追问他刚才怎么就出去了，为何不向他报告，这时就听祖父裤裆里噗噗直响，恶臭袭来。哨兵急忙捂住鼻子，厌恶地摆了摆枪筒。民夫们已全被吵醒，睡眼惺忪的天宝望着重回到他身旁躺下的祖父，直眨巴眼睛好奇地望着祖父。

如果这段传闻属实，那么，祖父听到的哨兵的喝令和那声枪响就不能存在，它只不过是人在太惊慌怯惧时产生的心理幻觉。如果事实果真如此，祖父一开始又何以敢冒险出走？难道真像他感觉到的冥冥中似有神助？他怀疑这故事纯属子虚乌有，但祖母却一次次对他描述，像是她亲身经历一般。但祖父不相信那是梦，为了验证真假，第二天早晨起来，他让天宝看他的左边脑袋，还真有一缕被子弹燎焦了的头发！更让他难以启齿的，是他拉裤裆里的那泡秽物，已经结了屎壳。

他不相信自己的祖父真就这样软蛋，倒更愿意相信他当时是自己走回去的。祖父之所以要这样，原因也如天宝，除了弄丢了芝长公家的白马，他还被乱兵搜去了借馨儿的那张数目不小的银票！他不敢回家面对祖母，也害怕见到馨儿，世道这么乱，军营又何尝不是一块暂时的避身之地？更何况他还想起那天祖母对他的警告，如今真弄出闪失了，他也就只好个人去死，死到外面，再不敢回去障祖母的眼睛了！当然，这仅仅只是他作为后辈一厢情愿的推测，也算是为尊者避讳了。

天快亮时，这支部队被追兵偷袭，再次陷入重围。队伍瞬间被打散，少部分冲了出去，大部分做了俘虏，包括祖父和很多民夫，惟独不见天宝，不知是死于乱兵还是随败兵们逃散了。这一仗死伤惨重，被掳掠的民夫，除放回家几个老弱病残之外，剩下的都作为兵源被强征入伍。祖父就这样稀里糊涂地步入了行伍，从此再没有离开，直到多年后的某一天战死在川陕交界处那个叫六方嘴的山头。

两天后，队伍开拔到一个小镇驻扎。祖父和一干民夫开始接受新兵训练。最初很简单，就是操列。民夫们大多很快会了，虽然动作不够规范，有的看上去蠢笨滑稽但还勉强说得过去。做原地踏步，教官乍看犹可，细看就瞧出有谁不够整齐，每一下摆踏总要与众不同，像一群鹅里混进了一只鸡。教官逐列看去，没怎么费劲儿就把“鸡”找到了，原来是祖父！他被教官喝令出列，单独做给他看。教官喊口令：“左，左右左……”这才发现眼前这民夫，喊左出右，喊右出左，左右不分，生生倒拧！教官和操练的民夫们全都忍不住笑起来。教几遍也不会，那教官干脆弯下腰，指着祖父的左脚用手点，喊着："左、左、左……"练了一阵，又改指右脚，"右、右、右……"分开练过了，这教官心想这民夫总该记得住左脚右脚了，谁知合起来一喊"左右左"，祖父又全乱了。

这笑话倒不像杜撰。因为在他这个孙子看来，那个把一年十二月农事逐月编列，并当做教条楷书在墙上，每月看着照做的人；将割麦写成刈麦，砍柴写成樵薪，又将八月的丰割写成获稻、获棉花、获绿豆、获芝麻，似乎觉得不这样愚蠢倒不像是他的祖父了！

那教官后来气得破口大骂，说，他见过蠢的，但还从没见过像祖父这样蠢的，教猪教牛也早教会了！于是，他抓了教鞭要打，祖父正以手护头，恰这时来了一位长官，伸手把教鞭夺下。长官问祖父，哪里人？祖父战战兢兢地回答，报告长官，在下顺庆里镇里村人。长官又问，叫啥名字？祖父说，回长官，在下姓李，名天开，字肇元。长官认真地看了看祖父，说，哦，你还有字！看你长相愣不像个粗人嘛，嗯，读过书的？祖父点头。长官又问，那有无功名呢？祖父说，长官，在下考过秀才。长官嗯了一声，没考上？祖父低声说，唉，再要考的，废科举了。长官扬了扬手中的教鞭，问，刚才教官为啥要打你？祖父红着脸，怪难为情地道，回长官，在下出不对左脚右脚。话音刚落满操场哄地笑炸了，长官也笑。笑罢，又问祖父，你出不对左脚右脚，那总该会点儿别的吧？祖父就大着胆子，说他通文字、擅书写，闹保路风潮时曾给特别股东会写过文稿哩。长官眼睛一亮，说，好！既如此你随我来吧，不用操练了。

祖父就跟着长官，到他办公的所在——营部，那长官是个营长，姓徐。徐营长让人拿来笔墨纸砚，由他口述，先让祖父草拟一道给上峰的呈文，再写一通安民的布告。祖父稍作思考，蘸墨挥毫，瞬间而就。也不知徐营长肚里有无墨水，有多深学问，他过去看了看，眼见得字迹工整，书写漂亮，便满意地点头笑着，连说了几声好。

"哈，原来的老师爷在这次混战中被打死了，我正愁着去啥地方找个师爷呢，没想到你倒送上门来了！"徐营长一高兴，骂了句粗话，"格老子！瞧瞧这手字儿，这文笔，比老师爷强多啦！"

这样，祖父在姓徐的营长手下，做了一名师爷，替他办理文案。据说祖父做得还相当出色，很快被团部看中，要了几回，徐营长都不放人。后来连旅部师部都知道了，有了重要文稿，都少不得要请祖父去斟酌措辞。如果不是因为祖母的缘故，祖父断不会去做什么带兵官，舞刀弄枪地打仗，直至毙命疆场。

小时候，祖母给他看过一张祖父的照片：一身戎装，五官端正，眉目英豪。他不识得军衔，估计祖父照这张相时，应该是在他连长或营长的任上，绝不可能是他升任团长之后。道理非常简单，祖父在火线上刚接任团长，死神留给他的时间便戏剧性地不超过五秒！

第九章

那年有过一场罕见的绵延秋雨，从白露前三天一直下到寒露。在嘉陵江流域的广袤地区，人们只能凭回忆来想象每年秋色中这一段最精湛的美好景致。在雨停的间隙，阳光穿透蟹青色的彤云，对着潮湿的大地和湿到骨子里的树木匆匆一瞥，便马上躲进了更厚的云层里。雨又接着下，瞬间遮没了刚刚显露的田野、山峦、村庄和到处泛着泡沫的流水，天和地茫茫莫辨。

嘉陵江躲在烟雨背后，白亮而又黏黑，仿佛那不是流经大地的江河，而是低垂在江面上的云团。那些“云团”堆积着、攒挤着、喷涌着，简直就是一囊囊被挤漏了的水袋。两岸山坡不时有岩石崩裂，在飞腾进江流的那一刻发出轰轰隆隆的巨响。江在漆黑的天上，天在乌黑的江里。世界沉沦在洪荒泽国，天水泛滥，地上人踪杳杳，所有的一切都在风雨的鞭打中痉挛、呻吟、匍匐、坍毁、逃窜，所有的道路都泥泞不堪。雨越往后越冰凉彻骨，僭越的冬天寒意，也迅速凋敝了枯叶黄草，腐蠹着万物生机。当寒露风将天吹晴，人们眼里的天空像是一张刚从水里捞上来的白纸，肿胀松垮的太阳，苍白得全无光芒，像是一块在潮湿处搁久了长满灰毛的霉饼。

几年后的某天黎明，李六子吊死在芝长公家的畜棚。没人知道他在将绳环套进脖子的刹那，会不会想起这个多雨的秋季！那天，他背着一大捆从岸上割来的马草，艰难地蠕动在回村的路上，头上的斗笠不时被风吹歪，雨在斗笠的油纸面上哗哗地响着，从草捆上淌下的雨水，穿过背后的蓑衣，在他赤裸的腿弯急走成两道溪流，再随着步子掉到地面。自从祖父和天宝连带的又一匹白马失踪，老人就再也不迷信养白马会给这个家带来什么好运了！芝长公家现养的是一匹黄骠马。往常像这样一捆马草，放李六子肩头不很费力，但今天却压得他直不起腰，还呼呼地喘。除了道路糟烂外，似乎还因为长时期的雨水使每一棵空心的马草都吸饱了水分，沉重得跟水银似的。他光着脚，每迈前一步都陷进很深的泥淖，自然不会再有像蹦兔的姿势，脚拔起时还响起咕咕的声音，像是在悲伤地埋怨，叹息生活的艰苦。他被压得简直就在爬行，像只可怜的蚂蚁在努力搬动一条垂死的比它身子大得多的青虫。

在整个被雨水浸淫的秋季，李六子干得最多的活儿就是割马草。割到后来，他的手指和脚趾都酷似吸饱了水分的马草颜色，乌青里一节节漂白肿亮，上面还布满了萤白的丑陋痂皮。夜里痒得他睡不好觉，常常独自坐起，将那些发痒的痂皮一层层揭掉，过程跟剥蒜瓣似的，直到最后现出肉红才停手。雨多得他早已经麻木，既忽略了秋天行将寿终，更感觉不到早冬悄然御凌的严寒，心自然也就不会日甚一日地被冰凉笼罩。他一直是个最合格的长工，除了饭量大得惊人外，东家让干啥他都尽职尽责地去做，简单的头脑根本就不会去思考除干活以外的其他事情。比如眼下他就不会去思考，自己为什么就非得给人割马草，或者割马草的为何不是别人？泥雨里割马草无疑要算苦差，但他也从不偷懒，每次都割回很多，生怕割少了黄骠马就真会像俗话说的“马无夜草不肥”了。他知道秋天对所有的牲口有多么重要，如果不赶在这季节将每匹牲口喂养得膘满肥圆，它们就难以支撑完整个漫漫寒冬，老弱的或许就会死掉了。芝长公有时也劝他歇个一天半晌，李六子回说，嘿嘿，东家，我每顿嘬你几大碗饭哩，还领工钱。芝长公不悦道，一姓本家，咋说见外的话了？李六子说，东家人好心好，从没拿我们当下人。我李六子从小好歹也诵记《里村李氏祖训》，知晓这做人就该勤苦，不该忘恩负义。话刚说完便捏了镰刀，冲芝长公憨憨地一笑，麻利地披戴好蓑衣斗笠，又冒雨朝嘉陵江边去了。芝长公听着他双脚在泥水里踩出的吧唧声，对着那烟雨朦胧的背影，不禁再次感叹祖训的影响，李六子虽愚钝但却最良善实诚。

这李六子总是念东家的好。那天他背马草回来的路上，想起早晨临出门时，芝长公让他家的女佣——天宝的妹妹花儿，给他煮了五个红糖醪糟鸡蛋，还放了冒尖尖一匙猪油，说，这样吃下去御寒呢。吃得他眼泪直吧嗒，心里直热乎，恨不得自己变成一只能屙金蛋的母鸡，一口气给东家生下十个百个金蛋！李六子越想眼睛越潮，不提防脚下一个趔趄，连人带那捆马草都重重地摔倒了，他刚要挣扎爬起，这时有个人从后面赶来，将他从泥沼里扶起。正是这个人的一扶，从此改变了李六子的命运。

第九章

李六子被扶起来，狼狈得好似一泥猴！他慌忙用手去抹脸上的泥浆，一边注意着那人：那人也像他一样披戴着蓑衣斗笠，只是笠檐很低地压着，压得那张脸只剩了下巴。那下巴非常奇特，夸张地向前探出，突兀得像一块岩石，看起来异乎寻常地坚硬；下巴上胡须稀拉，恰似草生石缝，瘦短枯黄。在以后的日子里，李六子只记住了这个下巴。

天晴后不久的某个黄昏，李六子看见做纤夫的儿子长辛带回家一个陌生人，打前面走着，下巴伸长得像猎狗的鼻子，边走边嗅，心里便不禁咯噔了下，蓦然想起了那日里和他在雨地相遇的情景！——他替自己背了马草，直送到芝长公家的畜棚。路上他问自己家住哪里、有多少人口多少土地、日子过得怎样，李六子只顾老老实实地回答，竟忘记了也该问问对方。等到他想起来要问时，那人已将马草在畜棚外放下，转身返回江岸，直向着里村上游走去。背上一蓑烟雨，斗笠始终很低地压着，似乎那张脸神秘得不想被人看见。那人渐渐走出了李六子的视线，消失在那道宽阔白亮又黏黑的河床边。江边又变为了阒无人迹，只有烟和雨发出细密、淅沥的寒音，缥缈迷茫得有些梦幻，李六子恍如做梦，他怀疑自己刚才是不是遇到神仙了。

接下来的好些日子，李六子仍每天要去江边割一趟马草，他盼望有机会能再见到那尖长奇特的下巴，结果总是失望。现在儿子突然将他领回，他不由得喜出望外！更让他意想不到的是那人竟提出住到他家，而且还要住很长时间。那人也做了一名纤夫，白天与长辛同出去拉船，晚上结伴归来，挤一张床上睡着，亲密得好似兄弟。在里村，只有最穷的人才去拉船，那时里村就长辛一个，由是李六子猜想，那人应该也是最穷的人！

同李六子一样，祖母而今最能记住的陌生人，也是那个古怪的下巴！七公和宽叔对此也印象深刻，虽然他们那时只是娃孩，但毕竟那样的下巴十分罕见，足够引起任何一个孩子的好奇！他们还亲手触摸过它，那是他在逗他们玩耍的时候得逞的。那下巴果然坚硬，胡须像娘儿们绱鞋的锥子，钢扎扎的。只要摸那么一下，便没有一个娃不疼得尖声叫喊。这时尖下巴会张开嘴笑，跟正常人没啥两样。

陌生人姓张。祖母坚持说他本姓陈，做纤夫后才改姓张了。里村人都叫他老张，因为大凡行船走水的人，包括在岸上拉船的纤夫，都顶忌讳说一个

“沉”字。“陈”与“沉”同音，必须得改了，否则同行不敢称呼，船老板不肯收留。

有关这类的禁忌还有很多，比如船舷，“舷”音通“悬”，意含“险”，所以船舷就只能叫船帮；再比如吃饭用的碗，音近“完”，碗就被改叫做莲蓬，寓意船如莲花，开在水面；筷子也不能叫筷子，叫“篙竿”，因为“快”含急促、窘迫，快了、快不行了的意思。纤夫们开饭时，总能听到这里那里有人在大声叫喊：“嗨，莲蓬！哪个龟儿子端错了我的莲蓬？”“喂喂，篙竿，给这里添副篙竿！”不晓内情的人听了，准会一头雾水。行船拉纤的人最怕翻船，做煎蒸鱼时要先将鱼剖成两爿，怕吃完这一面了，再去“翻”另一面，这一“翻”，又是船家大忌！船上的东西都不能倒扣着放，也忌讳衣帽鞋袜反戴斜穿。林林总总，任谁触犯了其中一条，都会受到惩罚：跪香、挂红、放鞭炮、燃纸祭品求河神宽恕，严重的还要被掌嘴、扣发工钱，直至被痛殴驱逐。因此在所有的船工和纤夫们中间，压根儿就找不出有谁姓陈，却有那么多人姓张！似乎张是个吉姓，姓的人多了，船就能张帆风力、顺风顺水、平安无虞。

老张年纪不大，三十出头，他的真实身份在里村至今仍是个谜。不过据他自己讲，他家在东路，父母早殁，贫不立锥，又身无寸艺，不喜约束，习惯于乡间行走，揽活混饭。此前他从未拉过船，来嘉陵江当纤夫还是第一次。东路泛指嘉陵江以东，也就是里村对面，广阔得无边无际。他不肯说出详细的身世，人们也就不便多探问，只笼统地视他为外乡人。据说在上工之前，那些禁忌长辛可没对他少讲。

老张刚做纤夫，正值久雨初停，滞留了许多时日的船只争相扯帆。传闻中由二先生最早引进的机器船，更是开足了马力，所经处波涛涌起，浪一排排地打向岸边树木，树哗哗地一冠冠倒下，又迅捷地、不屈不挠地一冠冠昂扬。整个雨季都不知躲藏到哪儿去的飞禽水鸟，这时也像那些突然冒出来的船，黑鸦鸦地聚集在江面，扑着叫着，撒疯似的欢腾在天光云海间。还有些别的鸟类、贝甲类，在光天化日下来到滩涂，或躲进岸上的草丛和灌木林，迫不及待地开始了它们的交配，叽叽唧唧，饱满亢奋的声音四处响起。

里村上游那重断崖和下游那弯弓流处的浅滩，等待拉纤上行的船排成了长队。纤夫们才将一艘老船吃力地拉进深水，又急忙赶回去拉第二条船。那一嗓嗓从他们胸腔里迸发出的号子，曾经是那么雄浑激越，撼人心旌，眼下喊得太多了，太久了，终于变得疲软了、喑哑了，只剩下他们粗重的喘息声，纤索在肩胛勒出的吱吱声，膝盖在冷水里蹚出的哗啦声，脚步在滩径上整齐划一的嚓嚓声，手掌在崖道、在卵石上拍打的啪啪声，以及不断有人跌倒和皮肉被割破了的啵啵声。风自凛冽，水已冰凉，他们中的大多数人都只穿条裤衩，有的身披一块麻布或破蓑衣，腰间用草绳拴紧，看上去简直就是一群最最原始、最最悲惨的奴隶！纤绳像一根粗冷的长蛇，他们拉着它，在壁间滩头如狗一样地爬行，船在他们身后，缓缓移动……

这些纤夫几乎是清一色的本土农民，白天干完拉船的苦差，晚上回到各自家中，喝一盅除湿的老酒，有婆娘的还会拿婆娘来酥暖骨节，然后死死昏睡至天亮。翌晨体力竟又恢复，精神充沛，复循了去嘉陵江边的旧路，迎着再熟悉不过的河风，嗅着恣意吹来的水草泥腥的气息来到江边。他们大口地呼吸着新鲜潮润的空气，背上纤绳，重复着被一代代纤夫吼过的号子和脚印，拉他们似乎永远也拉不完的船只！

纤夫中像老张这样的外乡人极少，他们一般会寻找当地的某户人家，最好是某个同行，提前讲好了去他家搭铺方安定下来。老张正是这样，他寻下了李六子家的长辛。李六子很喜欢老张，不仅缘于他曾在雨地里帮自己背过马草，更因为他会叫自己六叔，管自己的哑巴女人叫六婶，嘴甜得赛过了亲生娃。哑巴女人耳聋，但老张每次叫她，她都能感觉得到，一面啊啊地应着，苦难的脸上顿时变成一团灿烂的笑容。自养下长辛娃后，这女人就奇怪地再不曾生育，她看老张，快乐得真像白捡了个儿子！老张人特勤快，常常在早晨出门拉船之前，抢着把水缸的水挑满，或是劈几斧子柴火抱进厨房，而这时的长辛，多半仍在呼呼大睡。落黑拉船回来，他也常不顾疲劳，帮长辛他娘拾掇些喂猪、淘菜之类的家务。他给足搭铺的钱，早晚两头在家吃的饭，结账时也从不含糊，每每还要多给一些。李六子过意不去，非得让他拿回多出的部分。你来我往的争执中两只手有好一阵在空中推挡，最后总是老张沉下脸，伸长了下巴说：

“六叔，分啥彼此吗？都是天下受苦人，这钱你拿着我捏着还不就是一回事情！”

李六子说：“咋就一回事啊？我不懂。”

“有一天你就懂了，”老张意味深长地说，“你的就是我的，我的就是你的。”

李六子最终将钱收下，心中一阵不安，久了，竟也习惯了。只是他怎么也想不明白，咋你的就是我的，我的就是你的，老张为何说是一回事情？

哑巴女人一天深夜醒来，猛看见她男人在掌心里玩弄两个小铜钱，先是一边摊着一个，然后将左手的合到右手，想想，再将右手里的合到左手……铜钱在静夜里叮叮地响着，他嘴里还兀自嘟哝着，好像有笔算不清的账。于是，他将俩小铜钱索性揣到哑巴女人的衣兜儿里，说，看好了，这是你的。然后再伸手掏出来装进自己的衣兜，嘴里喃喃地说：

“噢怪！你的这就成我的啦？”

芝长公这天发现李六子坐在臭烘烘的畜棚里，不停地将已铡好的两堆马草分分合合，推去拢来，一脸冥思苦想状，似乎草堆里藏着个问题他怎么想也想不明白。他没有听见芝长公在喊唤自己，更忽略了身旁已注视他很久的黄骠马，想要吃草却吃不上这时正忍无可忍地喷声响鼻，噗地拉出一摊稀屎，腾起草青色的臊臭。李六子从未这般心事重重、举止反常过，芝长公怀疑这位最忠实的长工，会不会是中啥邪了。

“喂，六子！你这是在干啥呀？”芝长公走进畜棚，用脚踢踢被他拢来拢去的那两堆马草。

李六子抬头望东家，跳起来，拍拍手。“爷，”他灰失失地一笑，比不笑时更憨厚，“你说，你的就是我的吗？”

“你说啥？”芝长公听不明白。

“我说，”李六子憋红着脸，指指芝长公，“你的，”又指了指自己，“就是我的吗？”

“这怎么会？”芝长公摇摇头，不明白李六子咋瞎琢磨上这事儿了。

“可是，就有人说会呢。”

芝长公没问“有人”是谁，他只是越来越怀疑李六子脑壳出了毛病，从前只知吃饭睡觉干活儿，现在却喜欢钻牛角尖儿。他觉得这很有趣，便兴致勃勃地去告诉祖母，不巧祖母要出趟远门，正忙着收拾行李，对李六子的“你的就是我的”，一点都不感兴趣。

祖母回来已是第二年春上，正值天气晴好，嘉陵江两岸无处不见鸢飞鱼跃，花闹草长。可惜她眼里看不到这些美景，心情大坏。天宝的妹妹花儿，这日去江边淘菜，迎面看见祖母秋风黑脸地走来，对她看也不看，嗣后花儿逢人便饶舌，很多人便都知道了祖母这趟远门出得不开心。

父亲见到祖母归来，几分惊喜，又略含羞涩，像个大姑娘一般。祖母见他张了张嘴，似在叫娘，又没出声音，气便不打一处来，冲着父亲便爆发了。

“你不能大声点儿吗？口里衔着马嚼子呢，还是灶王爷的嘴给苕糖粘住了？”她狂躁得像头牝狮，又习惯性地捎带上祖父和一门姓氏吼道，“哼，老娘算看透了，这普天下就你们姓李的稀软！就你爹稀软！你长大比你爹还要稀软！”

祖母出远门期间，父亲在家料理家务，还要照顾捣蛋的二叔，现在没得到表扬，倒挨了骂，心下不免委屈，扭过脸去望墙壁。正面壁头上挂着那只木铎，满屋的幽暗衬托出它锃亮冰冷的光泽。祖母随着父亲的目光，气旋即转嫁到木铎上了，她冲过去将它一把摘下，狠狠地砸向门外。

“不就是一块木头吗？”她吵闹得更加离谱，“鬼稀罕你们家几代都做铎人！敲敲敲，敲得象不像个东西的，都敢把你不当人欺负！”

木铎在台阶上哐哐跳着，坚硬得完好无损。它似乎比人更明白自己是不可随意被亵渎的神器，便固执着落到台阶下，却始终不肯跌进门前的那道阴沟。

芝长公听花儿说祖母回来了，正赶过来探问，才迈上台阶，便见木铎被扔，气得脸都青了。他刚要弯腰捡拾，不想那木制的器物却自己跳起来，像个受了极大委屈的孩子，嘤嘤鸣响着飞落到他的怀中，果然像有神灵附着般通灵性。老人大惊失色，进屋后忙把木铎擦拭干净，然后庄重地重新挂还墙壁，并对着它三鞠躬，虔诚得像祭祖时面对着神龛上供奉的灵牌。祖母和父亲都噤若寒蝉，尤其是祖母，亲眼瞧见木铎无故飞腾，早被震骇得六神无主。她是不信神的，由此竟相信那块她一直不以为意的木头，是真的通了神的器物，从此再也不敢对它轻易冒渎。祖母就那样呆着，直到二叔放学回家，她才扑过去抱住他放声大哭，不知是太偏爱二叔，觉得这个家只有他才像个男人，将来不会让她失望？还是她此番远行，有了啥难言的遭遇，甚或是奇耻大辱？总之祖母哭得非常伤心，连她爹龅牙在不久后死于非命，她也不曾那样哭过。

接下来有些日子，祖母闭门不出，好像是受了重伤的动物，要躲起来舔吮伤口。那天她又在家中躲藏，百般痛苦无聊，不知怎的就突然想到李六子了，那么老实的人，竟会对芝长公说出“你的就是我的”这样的话，还真是有趣！祖母不禁莞尔一笑，出门去找李六子，想知道他是不是真的中了邪。

然而，芝长公家这位最忠实的长工，早已经恢复正常了，倒是住在他家的那个外乡人，同长辛娃一同拉纤的尖下巴老张，引起了祖母的注意。

事情到底如何祖母没讲。夜里她惯常自言自语，谁也弄不清她在醒在梦间不经意道出了里村和这个家多少鲜为人知的秘密，可惟独这一件，她却始终守口如瓶！祖父就更不会讲了。以前曾多次听人隐约讲起，却怕羞煞了九泉之下的祖父，况且他自己也不肯承认会有那么窝囊的祖先，他宁可相信那只不过是某些好事者们的无中生有。

据说起因在祖父手下的一名老兵。那时祖父已当了连长，清乡时凑巧领了一连人驻扎在里镇。老兵酗酒，一日去酒肆里多喝了几杯，听邻座有人在议论他们连长，说，刚驻扎里镇的当天，为争夺馨儿差点儿一枪把水鬼老大毙了。老兵便突兀地横插了一句，说，哼哼，他今天为个女人倒凶了，早几年嘛，他连自家婆娘还保不住哩。顿时举座哗然，忙问老兵是怎么回事。那老兵酒后管不住嘴，仗着他有些资历，便将该说不该说的都一股脑儿讲了出来。这就衍生出另一个故事：几天后祖父同那名老兵去码头上买鱼，祖父掏钱时故意将钱包掉到江里，命老兵下水去捞，老兵刚一纵身，祖父手里的枪便“砰”地响了，子弹击飞了他的天灵盖，里面盛的红红白白的汤浆汁液，皆热腾腾地飙溅到江心，那老兵的身子像被鱼叉叉住了的鱼，一番挣扎后终于下沉。

事情的真假已无从考证。但据七公和宽叔讲，祖父驻防里镇时，确曾亲手枪杀过一名老兵，理由是这名老兵私通红军，被发现后要跳江逃跑，祖父手疾眼快拔枪将其击毙。老兵的尸体被打捞上来后，祖父不准许收葬，任由他在码头旁的沙荒上撂了很久，每天去去来来的人围观，七公和宽叔那时一双少小的眼睛挤在人群里，在大人膝胯间惊恐好奇地闪烁，他们亲见老兵尸身肿胀，大群的绿头苍蝇盘绕着飞舞，却并无恶臭，而是散发出那时乡间无处不在的烧酒作坊的气味。据说还有人在老兵已经肿得发亮的肚子里，隐约窥探到一只酒杯，小碎花青瓷的那种。他想倘若事情果真不假，那个传言中懦弱无刚、经学浃骨、宽仁瀹髓的祖父，堕落得也真够机心深险，手段暴戾了。

老兵讲的是祖母那趟出远门，去四川最北面的啥地方寻找祖父，夫妻重逢在他们兵营。那时祖父失踪三年多了，虽然祖母能时时感觉到他还活着，但乍听到有他的消息时，仍不免喜出望外。她决计去探望，这样心里才踏实，也好借机检验一下她眼中的那块湿柴而今可否能燃烧爆响？

有关祖父的消息来自馨儿，馨儿又源出水鬼老大。自从向馨儿借过银票，祖父又在那场兵变中走失，差不多每到逢场天，人们总会在馨儿的绸缎庄见到祖母，瞧她俩亲昵得像姐妹一般，没谁相信她俩曾经会因为一个男人，拉扯着去跳大河。奇怪的是，馨儿倒不记得她借给祖母的那张银票了，祖母每次提及，她都要急赤白脸地矢口否认，说：

“怎么会呢！姐，我啥时借给你银票了？”

“怎么不会呢！”祖母也急得快翻脸了，“我还让天开给你写了借据……”

“借据？我哪里见到什么借据！”馨儿笑起来，转头问她店里的顾客，“喂，你们有谁见过，世间有别人借了他的钱，他倒会说没借的吗？”

顾客们都纷纷摇头，说，这样的人真要有，那他不是个癫子，也是个疯子了。渐渐地到后来连祖母也犯迷糊了，把不准馨儿那张银票自己到底借还是没借。当初她扭着祖父来时的情景还历历如昨，决不能是梦里发生的。她清楚地记住了馨儿斜睨祖父的凤眼，并强烈预感到这对男女的故事还没有真正开始！

祖母去馨儿店里次数多了，有好几次还撞见了水鬼老大。他依旧霸占着馨儿，人还是那样粗鲁颟顸，浑身炭黑，笑起来像枭鸟，总是睛目青红，明显的宿醉未醒又纵欲过度所致。某天，水鬼老大突然捎回了有关祖父的消息，于是便有了祖母的这趟出远门。

她搭乘水鬼老大撑驾的货船，溯源而上。据水鬼老大讲，途中要经过一个啥古渡津口，他不久前和祖父曾在此骤然相遇。那天船在古渡口停靠，已是西风作晚，沙埠潮平。水鬼老大和一班船工去街上喝酒，那家酒店里已先于他们坐下了几个士兵。其中有一人，水鬼老大甚觉眼熟，疑为祖父，及待细看，却见他低了头，惶遽得似要抽身走避。水鬼老大试呼其名，不应，再呼，仍不应，方疑惑有无看错，这时却见有士兵以肘撞击那人肩膀，直说师爷李师爷，那边有人叫你哩。祖父不得已才和水鬼相见，既尴尬又极不情愿。那时他身陷行伍，形同窘迫，既不愿与家人交通音讯，又虑忌在异地他乡遭逢故旧亲友，何况还是眼前的这位！他历来憎恶水鬼老大，这不仅与馨儿有关，更因为水鬼老大少不读书，行为粗鄙、蛮横、不务正业。可值今自己也亦斯文扫地，否则也不能难堪了。

祖母不知道船越往上行，越接近远水飘来的所在，里村李氏的祖脉发祥地就在这江更深邃广阔的源头！嘉陵江出陇西，注陕西嘉陵谷，一路裹挟着秦烟汉水，入川后傍金牛古道，冲撞着千山万壑，万里奔腾。其船愈趋上游，愈多急流险滩，山亦愈雄大，秀拔皴皱，重叠屏围；村落也亦稀少，四季总是天暗黄沙，苍凉深切，大漠风尘。祖母去时是冬季，遥望着沿途高峰绝巅，似月渍秋霜，晶莹砌片。朔风料峭，峡谷冷寒，头顶古木蓊森，回柯垂叶，其上绝壁千仞，栈道勾连，正午也湿雾沾衣，阴浸扑面。虽已在枯水季节，峡江中依旧激流滂沛，飑喧雷震，恶浪凌云。祖母眼见此景没少担惊受怕，幸亏有水鬼老大在船头撑篙把舵，才一次次化险为夷。她见识了这水鬼老大如何绕开暗礁，如何冲波击水，时而纵身跃起，像猿猴撑竿，时而又横排双臂，如熊罴拒虎。他沉着、威严，目光如炬如电，哪怕是一声极轻微的咳嗽，也会吓得船工们浑身发抖。他那粗壮的腿俨然两只铁锚，总能在最险急时将这条船踏稳得坚如磐石。

祖母也曾如祖父一样鄙薄水鬼老大，但几天下来，她倒不知不觉地有些敬佩他了。只有到了傍晚船靠码头，才见他又显现出十足的痞性。那时会常见有妇人在江边向水鬼老大招手，他同她们开着粗野的玩笑，迫不及待地跳到岸上，变戏法儿般掏出件什么礼物，往妇人怀里塞，顺便捏捏她的奶子或是屁股。如果不巧码头上少了妇人，他上岸后也要主动去会会相好，若是实在都没有就去逛逛娼寮，他肆无忌惮，丝毫不避讳祖母。他总有那么旺盛的精力，又总有那么多相好在等他。祖母一边心下厌恶，一边又荒谬地觉得他像个男人！进而还会猜想，水鬼老大行走的这条水路，到底有他多少个相好？她们中有没有谁为他生过娃崽？肯定不会少。这样想时祖母不禁哑然失笑，她把那些孩子都想象成了漂在水面上的葫芦，跳跳浪浪，多得从嘉陵江都排到长江了！

第九章

船经过那处码头时天色尚早，水鬼老大还要继续往西，就让祖母上岸了。码头连接着一片古城，楼房参差错落，石板街道已年深月久，随处可见挑夫力汉和人行车马留下的痕迹。妓院烟馆、茶楼酒肆、客栈货栈，比里镇多得多了，商号店铺挨家毗连，尤以卖山货干杂的居多，更不乏当街叫卖的鲜活水产、山珍野禽，有一种鱼身体扁长，头似娃娃，能发出像娃们的悲啼，其声凄厉哀婉。那日的街面显得异常清冷，店铺也不甚齐整，商家鲜有喜色，空气中颤动着一种似被劫掠后的气息，还来不及消弭。赶街的多为山民，他们背着尖底敞口的背篓，蓝布袍，头缠白帕，说话时大多憋着嗓门，尖细沙哑得像鸭公，颈脖伸缩着，衣冠言语和下游的人大不相同。

祖母向商家们打听祖父，很多人都知道，说，哦哦，你问的可是队伍上那个李师爷嗦？认识认识。就他人好，文绉绉的，对人也和气，从不白吃白拿。还能写一手好字哩！看哇，这街上就有他写的好多店字招牌！祖母放眼望去，果然看见很多她熟悉的字体——方正圆润，如同祖父书写在老家墙壁上的十二个月农事。被问的商家接着又惋惜地告诉祖母，就在前天，祖父他们的原驻防军同一股半夜杀来的队伍开仗，结果双方打到天亮，原驻军被赶跑了，死伤了很多人，现在已不知去啥地方了。祖母怅然伫立在异乡街头，刚下船时的热情像被兜头浇了盆冷水，心情极度沮丧烦乱，感觉天旋地转……

祖母摇晃着在街上走，漫无目的，忽然听见几声鸦噪，才发觉自己已走出城了。城门外有棵老槐树，虬龙扎地、枝干光秃，斑驳了西坠的夕阳，投地面以瘦金的笔画。待祖母走近，那乌鸦才不慌不忙地飞起，却总在她头前不远的地方盘旋，仿佛引领，像多年前从她绣花绷子上飞走的那只蝴蝶。但祖母很快意识到这要去的地方不是里镇，更不是馨儿的绸缎庄，而是一条陌生的、她从未走过的路。四野山枯水瘦，路旁落木荒草，经过一背阴的山凹，祖母见到许多新起的土堆，从里面传出阵阵像里镇场口铁匠铺打铁的声音，还像有人在噼啪地燃放鞭炮，呐喊呻吟。刚想细听，忽有阴风自凹地吹起，呼呼地旋转一阵，那些声音便全都没了。祖母忽然怀疑，那些新起的土堆里或许埋葬的是这次古镇开仗时双方阵亡的士兵，那些声音，很可能来自他们在阴间的又一场恶仗。她并未觉得怎么害怕，自顾随乌鸦引领着走，眼前夜白荒荒，像月被云遮着，又像积雪的反光，淡泊朦胧，恍若在梦。祖母怀疑这是阴间景象，没准儿她已在赴黄泉的路上了，果然就看见了一座黑洞洞的城池，祖父站在城门外迎接她，望着她又惊又喜。祖母快步奔上前去，哭喊着大叫了声："天开！"但祖父连同那座城却倏忽不见了。祖母急得睁大眼睛寻找，才发现原来自己是晕倒在街边了，正被几个商家和路人围着。见她醒来，众人便道，好了好了，醒过来了，不少热心人给祖母拿来吃的喝的，又张罗着要找地方让她先住下。祖母都谢绝了，忙问，这城出了西门，有没有棵老槐树？众人回答说有。祖母忙又问，老槐树上有没有只乌鸦？再听回答说有，祖母怔了半晌，然后拎过包袱，撑起身子朝西门走去。

到了那里祖母果然见到了槐树、乌鸦、夕阳。树亦枝干光秃，投地面瘦金的笔画，鸦仍那样飞，引领着她，沿途的亲历，包括那处背阴的山凹和山凹里新起的土堆，以及从土堆里传出的声响、眼前那恍若幽冥的夜白，都与梦中的一模一样。它们是那样真切，又那样如梦如幻，祖母走着走着不免暗自惊疑，把不准她这是行走在现实呢，还是在刚才晕倒时的梦里？她从来不迷信鬼神，现在倒宁可相信这是神灵的庇佑！那只始终和她若即若离的乌鸦，一定是传言中的指路鬼了。指路鬼和打墙鬼都是好鬼，专门保护赶道的人不受恶鬼欺凌。祖母就这样跟着它往前走，不停地走，终于有一天还真就望见了那座城池，寻找到了祖父。

据那位后来冤死在祖父枪口下的老兵讲，他们在码头古镇遭到袭击，几天后退防到一个叫巴中的地方。城里城外都驻满了穿黄皮的丘八，一座城简直像一座兵山。老兵那时绝不会想到，几年后，兵山将换成头戴五角星帽的队伍，在这片土地上建立了苏维埃政权，并如火如荼地很快红透西南半边天了！

讲这故事的老兵在营部专为祖父提供的那间民房里见到了祖母。那时每天都要有官兵去看望师爷娘子，开始寥寥无几，渐次愈来愈多，到后来便络绎不绝，像整座兵山都出动了。在难得见到女人的军营里，这原本十分正常，估计祖父最初也那样认为，可后来他发现前来探视祖母的官兵总是要带上糕点、水果、鲜花，或是一两块在当时还极为稀罕的香皂，总之是女人喜欢的东西，极像是讨好祖母，这时他才意识到事情有点不妙。

那时祖母已经过一段时间的休憩调养，早非刚来时的憔悴不堪、形同丐妇的模样了，如今她像一块擦拭净灰尘的碧玉，展现出了本质的美丽，说不上光彩照人，但也颇具小妇人独特的迷人风姿，怪不得官兵们这般蜂飞蝶忙了。祖父虽暗自担心，但表面却依旧客气，生怕一不留神就惹恼了他们。这些人感到他软弱好欺，便更加得寸进尺，后来竟敢当着他公然调戏祖母，不仅言语猥亵，还动手动脚。祖母用眼神示意祖父，希望他雷霆震怒，把这群像苍蝇一样招人讨厌的家伙统统轰走，而祖父要么隐忍，要么就假装视而不见，祖母不由得心境悲凉，对祖父要多失望有多失望。她想不到这个已置身行伍的人，怎么还像在乡间那样懦弱，竟可以容忍有人当面调戏他的妻子，全无了男人血性！那些官兵离去后，她少不得要奚落祖父，夜里睡觉也只肯背对着他。然而到了明天，一切如昨，祖父依旧是那副德性。

祖母突然不再生气了，她似乎已禁不住勾引，索性卖弄风情，同那些挑逗她的官兵们打情骂俏。祖父很惊讶祖母怎么会情愿了，他站在一旁悻悻然地，但最终也仅止于悻悻然，依旧没有表现出任何的愤怒。

很快有了后来发生的事情。在新年后不久的一天深夜，突然从外面闯进来几个醉醺醺的大兵，强行将祖父从被窝里拽出，用一杆枪逼住他。谁也想不到祖父这时会猛地拨开那支抵在他胸前的枪管，像一头终于被激发出本能的野兽，冲出去嗷嗷地对天长嚎。兵们很意外，那支枪突然望空走火，枪声惊动了整座兵营。最终那几个兵受到惩处，领头的麻脸被枪毙。

讲这故事的老兵，吹嘘那天是由他行刑。他和麻脸面对面站着，脚下是一片小河滩，河水在很浅地呜咽，周围雪山还没有半点融化的迹象。临到快动手时，徐营长领着祖父和祖母匆匆赶来了，结果不是刀下留人，而是祖母恳请徐营长，要他下令由祖父当着她的面枪毙麻脸。祖父一听就吓慌了，腿软得差点给徐营长跪下，哭腔哭调地说，他这辈子连只鸡还不敢杀呢，更别说杀个人了。徐营长说，李师爷，我也不想为难你，可这是你夫人的主意。祖父就望祖母，才只一眼，头便低下。这老兵很不情愿地把枪交到祖父手里，祖父却怎么举也举不起来，手抖得像抽筋，枪筒乱摆。最终还是把枪放下了，身上从里到外冒着热气，头上汗珠粒粒如豆大。徐营长劝祖母说，师爷娘子，李师爷只配拿笔，这抓枪嘛……不想被祖母一声喝住，说：

“哼，我今天就要他拿枪哩！他要不把那个人亲手毙了，老娘早晚有一天要把他杀了！”

祖父只得又端起枪来，他不敢正对麻脸，哀求他转过身去。麻脸哈哈大笑，说他枪林弹雨里滚过多少回了，要死就这样个死法。他还放肆地嘲笑祖父，该死的鸡巴朝天硬着，杀鸡巴的倒怕了，天底下没见过你这号孬种男人！祖父的手抖得更加厉害了，连怕带气的眼睛也闭了起来。在场的人都听得到他呼呼的喘息，心跳声像在擂鼓，只可恨那枪声还是迟迟没有响起。祖母恨得牙痒，一个字一个字地往外蹦着说：

“哈，算了。你不杀他，那就留着吧，留着他还带一伙人操你的婆娘！”

麻脸说：“耶呀呀！好，好……”突然他声音变得呜噜不清了，嘴形就那样固定着，似笑又似呻吟，人像被飓风猛推了几个踉跄，才拼命站牢，身子便咚地朝前扑倒。

遗憾的是人们只顾看麻脸的生动表情，竟谁都不曾听到枪声，而且是砰砰的连续几响。等到众人纷纷醒过神儿来，祖父已瘫软在地，旁边撂着那支枪，枪口冒出缕缕淡蓝的硝烟。

那是祖父第一次亲手杀人。这之后祖母便离开了军营，而徐营长随即便要祖父下连队当兵，好像突然间看轻了他的文才，发现了他军人的天赋。祖父说啥也不肯，徐营长便夺过他手中的笔，扔了，硬是丢给他一支枪。

从此祖父就下连队当兵，操枪杀人了。好在麻脸已让他破过胆了，后来再杀人就习以为常麻木了，视杀人如草芥。甚至有一天他率部驻防里镇，在家乡清剿苏维埃，面对被屠戮的家乡父老，竟连眼皮都不会眨一眨。屠杀似乎激活了他血液中沉睡的兽性，他也就在这兽性的不断膨胀中，将自己变成恶魔了。

他猜测祖父下连队当兵，会不会是祖母再次恳求徐营长？讲这故事的老兵没讲，他也就不便妄下结论。祖父固然懦弱，可怜可悲、可恶可憎，但要锻造一个男人的勇猛刚强，难道就不能选择其他更好的方式，而非得要这个人去崇尚武力、暴力，去赤裸裸地反人性、反社会？

第十章

祖母在李六子家第一眼见到老张，目光就被那外乡人的下巴深深套牢。那是她从未见到过的一个下巴，像里镇场头老铁匠最擅长打制的弯月镰刀，像掘地用的鹰嘴锄，像穿鞋借助的“牛鼻子”，像绣花的钩针……还像些啥？她一时想不出，忍不住地咯咯笑起来。外乡人正讲得眉飞色舞，突然就不吱声了，脸皮虚应地往里笑着，尖长的下巴显得更突兀尖长，祖母又想到了像灯盏窝的咀嘴儿，上面缭乱的胡须，正如随意放在咀嘴儿里吸油的灯草。又笑。老张又虚应。等到他想起来再要接着讲时，竟怎么也续不上刚才的话头了。

祖母对外乡人下巴的兴趣，后来很快转移到他的言谈上了。老张风趣诙谐，也许是下巴坚硬的缘故，他说话的声音也极嘎嘣脆响，像有谁在往外倒花生核桃。他很会讲书，常讲的有李逵、武松和一个姓鲁的花和尚，还有桃园结义、西天取经。有时也讲狐仙鬼怪，听得人感到阴森刺背，娃们直哭。小青年的父亲也听得面色如土，他身旁的二叔却听得津津有味，如果正听到狐仙和书生，他的眼睛还会变得炯亮。

有天夜里，祖母醒来后，发现屋里不见了父亲和二叔。到了早晨那兄弟俩从外面回来，头上都沾带着草叶露水。二叔看上去若有所失，父亲也蔫头耷脑，像一只本来就不雄壮的公鸡，又犯了瘟病。祖母问他俩昨晚都去了哪儿，他俩都支吾含糊着不说。

接下来父亲病了，祖母为他请来里镇最好的郎中，吃药刮痧都不奏效。这时就来了像狐仙故事里的一位道士，望过父亲气色，说，被狐仙魅了，然后便画了驱邪的桃符，说就在今夜。祖母不信，是夜躲暗中偷窥，更深人静时，隐隐听到有脚步声，纤纤巧巧，俄而渐近窗前。祖母正要厉声呵斥，猛见室内有金光射出，一声嗷然，再无动静。翌晨，祖母在父亲窗下发现了一只小红鞋、几缕狐毛，根根焦炙。父亲很快病愈，这才对祖母讲了实情。原来二叔对狐仙心向往之，夜里趁祖母熟睡，竟强行拉上父亲，去了一世祖当初见到的那片老林。此处虽早无虎豹踪影，却多狐獾出没。不想竟招来了鬼，狐仙没看上二叔，倒把父亲魅了。

二叔后来比父亲大有作为，包括他对小小陈圣谕的爱。祖母洗父亲病愈后换下的衣裳，洗到内裤时手像接触到用糨糊浆过的布壳。她知道那是儿子的精液，也是她最早发现的父亲的初遗。男人有过初遗，就该算长大成人了！只是这初遗让祖母可笑可恼，少不得又把始作俑者的二叔狠揍了一顿。

父亲被狐仙魅了的消息传开，里村有小孩的人家，便都不许老张再讲狐仙了。老张就讲一个姓朱的放牛娃做和尚，后来当了皇帝的故事。讲完又讲张献忠、李自成，直到太平天国……总之都跟造反有关。老张解释那都是因为农民惨遭剥削，才被迫反了官家，造反有理。里村的族人们对那些人物不好妄加评说，惟独对张献忠造反有理的说法不肯认同。

原来，张献忠的殉难地西充凤凰山，距里村也就一天的路程。集体生产时当地农民种田，还能从地里刨出些锈掉的刀、矛、盔甲、马镫、箭镞之类的东西。作为中学历史教员，为讲好那场波澜壮阔的明末农民大起义，他曾去此山考察过。那山实无险可守，惟景色秀丽而已。张献忠要算是阴沟里翻船了！

那是大顺三年，公元一六四六年农历冬月。川西平原历经战乱，早已荒凉敝败，了无生息。大西皇帝张献忠盘踞的成都，更是粮草久绝，兵丁皆靠吃人活命，外围明军及地方武装又昼夜逼近，已夺取汉中的清肃王豪格正伺机举兵入川。张献忠万般无奈，侦知川北尚有人畜粮盐，遂传旨将成都焚为焦土，一番肆行杀戮后退往川北。沿途土人多囤粮结寨，相与固守。好不容易才打到距顺庆不远的西充凤凰山，将山寨破了，大军就在此暂住喘息，徐作他图。殊不知张献忠有员爱将叫刘进忠，已潜往汉中投降了豪格，此时正引领清军攻下川北重镇阆中，并很快探知张献忠所在。豪格急令骁将鳌拜与刘进忠率三千精锐铁骑火速奔袭，当夜进抵凤凰山不远。凑巧张献忠是夜也驻跸凤凰山，只因他当天察看地形，见山中东岳庙所供山神与己貌极相似，于是欣然留宿庙中，传令明日诰封，全军庆贺。翌日大雾，百年罕见。无奈时辰已到，牲醴备齐，少不得放炮行礼。此时清军正苦于浓雾，忽闻炮声立即奋勇杀来。已有哨兵飞报御前，如是三报，张献忠只不相信，还误以为清军远在汉中。直到已闻山下喊杀之声，方急步奔出庙门，不想正遭遇清军铁骑，也是该当天意，其时浓雾忽开，天光惊现，领头的刘进忠已认出迎面而来的原主子张献忠，忙指认给身边骑将。可怜八大王未及交战，已应弦身倒，遗尸荒岗。据《西充县志》记载，他的尸体很快“被当地土人争相分食，须臾毛发不存，筋骨俱净”。有说分尸时他尚未咽气，犹自望人瞠目，喉咙呃呃作响。

这段离奇轶事代代相传，至今仍被凤凰山远近周遭复述得有声有色。没人为张献忠之死感到惋惜，也难怪外乡人在讲到张献忠造反有理时，里村的族人们会纷纷质问他，那魔头把四川人都剿灭光了，这有理又还能有理到哪儿去？又说，张献忠要不把四川人杀得鸡犬不留，我们一世祖还会大老远从湖广填到四川来吗？背井离乡啊！哼，滥杀的都有理了，还会有哪个愿做良民？

尖下巴老张便一个劲儿替张献忠辩解，说，杀四川人的不只有他，还有本地号称“摇黄十三家”的杂牌起义队伍，此外还有官兵、土匪、饥荒、瘟疫、虎患等等，天结死网，密密重重，活该四川人在劫难逃！忽然有人想起外乡人也姓张，大约本家要为着本家的，也就不与他争论了。好在老张后来也不讲这些了，他开始讲洋人如何欺负中国，讲孙中山推翻清朝，讲二次革命，讲军阀割据，讲北伐战争，有很多都是人们不知道的，虽然曾经听陈圣谕父子有过这方面的说唱，但远不如听老张讲得透彻，好像黑暗里有谁打开了一扇扇天窗，令他们心中豁然开朗。

祖母不关心国家大事，可却在心里认同老张，相信他说的都是真的，都很有道理，她就喜欢听有道理的话。祖母惊奇于他尖下巴上面的脑袋能知晓那么多事情，而且还很会思考，不知怎的就拿他和二先生作比较，觉得他俩有许多相似处，但又绝不是一路人物。至于果属哪路，祖母可不会想了，要想也想不明白。不过她却心生猜疑，像尖下巴这样的头脑，他怎么会只配去拉船呢？背纤拉船的人除了忍受常人难以忍受的苦累，更要命的是不顾身体发肤，长年光着身子，很多时候两胯间的雀儿还暴露在外——雀儿在川北又叫“拐子”，所以拉船的纤夫又通常被叫做“船拐子”，稍懂礼孝羞耻的人都不屑于做纤夫。在《里村李氏祖训》里后生不得去做纤夫虽不像“不得以充皂隶”那样被明白告诫，但村中即便是最穷的人家，不到万不得已都不会去操此职业，现在村里惟一在拉船的，就只有李六子家的长辛娃了。如果老张不是成心要做纤夫，那他到这里来究竟是为了什么？还有他的真实身份？老张像一个谜，难怪祖母被他吸引了。得闲时她都会上李六子家坐坐，看那个尖下巴如何很机智、很深刻地谈今论古，并向在场的人提出某类看似简单的问题，回答他们的种种疑问。

在外乡人老张未离开里村之前，李六子家那用粗直高大的马桑和笨重的础礅修建的堂屋里，总要凑聚很多男女，差不多占整个李氏家族半数以上。他们坐在同样是马桑材质的大小门槛上，以及用各种杂木拼做成的高、矮板凳和马扎椅里支耳听着，女人不忘针线，男人却悠闲地吧嗒着水烟、旱烟或在那时偶尔才能得到的一两支洋烟。嘉陵江边的这爿村庄，每夜便停了不少机杼，绩麻纺线的吱扭声再不似以往般繁稠，静夜中的江声，像莽撞的夜行者在踉跄赶路。

据说，外乡人老张最初不太受纤夫们欢迎，除了他力气小之外，再有就是他尖长难看的下巴了。但大家注意到他力气小却从不偷懒，在歇活时又能听他讲几回古，很快便都喜欢上他了。他成为了每个纤夫的朋友，谁心里有了苦闷憋屈，都乐愿找他倾诉。在所有一切的苦闷和憋屈中，最大最现实的莫过于他们所共同面对的贫困！老张对这个问题似乎特别胸有成竹，他问他们为啥要来当纤夫。回答说，混口饭吃呗。老张说，种地也能吃饭呀。又回道，土地少，没土地。老张问，那么土地呢，土地都集中到哪些人手里了？纤夫们吵吵嚷嚷，说，这还用问吗，当然是地主嘛！老张便启发大家，问地主为啥会占有那么多土地？见没人能答得上来，老张便点着下巴给他们分析，样子像老母鸡在用尖硬的嘴喙，一点点啄破蛋壳，努力帮助即将孵化出壳的小鸡。纤夫们也就若有所思地听，时不时点点头，懵懂的还真像一群刚出世的鸡娃，在老母鸡指拨下谨慎地啄食碎米。

尖下巴老张还特别关心纤夫们的报酬，对他们并不理想的收入深表同情。原来嘉陵江上的这一段河道，有个专吸船拐子血的“仁和航运社”。老板方五老爷，在里镇还开着多家妓院烟馆，他儿子正是方五少爷，父亲在里镇上学时，常常被他揭了头上的瓜皮帽尿尿，以致怕他怕得后来连学堂也不敢去了。航运社按每只船装货的多少、走的上水还是下水、大致里程，从船主那里收取双方约定的拉船费，经手扣除所谓一应管理开销后，剩下的才给纤夫们发放。怎样给似乎从不曾有纤夫质疑，更没有谁吃了豹子胆敢去过问。他们最忌惮的，莫过于由方五老爷掌控的袍哥组织，掌红吃黑，谁要招惹了他，那就等着有好下场吧。

袍哥在四川最为盛行，尤其遍布乡村。袍者，关连襟也；谓之同袍，意即兄弟。当袍哥在四川泛称“嗨袍哥”，“嗨”在巴蜀方言里蕴涵丰富，表述极难。比如一个人极善施展拳脚，到哪都有人买账，就会夸他“嗨得转”、“嗨得好”；某人过日子今朝有酒今朝醉，明日愁来慢慢愁，被说成是“嗨一天算一天”；花钱如水，大吃大喝，统统被叫做“火火嗨”。那时的四川盛产军阀也盛产袍哥，各地冠名某某“堂、号、会、合”之类的袍哥堂子，亦如军阀的各划防区多如牛毛。当然袍哥也不是什么人都可以随便“嗨”，民间从事推车、抬轿、拉纤、修脚、擦背、装烟、剃头匠、吹鼓手、衙门差役、倡、优、戏、卒等下贱职业的人，即被明文禁止。此外，“嗨”袍哥的人还必须是自身没有污点，祖上三代也无甚丑行，所谓“身家清、己事明”者方可。那时的男人，只要具备以上条件的，大多要去拜个袍堂“嗨”了，仿佛不这样就会被人瞧不起，非如此不能够在世间立足，就会处处受人欺负。袍哥供奉关二爷，讲究兄弟义气，祸福同当。袍哥又分浑、清两路，这清的尚自约束，浑的就擅专胡为、霸横乡里，连官府也莫之奈何。事实上当时有很多公家人都“嗨”袍哥，甚而达官显贵，这些你只须了解四川那年头儿许多军阀的身世和如何发迹就知道了。纤夫这等下贱劣民，连袍哥都没资格“嗨”呢，自然就更不敢去得罪既为他们东家，也是里镇袍哥总舵把子的方五老爷了！何况这方五老爷的袍哥堂口，又还“嗨”的是浑水一路！

不过，纤夫们似乎普遍都念方五老爷的好，完全发自内心，这和长辛他爹李六子常念芝长公的好极其相似，他们的头脑也普遍像李六子一样从不思考。老张知道冰冻三尺，讲大道理没用，他只有用事实才能催醒这些“冬眠”的两腿动物。慢慢地有纤夫发现，老张在每拉一艘船时，越来越喜欢探问这船货物大约有多少重量，这难不倒那些经验丰富的老纤夫，他们只须瞟瞟船的吃水深浅，再把纤绳往肩上一搭，便能说出个八九不离十了。谁也想不到老张将这些都偷偷记了账，又不知从哪儿弄到了航运社收取的每船货的费用，月底给纤夫们发工钱，他也暗中逐个儿往小本上记。这天在那弯弓流处的浅滩等待拉船时，老张才将巴掌大的小本儿不慌不忙地拿出来，折断一棵芦苇，在沙滩上当众勾画，加减乘除。结果出来，纤夫们都傻了眼——方五老爷大大地剥削了他们！

老张正想对大家讲点什么，忽听周围一片惊呜呐喊，纤夫们争相逃命，上游并没有突发洪水，细看原来是沙滩上他刚才用苇秆勾画演算的地方，突然像人身上被刀子割破的道道伤口直冒鲜血，止不住地汩汩流淌，如水泛滥。那些脚步慢了的纤夫，很快脚背被洇红，以致他们怀疑这血是从自己身上流出来的了！待惊慌过去，沙滩如故，惟撇下老张在原地一个人呆若木鸡，茫然地远远望着他们。没谁能够说清，纤夫们那瞬间是集体产生了幻觉，还是冥冥中有神灵在向他们发出某种警示？直到几年之后的一天，这片弯弓流前的浅滩真的血流成河，他们中有不少人才恍然大悟。

老张用苇秆在沙滩上勾画算数的结果，并没有改变纤夫们对方五老爷的好印象。他们会极认真地举出各种理由，如说方五老爷从不拖欠他们的工钱，拿多拿少总是每月月底一次结清；遇到冬天天气太冷，而又非得下水拉船时，方五老爷通常要派人从里镇送来大挑的烧酒和下酒的猪头肉，白提供给他们吃喝御寒；端午节方五老爷会给他们的家人买粽子，中秋节买月饼，过年时给所有的船拐子封红包，家有老人的还能领取到十到二十斤不等的烤火用的缸炭。总之他们都在为方五老爷辩护，好像不是他剥削了他们，而是他们占了他多少便宜似的。尖下巴老张无法说服他们，正像他前些日子费尽唇舌，也始终说服不了长辛他爹李六子一样！

李六子对于土地，对于他为什么要当长工，糊涂得也如同那些纤夫一样，也总讲自己的东家如何待他好，说自己这只大号饭桶，要不是多亏了芝长公，想当长工还万不能呢！李六子想问题从来一根筋通到底，全不想想他饭量大力气也大，干活能一顶俩一顶仨。他对老张列举的东家待他好的例子，正是去年那个多雨的秋天，他俩最初在嘉陵江边相遇，早上他临出门去割马草，芝长公吩咐他家女佣的花儿，特别给他煮了五个红糖鸡蛋，还放了冒尖尖一汤匙猪油给他吃。

老张说：“你要是不给他割马草……”

李六子急得大喊道：“我为啥不给他割马草？我是他家的长工啊！”

“那他给你煮鸡蛋，也是应该的呀！”

“啥应该呢？他一个鸡蛋不煮，我也应该去给他割马草！”李六子忒认真，又说，“鸡蛋是我们下人轻易吃的吗？哈，还五个！红糖猪油，都款待得像新姑爷了。”

老张听了嘎嘎地笑。李六子并不生气，最多只为老张的嘲笑，在心里替芝长公抱屈，感觉像祠堂里神圣的东西，被人别有用心地亵渎了一般。他实在不能明白，外乡人脑袋里装的那些东西，咋像他尖长的下巴那样特别稀奇古怪？他虽然不会思考，但还是能隐约意识到这中间有哪点跟他长期习惯的，被大家普遍接受了的不尽相同，简直是相悖！幸而他发现儿子长辛尚不曾受到影响，尖下巴在口若悬河地贩卖他那些货色时，长辛一般都在呼呼大睡，梦涎从嘴角流出，还不时地像故意捣乱似的吧嗒几声，经常引得听讲的一干族人哄堂大笑。

老张的失望可想而知，他坚硬的下巴有时看上去很软弱，也很无奈，更多时候则气得直哆嗦。但老张决料想不到，他还会经受更大的挫折，而让他受这挫折的，不幸又正是一直对他下巴表现出浓厚兴趣的祖母。

外乡人最初留意到祖母，也正是缘于她那次肆意嘲笑自己的下巴！开始他不明就里，也虚应祖母笑着，甚至暗自怀疑自己是不是有什么地方讲得不对。觉得又不像，于是便逢祖母再笑时问她因何而笑。

“下巴，”祖母说，“哈哈你的……”祖母憋不住又笑岔了气。

老张用手摸了摸自己的下巴颏儿，像揪面片似的一点点往外揪着，说他也不想这丑弯钩长在脸上，揪也揪不掉，要怪就只能怪爹妈了，他的自谑引来满堂笑声。那以后祖母再望见他下巴时，倒不好意思笑了，注意力转移到他的谈今说古上了。老张听不到那令他莫名惶悚的笑声似乎很不习惯，若是哪天晚上在来李六子家的人中没有见到祖母，他总要一遍遍地茫然四顾。有段时间，祖母从他眼里彻底消失了，外乡人经打听才知道，原来是祖母她爹龅牙死于非命，她赶回娘家奔丧去了。

祖母对他讲外曾祖父的死，往往要追溯到那个令她刻骨铭心的早晨。她起床后在院子里洗脸，突然老槐树顶“嘎”地俯冲下一只乌鸦，跌落到她脸盆里死掉了。祖母忐忑不安地预感会有飞来横祸，忽然她娘家兄弟来龙、来虎身穿孝服，头缠孝帕，跌撞着哭奔过来。见了姐姐，他们双双扎进她的怀抱，悲恸欲绝，地动山摇。祖母不由得就想起刚才那只猝死在脸盆中的乌鸦，没准儿正是她爹的灵魂，飞来向她告别。于是她恍惚回忆起，那乌鸦在死前没有任何挣扎，只是很深地对她多看了几眼。

龅牙在他贩卖丝绸回家的路上，被土匪杀害。祖母后来经多方打听，获悉杀害她爹的正是三年多前明火执仗打劫她娘家的那伙土匪。虽然来龙、来虎兄弟俩已经长大，但这个家一直有赖龅牙经营，少了他就少了最强劲的经济支撑。家里仅有那几亩薄田，往后日子咋过？灵堂设奠，安葬毕了，又三七将尽，眼见祖母快离开娘家，那兄弟俩忧愁得紧紧巴望着她，眼神像小时候父亲做生意走了，家里只剩下她这个姐姐好依傍一样。兄弟俩不会想到，在这些强抑悲愤的日子里，祖母已为他们设计好了今后的人生道路，他们决想不到，祖母要来龙大舅公留家守业，来虎二舅公上山去当土匪！兄弟俩被这样的安排吓坏了，无论如何不敢相信他们的姐姐会作出如此荒谬的决定，再说了世间古往今来，多劝人改恶从善，哪有劝人去为非作歹的，何况这个人还是从小对他们百般呵护，在哥儿俩心目中善良得像观世音的姐姐！来虎二舅公死活不从，说，啥样的路不好走，姐姐你这是害我啊。我可以学咱爹去贩卖丝绸，再不行就当佃户，到地主家做长工、打短活，实在要不行就去当船拐子，大不了背纤拉船！来龙大舅公也说，人再无路可走，也断不能走到那一步，当土匪丧尽天良，害人害已。祖母说，爹在世时，也不是没带你们跟他学做生意，结果怎样？爹早说过了，你哥儿俩都不是那块料！祖母的话半点不假。龅牙确曾轮番带他这两个儿子跟他去贩卖丝绸，只可惜这哥儿俩始终学不会看丝绸的成色，也没耐心去了解行情，更不屑于跟人讨价还价。鸭子赶不上架，久了龅牙也就失去了耐心，再不肯带小哥儿俩去见习了。祖母叹息地说，就算你们真学到了爹的本事，那又怎样？没准啥时候也落到爹今天的下场！至于当佃户做长工短工，拉纤当船拐子，还有其他各种行当，不是不行，那也是做人的本分。人能守住本分，好歹能养家糊口。她突然沉吟不语，许久才又说：

“唉，可我算看透了，如今这世道就妖魔鬼怪横行！那许多你打我杀的啥将军司令，有几个不是土匪出身的？土匪做大了，投靠官府，土匪也就是官府了。人羡慕他们吃香喝辣，很少有谁去想他来路不正。来虎去当土匪，没准哪天也能挣个前程，比守本分强多了！要说这也是给逼的，这世道就逼着好人做不成，去做坏人！”

来虎二舅公说：“姐，做土匪风险大哩，你就不怕我哪天被抓住了杀头？”

“那要看怎样划算，”祖母笑笑，“好比爹做生意，一吊钱能赚出百吊千吊来，这险就该冒，冒得值！”

来虎二舅公犹自踌躇。祖母沉下脸道：“即便你不愿去做土匪，那也该找杀爹的土匪报仇。放着杀父之仇不报，你还算爹的儿子吗？我看你是枉为男人了！不定哪天也像你们姐夫一样，藏头缩脑，乌龟一个！”

不知是否因祖母的这番激将起了作用，二舅公葛来虎后来还真就去当土匪了！二先生有次回家知道了这事，哑然半晌，仿佛令他震骇讶异的并非事情本身，而是祖母这位目不识丁的乡下农妇，何以能用最浅白的语言，一语道破了看似极端荒谬，然而又是被历史重复验证的普遍深刻的规则与逻辑。

祖母再次出现在尖下巴老张面前，并同他发生争执，是从娘家奔丧回来后。也是在李六子家，听众还是同胞族人，长辛仍趴头瞌睡。祖母去时稍晚，正赶上外乡人如同问纤夫们为什么去做纤夫，问李六子因何会当长工一样，他当时正在问座中的佃户们为什么就当了佃户。回答的结果也与李六子和纤夫大致相同，老张提出的这问题包括祖母在内的所有佃户们都从未想过，因此回答也就惊人地相似，不外乎缺少土地或全无土地！外乡人再继续提问，说，那么土地呢，土地都集中到哪些人手里了？佃户们不回答地主，纷纷陈述入川一世祖圈占的土地，好比整张煎摊得满了锅底儿的大馍，到三世祖手上兄弟俩一个馍平分，再往后两大家又繁衍出若干家支，最初的一块馍就被分得七零八落了。有的家庭男丁多，越往后分到的土地越少，相反就越多，有的家庭遇到天灾人祸，少不得还要卖田卖地……一个祖宗发脉，怨谁？不怨不公，只怨个人命苦。老张也不再就这个问题追问了，转而问他们做佃户有没有感觉到遭受剥削。“剥削”这个词，祖母和在场的佃户都头遭耳闻，意思约略能懂，不懂的是，他们何以就遭“剥”了“削”了，像头大蒜像根莴笋似的？尖下巴老张就拿佃户们交纳的地租说事儿，想以此证明他有关剥削的理论有多么正确。

“这咋会呢？地租多少，是我们事先和东家议定好了的呀！”

祖母的疑问立即引起了佃农们的附和。外乡人似乎早已预料，他待屋子里嘈杂的声音平静下来，才斟酌着字句问：

“难道，难道你们真的是心甘情愿吗？比如有没有感受到怕租种不到土地的压力，或者担心自己交租少了，地主不再把土地租给你们？”

佃农们沉默着，外乡人摸准他们心理了。于是油灯下那个古怪的下巴，泛了些得意的亮光，外乡人才要抬手摸摸，不想祖母又先发话了，近乎大喊大叫：

“那又怎样？周瑜打黄盖，一个愿打一个愿挨嘛！再则我们东家芝长公，待佃户们可好了，跟大家议定的地租，没有哪个讲他不公道哩。”

外乡人老张满脸狐疑，说：“芝长公我晓得，你们里村李氏家族的族长老爷嘛，时不时还照面哩。只是，”他又斟酌着字句，“他中途有没有过加租？或者……”

刚才还一片缄默的那些佃户，这时都争相打断他，说，那怎么会呢，芝长公从不中途加租，连前几年你来我往的军阀，按地亩摊捐派税，紧刮的地皮都几层了，他还不曾加租哩。又说到芝长公那次被军阀捉去，他们这些做佃户的如何出面凑粮筹钱搭救等等。外乡人听了将信将疑，他的下巴尖上已渐次失去了光泽，最后在灯影里只落下一尖点青灰。接着他又想当然地问了一个最不该问的：

“那么，你们的东家芝长公，呃呃，他在收租时对佃户们有没有过故意刁难？甚至就大斗小秤？”

闻听此话佃户们即刻嘘声四起，说：“怎么会呢，倒是我们中有人往租谷里掺秕糠瘪谷湿谷，还有人偷割瞒产私分，芝长公知道了还直装聋作哑！”祖母更忿忿然地，捏着还没有纳完的鞋底指着外乡人的下巴，这般骂道：

“哼，你这个早晚要掉下巴尖儿的！故意刁难，大斗小秤，亏你说得出口！我们芝长公是那种德性吗？你咋就能那样说话？”

同为佃户的天昌爷，这时也起而响应祖母，指责外乡人对芝长公的无端猜疑，妄肆亵渎，也是对里村李氏家族的大不恭敬。因族人们都能谨遵祖训，忠厚传家，光明磊落，绝少有他所想象的那类狷狯之徒，设奸做巧，令人不齿！族长芝长公是率先垂范，糟践他就等于糟践了阖族家门，糟践了列祖列宗！坐在外乡人身旁的女人，顿时一麻脸绯红，仿佛尖下巴老张真使她蒙上羞了。虽然趴头瞌睡的长辛任吵不醒，但屋里的佃户和李氏的其他族人们，这时为了家族的尊严和荣誉，无不对外乡人的轻率冒犯表现出强烈的集体愤慨！他们顿时嘘声潮起、言词慨切，似乎完全忘记了老张讲过的那么多有趣的故事，曾经陪伴他们度过了多少欢乐的夜晚！

外乡人老张自是招架不住，他不停地打躬作揖，声称他刚才纯属有口无心，芝长公不同于别处的地主老财，要算个例外，他断不敢糟践芝长公和里村李氏宗族。瞧他狼狈张皇的样子，急得眼泪都要流出来了，大家最终还是原谅了他，只告诫他以后说话要千万当心。

李六子怕族人怪罪自己，这时急切惶恐地警告老张，说：“你今后再敢得罪一族老少，害我惹火烧身，到时莫怪我不肯留你住宿了。”边说边趁势狠拍了下长辛的脑袋，好像在埋怨他当初就不该将外乡人轻易领进家门，自己又不该贪图几个小钱，还收了人家床铺伙食费而懊悔。

长辛被他爹拍醒了，一睁眼竟也凶巴巴地望着老张，似乎他从来就不曾睡着。老张被吓得唯唯诺诺，尖下巴啄得像镐头掘地，从此果然只老老实实地讲他的故事了。这时人们也才发现，他只要不叨唠那些是非，单讲故事要比陈圣谕父子的说唱更吸引人。于是才想起，那父子俩很久没来了，已不知现在如何生计，还有没有经营说唱的营生。

那以后尖下巴老张又都讲了些啥，祖母很少去听了。倒是外乡人有几回大白天没出去拉船，让长辛陪同着，在村里东家串西家走。这天他来到祖母家里，先问些闲话，东拉西扯一阵，最后才像漫不经心地问到这家的男主人，也就是祖父。没料到却犯了祖母忌讳，她冲外乡人叫嚷，说：

“你问他干啥？他死了，早都当炮灰啦！”

外乡人碰了钉子，又不甘如此收场，便东张西望发现了挂在墙壁上的那只木铎！它正紧挨着祖父书写的十二个月农事的那面墙壁。他好奇地伸出手去，不料木铎竟像抗议似的一声嘤嗡，吓得他赶紧把手收回了。尖下巴老张匪夷所思，最终还是放弃了碰碰它的念头。

他也曾到芝长公家去过，不知是因了那晚的言语冒失向老人道歉赔礼呢，还是只为拜会？他们彼此间有过怎样的交谈？没人知道。人们只见了芝长公后来亲自送他出门，步履敦实，长衫雍和，临别还向他长施一礼，大家不得不佩服芝长公涵养深厚、仁者海量！这事过去后的有段时间，老张讲故事忒没劲儿，人也心灰意冷似的。从长辛口里得知，他同纤夫们在一起时也是这样，和他最熟的船拐子都惊讶他像换了个人似的！李六子有几次发现老张拉船回来，大晴天里也头戴斗笠，脸又遮没了，只留个下巴尖儿朝前拱突着，如同前年秋天他割马草时，在江边的漫漫烟雨初见老张时的模样。

这样的情景持续到翌年开春。一场幼细的雨催生出嘉陵江两岸幼嫩的新芽，那些被严寒压迫了整个冬季的已经发黑的树木的枝条，开始悄悄伸展，外乡人老张的头也慢慢抬起，讲故事时又焕发了从前的精神。谁也不知道他萎靡的状态怎样被唤醒，大概是他使了鲜为人知的魔法，正像他能用苇秆在沙滩上划出滔滔血水，总之，里村的男女和河道上的纤夫们，现在都越来越愿意接受他那些奇怪的观点，并相信他讲的都是真理了。他就这样终于突破了人们死守的藩篱，在偌大一片荒芜不擅的思想里，播下了一粒粒会思想的种子，然后像蓄谋已久的舵手，暗暗把船撑往他期待的码头。

这就有了后来被祖母和里村人时常津津乐道的那场纤夫事件。时间大致在当年农历三月。上百名纤夫突然去找仁和航运社交涉，要求增加他们拉船的报酬。方五老爷不答应，纤夫们就用尖下巴老张曾经在沙滩上的勾画算数，声讨他们被他剥削了！于是纤夫们都静坐在里村下游那弯弓流处的浅滩，任由上下的船只在那里堵塞，桅杆如林。有货主在船上急得跺脚叫喊，他舱里的货快要烂了。纤夫们只是沉默，烈日下像一片敦实的陶俑。僵持的结果是方五老爷出动大批袍哥打手，由他那个曾往父亲瓜皮帽里尿尿的五少爷带领，将罢工的纤夫们尽行殴打驱赶，临了还抓走十多个，关进方家门楼里吊打拷问，内中就有李六子家的长辛。他们最想抓的尖下巴老张，却早已不见了踪影。

第二天，里村来了穿黑制服的警察，押解着遍体鳞伤的长辛去他家搜查。在他和外乡人共睡的那张床上，从霉臭烘烘的、刚揭开褥子就能瞅见虱子和跳蚤疯狂逃窜的被窝里，警察们搜出了外乡人几件打补丁的衣服，两三本封皮上印有红字的书，此外便再无所获。临走时他们狠狠教训了李六子，警告他以后要对长辛严加管教，并提醒他如果外乡人哪天回来，或者一旦有了他的消息要及早报告，否则以通匪论罪，决不轻饶！

参与这次罢工的纤夫们又都陆续上工来了，除了尖下巴老张。等到他们全都像蚂蚱再次绷紧在那根用竹篾编织的纤绳上时，用不变的声腔和固定的姿势在峭壁险滩间喝吼爬行，那些滞留了多日的船逐渐如鱼贯通，一切又恢复到了旧时模样。

第十一章

如果不算麻脸，祖父主动拿枪杀人，是在又一场四川军阀间狗与狗的恶斗中。据说此前他也上过几次火线，但每次要么把头埋进战壕，只顾朝天放枪，屁股像秧鸡一样翘着，要么冲锋时就假装跌倒，等人都上去了他才在后面追随。有一次还临阵脱逃，差点被督战的一刀砍了，总之都很狗熊，下连队当兵了仍不像个军人。

他无须判断事实真伪，更不想去猜测这些都经由谁传播，因为在他看来，任怎样的编派都不过分：一个人最初被投放战场，只要他天生不是个亡命之徒，就都会贪生怕死！怕死是人类的天性，更是每个士兵必须经历的过程，不怕反倒不正常了。祖父自然也不能例外，何况他终归是骨髓文质，生性较常人更加胆小。虽然那时他早已操典掌握，不会再闹出不分左右脚的笑话，射击、刺杀、搏斗也已久经训练，勉强算个兵了，但这并不代表他上了战场就不该怕死，就该勇敢。

那场战斗十分惨烈。双方为争夺一座很不起眼儿的小山，一天内几易其手，打到后来，祖父已弄不清他所在的部队是攻还是守了。由于长时间深陷惊恐，他神经已近于崩溃，大脑意识也已模糊，现在竟不知自己身在何处，感觉像死了。恍惚间他听到啾啾鸟鸣，细怯地被风吹送来，硫黄和血腥的气息弥漫在四周，鼻孔里顷刻间像是爬满了蚂蚁。他痒得打了个喷嚏，眼睛里就裂开了一角天空，慵懒的，云亦片片惺忪，仿佛是被他刚才喷出来的。祖父这才发现自己躺在山上的堑壕里，睡着了，还有些士兵也在睡着，有的过一阵也会像他一样醒来，有的则永远醒不来了——他们阵亡在这座无名的山头，阵地前一片死寂。见证了太多的死亡，祖父并不觉得怎么害怕，他利用这短暂的战斗间隙开始回想今天的战斗，他是如何一次次地死里逃生的。最险的一次，子弹打飞了他头上的军帽，他趁势躺下装死，而紧跟在他身后的一名士兵，却真的倒下了。还有一次拼杀，刺刀从他腋下穿过，借着强劲的冲力，他仰后骨碌碌滚去。他幸运地不曾受伤，但脸上身上却溅满了别人的鲜血，粘附着一个个正通向阴间的灵魂，此刻仿佛还能听到他们在叹息，像是不甘心就这样死了！这时祖父突然一个激灵，头飞速地抬起，神经质地望着身后一棵树。他看见树梢上悬挂有半截手臂，正张开血红的手指，抖动着指着山下。祖父骇惧得跳起来，大声叫着：

“来了！他们来了！”

他这一声惊恐万状的声音迅速传遍了每条战壕，唤醒了那些还在沉睡的士兵。他们像听到战斗命令，纷纷探出脑袋，看也不看地就疯狂朝山下射击、投掷手榴弹，枪声和爆炸声又响成了一片。

事实上果真有敌人摸到了阵地前沿，祖父那完全下意识的呐喊，成了阴差阳错的报警。近距离杀伤虽然十分奏效，但敌人最终还是攻上来了，霎时短兵相接，肉搏生死，不大的山头拼得天昏地暗。祖父要么是又被吓破胆了，要么就是对太多的恐惧已麻木，面对蜂拥而至的死神，他把自己呆立成一具僵尸，暗淡的双眼像在漠视一场与己无关的游戏！直到有个敌兵挺着刺刀摇摆过来，凛寒的利刃直刺向他的胸口时，祖父突然对敌兵发笑，很难为情地，像在表示谅解，那敌兵愣了愣，猛然收住脚步，竟也稀里糊涂地冲他笑了。随即，阵阵敲打声从祖父嘴里传出，像是铜和竹两种器乐的混合演奏。那敌兵就那么疑惑地听着，一时想不起这声音究竟发自何物，声调如此奇特，不过他的目光已渐渐痴迷，甚而陶醉，刺刀无力地低斜去时，锋芒也显得格外柔和。原来是祖父的刺刀不知怎的就扎进了那敌兵的胸膛，他听见噗的一声闷响，从慌张凄切的大团血光里，清楚地看见那敌兵仰后跌倒的脸上呈现出十分满足的神情。

“木铎！”敌兵倒地时说得十分肯定。喉咙里还激动地漱响着，仿佛要清清嗓子，跟祖父哼哼敲打似的。可祖父不想陪他了，他就那样驾驭着被死者认定的木铎的声音，像驾驭着一台一经发动就不会停的机器，紧接着又疯狂着冲向另一个敌人……

他实在难以相信，祖父嘴里那时会发出木铎的声音！是那个倒霉蛋听错了，还是这事本来就纯属子虚乌有？但不管怎样，祖父那次是真正杀了人了！

第十一章

自此以后，他上战场就敢冒枪林弹雨，不避刀锋，杀人如麻，终至嗜杀成性。徐营长那时已经升任团长了，他见证过祖父的极端懦弱，对他越来越勇敢的表现深为嘉许，又因他曾做过自己的师爷，便视他为文武兼备之人，很快便提拔他当了排长，而后又连副、连长，也就是正规军阶中的上尉。祖父成了名副其实的带兵官，文化素养在旧军阀队伍的同级军官中，实属凤毛麟角，因此无论带兵还是指挥作战，都要与众不同。

四川军阀的战争经年不断。祖父久历战阵，身体也在一次次杀人后变得强壮无比，简直够得上魁梧剽悍了！仿佛是因诸多无名人血的滋养，他的心肠冷酷得如白骨黄沙。无时不笼罩的杀气和血腥，使人难以想象他也曾书香飘弥，慈仁信守，又何等胆小怕事，软弱到人人尽可欺凌，连祖母也瞧不起他。

但他仍不敢相信祖父真的就像传说中的那样凶残。没准当每一场战争过去，他会在夜深人静时，想起那一个个死在他枪口下的鲜活的生命，为自己何以变得如此残暴冷酷而百思不得其解，最终对自己深感愤恨！有时他还会独自走出营房，到附近的河边或是山头，在亘古不变的月升日降中一遍遍地心潮起伏。他追忆从前的时光，憎恨今天的罪恶，心便一点点恢复柔软，软到有丝丝硌痛。他反复质疑自己在干什么，这算什么？如果现在的表现就是祖母要他铸造的刚强，那么这样的刚强算不算堕落？至于他有没有思考军阀之间的战争，以及战争的价值和仁与不仁、义与不义，将来他该作何种选择，就不得而知了。

当然，更多的时候祖父会想家乡，想祖母，想他的两个儿子——父亲和二叔，想那条流经村前的嘉陵江大河如何激荡起雷霆闪电，推出江风江月。如此漫漫想去，总要有一个人顽强地挤进他的大脑，也许你大约已经猜到了——馨儿！祖父会想起同馨儿最初的交往，仿佛又回到了青年，心仍会禁不住泛起涟漪，甜美得像在江上漂着的小船。他懊悔自己当初咋就那样缺乏勇气，他恨祖母棒打鸳鸯，恨生生夺走馨儿的水鬼老大，更恨那时的自己不比今天，否则早一枪把水鬼老大给毙了！爱恨轮番袭上心头。这才发现岁月虽然流走了，却并不曾流走他对馨儿的暗恋！这意识一经苏醒，如死灰复燃，身陷异乡的祖父对馨儿的思念变得更为强烈，也更加肝肠欲断。偶尔，他也会想想借馨儿的那张被乱兵搜走了的银票不知还有没有机会还上了。这也正是造成他堕落行伍、有家难回的根源，不由得暗自情绪低落，感慨万千。

祖父早已厌倦了军旅生涯，厌倦了永无休止的战争，渴望回到嘉陵江畔的里村，守着妻儿，守着他租种的芝长公家的土地，安心做他的铎人，重温他离家前和平安宁的日子。每每这时，他总会听到有一种敲击声从远处传来，仿佛天宫里正响着的钟磬，余音泠泠里，他似乎隐隐望见了自己的身影正躬行在遥远的地平线上，边走边敲打着手里的木铎。里村在天外了！一派霞红光紫，瑞气氤氲，云霓灿烂。那方水土上的天与地与江河，道路与村庄与人，无不像圣贤经典，正应了他铎声的提示，在庄重有序地一页页打开……

祖父比任何时候都更向往那样的安宁，愈加迷恋他做铎人的荣誉。现在他已习惯了拿枪的手，多想能有机会再去捧起那只木铎，触摸祖先们留在它上面的手印，嗅嗅浸透在木铎身上的祖先们的气息，再留下自己的气息和手印；看着木铎古老温润的色泽，如何不动声色却肃穆坚硬地闪光；听着铎声，是否还有当年的玉润珠圆，而传递出的那种神奇的力量，是否会让每个听到它的族人都应声而来，心怀敬畏？但祖父已身不由己，欲罢不能。很快他又随军开拔，去抢夺另一个军阀的防区，投入到更加激烈的战斗了。

陈圣谕父子仍在经营说唱的营生，这天他们又来说唱了。不过老陈圣谕死了，来的是小陈圣谕和他的女儿，以后人们都叫她小小陈圣谕。小小陈圣谕梳羊角辫，脸上绽放着绚烂的笑容。她承传祖业，学得真谛，说唱时嗓门生脆，吐词清楚，不吃字儿，音喉婉转，又弹一手绝好的琵琶，半遮半掩，更具别样风情。族人们很快被她吸引，留这父女俩连说唱三场。父亲三场不落，听小小陈圣谕说唱时，他目光直勾勾地盯着她的脸和眼睛。祖母虽不时扭头去看看父亲，但这并不妨碍她听得如痴如醉，时到今日，她印象最深的，当数小小陈圣谕唱的那一口“灾荒年”。虽然是老段子了，老陈圣谕和小陈圣谕曾经都说唱过，但小小陈圣谕却能翻新唱法，果然较她以往听过的任何一次都大不相同。

灾荒年——饿死人（啦）——听说来见（啊）
今年子（呀）——黄家坡（舍）——断绝人烟
大劫到（啊）——实难逃（唉）——奴夫先走（哟）

第十一章

我这就（唉）——回娘家（哪）——求个周全
……

行腔添加了很多单音叹词，高、低音幅度极大，抑则低回婉转，扬则石破天惊，像佛教居士的打佛句子，又像儒家孝友会的礼生讴唱孝歌，哀婉凄恻，极状悲苦，感人至深。尤其唱到灾荒年的“年”字，小小陈圣谕突然翻成八度高音，一扬上去，声如裂帛，祖母乍听了心顿收紧，鼻根发酸，憋不住的眼泪扑簌簌地顺双腮滚下。等到小小陈圣谕喊出那嗓“求个周全”，借用了川剧高腔，曳挽悠长，伤心无限，她则哭成个泪人儿了。

这对父女刚刚离去，父亲突然神秘地失踪。奇怪的是祖母竟不焦躁，也不急于寻找。每当芝长公和其他族人前来过问关心，向她打听可有父亲的消息，指责她这做母亲的因何不出门寻找自己的儿子时，祖母总要暧昧地笑笑，说出的话也颇多令人费解，给人的感觉好像她已经什么都知道了，他们只不过是咸吃萝卜淡操心了。

“放心，”祖母说，“这家的男人，就那号坯子！”

果然，半个多月后，父亲回来了。祖母从他一进门，便发现她这个胆怯的儿子浑身饥疲，人像死过了一次似的。她也不问，给他舀了瓢水喝，又下厨房去煮了碗面条。父亲没精打采地捧着碗，吃得热气腾腾的样子，极像一只蚕在心事重重地吐丝，直吐得神思恍惚，迁延绵长。随后很长的一段时间里，他都这样魂不守舍。更糟糕的是这期间族中有两次去祠堂集会，芝长公发下了铎令，他却有气无力地把木铎敲得像小小陈圣谕在开唱前调试琵琶一般，喊铎令的声音也似她在行腔说唱。族人们都大为惊异，怀疑他这番出去太久，招了什么魑魅，人回来了魂却还丢在外面，族人们纷纷建议祖母赶紧设法给父亲招魂，并推荐给她自己认可的巫婆神汉。

祖母第二天出门，但她没去请什么巫婆神汉，而是回娘家了，这就有了后来父亲和母亲订下的那纸婚书。来龙大舅公张罗，物色下邻村一朱姓女子，双方互换庚帖，合了八字，然后行送聘礼，在早还分大聘小聘，那时从简，多合二为一，依例请些吹打，备下礼品，挑选族人中几个干净利索的青年，或挑或抬，在媒人、押礼陪护下送至朱家。女方收了，少不得也像祖母当年和祖父订婚般，按乡间规矩回些糕点，由女子亲手做下些鞋帽衣袜之类，意在让男方检验自己的针工，得到对方认可。因母亲尚未成年，约定稍长大些再行请期，即择定良辰举办婚事。

父亲眼见的这般忙碌，情绪更加低沉。送聘回来的当天，他出人意料地离家出走，再次失踪！而且时间比上次更久，再次回家时差不多已是一个月以后。人也较前番更加萎靡，虚弱得快脱形了！祖母权当不知，也不问。这日黎明，村里突然响起铎声，依然似琵琶调试，铎令喊得依旧像极了小小陈圣谕的行腔，只是吐字含混，听不清喝吼的是啥。族人们都慌张地赶往祠堂，有的连衣服也来不及穿好，趿拉着鞋。随后到来的芝长公深感蹊跷，因为身为族长，他实在记不清本家族今天有何重大活动，更不曾吩咐做铎人的父亲去发出通知。这样的荒唐事接着又发生过两次，到第四次时就成了那个最古老的寓言：狼来了！芝长公这次真有事邀族人相商，结果被哄怕了的人们谁都没去，他苦等半晌，就差没当着满神龛的灵牌骂娘了。

如此连续重大失误，父亲早该被褫夺做铎人的资格了。无奈芝长公格外仁慈，只是对父亲口头警告。那日午后，父亲又伸手去摘墙上的木铎，却被祖母从旁拦下，并顺势抽了他一个嘴巴，打得父亲眼前直冒金星。

“你晓得仁和航运社方五老爷家的五少爷吧？”祖母问，目光逼视着他，见父亲眼睛迷瞪着，又说，“就是你在里镇上学时，他常揭了你瓜皮帽尿尿的那一位！”

父亲有些清醒了，并下意识地举手护头。时值农历八月，父亲的头上只有浅浅的一瓦头发。祖母见了便哼哼冷笑，奚落道：

“嘻，没你的稀汤喝了。方家五少爷收她做小，明天拜堂。有本事为她犯痴犯傻，倒不如真有胆量，去把她抢回来！”

祖母讲，父亲的两次失踪，她都预感到跟小小陈圣谕有关。方五少爷明天正式收她做小，父亲觉得祖母不像是信口胡言，于是第二天他悄悄去了里镇，果然见方家门楼前张灯结彩，喜气洋洋，打听才知是五少爷在这天纳妾，迎娶的真就是小小陈圣谕！赶礼的人除了里镇大小头面，还有镇上一应街坊、通体商家、明官暗匪、八方码头，袍哥至红旗管事以上更无遗漏，连纤夫也停工半日，这都穿戴整齐，到方家来喝喜酒。一时骑马坐轿的，走路行船的，都纷至沓来，熙攘若市。父亲在攒挤的人潮中发现了长辛，还看见了那个被祖母骂做骚小白兔儿的馨儿！（有关这女人和他爹的传闻，他已听过不少。）

还有许多闻讯赶来的乞丐，在街边周围肮脏地跳浪嬉笑，舞弄准备借打莲枪唱“红花一朵莲（哎）海棠花”骗吃骗喝的行头，也就是到时边唱边往肩膀和两臂象征性地敲打节奏的木杆竹棍。这时鞭炮响起，一行伴当吹打，花轿冉冉而来。父亲当然不会有祖母期待的胆量，他只能眼睁睁地看着那顶花轿抬进了方家门楼。

那以后，父亲一如当年的祖父，便时常去赶里镇了。很多时候，他回家时已夜深月迟，在床上辗转，时不时地会把祖母扰醒。农活耽误了，祖母来受承，但她仍没有片语的责备，常常会心地笑望着父亲，似在怜悯，又好像她对这事的结局早已心知肚明。果然不久后的一天，父亲从里镇回来，口鼻歪斜，半额角青包凸起，头顶还散发出一股臊烘烘的尿味。后来才知他是被方五少爷带人打了，原因是他常去方家门楼前转悠终被发现。这日，父亲终于候着小小陈圣谕了，他怯怯地想要靠上前说话，不巧正被方五少爷撞见，顿时妒火中烧，唆使手下人狼嗥狗上。等到父亲饱尝了拳足后，方五少爷才又习惯性地去揭他头上的帽子，不想只抓到一瓦浅发，愈加怒不可遏，就逼着父亲当街蹲下，这方五少爷也不顾大众围观，间男杂女，管自撩开裤裆，白哗哗的一注，都射到父亲头上了。不想父亲那只头罐，倒也痛快地吱吱接受，像久旱的禾苗乍逢暴雨，热乎乎地腾起烟尘，熏得人一哄而散。如此歪打正着，那泡尿竟成了灌顶的醍醐！此后父亲恢复了正常，击铎传令时不仅谨持规矩，而且铎声和喊出的铎令也越来越像祖父。祖母随后少了对父亲的那种笑望，目光又恢复了当初的鄙夷，而且那目光较过去愈加深刻，简直就是不怀好意。

“喂，脓包儿！就这样收场了吗？”有次祖母这样挖苦父亲，说，“唉，我早知道的，你种你爹哩！”

二叔那时刚上了城里的中学，星期天回家听说了父亲的事，气得当即操了把菜刀，就要冲到里镇去找方五少爷拼命。祖母制止了二叔，却用嘴努了努一旁的父亲。只见父亲吓得脸色都青灰了。

你尽可想象祖母那时对父亲有多失望！她不希望他学二叔真就去找方五少爷拼命，但至少二叔的行为，应该激起他哪怕丝毫的血性。可他倒好，竟被吓得面如死灰。祖母从父亲身上，一定又看到了她最不愿意见到的祖父的影子，父子俩重叠复制，正如在一块土地上，前后播下的相同的种子。祖母突然悲哀地发现，她对这个家的男人想要做的种种努力，结果全都是白费！扶得东来西又倒，让扶的人力不从心，还不如不扶的好。

其实，父亲在这件事情上也并非毫无可取之处，至少他能对小小陈圣谕动真情，这点就很可贵。看来祖母的预感没错，父亲的前两次失踪，追寻小小陈圣谕是肯定的了。至于他怎样追寻，中间都有过怎样的故事，父亲没讲，祖母没问，作为儿子，他也就不便妄加猜测，只留待旁人去想象吧。

临近小春播种时，二先生回到了里村。这次回家他没带夫人，却带回一大堆洗漱用品，据此族人们断定他会多住些日子，必定是有啥紧要事情需处理。但又不像，因他每日只去田间地头走走，最多也就是同他家的佃户、或是与在相邻土地上干活儿的农民们叙叙话，有时还和家里的长工李六子、女佣花儿拉拉家常。偶尔也去嘉陵江边，看看这秋去冬来时的风景。于是族人们又据此推测，莫非二先生在城里又遭遇到什么挫折了，才要躲回家散散心？于是大家不禁为他惋惜，感叹他年少时秀才补廪，出国留洋，保路起事何等英雄！民国初创时也曾一度在省里做官，顺畅得像一江东去的春水，为何越往后越时乖运蹇？

族人们留神观察，发现二先生即便是去江边，也并非是观景，实则心有旁骛。那时空不及秋明，水莫如夏汛，草木亦输春色，然则天赋四季，必遣殊常，如这初冬的些许飘零、些许涣漫、些许枯瘦、些许低迷，韵致也别具一格。两岸田畴高地，一座座金黄色的稻草绕树堆垛，像放大了的一只只女人绩线的纺锤；一丛丛扯拔后就地晾晒的棉秆支架成篷，上面还开着零零星星的棉花。这时节招摇无度的野黄菊，金灿灿地开放在坡地山崖、人家的房前屋后，一直开到嘉陵江边，被江水的潮腥激发出更浓郁的闷香。二先生对眼前的美景竟熟视无睹，只在意自己的重重心事。

可是，当大家闲下聚拢，那些佃户和长工们在相互议论时，综合反馈的各种信息，二先生却又不像他们认为的那样。因为这时他们会发现，二先生同每个人交谈的内容竟是那样惊人地一致！这不禁让他们想起另一人，就是那个险些被警察抓走的外乡人老张！原来他俩都在关注同一个问题，那就是大家世代追求、渴望而终不可得、因之也就逐渐所麻痹了意识的土地！只不过老张更像一个机智的猎人，相反二先生就坦诚多了。他不会问他们为什么无地或者少地，土地都集中到哪些人手里了，更不会和他们谈论剥削，而是直截了当问大家：倘若有人愿意拿出自己的土地，平均分配给你们，你们会觉得怎样？这样荒唐的问话发生在不同场合，针对不同的人，但所有人的回答也都惊人地相似，说，那当然好啊！可是哪有人愿意拿自己的土地分给我们？除非他是天底下的头号傻瓜！二先生说，也未必，假如真就有那样的傻瓜呢？人们尽笑，说，啊呀，我们正求之不得哩！分到的土地越多越好。

直到这时人们才明白，原来他们对土地的麻痹，实则掩藏着更强烈的占有欲望！事实上，没有农民会拒绝对土地的占有，也没有农民会憎恶自己拥有太多的土地。中国历史自结束了奴隶社会，土地的重要性大到可以封土建国，小到能苟活全家。人类历史，其实正是一部土地史！没谁相信二先生的话。连祖母也不信，拿出自己的土地白白送人，只当他是在寻人开心呢。祖母记得二先生在同她说那番话时，暮色正缓缓降临到自家屋顶，倒霉的父亲正在厨房里忙着。几只鸡咯咯地要进笼去，一只乌鸦落到院里的那棵老槐树上。听了二先生的一番话她先一惊，继而便懒洋洋地望了望他，她甚至想岔开话题，问问二先生这次回家咋不带夫人，那女人身体现在怎样了，养孩子了没有？可结果是祖母问的比不问还要糟糕，简直就像在蓄意奚落！

“喂，你没事吧？”祖母说，也不待二先生回答，她便径直进屋去关了房门。同时关上的，还有她心中的另一扇门。

然而，二先生与大家说的竟是真的！很快里村就传遍了，二先生正在说服芝长公搬到城里居住，把他家的土地财产分配给村里无地和少有土地的族人！他打算放弃将来该自己享有的全部家业，其中也包括他哥哥水鬼老大的那一份——水鬼老大被芝长公宣布逐出家门，已失去他本该有的继承权了。当然，二先生估计水鬼老大很可能不会在意家产，一个人自由自在正好乐得无羁无绊，驰船御水，生老江湖。但芝长公断不能容忍二先生要他迁居到城里，将这累世基业拱手送人！父子俩为此有过无数次不愉快的交谈，到后来还发生了很激烈的争吵。

长工李六子能详细描述他们争吵的细节。女佣花儿向她见到的每一个族人大声饶舌，他们的老族长有多么伤心，如何气得吃不下她做的饭菜，也不肯喝她端去的水。“再这样下去，芝长公活不了多久了！”她这样武断地下着结论。若放在平日，这种话该视为恶毒的诅咒，花儿该当去跪祠堂，再由她患肺痨的老爹亲掌其嘴巴。但现在族人们全都在为二先生的举措困惑着、惊讶着、议论着，没谁想到要跟个敞嘴丫头去计较了。

好在断言空妄。第二天早晨，芝长公突然又像往常一样地巡查，出现在佃户们的土地上！见到他的每个佃农，竟奇怪地心虚，好像自己是个心术不正的偷儿，真在暗中惦念东家的土地。芝长公也不似往日随和，他不怎么看他们，他看地，看地与地之间的界桩，看地塄旁的树、灌木和某棵树上丑陋的瘿瘤，看地崖畔一块或几块形状并不特别的石头，亦看土地上空的天空，目光依依，仿佛在跟它们诀别。佃户们进而又猜测，二先生大约已说服芝长公了，他们就等着下一步接受他赠送的土地了。但谁都无法高兴起来，虽然里村的土地都是一世祖入川时圈下的，但毕竟其后代枝叶不同，各有所归，纵不劳而获的是宗亲土地也都感到心愧得慌！他们见芝长公离去时，神情黯然，步摇也乱了，失去了他惯常的镇定雍容，可见土地对于他，同样如此重要！他们的心乱了，彼此商量着最好告诉二先生，他们决不接受哪怕一寸土地的赠与！可惜他们还没来得及付诸行动，二先生的计划就已胎死腹中。原来他一直就没能够说服他爹，芝长公对待土地的态度十分坚决，近乎顽固。李六子讲，老人有几次当着他和花儿，拍打着桌子冲二先生咆哮，毫不妥协，斩钉截铁地道：

“你要把土地分给他们，好哇！除非等我死了，管不了了！”

事既如此，二先生只好放弃。又过了两三年，嘉陵江这一段的狭长区域建立了苏维埃政权，当土地革命闹到了里村，祖母会想起这革命，其实二先生早已经闹过了。被革命的对象依然是芝长公，只是这次他很不体面地被头戴高帽，胸挂黑牌，在从前他家的长工而今已是村苏维埃主席李六子的勒令下，乖乖地接受批斗，再然后被牵出去游街示众，最终死有余辜地倒在了某次游街的路上。

有关二先生的所谓的土地革命，其实也就是祖母的信口哓言，其实它充其量只算族人间的一次无偿赠与，像一个亲友送给另一个亲友的一件礼物，然而这件礼物最终还是没有送出去。

二先生当年要将他家的土地赠送族人究竟是出于什么动机？这固然不好推测，但有一点可以肯定，二先生决不是一时心血来潮，而是经过深思熟虑的。当然他也不是有先知先觉，能预测其后的两三年里这片土地将要掀起一场震惊世界的红色风暴，更不可能预测到其后又十多年，这场以土地的名义发动的革命，会取得全国范围内的成功。

根据历史教学的经验，他很自然地要联系历史背景。他无须对那段历史进行检索，它们早被他千万遍地在课堂上讲授，中华民族除了灾难深重，不绝的内战外侮，还有最最重要的，那就是二先生不可能不知道自俄国十月革命后，世界上早已经诞生了第一个庞大的苏维埃社会主义国家联盟，更不可能不知道在中国江西一个叫井冈山的地方，有一支红色工农武装，正进行着一场声势浩大的土地革命，并以它为中心，已经辐射到全国数省的部分农村。如果把二先生的行为放到这样的历史大背景下去审视，他对苏维埃和土地革命持怎样的态度？他年轻时也曾带头闹过革命，对那场并不成功的革命所引发的一系列社会性灾难，应保持着独立的判断和清醒的认识。当初的激烈壮怀，早已在他内心变得特别柔和温软。他变成了一个十足的改良主义者，越来越相信教育和实业才能救国，于是最终矢志践行，毅然选择了教书育人的道路。但这并不等于他不关心政治，不关注现实，相反，他耳闻目睹到的现实，令他夜不能寐，忧心如焚。尤其面对饱经战乱的广大农村，处处水深火热，哀鸿遍野，富人和穷人的对立十分尖锐，民变时有发生。他惟一的愿望就是为改变中国农村的现状多做些有益的尝试。他试图寻找到一条除革命之外的中间道路，通向古人所倡导的大同境界，实现孙中山提出的“耕者有其田”。通过长期苦苦研究，他得出这样的结论：乡村的矛盾，不是穷人和富人的矛盾，实质是土地多与土地少的矛盾！解决矛盾的最好方式，莫过于动员土地多的人无偿拿出部分土地，均衡给土地少的农民。他首先想到了回家拿自己的父亲做试验，并且天真地幻想一旦成功，便可启人仿效，待到有一天广为普及，中国农村的问题也就彻底不复存在了。

他不敢肯定这样的推断在另一个世界的二先生知道了是否满意。他记得他在作这些分析时，有一阵倦意袭来，正昏昏欲睡，忽然隐隐听到一声叹息，急睁眼却四顾无人。直觉告诉他，那声叹息应该来自二先生！自从回到里村搜集整理有关谱书的资料，他还从没听到过有谁能叹出那样的腔调，难道是二先生在暗示他推测的尚有缺失？他实在想不出还有哪些揣度不到，后来干脆不去想了，毕竟二先生堪称智贤，贤者必有人之所不能及，智者能虑人之所不能虑，正如他后来有一天要皈依佛门一样，个中真实思想也不好去凭空妄断。

祖母讲二先生离去时十分狼狈，但凡见到谁，头都要不自觉地低着。尤其见到他家的长工佃户，头更是低得不能再低。祖母那天赶里镇回来，在离家不远的江道上和他擦肩而过。祖母走了几步，才想起那过去的身影很像二先生，心想他和他爹芝长公闹土地的事还没完呢，怎么这就走了？便试着喊了一声。原来他刚才自顾埋头想心事，不曾留意到祖母从身边走过，被祖母喊住，他俩面对面站着，祖母能望见二先生满脸的沮丧，神情疲惫，便皱了眉头问他：

“咋，你这就走了？不想再多呆几天吗？”

二先生不悦道：“不呆了！走了。”

祖母说：“有件事我一直想问你的，你为啥想起要拿自家的土地白白送给像我们这样的佃户呀？”说时她眼角斜翘，带着审视。谁知二先生竟很不耐烦，说：

“唉，罢了！兄嫂，你别提这事了好不好？”

祖母也赌气说：“你不让提，我还偏要提！不是吗，天下哪有你这样傻的人？土地没送成，气得倒像是被谁霸占了，走路都抬不起头了！”二先生被说得笑起来，笑过了，又一声接一声地叹息。祖母也不想要他解释了，直说，“嗐，你就放心走吧。你真要拿土地送人，把不定有人还不好意思要哩！俗话讲得好，这事有事主，地有地主。比如不是我的，我就不要！”

二先生频频点头，想必他很相信祖母的话。因为这样的赠与几年前也确曾发生过，结果真的就被祖母拒绝了，至今仍只肯做芝长公家的佃户。

二先生走了。祖母注意到他眼角已布满了细细的皱纹，鬓间也似添了几缕银灰，由不得又心生感慨：二先生已非当年的年轻气盛，做事也越来越让人不可理喻！只有那背影依旧儒雅，背亦不肯弯曲。走了几步二先生突然又侧过脸，低声说：

“兄嫂，你大概不知道吧？我们还没带孩子哩！她、她身体不适……”

祖母愣了一下，才恍然大悟二先生说的她是指谁。祖母费劲地在心里琢磨，二先生为什么要把这种事告诉她呢？他究竟是出于什么考虑？还有他那双凄楚的眼神，又包含着怎样难言的隐痛？祖母再要看二先生时，他已经走远了，她心里突然生出一丝丝的隐痛。

二先生走后不久，一年一度的小春播种开始了。至少在里村，族人们各自仍还在耕种各自的土地。拉犁的牛和翻动的铁铧，行进在年复一年相同的犁道，连翻过来的泥坯，也还是卧倒在曾经的位置上。长工还是长工，地主还是地主，佃户还是佃户。什么事都像不曾发生，毕竟什么事也没有发生！只有野黄菊的开放快接近尾声了，仿佛人在临死前的回光返照，将最后的生命演绎得尤为鲜活，因而那奇异的闷香也就更加浓烈生动。

——而这时总要有候鸟，在报告着即将到来的霜讯，嘎嘎地从嘉陵江上空飞过。

第十二章

祖父已不记得他参加过多少次战斗了，他们的防区总在不停地变换，不停地驱逐别人，并被人驱逐。印象中这一路军阀部队，先先后后差不多和四川的各路军阀都交过手。连横合纵、打击拉拢、翻云覆雨、暮楚朝秦，军阀们能调动的所有卑劣手段，他们无所不用其极！万幸的是祖父虽身经百战，不仅仍然活着，还不曾挂彩。当然那些大大小小的战斗，除了军阀间的相互混咬，还有剿匪的斗争。

那时四川的土匪，比四川的军阀还要多！他们像生长在田野间的狗尾巴草，像风一吹就四处飘散的蒲公英，落地生根，遍布在巴山蜀水。土匪大多是生计无着的贫苦农民，被逼无奈才铤而走险。尤其在绵延的大巴山腹地，山穷水恶，做土匪倒成了家常便饭。小股的二三人结伙去“砍路板”，让过往的客商留下买路钱；大股的则明火执仗，公然打家劫舍，做大了就占山为王，在能控制的范围内设关拦卡，计征钱粮，名曰：保护一方。军阀们在自己的防区相对稳定后，为绥靖治安，更为力保到手的鱼肉不被人分食，对土匪采取捕剿、安抚，或剿抚并重的策略。而土匪们的命运，自然也逃不脱他们前辈的规律，要么潜踪匿迹，要么反抗失败束手就擒，也有的顺势接受招安，以期有朝一日修成正果，荣华富贵，但更多的是负隅顽抗，殊死相搏。遇到这样的悍匪，仗便十分难打，因匪徒们擅长游击，且又人地两熟，稍有不慎，吃亏的便是官军。

祖父所在的连队曾经有过类似的遭遇。那是盘踞在大巴山老林子里的一伙土匪，首领姓王，绰号“滚刀王”。据说他从小也还安分，只因父亲被讨债的恶霸逼死，母亲带着两个弟妹改嫁，滚刀王衣食无着，便只能靠去涧水溪流中摸些鱼儿赚取生计。也是滚刀王合该去做土匪，这日他大半晌没摸着鱼，却从水底捞上来一杆长枪、一袋子弹！那时这地方兵争匪斗，战事不休，多有枪支流落民间，也常有兵匪弃枪逃亡，老百姓捡到枪支的事时有发生。眼见天寒将到，涧水生凉，滚刀王正愁鱼难摸，这老冬天日子咋熬呢，现在居然摸着枪了，他原只想将它卖掉换些米面，谁知刚走了两步，忽听头顶有鸟在叫，声声直唤："砍路板！砍路板！"滚刀王从未听到过有这种鸟叫声，抬头又望不见，疑心是自己听错。再往前走，那鸟叫声又真切响起，再望仍不见鸟，莫非是天意？既然苍天都说良民做不得了，砍路板就砍路板吧！与其做良民饿死累死，倒不如做土匪吃饱死了也快活，从此滚刀王就心安理得地去做土匪了。因他使的是真家伙，那路板砍得是一帆风顺，投靠滚刀王的人多得像滚雪球。滚刀王很快做大，等到祖父他们去围剿时，他拥有的人枪差不多要抵一个营了。

祖父那时刚升任连副。连长不听他忠告，趋兵冒进，结果一个前哨排惨遭夜袭，人枪尽损。滚刀王打了胜仗，再不把前来围剿的官军放在眼里，正应了那句古话——骄兵必败！祖父趁机向连长献策，征召附近青壮，让他们穿上军服，杂以少量兵力，大张旗鼓地再度深入。是夜土匪又来偷袭，岂料祖父已将悄悄跟进的大队人马埋伏在营地周围，内外夹攻，滚刀王险些全军覆没，只带了少数人连夜逃回山去。祖父他们将那山四面围困，滚刀王凭险固守，双方僵持着。连长意欲强攻，祖父却建议他放松土匪下山去场镇方向的警戒，一面在场口大张告示，谓此次征剿，旨在拿获首要，胁从不问，有拖枪来降者，赏银若干；有生擒或提得滚刀王人头来见者，除赏银多少多少外，如自愿参加国军，还可官升排长；总之开出的条件十分诱人。很快布告旁便多了一纸书写，大意质疑此等许诺，到时能否真的兑现。字写得蹩脚，语气极像滚刀王手下的土匪。祖父就又大张告示承诺，谓军中岂有戏言！尔等只今从速，再勿稍有疑虑，且加盖有国民革命军某某军字样的鲜红大印，还有军长的签名。那军长是当时四川大名鼎鼎的军阀，更是土匪们耳熟能详的人物。这第二张告示贴出去不多几天，还真就有土匪拖枪来降，祖父他们既发赏银，又在场上大造声势，弄得像开表彰会。没想到事情才刚过去，滚刀王竟亲率残兵败将，下山来投降了。祖父在这次剿匪中展露出的军事才能非比寻常，不久那位历赏他文才的徐团长为他报请，由连副正式升任连长。

原来这一切都不过是祖父巧设机关，方取得不战而胜的战绩。放松山上通往乡场的警戒，实则有意要方便土匪下山探听消息，以便居中用事。果然不出祖父所料，滚刀王派土匪乔装山民，趁赶场天混入乡场，将所闻所见如实带回山中。滚刀王接连探报后更加坐立不安，总怀疑有部下要出卖自己，也不知是谁，看谁都像。直闹到草木皆兵，无端猜忌，神经高度紧张。在连杀了几个在他看来极有可能会加害他的喽啰后，身边的匪徒们已是人人自危，为求保全，原不想背叛滚刀王的人，现在也各生异心都想杀滚刀王了。滚刀王感觉到了剑拔弩张的气氛，愈惶惶不可终日，几近身心崩溃。他寻思到与其早晚被部下擒杀了去升官领赏，倒不如自己主动投降，兴许还能捡条活命呢。祖父到底没少喝墨水，使的这绝妙离间术，心理战法，如此不费一枪一弹便降服了滚刀王。祖父后来要不是战死在六方嘴，凭他的文韬武略，没准儿在随后愈趋激烈频繁的战争中，他也能锻炼成为一位出色的将领，创造出辉煌的战绩，可惜天妒奇才，祖父留给他的，终归也只能是一种假设，一段臆想中的遗憾了。

滚刀王却没能捡条活命。据说祖父也曾呈请上司，力劝将已投降的滚刀王和他的部下收编入伍，不愿意的就地开释，劝其改恶从善，再做良民。意义在昭显宽大，以期瓦解散布在山里的其他各部土匪。无奈上峰不准，责令严办，还特地派来了一名监督执行的军官。而最具讽刺意味的，则是居然让祖父带队行刑！祖父接到命令心情很坏。虽然他已经杀过很多人了，但那毕竟是在你死我活的战场，而现在面对的却是一群自动解除了武装的人！何况他们中的绝大多数，曾经还是淳朴的农民，只因为生活逼迫才走上这条道路。苍天可鉴，那时的祖父尚心有仁慈，远不到后来的残暴凶狠。只可恨这仁慈不能施行，倒要被迫着去施行暴力。

行刑的那天，祖父带着一排兵士，将滚刀王和他手下的喽啰们押赴刑场。士兵和被捆绑成像一串蚂蚱的匪徒，脚步零乱而铿锵地往前行走着。很多士兵的手里多了把明晃晃的大刀，刀片激泠泠地响着。走在前面的滚刀王神态自若，视死如归，倒是负责带队行刑的祖父浑身不自在，好像即将要做的事于他极不光彩。

砍路板出身的滚刀王最终被砍了头颅，同他一起被砍头的还有另几个首要。这样做当然在节省子弹，好在刽子手用刀也还利落，被劈倒的哼也不哼一声。余剩幸而不死的，要么被剁掉手指，要么被抽剥脚筋，惨状是生不如死。刑场上一派呼天喊地，哭爹叫娘，受刑的人遍地打滚，被剁掉的手指像一只只蹦跳的尺蠖，而被扔下的脚筋，则像一条条蚯蚓在地上蠕动着。失去手指和被剜掉脚筋的土匪，从此不仅再难操旧业，也干不了像样的营生，日子绝对悲苦潦倒。祖父的内心充满了痛苦，他后悔不该谋由己出，似乎这等深重的罪孽，是由他一手造成的。他要早知道土匪们是如此下场，就该让他们亡命抵抗，纵然被打死了，也强似这般活着！

随后对其他匪部的清剿，祖父他们果然处处遭遇抵抗。最顽强的一次，有股土匪被逼到山洞里的一条阴河不肯出来投降。祖父也不愿看到他们投降后又陷入更悲惨的境遇，便索性下令将洞口炸塌，封堵得严丝合缝。孰料几天后还是有少数悍匪从洞中爬出，乘夜摸到了祖父这个连的岗哨，又像拖死猪般掳去了几个熟睡的士兵。等到第二天早晨祖父他们发觉，全连人出去寻找，最后在一片老林里找到了那几个士兵的尸体，他们有的被剁掉了手足，有的被挖去了眼睛，还有一个死得更惨，被土匪扒光了衣服，将一棵碗粗的树弯过梢来，削尖了硬插进肛门，撒手往天空放了“鹞子”。土匪们只有在对付不共戴天的仇家时才采用这种极端方式。毫无疑义，这是因为官兵的手段残忍，他们不得不采取更为极端的报复！官兵们再捉到土匪，自然更要变本加厉地施暴。仇恨如此攀升，周而复始，祖父的仁慈被销蚀殆尽，柔软的心肠也变得更为冷硬了。那以后，无论上司还是手下的士兵们再怎样处置土匪，他都心若止水，变得麻木不仁了。有时还会亲自下令，仿佛这是他军人的责任，一种该做的再正当不过的职业！只是那时祖父大约不会想到，他的小舅倌儿来虎因了祖母的鼓动，早已经落草为寇，虽然不在这巴山苍莽，但所做的勾当，却和这里的土匪别无两样。

——如果祖父知道，他该作何感想？他灵魂中那被麻痹掉的“人性”，是否会因此一丝丝软化，最终宅心归仁，仁而爱人，如从前般懦弱阴柔？

但事实上，无情的岁月和残酷的争战已经将祖父彻底地改变，他愈来愈信奉“仁不理财，慈不掌兵”这条“真理”，他就像一匹被马群裹挟着奔跑的马，收也收不住了。祖父蜕化成了一个新的祖父，带着点旧的祖父的淡淡哀愁。

凡有关来虎的事情，无一不是来自祖母。他听了也就听了，不怎样上心，权当是自己在收集编写这本谱书的过程中，可有可无的一点意外收获。

那时的来虎已久经历练，差不多是个悍匪了！依祖母描绘，来虎小舅公每次行动都很玩命，及至论功行赏，却又远远躲着，财物拣最少的拿，像古代的什么大树将军。于是他便在落草的匪窝子里赚得了好口碑和人缘，深得大头领赏识。据说，来虎小舅公还有个最大的优点，在行动中不到万不得已不夺人性命，更绝不淫人妻女，并规劝那些有如是大恶的匪徒，据说众匪们还多有收敛，后来这一条被大头领干脆立为规矩，严禁烧杀奸淫，凡违犯者一律砍头。这股土匪的名声因小舅公来虎，慢慢不再那么臭名昭著。总之由祖母口中道来，她娘家的那位小兄弟倒不像土匪，而是个真正的好汉，十足的义人了！

祖母最常叨唠的是来虎如何为他爹报仇。说法有三种，恐怕连她自己也弄不清哪种是真的。一说来虎小舅公在土匪窝里常落落寡欢，没事时最大的兴趣就是找土匪讲他们如何越货杀人。土匪们都甚觉奇怪，因小舅公经常告诫他们只可图财，切莫害命，他自己从来都做得最好，怎么会突然迷恋上听杀人的故事了？直到有一天来虎小舅公向他们逐个打听，晓不晓得某年某月在某某地方，有个贩卖丝绸的商人，长颗大龅牙的被人杀了？是谁杀了？土匪们这才警觉起来，问，龅牙是他什么人。来虎小舅公说也不是他什么人，只不过事情发生在老家，他好奇便随便问问。他越轻描淡写，土匪们越怀疑这其中必有缘故，从此再不肯对他讲自己曾经怎样杀人的事了。来虎小舅公无从打探，渐渐转移了兴趣，没事时就专看土匪们的脸，一张张看过了，又再一张张往回看，仿佛那些脸百看不厌。只是小舅公的目光出奇地阴狠，能让被看者不寒而栗，心里直发虚。他就这么坚持看着，有一天竟然从一个土匪的嘴里看见了他爹那颗龅牙！他生来就认识那颗龅牙，做娃时还常用小指头抠它。那土匪的牙齿一直都是整齐的，连他也不明白怎么就长出颗龅牙来了！来虎小舅公将那土匪一把提起，还没等他问，不想那土匪竟自己招供，杀人的时间地点以及龅牙当时的穿戴都分毫不差。结果是来虎杀了那个土匪，而极赏识他的大头领偏偏又是个大孝子，他对此事不仅不予追究，还反夸来虎小舅公有孝行，说，这古住今来，哪有父仇不报之理？又说那土匪的嘴里其实并没有突然长出颗什么龅牙，而是有一次他在向来虎炫耀他如何杀人越货高兴时说漏嘴了。还有一说，大头领带人攻下了里镇，觉来虎该当头功，赏了他大宗的金银，来虎小舅公不受；又封他做二头领，仍不受。大头领急了，问他有什么要求，来虎小舅公便趁机讲了他爹龅牙当初如何遇害，央请大头领帮助他寻找杀父仇人。自古猫鼠不同道，匪与匪相通。大头领很快派人四处联络、八方打探，果然将其捕获，原来却是个毛贼。那贼承认他是在一次砍路板时砍了外曾祖父，外曾祖父那颗凸露的龅牙留给他很深的印象，常常在梦中咬噬他，惊醒后冷汗淋淋，小毛贼困于冤魂惊扰，时刻恐慌，被捉了倒显得解脱了。

这三种说法究竟哪种最可信，或者纯粹是祖母一个人的主观臆想。这一切都已无关紧要，重要的是在那次大头领率队攻打里镇时，来虎小舅公不仅真的出现了，而且还扮演着非同寻常的角色。

这就不能不提到那次土匪洗劫里镇。尽管事情已经过去了半个多世纪，一般人不会知晓，但像七公和宽叔他们老一代人却记忆犹新，更不用说祖母了。

劫掠从头天黄昏开始，到第二天拂晓前结束，持续了整整一夜。起因是里镇的驻军排长做四十大寿，下午来了伙祝寿的乡下人，很卖力地耍龙灯舞狮，那龙头舞得更是出神入化，带动整条龙身翻江倒海，引来兵们纷纷观看，阵阵喝彩。寿星排长更是喜不自禁，当即让勤务兵拿来几块光洋，可还没等他一个“赏”字出口，那伙舞龙的倒先抛了龙架，各自“嗖嗖嗖”亮出了腰间的短枪！就在这一刹那，一个长期来镇上贩卖丝绸的行商认出了那个舞龙头的土匪不是别人，正是他曾经的生意伙伴龅牙的儿子——葛来虎！可怜那位驻军排长，刚要拔枪抵抗，被来虎小舅公手疾眼快先发制人，一枪毙命。结果他寿没做成，反因此毙命，在场的士兵们被吓得谁也不敢动弹了。

据说自有民国，里镇这嘉陵江上的重要码头、黄金水道，历来有军阀派兵驻守，遭土匪如此洗劫这还是第一次，此后也不再有。为求证实，他遍查资料，最后总算在当地政协编印的一本文史类书里找到了记载，内中果真就有他来虎小舅公舞龙头的情节，很可能嗣后官方调查此事，取信的正是那位商人。

又据说那次土匪劫掠的财物，装了几只大船。方家门楼损失最惨，被抢走的黄金白银不计其数。大头领用这次的斩获不断招兵买马，实力迅速扩充，等到嘉陵江畔出现了举着红旗、头戴红星帽的队伍时，这支土匪武装力量也不容小觑，他们曾给红军制造了不少麻烦。

里村的族人们最初听到有那样一支队伍是在这年年关将近。外人盛传他们除了举红旗戴红星帽，还全部红脸、红头发、红眉毛、红眼睛，见人就杀，见东西就抢，总之就是一群红魔。好像此前在什么地方被中央军打败，后流经数省跑到汉中，原想在此长期经略，作为根据地，但因该地灾荒既久，给养困难，他们探听到此地四川军阀连年内战，毗邻汉中的川北一带防务空虚，遂转而翻越大巴山，不费吹灰之力，旬月间即占领了通江、南江、巴中的大片土地。

这年里村李氏宗族的祭祖有些匆忙，尽管父亲仍将木铎敲得气韵祥和，可聚到宗祠的族人们却全没了往昔的肃穆镇定，人人一派慌张的神色。年过得也缺少喜庆，很多人看上去都忧心忡忡，不知道过了今年还会不会有明年。

年后传来的消息时好时坏，忽而说红军快到什么地方了，忽而又说还远，距这里有多少天的路程。紧张时一夕数惊，人不能安心种地，随时准备“跑红”。祖母讲她为跑红，鞋都跑烂掉了三双，最多时一天跑过九次。每听说红军要来了，人们抓紧做的便是把值钱的东西都埋藏好，等到风声过去，才又取出，如是反复折腾。好吃的东西尽着吃，除了鸡鸭，连半大的猪也多被宰杀，祖母就宰杀过这样的一头。当时的气候已极不利于腌制储藏，她正要打发父亲给已定亲的儿媳娘家送些肉去，不想那边倒先送过来了，紧接着来龙大舅公也送来了。吃不完的肉很快便腐烂发臭，蛆虫多得直往地上掉落，肥蠕蠕地爬动着。村里其他人家也大体如此，在那些风声鹤唳的日子，整个里村都被一阵阵恶臭和到处爬行的蛆虫包围着。但直到夏收忙完，传说中的红军也没有到来，听说他们好像在什么地方遭到堵截了，倒是有个人在某天跑到里村来了，那人居然是差不多快要被族人忘记了的天宝！

祖母乍见到天宝，不知怎的竟把他当成了尖下巴老张！祖母说，噢噢，你这个外乡人！那次逃走后官兵还来抓过你呢，咋又敢回来了？祖母见来人满脸迷茫，细看原来是天宝。原来他进村后先回家看了患肺痨的老爹，从芝长公家出来后找到祖母，想问问祖母当初同他一起走失的祖父有无消息。祖母问他这些年都死到哪里去了。天宝的回答十分简略，不外被乱兵裹挟，当了几年兵，后来千方百计逃了，沿途给人扛长年打短工，才好不容易回来了。

芝长公还让其在他家干活儿，可天宝没有答应，原因是自己妹妹花儿在芝长公家做女佣，不好意思再给他添麻烦，准备另谋生路。果然没过几天，祖母就看见他同李六子家的长辛，双双出门去拉船了。

随着天宝的突然出现和红军被一时阻隔，相关的传闻似乎也不再那么可怕了。有人亲眼得见，红军也长着黄皮肤、黑头发，并非像描述的是红眉毛红眼睛，更不会掳掠滥杀，他们纪律严明，是一支穷人的队伍，专为打土豪分田地，还建立了苏维埃政权，让穷人们当家作主……总之与最初传闻的截然相反。这样一传十、十传百，人们没了先前的恐慌，渐渐安定下来，甚或有不少穷人，还在暗暗祈盼那样的队伍能早一天到里村来！但官方的防备却片刻不曾松懈，里镇增加了驻军，方五老爷还组建了民团，由他亲任团总，团丁多来自他掌控的袍哥和纤夫中的青壮。天宝也就结束了短暂的纤夫生涯，他和长辛被双双选中去当团丁了。民团有百多号人，他们被集中到里镇小学校的操场，交于当地的驻军训练。当过兵的天宝会骑马打枪，自然与旁人大不相同，又因他忠厚老实，还能用两只鞋占卦，很快便得到团总方五老爷和带队军官的赏识，训练尚未结束就委任他当了一名小队长。据说天宝曾用臭鞋占卜那位负责训练他们的长官，某时某刻必有酒喝。那位长官不信，后来果然到了那日镇上有家店开张来请；天宝又占卜方五老爷某月某日必获意外之财，到时真有几名砍路板的散匪拖枪来投！方五老爷大喜之余，又让他占卜红军还会不会兴师来犯，回说会，在九月。方五老爷这就深信不疑，更抓紧训练团丁，购买枪械，同时又接连派出探子，潜入苏区打探情报。

到了九月，方五老爷果然接探子回报，红军已经打下了仪陇，前锋正沿嘉陵江流域向前推进。当时很多人还不知道，仪陇是红军总司令朱德的老家，只是那时他尚在江西，攻入川北的这支红军，正是后来为大家所熟知的红四方面军。

仿佛在证明此番并非谣传，先是嘉陵江上少了许多下行船，上行船也多在里镇滞留，码头前船帆壅塞。还有间接的佐证，水鬼老大已在馨儿的绸缎庄盘桓多日，看不出要离去的迹象。风声越来越紧，里镇的驻军和方五老爷的民团已进入战备状态，沿江布设的监视哨已伸延到里村上游那重断崖。这一天江面上不断从上游漂下一具具尸体，有男有女有老有少，更多的还是双方阵亡的士兵，穿着黄色和草灰色两种不同的军服，还有传闻中的红星军帽，顺水漂来，如星陨落，又似黯淡的小红花。

水鬼老大在这期间有过惊人之举，他不再呆在馨儿的绸缎庄了，而是整天出没于烟波，打捞那些尸体。人们目睹了他高超的水性，水鬼老大常常在岸上站着，突然一个猛子扎下去，眨眼间就出现在江心了。有时他还能像一条飞鱼或是蜻蜓，在水面上轻捷腾挪，他捞取尸体简直像是在抓鱼！甚而还拖曳着鱼贯的一串尸体，也不见怎样费力便举出水面。从前人们只知道他水性好，才落下水鬼的绰号，但绝没想到他会好得如此神乎其技。在有尸体漂下来的日子，水鬼老大每天都以此为业，并不忌讳沾了晦气。他在岸边选择高地，将打捞上来的尸体挖坑掩埋，然后去镇上买来香烛纸钱、酒水祭奠。他默默地做着这件事时，曾对他不以为然的人，现在都暗自赞许。水鬼老大的做法开罪了里镇驻军的最高长官，原来他不准水鬼老大掩埋所有疑似红军的尸体，已埋葬的须掘出，使他们魂无归处，暴骨沙滩。这就惹恼了水鬼老大，他嗨的一声抡开檩粗的臂膀，将前来阻挠的兵们左右捭阖。兵们蜂拥而上，不知怎的他们一挨着他的身子，身上就燃起火来，慌得他们满地打滚，鬼哭狼嗥。火势瞬间蔓延，飙腾烈焰，烧着了周围九月的芭茅和芦苇，大片水湿葱茏的马草也跟着一节节红亮，蹿出火苗。

无奈，里镇驻军的最高长官只好任随他打捞掩埋了，并认定水鬼老大是天赋异禀。据说当地驻军极想将他延揽军中，曾制定出天才的作战计划：一旦红军从水路来攻，即派水鬼老大潜水过去体内放火，效仿赤壁火烧战船。后来不知怎的这种想法又被放弃了。事实上红军攻打里镇时，并不是用战船发起战事的，而是始于驻军和民团内部的兵变，这是一场有组织、有预谋的里应外合。红军的人马悄悄出现在嘉陵江东岸，半夜里派小股突击队泅渡过江，正欲开火，不想岸上倒先打成一锅粥了。突击队趁势攻击，里镇就这样被轻易拿下。天亮时街上已插遍红旗，到处都是戴红星帽、穿灰布军装的队伍，丝毫没有传闻中红魔的影子。其中还有不少女兵，梳着齐耳短发，腰扎武装带，也像男兵们打绑腿、穿草鞋，背上插一把马刀，被尖顶的斗篷罩着，只半截刀柄露在颈后，这般飒爽干练，吸引了很多人注目。

指挥这场兵变的不是别人，正是那时在民团里担任小队长的天宝！消息传回里村，天宝的肺痨老爹吓得半死，族人们也都大为惊疑，连最忠厚的李六子也禁不住直咂舌根，一遍遍感叹，说：

“嗳，这娃！不想在外头闯荡几年，回来倒成了精了！”

有关天宝的成精，将军在他的回忆录里分明地记载着。原来，天宝自同祖父失散，一直跟随着突围出去的起义队伍，虽然那只是一支旧军队，也很快被其他军阀收编，但里面却隐藏着共产党员，天宝被发展入了党。他回里村正是由组织派遣，目的在于暗中策划当地纤夫和农民武装暴动，伺机配合红军解放嘉陵江以西，扩大苏维埃红色政权。袍哥方五老爷组建的民团，正好被他利用。那几个前来投奔方五老爷的所谓砍路板的散匪，实则是红军派人打入其中，也是地下党的精心安排，他们归天宝领导，很快在驻军和民团内部暗中联络，并在红军进攻前给了守军最致命一击！残敌连夜向顺庆溃逃，跑不及的都做了俘虏。方五少爷要不是刚听到枪声即翻墙逃跑，免不了也被活捉，他于仓惶中却把他爹方五老爷和自己的爱妾小小陈圣谕给撇下了。这就有了后来父亲的故事。那时红军已在这地方开始革命，民团团总方五老爷首当其冲。有一天红军在里镇小学操场召开大会，打方五老爷的土豪，全镇的老百姓都被通知参加。在众多列数方家门楼种种恶行的人中，有人提到方五少爷曾当街对某青年头上尿尿。那天父亲也在现场，不巧又被一个当初的目击者认出，那人指认说，嘿，大家快看哪！那个被方五少爷尿了一脑壳的人在这儿啦！父亲慌得忙要躲避，不知怎的却被许多人稀里糊涂地推搡到临时搭建的台上了。他形象文弱，又极腼腆，第一次面对那么多人就更不好意思，何况头还被人尿过，他那颗头便很深地低着，始终不能勇敢地直起腰来。突然不知是谁在挥舞手臂，大声怂恿父亲，说，嗨嗨，他尿你，你不会尿他爹呀？不想那人话音刚落，上千副嗓子几乎同声怒吼，直催叫父亲：

“对呀！尿他爹！尿他爹！”

父亲胆怯地抬了一下头，并迅速朝人们投去惊恐的一瞥，他要么是被这集体倡议的吼声吓坏了，要么就是觉得眼前这些人实在不可理喻。接下来的事更让父亲惊慌失措，随着“尿他爹”的呼声震天高涨，整齐而有节奏，几乎所有的人都兴奋得情绪失控，人们冲上台将方五老爷拉到操场一角，逼他跪下，一边推搡着父亲过去，分开他的两胯，在方五老爷脑门边儿顶着，但父亲却拼命往回挣，见挣脱不了，他就兀自站着不动，急得围观的群众直给他鼓劲儿加油，整齐激烈地呼喊着口号：

“尿他爹！尿呀，尿他爹！”

谁知不喊还好，一喊，父亲却被吓得双腿夹紧，人们气愤地转过来大骂他：

“小伙子，你该不会是太监吧？方五少爷那么尿你，你都不敢尿他爹方五老爷这一回呀！”

“狗日的哪像个男人！不是太监，肯定也没长鸡巴！”

“对对，摸摸他下面，看看有没有长鸡巴？这熊货！”

幸而有红军出面制止，否则父亲那天别说真被人摸，没准还有被人阉了的可能。他最终让大家失望，而被折腾了半天早已口干舌燥的方五老爷，头向上仰盼，大张着嘴，似乎真在渴望父亲尿尿。

父亲那次回家后就生了病，像一直沉溺在一个可怕的梦魇中，很长时间他都双腿夹紧着走路。身为族长的芝长公特别去看望他，却又奇怪地无一句关切的话语，只在临走前摘下墙上的木铎，撩起半角袍幅，将其抱在怀里慢慢擦拭。铎身渐渐锃亮，无了父亲因病而懈惰在上面的灰尘，古老明净的光泽，正像擦拭它的人那样心地纯正、资质温和。祖母在一边望着，她坚硬的心突然一下变得温软，眼睛不禁潮湿起来。不过，祖母对父亲在斗争方五老爷那天的表现，自始至终不曾有过丝毫的责难，更没有骂他没出息。那天在现场，她还真担心父亲会对方五老爷尿尿呢，幸好没有。

第十三章

二先生在他爹那里没有实现的土地革命，最终被天宝们轻而易举地就完成了。

那天，天宝带着长辛和几颗红星，风风火火地赶回里村。进村后他直接找到父亲，要他这就去敲木铎，通知族人们去祠堂。父亲病况刚刚稍愈，何况这命令又并非族长芝长公所发，他毫不犹豫地就回绝了。这难不倒天宝，他进门时已瞅见木铎挂在壁头上，他索性自个儿摘了，出门敲去，边敲边喊："开会开会，都去祠堂开会！"铎声虽气壮山河，可人听了总觉得像是村里来了个化缘的和尚在敲木鱼。没有人响应召唤，因为他们发现持铎传令的人是天宝，他并不是阖族推选的铎人，因而也就不配享有击铎的权力与资格！甚而还有人诅咒他破坏规矩，亵渎神器会遭报应。虽然那时人们大多已知道天宝当了里镇的啥苏维埃主席兼赤卫队队长，并打了方五老爷的土豪，亲手将其处决。但于外人面前的威风，并不等于回到家族中就可以为所欲为。

天宝万般无奈，最后不得不求助芝长公给做铎人的父亲授权，这才总算把族人们都通知到祠堂了。不知是因为那天的主持换了天宝，族长芝长公遭冷落，还是这样的会根本就不适宜在祠堂召开，抑或是别的什么原因，天宝正讲得眉飞色舞时，忽听一声惊叫，像有谁猝遭蛇咬，瞬间祠堂内惊叫声响成一片。天宝这才发现，原来是神龛上垒垒叠叠从来都端肃的灵牌不知为何突然一个个如醉汉般东倒西歪，整座神龛亦都跟着动摇起来，好像要从根基坍塌一般。天宝壮着胆子，当即冲过去一拍神龛，道了声："嗨！"神龛和灵牌仿佛受到镇压，突然停止了摇晃，而后天宝接着讲话。他这些年在外历练，锻炼出了出色的口才，加上来时又多做准备，本想在族人面前卖弄显扬一番，不想经此意外，热情大受影响，话讲得连他也自觉无趣。那时天宝大约不会料到，更多类似的无趣还在后面，以致闹得他每次都十分尴尬。

天宝这次回里村先是发动族人，准备拿芝长公革命，被他患肺痨的老爹知道了，扎扎实实地臭骂了一顿。天宝忙启发他爹的阶级觉悟，对他讲革命道理。他老爹不耐烦听，急吼吼喝止，喘着咳着，说：

“老、老子管不了你闹啥革命，只要你还是这族门中人，任谁的命也不能革，更别说是革芝长公了！芝长公啥样人？跟老子同一个辈分儿呢，族长呢，还是你原来的东家！这些年你失踪在外，他让你妹妹花儿上他家做女佣，支领你原来的那份儿工钱，又对我百般照顾……咳咳，你要革他的命，就先拿老子的命去革啊！反正我也活不长了。革，咳咳，革……”突然，他一口痰憋住，眼珠翻白，头直往天宝怀里送，仿佛当真要把他那颗头颅拿去给天宝革。天宝摇头苦笑，很无奈地抱住他爹，揉腰拍背，直到那口带血的痰吐出。和天宝同来的长辛和另几个戴红星帽的，都面面相觑，不知说啥才好。肺痨老爹慢慢缓过气来，闭上眼睛，挥了挥手，让他们都出去了。

接着成立农会，天宝提议李六子当农会主席。李六子长期在芝长公家做长工，他儿子长辛现又正跟着红军干赤卫队，是最适合的人选了。原以为他不会推辞，谁知李六子死活不肯答应，声明他只知道耕田播种、栽秧挞谷、担粪、挑水、劈柴、割马草、垫圈……其他的通通不会，结果遭到他儿子长辛一通抢白，才不吱声了。

但李六子仍不肯当农会主席，他每天仍按时去芝长公家，兔蹦着两条腿，该干啥活儿还干啥活儿。直到有一天他发现自己曾经熟悉的一切真的都变了，加上外乡人老张再三劝说，才最终勉强地答应了下来。

原来，芝长公的“命”总是要“革”的。按红四方面军那时颁布的《关于土地问题的布告》和《怎样分配土地》的政策，首先进行农村阶级划分，编印了农民易懂的《农村阶级说明》手册：“空空两只手，什么都没有，专替人做工，才能糊了口”的属于无产阶级；“自己有点田，不够吃和穿，还卖劳动力，生活很艰难”的是贫农；“他不剥削人，人不剥削他，他受谁压迫，豪绅和军阀”的为中农；“自己种有田，还有田出租，又放高利贷，还请长活路”的自然是富农了；“田地非常多，自己不耕种，收租又逼债，农民受剥削，身份比人高，政权握在手，压迫工农们，封建的代表”理所当然的是地主豪绅。芝长公虽无逼债行为，但论土地和在村里的地位，他被划成地主却无可争辩。这就意味着他家的财物和土地，要被抄分给穷人。自三世祖兄弟俩始，留作用于救济村中鳏寡孤独、奖学资贫的义产，现在被充公做了红军的公田。

令天宝难堪的是轮到给芝长公划成分时，农会主席李六子竟像睡着了似的，长时间把脑袋埋进裤裆，一言不发。到了分芝长公家的财物时，这个穷得叮当响的长工，一点也不像他想象的那么踊跃，连带族中穷人都观望踟蹰，最后天宝只好派长辛和那几个戴红星帽的，分头给这些人家送上门去。可等到他们刚刚返回，那些人又会跟着把东西送还，并找出各种各样不能收受的理由，令天宝他们又好气又好笑。这其中就有祖母领着父亲送还的一套被褥、两把椅子、几副碗筷，至于归还的理由，祖母客气地对天宝说：

“还是物归原主吧！这几样东西，我们家一样也不缺少！”

到了分芝长公家的土地时，更是如此。包括祖母和天昌爷在内的芝长公家的所有佃户，没有一个愿意到分地现场去分领土地！有人被催逼去了，却又死活不肯在分到的土地上埋下属于自己的界桩。镇苏维埃主席天宝在他出生的里村李氏家族的土地革命，遭到了彬彬有礼的坚硬的抵抗。

外乡人老张正是在这坎儿重返里村的！现在他体面风光地回来，再不似当年李六子在江边看见的将斗笠遮挡整张脸，只突兀出一个异常尖长的下巴，也不像寄宿在他家同长辛出去拉船时的蓬头赤脚、衣不蔽体的模样了。这次，他穿着整洁的草灰色军服，身后还跟着个背枪的警卫，连天宝见了他也要立正敬礼。里村人终于知道了，外乡人老张那时并不是什么流浪汉，他真实的身份是地下党员，如今已是红色苏维埃刚建立的一个啥中心区的区委书记，这次他特别到里村检查指导工作。大约他已听了天宝的汇报，又有感于自己当初的经历，觉得发动这里的群众还真是个问题，便留下多住了几日相机处理里村的问题。老张仍住在李六子家里，夜里长辛睡下了，老张还和李六子在油灯下交谈，直到长辛的哑巴娘起来哇啦哇啦，比比划划过来干涉，嫌他们浪费灯油，他们才睡下。长辛不听也知道，老张在做他爹的思想工作，说服他爹当农会主席，像他一样从此跟定共产党红军打江山，救穷人翻身得解放。自从接触了天宝，又参加过里镇的赤色暴动，长辛爱趴着瞌睡的毛病一下就好了，而且还懂得了不少革命道理，他爹死活不肯当农会主席时，他也曾帮衬天宝，将那些道理对他爹热炒热卖。也许因他对那些革命道理似懂非懂，天宝也不能够讲深讲透，加上他爹人太忠厚，太过实心眼儿，结果没有一次被他说服。现在好了，有了老张，他就不怕他爹不起来革命了。

“六叔，你要不当这村的农会主席，我都不答应哩！”老张找李六子谈心，又说，“其实，你早已经都支持革命了！”

“啥？”李六子大惊，不知老张这话从何谈起。

老张笑笑：“不是吗？当初我住在你们家，六叔待我像亲儿子。你照顾我、掩护我这个革命者，你就算支持了革命了。”

“可是，”李六子叫喊起来，“我那时并不知道你是革、革命者呀！”

“哈，现在你不就知道了。”老张拍拍他的肩膀，“六叔，别怕！放心大胆地跟着我干吧，这天下早晚是我们穷人的！”

果然，李六子的态度慢慢变得缓和，而越来越多的族人，似乎又像当初喜欢听老张讲故事一样，夜晚都心痒痒地聚集到他家堂屋听他讲话。但，老张已不再讲他们百听不厌的那些人和故事了，他有那么多的革命道理迫不及待地要向他们宣传。他不必再像之前那样，只能含糊地提到阶级、剥削之类的词语，现在他要彻底放开来讲，用他们能听懂的说话方式，再举以每个人大都亲历过的生活例子来说明阶级和阶级剥削是怎么回事，穷人因何要起来造反，代表剥削阶级利益的现有反动政权为什么必须推翻。至于推翻后建立怎样的国家，他更有精彩的描绘，好像到那时人都生活在传说中的天堂里，再不用缧绁尘凡。虽然这听起来像个神话，但老张就有本事令他们深信不疑。坐在千年马桑木的大小门槛和杂木的高矮板凳、马扎椅以及蹲着或站着的人们，不仅像那时听他讲故事时耳朵支棱着，女人们也不会边听边做针线了，男人连旱烟、水烟，甚至洋烟也忘记吃了，一个个均陷入了沉思。大多数人已开始越来越不满意既有的现实生活，他们仇恨滋生，对未来充满了憧憬！情况正在发生变化，老张仿佛已经看到革命的烈火在里村熊熊地燃烧起来。

一切正如他所期待的，李六子答应当农会主席了！里村的长工佃户们，开始理直气壮地分芝长公家的土地和浮财。但祖母却是个例外，浮财她仍旧一件不要，分给她家的土地，她也只肯当租佃来种。

“地就由我种着吧！”祖母当着老张和很多人，大声嚷嚷，“按原先和芝长公议定的分成，到时我仍给他交租！”

中心区区委书记老张对祖母的做法并不沮丧，因为他早已经意识到自己的传播在这个女人身上很难产生效力。因为他在听讲的人群中，总会感觉到有一双眼睛，从堂屋的一角向他投射而来：冷静、质疑，并带着不信任。他瞥见了祖母，这不仅不会影响他传播思想，反而令他更充满激情。至于这女人不愿接受革命分给她的胜利果实，公开叫嚷，还要给地主交租，那也就由她去吧！不怕她不觉悟，迟早她会后悔。

老张临走的那天上午，把里村的族人们都召集到祠堂外的坝子里，开大会斗争芝长公。之所以不进祠堂，无非因为外面更为宽敞，光线明亮，还有天宝没准是有意躲避龛台上的那些祖灵，免得批斗正进行时，那一座神龛又像上次无端地兴妖作怪，结果是自此以后，里村大凡类似的会议，组织者都要改在祠堂外的坝子里进行了。自然也就不会再使用木铎，积极分子用嘴喊将人召集，做铎人的父亲，手和嘴便长时间被闲置了。虽然那场斗争大会并不成功，很多人都怯于站出来检举揭发，更不会有谁言行粗鲁，对芝长公动手动脚。但外乡人老张有理由坚信，随着斗争的深入，这种情况很快会发生改变的。

接下来的日子，里村所有昨天的穷人，都尽情享受着今日翻身的欢乐。分到土地的李六子，却在这天清晨稀里糊涂地来到芝长公家，一进门就钻进畜棚，习惯性地想要看看那匹黄骠马夜里有没有把草料吃完。眼前畜棚空荡，他这才想起黄骠马已被天宝牵到镇上的赤卫队充做军马了。李六子猛拍脑门，这才想起他如今已不再是芝长公家的长工，而是里村苏维埃的农会主席！他从东家那里分到了属于自己的土地，从此尽可以做土地的主人！岁月湮留，人们断难猜想李六子当初站在畜棚里都想了些什么，但有一点似乎可以肯定，地上还有黄骠马没来得及吃完的草料，李六子应该还会将草料分成两个堆儿，想想，合拢来；再想想，再分开，完全下意识地摆弄着。终于就像面对着一直解不开的谜团，突然大彻大悟了！如果不是这样，人们就不会看见他手攥着一团马草，像一匹脱缰的牲口冲出畜棚，兔蹦着兴奋地叫喊着：

“噢噢！我总算想明白了，你的就是我的！对呀，你的就是我的！”

见到他的人都吓了一跳。尤其祖母，她怀疑李六子刚分得了几亩土地，又当了个啥农会主席，会不会是欢喜疯了。

在里村，只有祖母还经常带着父亲去看望芝长公。老人虽风范如昨，如常镇定，但祖母还是从他灰白的须眉间，察觉到他内心深藏的痛苦。她无力拯救，也不知道该怎样安慰，惟一寄望于二先生能及早回来，对天宝他们的行为有所制止。忽然就动了去一趟城里的念头，可惜未及成行，二叔却在这时回到家中，原来是风传红军就要攻城，学校放假，全城戒严，人都许出不许进。祖母不能够进城了，她猛然意识到，二先生现在回家非但于事无补，弄不好还很可能受到牵连，被捎带“革”了“命”！这样想时，她倒生怕二先生回来了，连见到有人沿江道向村里走来，心都会跳得特别厉害，担心江道上出现二先生的身影。一场虚惊后，祖母的感觉里混杂着甜蜜、慌乱，脸也涨满了红潮。如果不巧父亲正在跟前，她每每会借咳嗽掩饰，父亲也就将目光迎向祖母，认真而关切，丝毫不觉得有啥异常。

正是在放假的这段日子，二叔初显了未来革命者的端倪。里村周围和嘉陵江岸边的岩石上，至今还依稀可见当年红军留下的标语：“打倒四川军阀！”“打倒一切剥削阶级和他们的走狗！”“红军是穷人的队伍！”等等，这些标语大多为二叔那时书写，由红军请石匠镌刻。为此他求证过祖母，祖母只说，你二叔的字不如你爹的字方正呢，你爹又比你爷爷差远了。他见过那些字一个个像投枪匕首，的确方正不够。

李六子已习惯了当农会主席，经常去里镇苏维埃开会，从天宝那里领指示。有次他拿回来一只镔铁皮做的话筒，被二叔看见，宝贝得不得了，轮到李六子要喊话，二叔便抢过去替他吆吼。于是，那以后便常见了这样的情景，二叔在前面喊话筒，都是有关苏维埃的，李六子在他身后像只兔一样地蹦跳。听惯了铎声的人们，乍听见镔铁的声音都很不舒服，感觉它缺少木铎的温润祥和，绵厚亲切。天宝的肺痨老爹甚至找到李六子抗议，称他听不得镔铁筒喊话，听了会痨病加剧，咯血不止。李六子不敢得罪镇苏维埃主席、赤卫队长他爹，从此不再让二叔去摸那只镔铁皮话筒了，当然也不好用木铎，因听说那东西如今属于封建“糟粕”，于是他只能继续用嘴巴喊了。

这样的镔铁话筒他在六十年代后期也曾使用过，但无从考证是不是二叔当年用过的那只。据祖母讲，他拿着那镔铁话筒喊的地方也如二叔当年一样，多在村后那道隆凸的短冈，背衬巍峨大山，面对那条著名的大河。可惜江水已不再如那时清澈，那山经过史无前例的全民大炼钢后，早已不毛如剃，这一刻被他喊破的一点点曙色蟹青，像鸡蛋黄溢出的颜色。他常常要喊到旭日东升，口焦舌燥，胸中却豪情万丈，仿佛那鲜红的一轮，正是经由他嘴巴而喊出。不过这样的日子非常短暂，因父亲和祖父都曾做过国民党军官，他很快就被里村发动起来的群众勒令交出了话筒。自此他开始沉默，差点就成了哑巴。

一天，长辛从里镇回里村办农民自卫队，二叔瞒着祖母也去参加了。这天他正和一群被招募来的青年在祠堂外的坝子里耍刀弄棍，被祖母看见，即刻揪回家中，并立刻逼着他收拾了书本，命他回到城里的学校。

然而奇怪的是，祖母却把父亲硬塞给长辛。父亲不去，祖母就扯住他的耳朵，像拖走的一只羊。她把这只羊往长辛面前一推，说，你不是在办啥农民自卫队吗？我把我们家老大给你了！动员里村和附近的青年参加自卫队时，长辛压根儿就没想过要动员父亲，现在祖母将这个人亲自送来，倒让他很为难。长辛最终不肯收下，说，这使枪弄棒嘛，可不是大姑娘拈绣花针哩！父亲听了竟不觉羞辱，将头像大姑娘似的低了下去。祖母气得抬起他的下巴颏，怒视着长辛，说：

“哼，你要看着他像个大姑娘呢，那就给狠着劲儿摔打摔打吧！到时他要还是这熊样，我看也只好去拈绣花针了。”

长辛果真就狠着劲儿地摔打起父亲来了。长辛教给他们在民团和赤卫队学到的军事，列队、出操、格斗、摔跤，用仅有的一杆老枪教刺杀和射击。他喊口令时声音异常雄壮，调门却有点像纤夫号子。村里已组织了妇救会、儿童团，这群人在紧张操练的时候，祠堂门前的坝子周围，总会有那么多围观的女人和孩子，稀奇得像看猴戏，时不时地爆发出掌声和一阵阵的惊呜呐喊，像嘉陵江忽地掀个浪潮，又啪地跌一个浪潮。天宝的妹妹花儿在围观的人群中，声音往往最响，听得人一惊一乍。花儿已当了村妇救会会长，日夜领着妇女给镇上的红军做军鞋，性格突然地开朗活泼起来，全然不像在芝长公家做女佣时的样子了。她患肺痨的老爹原以为只有儿子才成了精呢，没想到女儿也成了精了！花儿正是在那一惊一乍的叫喊中，不知不觉地爱上了长辛，并开始留神他的那双脚。

那时，七公和宽叔进了儿童团。长辛带着父亲他们操练时，这群儿童团员也跟着在旁边胡比划。两位老人如今还能回忆起父亲当年在训练场上的窝囊表现，喊口令时常见他脸憋得通红，练刺杀他总是往后退缩，像未接喙就铩羽而归的公鸡。格斗时他挥出的拳头软得会被对方立即接住，再顺势被轻轻一掰，父亲就疼得哎哟一声蹲下，每场训练结束，父亲少有不头破血流鼻青脸肿的。父亲被摔打得最狠的一次是在同长辛练习摔跤。父亲当然不是这位纤夫的对手，才不多几个回合，他就被接二连三地摔趴下，每次倒地都响得像扔一捆干柴。长辛还不依不饶，逼着父亲一次次爬起来，接着再摔，父亲赖在地上，不知他是出于害怕，还是真的被摔得爬不起来了。围观的女人中心肠软的，都纷纷劝长辛不要练了，再练就要出人命了，但这时却有个女人闯进人圈，脚照准父亲的屁股，一下下狠狠踹去，这女人正是祖母，她边踹边骂道：

"羞死你家先人了！你这没成色的货！要死也站着死。起来！给老娘爬起来！"

父亲挣扎着站起来，怯眼怯眉地望着长辛，踉跄地向他移动脚步。然而奇迹却没有出现，父亲并未像武侠小说里惯常描写的被多次打倒的一方，最终凭着顽强的意志反败为胜。这次，长辛更为轻巧地就将父亲扛到了自己肩上，原地旋转着，仿佛在蓄聚更大的力量，好抛摔得更重、更远些。女人们都吓得尖声叫喊，要长辛快快将人放下，祖母却催促长辛，说：

"摔呀！摔呀！把狗日的往死里摔！"

长辛望着祖母犹豫着，拿不准她是假意还是真心。直到祖母又喊，声音中充满了愤怒，他才将父亲像袋稻谷似的扔出去。在一片惊叫哭喊声中，在父亲被摔到地上时仰天爆出的那记闷响里，突然迸溅出一股臊烘烘的臭味。人们四下逃散，还呆在原地的祖母和长辛惊骇地看到，瘫倒在地的父亲突然变成一只狗了！他身子蜷缩着，像被人砸断了脊梁。祖母气得将他一把拎起，使劲往地上蹾着，他才又慢慢恢复了人样……

既然当娘的都这般狠心了，长辛就更肆无忌惮了。一次练武装泅渡，在里村下游那弯弓流处的浅滩练习。父亲自幼长在江边，却从来不敢下水，那次被长辛从背后猛一掌推下去，他拼命要回到岸上，长辛就拼命将他猛推入水中，最后干脆提了父亲的头发，一下下地往水底氽着……父亲被拖上滩涂时，脸已青紫，腹胀如鼓，两个人将他倒提着，嘴里涓涓汩汩，吐得像一眼山泉。好在父亲被吓破了一回胆，慢慢便学会了游泳，到后来也能跟随长辛他们从此岸泅渡到彼岸。

第十三章

那时父亲不会知道，这本领有一天会帮上他大忙，尤其是那次给来龙大舅公奔丧，他要不会水，命早没了。

这年的年三十，里村破例没有举行族祭。这个自四世祖时就立下的规矩，几代以来从未间断过的仪式，突然就这样一朝废了！原因很可能是族人们如今阶级有别，爱恨亲疏、嫌隙既成，也就不便再聚到一个宗祠，为着一点血缘关系，去祭祀共同的祖先了。何况这种活动李六子不宜召集，他现在是苏维埃政府的红人，阶级觉悟已大有提升，原来最有资格的老族长芝长公又成了反动地主，因此族祭的事情也就不了了之。往年要祭了祖才能各自回家去吃年饭，今年最多是在吃之前燃几挂鞭炮，贴贴春联。当然也有零星去祠堂祭祀的，祖母就是其中一个。据她后来多次对人讲，她当时跨进祠堂，正看见神龛上叠垒的灵牌，没有一张不在水珠滴答，像人在流眼泪，甚至能听到窃窃詈骂，闻之不清却听着刻毒。可惜那日去祠堂零星的几个人，没有谁像祖母能活到今天，她眼见的已无从验证了。

祖母孤零零地祭祀过祖宗，从祠堂出来，才发觉自己不知怎的也流泪了。祖母又特意去拜望了芝长公，这也是往年的规矩，虽然她已经不再是他家的佃户，也始终没参与分他家的一草一木，祖母的生计多靠她帮人打临工或做些针线活勉强维持。比如李六子和长辛，比如天宝和他妹妹花儿，整天为苏维埃奔走，地里有了啥赶紧的活儿，少不得要请祖母去帮忙。曾经想过要问问祖母，当年她为什么要那样做，是顾及到与芝长公家累世通好，又因了二先生这点缘故？还是她果真有非凡的预感，那时就已经知道土地终归很快便不属于自己，甚而还会拿生命做代价？抑或更为着某种最为肤浅、然而也是最为深刻的民间规则：轻易不可僭越？然而，他终究还是没问。

芝长公那时已从原来的一族之尊沦落为举族公敌。再斗争他时，人们已从最初的忌惮缄默，到遮掩，到忸怩，到自在自如，再进而到底气十足，随意发挥。农会主席李六子诉苦，他在芝长公家干活儿一顶仨，当长工二十多年了没有吃过一顿饱饭。在江边最初遭遇尖下巴老张的那个黄昏，虽然早晨临出门前芝长公特意让女佣花儿给他煮了五个红糖鸡蛋，外放了冒尖尖一汤匙猪油，曾经那样被他念念不忘，如今倒成了芝长公别有居心，用意在让他更加卖力，在发霉的秋雨里割回更多的马草。为此他曾好几次险些被狂风扫进江中，以致双脚冻烂，落下了风湿痛的毛病。他这样说时，兔蹦的双腿抽搐了一下，嘴也很配合地歪了歪，仿佛那痛症在发作。

除了祖母和天昌，别的佃户们也已不记得他们和东家玩过怎样的把戏，却记住了在交租时，每个佃户如何被芝长公勒索去一坛自煮的家酿——变相剥削！天宝的妹妹花儿，更抖搂出一桩令阖族震惊的秘密：芝长公有几次企图猥亵她！此言既出，喧豗骤停。顿时大静，静得连花儿自己也给吓住了。她惊慌地扭头四看，突然双手捂脸，鼻涕一把地呜呜哭泣起来，状极委屈，人们不得不相信花儿所说。立时群情激愤，千夫所指。她患肺痨的老爹咳得喘不上气，连道："造孽！造孽！"随即呕血数升，昏倒在地，当晚便死在家中。那时的长辛大概明白了花儿的眼神，他冲上台去，照芝长公"咣咣"几个耳光，恼恨得仿佛是他相中了的一件什么器物，自己还来不及占有，便被眼前这个反动地主老头儿先自把玩了。对于以前被控诉的种种罪恶，芝长公从不分辩，只是偶尔表露出惊讶，但并不慌张，很是镇定从容。惟独花儿这次声泪俱下的控诉，使他如遭霹雳，惊得差点从凳子上跌下，他大汗淋漓，神色惨沮，犹如先前还满不在乎的人，猝然遭到了致命一击。

事实上，二先生在年前回过家，打算将他爹接进城里居住。李六子不敢擅自做主，专就这事去镇苏维埃向天宝汇报，结果不但未获准许，二先生还遭扣留。要不是二先生声望太高，天宝请示上级，要他赶紧放人，差点就走不了了。偏这芝长公也十分固执，祖母就曾听他私下宣称，大意是镇苏维埃真要允准，他还不会走了。

他太低估了革命的残酷，尤其是这支后来被历史确证有很多极端行为的红四方面军。在夏日的一个中午，芝长公被勒令跪在火辣辣的阳光下接受批斗，直到快爬不起来了才被牵出去游街，没走几步，他便一头栽倒在路上了。死时他面带苦笑，大约在临咽气的瞬间，他已经后悔与其这样被人革命，倒不如当初听二先生的，经由自己去亲手完成土地革命！芝长公死前的一个晚上，里村的狗在夜里集体悲鸣；芝长公黎明即起，像从前一样去巡查他家的每一块土地，他看天，看生长在地塄边的树木，看某棵树上生长出的形状古怪的瘿瘤，看头顶上的鸟与云，看嘉陵江不同的江段，如何于这一刻在不尽相同的光影下变幻游走，霞蒸雾裊。自从那些土地被作为胜利果实，无偿地分给了里村的穷人后，像这样去田间走走看看，还是第一次！从前的佃农们再见到他时都深感意外，尤其是天昌爷，竟莫名其妙地突然不好意思起来。老人却如既往地安详，用不变的音量和笑容同他们打着招呼，而被他问到的每个人，回答时头都不自觉地低了下去，鼻孔呼呼喘着，脸也泛出些像高粱的酡红。

仿佛就在那个早晨，芝长公已预料到了自己的死亡。里村李氏家族死了长辈，又曾是一族之尊，这要在以前，算得上是族中大事，少不得要由铎人用木铎传递哀音，遍告一族，然后依五服亲疏，披麻戴孝，到祠堂设灵祭奠，再轮番守灵，然后择日出殡。而如今一应丧礼皆被免去，死了也就死了。水鬼老大早年即被逐出家门，又没人通知二先生，芝长公死后连个摔盆执棒的孝子也没有。祖母说她曾想要进城告诉二先生的，可担心他回来再遭扣留，终于没去。直到有一天红军北上撤离，二先生回来，才知道了他爹的死讯。

这片苏区的红军和来犯的白军有过几次战斗，但每次白军都被红军打得落花流水。土匪也不曾间断过骚扰，零散的，成群的。有一次天宝带了几个红军押运枪支弹药，据说行前他曾扔鞋卜卦，结果两只鞋都鞋底朝天，从鞋里掉落的泥沙粒粒殷红，还弥散着血腥的气味。天宝识得这主大凶，原想要改变行期，无奈上级不准，还严厉批评他一个革命者搞封建迷信。天宝只好硬着头皮执行命令，一路上虽然特别小心，但半路上还是遭到了土匪伏击，那几个红军都被打死了，他自己也险些送命。事后天宝发现，有一只烟袋被炸飞到一棵树上悬着，在风中晃悠着。那以后每当赶夜路的人从这棵树下经过，就会听到像在叹息又像吃烟的吧嗒声。那地方原本只是一座无名的山包，后来便有了远近都叫得响的名字——烟袋岭。指挥伏击红军的匪首不是别人，正是小舅公葛来虎！因他从小常到里村的姐姐家走动，与这边的天宝相熟，在双方交火时无意中被天宝一眼认出了。除了他熟悉的身影、声音，还有他的直觉，都告诉他那匪首确是葛来虎！那时来虎舅公正躲在一棵大树后，挥舞着手枪对他率领的喽啰们大喊大叫，冲锋时又是他率先跃出。但祖母却坚持认为天宝看花眼了，理由是他和祖父一同走失了那么多年，别说她弟弟葛来虎是人，即便是棵树也早已远非当年的模样，何况那伙土匪还个个黑布蒙面，青帕包头。因此当天宝提出派人护送祖母恳求她找到来虎小舅公与红军谈判，最好能接受改编，实在不行也要力劝他今后不再与红军作对时，祖母便以上面的理由回绝了。

这支土匪武装还截击过红军的运粮队，对里镇周围已经建立的苏维埃政权的村庄肆行骚扰，杀害了不少赤卫队员和农会干部。红军很快对这股土匪发动围剿，土匪钻山逾岭，他们也钻山逾岭；土匪化整为零，他们也化整为零；土匪在夜间活动，他们也在夜间活动。反正红军不惧土匪游击，因他们最擅长游击了。

后来的天宝将军在他口述的回忆录里有这段记载：有天晚上，他带着一排化装成土匪的红军，走到一处山路转弯的地方，忽听弯那边有很多人在叽叽咕咕地说话。其中一个人在大声问："上次在碾子槽搞了红军那么多宽布，格老子！每人才分到三尺，剩下的都哪儿去了？"就听有人应声回答，说："哪儿去了？还不是拿去变成钱，装私人腰包，抽大烟，到顺庆府逛窑子去了！"天宝知道与土匪狭路相逢，正寻思对策时，迎面突然黑影憧憧，路边了无遮蔽，更无任何依托，紧急中他命令前面的几名战士横向卧倒，后面的战士将枪架上去迎头扫射。还有一次，天宝带着几个红军在大白天和一群散匪相遇，虽然天宝他们衣服也穿得是五花八门与对方无异，但土匪们仍远远地排开架势，一片枪栓拉动声里，有人厉声喝问："嗨！哪个凼的？"天宝信口一句："在字库坝被红军打散了的。"对方仍不放心，又问："大当家的是哪个？"天宝拣他了解的，说了来虎匪帮的大当家名号，并顺带说了现今已做了二当家的葛来虎，他有兄妹三人，哥哥叫葛来龙，在老家种庄稼，还有个嫁里镇里村的姐姐叫葛来凤，俩大脚。那边听后果然就放松了警惕，笑起来说："哎哟，晓得那么详细！我们还当是化了装的红军呢，原来是自家人！"于是这就尾随了天宝他们一路同行。众寡悬殊，摆脱不易，天宝边走边想该怎样才能收拾这帮家伙，忽见前面不远处有间茅屋，天宝一行便径奔而往，不料土匪们也紧跟而来。天宝进屋后，迅速指挥战士们抢占有利地形，土匪才迈上阶沿，他一声喊打，走前面的土匪大多被乱枪撂倒，后面的见形势不妙，掉头便逃之夭夭。天宝和战士们紧追不舍，有个土匪情急之下跳下陡岩，被一蓬俗名倒钩刺的荆棘挂住，直扎得皮开肉绽，哭爹唤娘。

当然，土匪也会依葫芦画瓢，时不时地化装成红军窜扰苏区。祖母至今还记得那个风清月明的夏夜，村里人大多还没睡觉，突然有人喊红军来了。果然便见点点人影在村边移动，帽子上清晰地点缀着一颗颗红星。奇怪的是

第十三章

这几个红军并不进村，只绕着村子打枪放火，虚张声势地乱吼乱叫。人们这才恍然大悟，这伙人其实并不是红军，而是假扮成红军的土匪！人们正不知如何是好，突然见两团火球，飞快地朝村里滚动。原来是长辛和天宝的妹妹花儿！俩人都衣衫不整，且身上燃着火苗，经众人慌乱扑打才渐渐熄灭。花儿捂着脸跑回家去，长辛高声喊叫着村里的自卫队员，赶快抄家伙去抵抗土匪。可土匪这时早已经跑远了，而人们也似乎发现了什么秘密，一个接一个地走了。

里村人对此有过许多猜测，最大的悬念不在于花儿和长辛当晚在村外野合，如何惹火烧身，而是这股假冒红军的土匪，为什么不进村烧杀劫掠？有人说他们不敢贸然闯入，是不知村中虚实；有人说他们本意只在骚扰，给苏区制造恐慌。还有的说与来虎小舅公有关，这股土匪是他的部下，他们才不会祸害里村呢。由于弄错地方了，又不想就此灰溜溜地撤离，临走时才想起至少也该打打枪、放放火，弄出点动静恫吓恫吓村里的人。旁证是就在同一天深夜，距里村不远的一个什么村庄遭土匪血洗，土匪杀害了许多农会干部，还有妇女儿童。里村虽逃过一劫，却害苦了长辛和花儿，让他俩在人前出乖露丑。他俩偷情的地方，应该是村口天昌爷家那堆草垛，因为据天昌爷家的麻脸婆娘嗣后讲起，几天前她从那里经过，偶然发现草垛底被掏出个大洞，用稻草遮掩着，原想是娃娃们用来捉迷藏，或是从山上下来了什么野兽，她也没怎么留心。现在看来那应该是那俩骚货的淫窝，不巧那晚被土匪一把火将稻草垛给点着了！可怜那对男女正沉浸欢愉，直到火烧进草垛洞内才发觉，冲出时身上已尽着了火苗。

花儿和长辛那点事，祖母和七公、宽叔他们都不愿多啰嗦，家丑不便外扬。原来自入川一世祖起，这聚族而居的李氏门宗，还从不曾有过这等乱伦之事！依“祖训”条律，俩狗男女该当重惩，但既然已经革命，只好由苏区政府处理。镇苏维埃主席天宝是花儿她哥，长辛他爹李六子又担任本村苏维埃主席，最终此事不仅无人追究，又因早出了五服，他俩反倒被说成是革命的自由恋爱，敢于冲破封建枷锁，值得提倡。不过，花儿还是有些不好意思，当妇救会长不再像原来那么张扬，现在走路总要将头低着，说话也明显底气不足。而长辛却满不在乎，甚还有些洋洋得意，再训练父亲他们那样的农民自卫队员时，喊出的口令常常声震云霄，突然没了半点纤夫号子的味道。只是他再要把父亲摔倒，远没有之前那般容易了，也不知是他身子骨虚了，还是父亲被摔打得强健了。

回溯到半个世纪前，他分析，问题最早出在花儿看长辛教父亲他们操练时的眼神，还留意了他的脚。很快长辛就穿上了一双崭新的青布鞋，不惟鞋底多用了几层浆布笋壳，针也扎得格外紧密，鞋帮还特地上了道白布条滚边边，尺寸也非常合脚。他俩在草垛里应该也讨论过这样算不算乱伦，后来之所以不管不顾，实在是架不住欲火升腾，要不燃烧也不可能了。稻草垛见证了他俩的爱情，草梢上还残留着生命的些许谷粒儿，也不知偷听了他们多少疯狂的情话，一切都是甜丝丝的，人与爱与稻草的味道……

红军和土匪就这么争斗较量，最终还是红军占据了上风。天宝从那个被倒钩刺挂住的土匪口中打探到匪首们的潜踪，请求上级派了两个营的兵力，再加上他的镇赤卫队，将来虎小舅公和他的喽啰们团团围困。眼看这股悍匪就要被一举全歼，孰料这时四川军阀又纠合起几路大军，对这片根据地发动了更大规模的一轮围剿，天宝率部队奉命回防，连夜撤出了战斗。来虎小舅公就此脱去罗网，如鹰远扬，逢凶化吉，遇难呈祥。

第十四章

夏末发生在江边的怪事，让很多里村人会想起多年前的那场虾荒蟹乱。那天，他们兴致勃勃地看罢了一生中所见过的最庞大的机器船队，归去时才愕然发觉，脚下的沙滩不知何时已虾蟹成群，在相互争斗，每个人都陷入了这些腥膻水族的重重包围中！他们开始搜索脑海中关于这片土地、这条名叫嘉陵江的大河的所有记忆。然而在所有能提供的记忆中，如此怪异的现象，自入川一世祖起还绝无仅有，简直闻所未闻。那时不知谶兆凶吉，随后的军阀长期混战，天下便如虾蟹般打成一锅粥了。

嘉陵江依旧那样奔腾，早春时节，她听着两岸浅水表层的薄冰，如何在霜风冷月里冻成厚实的路面，又如何在翌日的阳光逼视下断断续续地碎裂，像一群争吵拥挤的孩子。一早一晚，空气总那么爽冽生冷，战栗着极淡的像薄荷又像艾草的气味。水还不到最凉，等岸上的山林披了绿装，田野与村落都着了些花，陕陇高原融化的积雪冷冰冰地融入嘉陵江，江水即变得刺骨的寒。一年中的这段日子她行走得格外小心谨慎，直到某一天开始暖暖地奔腾，江面渐渐变得宽大，爽冽的生冷被另外一种她熟悉的气息所取代。在暖暖的江水里纤夫的号子不再哆嗦，她扭动的躯体带去落花也送走行船，所到之处都是喧闹，即或不见船和人，也见那么多的鱼和鸟！它们成群结队地啁啾翱翔，泼剌剌地在她身底游蹿，还会有不知趣的家伙时不时地腾空纵跃，在水面上砸出砰砰的声音。直到她蓦然发现自己不知什么时候掉进了绚烂的夕阳，变幻成了一条用金子和翡翠铺筑的大道时，喧闹才渐趋静寂。现在暮色正将她笼罩，仿佛那是个小心眼儿的男人，匆忙将妻子的美貌锁进深闺。然而，锁不住的是江月升起、水光交映，雾岚已给她披上了朦胧绡薄的银纱，使她夜行的姿态比白昼更平添了几分慵倦。就这样她略含羞涩地款款行去，到又一天的明霞。从春到夏，沿途她没少见冬日枯瘦的堤岸，生些烟色，终于满是肥厚；柳树最先绽放鹅黄，瞬间绿满枝条；燕子衔泥，白头翁筑巢，鹭鸶探鱼，禽与兽，在滩涂的草棵荆棘间疯狂交配，为争夺配偶相互打斗。而沙滩上已有圆融的蟹眼，正悄悄爬出幼细的生命。

然而，今年这季节她很快便有了触目惊心的发现，惊得差点停下来，眼望两岸芦苇，活活张张，迟疑着似乎不敢前行。

——那正是里村人注意到的：川北的芦花普遍在秋末开放，可这年还不到七月，两岸上的芦花却竞相开了！更奇的是从来苇穗如雪，开时白烟堆涌，能将一条江飞舞成香雪长龙，而今年的苇穗猩红，像大火在熊熊燃烧一般。江水泛赭漂红，岸边的村庄和大地也被映耀得如沐血光。有人从中嗅到了血腥的气味，在不停地打干嗝。鸡犬和牛羊开始莫名地狂躁，叫声嘈杂。

村庄被前所未有的恐怖笼罩着。但很快，这种恐怖就被已经能够听到的枪炮声所证实。最初隐隐约约地，常有间隔，渐渐变得持续不断，且越来越近，越来越响……

不到半个月，红四方面军新开辟的这块根据地已快丢失殆尽。江这边的部队都及早撤到对岸了，可不知什么原因，里镇的红军和苏维埃政府却迟迟没有接到撤退的命令，等到他们察觉到形势已非常严峻时，里镇对岸已出现了白军的影子，顺庆的防军从陆路直逼过来，已接替他爹当了团总的方五少爷的民团也分兵一支，抄了红军的后路。红军只得拼死一战，再伺机杀出重围，镇苏维埃给农民自卫队派发了武器。一切能动员的力量都被动员：妇女做干粮，老人扎担架，儿童站岗放哨，连小小年纪的七公和宽叔也参加了。大战在即，气氛空前紧张激烈，随处可见呐喊奔跑的人群。

祖母现在还清楚地记得，那天黄昏，妇救会长花儿和妇女们正说着做干粮的事，突然就听外面一阵人喊马嘶，原来是天宝骑着芝长公家的那匹黄骠马飞奔而来，身后跟着拥进了大队红军和赤卫队员。天宝刚一离马鞍，黄骠马就撒开四蹄，径奔向它从前的畜棚，很快又转身冲出，绕芝长公留下的空宅一遭遭地奔跑，边跑边伸长颈脖，不安地嗅着，忽然猛地两前腿腾空，昂首悲嘶，震荡得整个村庄都在颤抖。红军很快分散到每户人家住下，偃旗息鼓，更像在守株待兔。只有父亲和几个农民自卫队员，被长辛派做暗哨。

第十四章

这来自天宝献计：“……针对当时敌情，我建议留少部红军固守里镇，其余大部兵力和镇赤卫队随我隐蔽至里村。此处即我老家，距镇上不足三华里。这样待敌渡江攻里镇时，我可乘机突袭，自一侧抄袭其后背，然后趁乱夺敌船只，去会合冲出里镇的部队，渡江突围……”天宝将军后来在他那本口述的回忆录里如是道破机关，可他没讲定计前是否用鞋打卦。如果占卜过了，吉，因何会此计不成？凶，又何以要一意孤行，惨遭溃败？惟一的解释，要么卦象有误，要么就是他上次被领导批评，从此再不敢丢臭鞋卜卦了。

现在想来，问题应该出在父亲身上。你一定还记得村后那道隆凸的短冈吧，它向上连接的深山老林，山腰有一条废弃的官道，据说在早能通到陕西。那天深夜，有一股白军经由此路，抢先偷袭了天宝埋伏在里村的队伍。父亲被派暗哨监守短冈，下半夜时他竟不知不觉地睡着了。等到他发现有大队敌人出现在眼前时，早吓傻了！父亲就这样轻易被抓，成了俘虏。审讯他时有个军官骑在马上，像神话中的哪路神仙，掌心里突然射出一束白光，朝他脸上一晃。父亲从那团他从未见过的白光中，隐约窥视到了发光人的轮廓。他身子情不自禁地一抖，哆嗦半天才喊出了一声：“爹！”

几天后父亲才得知那团白光来自电筒。虽然这些年里镇也陆续诞生了许多新奇物什，比如八音盒，比如有一种打气就亮的洋灯、小学生挂胸前嘭嘭敲打的洋鼓和只有半巴掌大能含在嘴里吹奏的口琴，还有一根针钉在盘上，呜呜旋转，人人却不知藏在哪里唱歌唱戏的匣子和榨油房里刚安装的德国机器……但电筒还不曾有。祖父和他的儿子就这样相遇了！父子俩当时都说过哪些话，父亲有没有实情招供，现在也无从知晓，能确知的是祖父即刻率领他的队伍，对埋伏在村里的红军展开攻击。

天宝的计划被彻底打乱。红军猝不及防，死伤惨重，边抵抗边往里镇败退。沿途又伤亡了很多人。村里每户人家中，也少有不被杀死的红军。住祖母家的就死了个小红军，看上去也就比二叔稍大。吃晚饭时他还帮祖母舀饭，舀完饭自己端着碗倒不吃了，只愣愣地把祖母望着，渐渐地就有泪疙瘩砸进碗里。祖母既惊骇又茫然，忙问他这是怎么了。小红军嘴巴嗫嚅了很久，才说他看见祖母就想起自己的娘了，也不知她这阵有饭吃没饭吃。一句话说得祖母心酸，眼泪也跟着下来。小红军倒在阶沿门外，他听到枪声后第一个冲出屋子，一声没吭就倒下了。子弹打穿了他的头颅，钻进他身后的墙壁，留下一个至今清晰可见的弹洞。他听祖母说过，小红军是北方人，长两颗小虎牙，嘴甜得一口一声大娘地叫她，比父亲和二叔叫得还亲。那些被打死的红军后来都被扔进了嘉陵江，惟独小红军被祖母掩埋，还给他穿上了父亲的一套新衣服。

他猜想那场遭遇战极可能和祖父有关，因他熟谙家乡地形，没准他也率兵一支，从这里掩袭里镇侧背。天宝谋略不差，结果事起偶然，不想黄雀在后，他和先期埋伏在这里的红军，反倒被祖父他们来了个顺手牵羊。

没谁再在意父亲。可他又不敢回村，只好躲藏在短冈上的草丛里，偶尔才敢探出头来。村里早已枪声震耳，杀声动地，手榴弹炸腾得夜空都红了，子弹多得像萤火虫满天飞舞。很快从里镇方向，传来更密集的枪声，还夹杂着大炮不停的轰隆轰隆。父亲藏身的短冈和草丛，都跟着颤动。

天亮后，父亲钻出草丛，慢慢地走下短冈，正看见祖母在一块洼地，往坑里掩埋什么东西。走近才看清，原来掩埋的是一个小红军！身上穿着他过年时才穿的衣服，看上去有些空荡。他吓得一声尖叫，接着就听到了祖母更尖锐的叫声。祖母是因意外才尖叫，见到父亲，眼泪哗地就下来了。

"妈，"父亲低声说，"你别哭，爹回来了。""啥，"祖母漫不经心地，"你说谁回来了?"

父亲四望无人，不觉提高了声音，说："是爹回来了！昨晚我亲眼看见的，带着队伍……"

祖母的身子摇晃了一下，说："长山，你没看错?"

"错不了，妈。"父亲用手比划着，"他骑在马上，手里还拿着根啥亮棒，一射一股白光。"

祖母继续往坑里填土，没再多说一句话，直到把小红军掩埋好，垒起一座坟包。眼下她一点也不讨厌父亲了，并为还能见到他活着而深感欣慰。她可不想他像坑里的小红军一样死去。毕竟，再懦弱的儿子也是儿子！

掩埋好小红军后，祖母和父亲刚回到家中，突然就听到有急促的马蹄声直冲进村来，瞬间停在了她家门前的院子里。祖母探头一望，看见一个穿制服的中年军官，从一匹炭青马上跳下，人高大英武，动作潇洒漂亮。军官身后紧跟着一个马弁，后面是蜂拥而来的士兵，还有穿杂色衣服的民团。军官把缰绳丢给马弁，倒过鞭杆轻轻地敲打着掌心，径直向祖母走来。祖母认出这军官正是祖父！但她表情却奇怪地冷漠，只对祖父翻了翻眼皮，淡淡地说：

“噢，回来了？”

祖父边点头边迈进家门，用眼角的余光瞟了瞟祖母，正面的目光都用在看墙壁。他见到了自己当年书写在墙上的十二个月农事，便再近前些，边看边念出声来：正月，棉花地翻泥；二月，麦田菜地施肥料；三月，秧田布谷，加泥于田塍，育种苕，种瓜种豆；四月，育蚕蚁，刈麦，种苞谷……祖父一笑，像勾起了多少回忆，哂然良久，最后才将目光移到墙壁的正中。他看见了木铎，像面对一个睽违多年的老友。他没有摘下它，而是转身走出门去，命令士兵们这就去打扫战场，把红军的尸体统统都扔进嘉陵江去，没死的就地补杀。

很快，祖母就听到从外面传来一阵阵哀泣声、痛哭声、叫骂声、口号声和零星的枪声、刺刀捅进皮肉时的噗噗声。父亲的脸一直苍白着，整个身子在不停地颤抖。祖父认真地打量着数年不见的儿子，不知有没有想起当初儿子才三岁时，曾经小可怜地踮起脚尖，双手向上将小半瓢水送到他嘴边的情景。祖父想也没想，他不知为何阴冷地笑着，突然将鞭杆倒过来，啪的一声抽打在了父亲的脸上，险些没把父亲的脑袋给削掉。

祖父大约因了这场战功，驻防里镇不久即由刚来时的连长，升任少校营长。那时方五少爷的民团改叫清乡团了，每天下去清乡，嘉陵江这片曾经红色的土地，眼下到处都在杀人。被杀的主要是村苏维埃干部和跟着闹红的贫苦农民、赤卫队员，也有儿童团员、妇救会的。那些被分光了土地和家产，或家里遭苏维埃镇压的逃亡地主、土豪劣绅，他们怀着对苏维埃不共戴天的仇恨，报复得更加凶狠，手段极其残酷。

他曾在相关资料里读到，有个出逃地主，曾在苏区时躲在山上看农民开他家的粮仓，他在心里给每个人记数，见内中有个人往家背了十多趟，最多也最积极，赶到清乡时，他就特制了一只铁皮背篓，里面装上火炭，扒光了那农民的衣服，然后架到他脊背上，美其名曰“背火背篓”。还有个被镇压了的恶霸的儿子，还乡时将他爹的骸骨另起安葬，祭坟时拿杀父仇人一家五口开刀，不论老幼，全都挖出血淋淋的心肝，鲜活地摆在他爹墓前。其中有颗少年的心还一蹦几丈高，在空中像被抽打得旋转的陀螺，被一只正好俯冲下来的鹰叼飞。类似的惨剧随处发生，诞生在这片土地上的前仇尚未消弭，新恨又猛烈催生。结果发展到仇恨遍及到每家每户，甚而每段江流、每寸泥土、每棵草、每一滴露水和空气，好像这片土地已不配生长庄稼，只会生长仇恨了！据说有些村落更离谱，最后闹到牛和羊打架，鼠和猫打架，鸭子代替公鸡打鸣，青蛙吃蛇，狗又去咬青蛙……全乱套了。被清乡团清过的地方，大多十分悲惨。里村的芝长公虽然死了，族中也没有什么人要反攻倒算但也未能幸免。

祖母记得那是在一天清晨，东方的曙光刚点燃嘉陵江两岸早放的芦苇，茶褐色的雾霭还荡漾在低低的田野上，里村和附近村庄的男女老幼，就被清乡团的人强行集中到下游那弯弓流前的浅滩，那里早守候着大队的白军士兵和清乡团的团丁，沿江布哨，如临大敌。很快便见一排士兵开来，身后紧随着骑在马上的祖父和团总方五少爷，再其后是押解的被俘虏的红军战士、赤卫队员和农会、妇救会、儿童团的干部，好似七七八八的蚂蚱，被一根绳连串着，彼此牵曳，相互拉扯，一旁走着的士兵和团丁，或横枪比向，或手握大刀，时不时地便挥向一棵血红的芦苇或绿意盎然的灌木，斜睨着那根绳上某人的颈脖，阴森快意地冷笑着。这样一路走来，祖母赫然看见了挪动在队列前的外乡人老张！那个被她在心里有过种种比喻的古怪下巴，此刻不是尖长地朝前突兀，而是很傲慢地向上昂扬，似乎想冲天捅个窟窿，或勾扯下一片云彩。可惜这样的情景李六子看不到了，祖母发现他也跌撞在那行人中间，落在老张很远的后面，紧接着是长辛、花儿和里村族人中几个参加了自卫队的青年。李六子眼神迷茫而又痛苦，好像至死也弄不清眼前这是怎么回事。

说来你大约不会相信，他在与这片土地紧密相关的地方党史和文献资料里，并不曾查找到有关老张的任何信息。按理不应该出现这种疏漏，因为老张当时已是这块新开辟的红色苏维埃根据地一个中心区的区委书记！能够解释的原因，那便是外乡人的真实身份，在历来的传说中被祖母和七公、宽叔他们弄错了，他也许既不姓陈也不姓张，而是百家姓里别的什么姓。

入川一世祖夫妇当年怎么也不会想到，正是在他俩发现那根被遗弃的粗黑竹篾纤绳的这片弯弓流处的沙滩，两百多年后的某一天会不幸做了屠场，而内中还有他们待宰的子孙。自有过那场大屠杀，其后及今，每当月黑风高或天阴雨晦，里村和附近两岸的村庄，总会有人看见那里鬼火飘摇，还能听到鬼哭，声音就像这条著名的大河两岸曾有过的猿啼。据说这座将要竣工的电站，最初大坝截流，往江里倾倒土石，就有人看见从水底伸出无数的手臂，在向上拼命招手，清淤时果然挖掘到不少遗骸，多有身首残缺，令人骇惧！

在所有被屠杀的人中，外乡人老张死得最为慷慨。就义时他高呼口号，神色从容。祖父似乎要成心考验他的意志，亲自拿马刀一点点削他的嘴。谁知越削老张越要呼喊叫骂，还将一口血痰喷射到祖父脸上了。恼羞成怒的祖父，就用刀背砸他的下巴，在场的人都听见当的一响，像啥东西砸到了坚硬的岩石，火星迸溅。祖父愣了愣，再砸出第二下、第三下……终于将那突出的一点尖长，远远地砸飞了。也不知祖父手腕上还用了什么动作，就在老张下巴尖儿飞出去的同时，他的头也咕咚落地，滚出老远。士兵们爆发出一阵欢呼，为自己的长官出手如此干净快捷而叫好。在场的老百姓不是被吓得失声尖叫，就是掩面哭泣，尤其女人和孩子被骇得哆嗦不止，失魂落魄。

老张头虽落地了，身子却不曾倒下，颈腔喷出的一柱鲜血，很强劲地射向天空，射向太阳，携带或调和了已愈显炽烈的阳光，噗噗地洒向大地，而后则像一口往外冒的血井，咕嘟得像永远不会枯竭。掉在地上的头颅竟眼目不瞑，仿佛在寻找飞出的那点下巴，又像愕然于事情的巧合，想起了他曾经到这里来做纤夫，有一天正是在这片沙滩，他用苇秆对纤夫们做的那场演算，突然勾画出道道血水，不想却在今日应验了。他眼里应该还爬行过几种水族的幼崽或是什么昆虫，看见这一刻的骄阳已照暖满滩的金色沙粒，生出的氤氲热气正映着江水的蔚蓝。在场的人都吓傻了，祖父大约也觉蹊跷而害怕，急喝令士兵们将老张的头颅和无头尸身都扔进江里。尸身拖走而过的地方，淌开了一道血河，汇集着随后被扔进江中的从尸身上流出的鲜血，把那条著名的大河都染红了。

血河令人万分恐惧。但在七公和宽叔的眼里，更可怕的还是那个被刺刀穿挑，摔死在沙滩卵石上的儿童团长。谈到那天的屠杀，祖母最悲悯的还是一个被开膛剖肚的孕妇，凭她作为女人的经验，那孕妇鼓凸的小腹至少七个月了！她懊悔自己当时怎么没有制止丈夫，没有及时从他士兵的刀尖下挽救出那两个生命。嗣后她甚至已想不起那天目睹着祖父和那群施暴的虎狼，究竟是何感受！祖父一边凶残地指挥杀人，一边用冷眼睃她，似乎在向她宣告，自己已有了什么重大改变，要她看清了。

祖父把杀人场地选择在里村下游那弯弓流处的浅滩，而不是里镇小学校的操场或临江码头一带的江岸！有人猜测这主意来自方五少爷，他急切地报杀父之仇，首当泄愤的对象，又莫过于他航运社里那些敢于跟着闹红的纤夫，刑场圈定在这片他们活动最多的场所，其用心也就不言而喻。当然还因这片沙滩空旷荒偏，做刑场再适宜不过。

总之要杀的都杀了，只有里村的被悉数留下。原来早在祖父和方五少爷轮番训话以后，行刑即将开始之前，已有士兵将他们解去安置一边，颇类监斩候审的。如此暂寄人头，极可能是祖父顾念根枝，才不忍妄加刀斧！毕竟在中国，人的意识行为少有不受氏族观念支配的，一个不能善待本氏族成员的人，即便他位尊九五威加海内，最终也只会被这个家族所鄙视！祖父自幼秉持诗礼，比常人更懂得其中的要义。何况这事还关乎生死，非同寻常。虽然他早经误入行伍，又这般草菅人命，但对于自己的同宗血脉，尚不至相煎太急，可见他内心深处，到底还保留着一点人性的宽柔。想必在场的里村族人都深为感动，尤其那几个自度必死无疑的，于中看到生的希望，难免不暗自庆幸，悲喜交集。李六子一面观看屠杀，一面老泪纵横，当某人身首异处时，他会猛地一缩脖子，仿佛是自己项上挨刀。那所有被砍下的脑袋，每颗都血葫芦似的，落地的瞬间骨碌碌地滚动，甚至有血气方刚的还往高蹦跳，像用手拍打着的皮球，最后才极不情愿地将嘴巴朝沙里一拱，啃进满嘴的沙砾，发出闷响。长辛和花儿看不出怎样地提心吊胆，偶尔还彼此互望，神情像焦虑的已非生死，而是如何面对活下去。

他们最后全都被带回里村。祖父让方五少爷率队先离开，身边只留下那个马弁。进村后他径奔家去，让祖母找出旧时衣服，换上了。脱却了军人的威武，祖父果然恢复到从前的模样。遗憾的是他如今身体长胖，衣服穿着窄小许多，滑稽得令一旁的父亲都忍俊不禁。祖父那时正专注于挂木铎的那面墙壁，流露出无穷的遗憾，听见笑声他猛转过身来，万分恼恨地瞪着自己的儿子，好似心中有某种庄严被无端挑衅般的愤怒。祖母看见笑在父亲脸上迅即凝固，极像煮沸的豆浆遭遇卤水，父亲浑身颤抖，祖父瞪他越久，他就越抖动得不能自持，并从嘴里传出一种奇怪的声音，如冬风吹打枯叶，随即他又可怜兮兮地用双手护住脑袋，大约是怕再挨他爹的马鞭。

第十四章

父亲的担心纯属多余，早在换衣服之前，祖父已将马鞭扔给那马弁了。祖父从父亲的怯惧中看到了自己从前的影子，所以恼恨最终化为苦笑，无奈地摇了摇头。祖父吩咐父亲这就去通知族人，都集中到祠堂去。父亲愣着，不知是没听见，还是虑及祖父并非族长，有无权力作这种决定。祖父见状雷霆震怒，他破口大骂，伸手去摘墙上的木铎，却摘了个空。这就怪了，刚才他明明看见它还挂在那儿的，怎么竟会突然在他眼皮底下不翼而飞了！祖父大骇。随即又气又恼，猛抬腿朝父亲踹去。祖母从未见过他有这等好脚力，竟能将父亲一脚踹到门外，很久爬不起来。出乎意料，祖父的行为非但没惹祖母生气，反倒引来她的喝彩，她看着祖父的眼光突然像看敬爱的英雄充满欣喜和激动，虽然那个被踢倒的人不幸正是她的儿子。

祖父无奈，只得用嘴巴叫喊，通知阖族男女快去祠堂。刚目睹了那场屠杀，族人们谁也不敢怠慢。人都到齐后，祖父开宗明义，申言他此番要族亲们集聚宗祠，无非因里村眼下暂无族长，他既为李氏后裔，更身为党国军人，痛感于此前有宗亲愚顽，轻信蛊惑，妄附匪乱，今日为国为家计，才不得不出面整肃。一番开场白，暗含着多少杀机！祖父率阖族男女跪拜神龛上的灵牌。这样大规模集体祭祀，自有苏维埃就遭废弃了。祠堂的房梁上已暗结蛛网，人跪下时，地面灰尘腾起，而灰尘又直扑龛台上的祖先。祠堂已久不经清水擦洗，被弥漫得邋里邋遢，且带着些神情忧戚，仿佛已预知这群儿孙中将要发生的事情。祖父还亲任赞唱，引领族人共诵《里村李氏祖训》。虽已离家经年，但有关祖训章条，他仍烂熟于心，一字不差。他承师塾学，合通律韵，从前在家领诵时常多歌吁、多顿挫、多感情丰沛，但那天却一味似咬钉嚼铁，字字肃杀，句句秋霜。随诵的族人无不股栗，声音结巴打战，全无往昔的庄重饱满。

接下来祖父讲话。以他国军军官的身份，少不得要对刚刚被赶跑的苏维埃肆意诬蔑，对参与这次闹红的族人痛加申饬，说他们不仅触犯国法，而且也有违祖训，引据是："凡我族人，务须切记本分，慎守忠良，勿使作奸犯科，更不得滋附祸乱。"不幸祖先告之谆谆，今竟有族人听之杳杳。他勒令所有分了芝长公土地的人，赶紧把土地退还了。那些参加了自卫队、妇救会和一应苏维埃组织的，只要在祖父看来并非首要，他都概不深究，只责令其从今以后痛改前非，愿意当兵吃粮的随他参加队伍。果然就有几个曾经是村自卫队员的青年，在家里老人的鼓动下当即报名。祖父离去时，便把他们带走了。

如此看来，祖父也还算宽大宗室，于网密处多开漏眼，不像他和方五少爷带兵去别处清乡，但凡参与闹红的人决不轻饶，以致清乡数遍，如篦梳头，多数村庄几至青壮杀绝，大有人家鸡犬不留。做派颇类似他们的蒋委员长当年清共，宁可错杀三千，勿使漏网一人。直到这时人们才恍然大悟，这一年嘉陵江两岸的芦苇为何要抢在夏季开放，苇穗又破天荒地血样火红！可见天命凶年，必遣异兆。那期间嘉陵江逝声如哭，不再有往年这时节的清亮砰訇，也不再有激流澎湃，除了眼见的伏尸流水，人们还能嗅到江水的血腥。这之后又逢瘟疫流行，再一番死人如麻，两岸曾经建立的新老苏区，田园荒芜，万户萧疏，很长时间都难以恢复。

祖父在做着这番发落的时候，祖母突然预感到李六子、长辛和花儿三个人必死无疑！只是不曾料到，自己的男人会给出他们那样的死法！李六子和长辛与花儿，被祖父和那个马弁押解着往村外走，很快来到田野上一座像纺锤样的草垛前。祖父喝令停下。祖母也已不记得那是谁家的草垛了。

只见那马弁把草垛底部的草一点点往外掏，瞬间掏出了个洞，洞又一点点大起来。长辛和花儿大约已经看懂了将要发生什么，但俩人都不求饶，花儿还不停地破口大骂。长辛和花儿被塞进草垛洞里，外面再拿刚掏出的稻草堵个严实，他们就这样被活活烧死。临死前他俩谁也不会想到，当初选择在草垛里欢爱，今天却在草垛间葬身火海！火烧得很旺，很快浸着人的油脂，一时轰轰烈烈，浓烟滚滚，灼热的焰苗像张开了无数血红的长舌，肆意舔噬着草垛周围的大地和天空，转眼就在天上人间烧开了一大窟窿。热浪蹬踢着长腿，扫荡得人们直往后退。人们都远远地站着，不时听到从草垛里传出的惨痛哀号、叫骂、呼哭以及喘息、呻吟和噼啪不停的像是脾脏被烧破了的爆响。恶毒的奇臭在瞬间弥漫，熏得人无不掩鼻，无不哇哇呕吐，直似翻江倒海，没个停息。

当大火刚燃烧起来时，李六子的哑巴婆娘，不管不顾地扑向大火，她哇哇地吼叫着冲向江边，掬来一捧捧水疯狂地洒向火堆。她掬来的那一捧捧水，浇向火堆时才只几点水珠。但哑巴女人仍要一趟趟来回奔跑，直至累死在通往江边的路上。

后来人们清理现场，从一堆黑灰里扒拉出两具焦煳的尸体，已分辨不出哪个是长辛哪个是花儿了。稻草火毕竟欠些刚猛，最终无力将他俩锻炼成灰。这就有了新的发现，在两具尸骸间多出个疙瘩肉团，于花儿身子下蜷如鸡卵。天昌爷的麻脸婆娘拿棍子上前拨弄，看不清究属何物，脚踩上去时还蠕蠕滚动，凭她女人的经验，那应该是花儿怀上的长辛的孩了。

这样，李六子家在瞬间就死掉了两个人，如果算上花儿和她肚子里的孩子，应该就是四个！也不知是否因为如此，祖父对李六子的处置才心存仁厚，没将他当场就地处决，而是让他自己去选择死亡的方式、时间和地点。但前提是必须去死！而且宜早不宜迟。于是祖父下令将李六子当众开释。那时的李六子差不多已失去了知觉，魂似乎已飞天外，祖父让他走时，他竟呆呆地站着。后被那马弁连推了几把才走，那脚步，像是在梦游。

祖父离去时已近黄昏。他骑上炭青马来到村口，刚要纵上江道驰骋，却蓦地竖直了身子，侧着耳朵，像是听到了什么声音。才经屠杀的这片土地，那时静如坟场，别说有鸡鸣犬吠，就连归巢的鸟也都噤了声。院子里的那棵老槐树，虽在斜阳晚风里颤抖，但也只敢呢喃轻簌，每片树叶都像被吓破了胆。至此祖母才恍然大悟，在祖父的错觉中，他听到的应该是什么声音了！

——其实那声音并不存在，至少在当时，祖母根本没有听到。

李六子选择吊死在芝长公家的畜棚。时间在长辛和花儿被烧毙后的第三天。这似乎反映出他很不想死，至少做不到视死如归，像办事拖延的人总好流连。现在看来，祖父让他选择时间、地点和具体的死法，实则是一个更为恶毒的主意！他让人在临死前饱受精神折磨，直煎熬到疲惫不堪，意志崩溃。前一天深夜，祖母就听到从李六子家传出一阵接一阵的号啕，到黎明时哭声已经细哑，若断若续。第二天他有两次去江边，看上去像要投河，人们都想这选择不错，结果他又两次返回，不知是忌惮嘉陵江那时正汹涌的血腥和伏江而下的尸体，还是不想让自己的身躯也像他们去喂了鱼鳖。里村的族人能理解他去给爹娘上坟，却愕然于他何以又转过身去，到芝长公坟前烧纸！这也正像他要选择吊死在从前东家的畜棚，而不是在自己家里或者别的什么地方一样，最终留给里村族人的只能是一个谜了。不过可以肯定，那谜多少带点宗教色彩，阴郁而且沉重。整整两天，李六子无论去哪里，肩膀上总停着一只乌鸦，像鸬鹚停在牛背。他也不赶它。见到他行走，人都相信那其实就是一具鬼魂！他们同他说话，就是在与鬼说话。没有谁会感到恐惧，因为像鬼魂的李六子还是那么忠厚，走路的姿势仍像兔蹦。

第三天拂晓，祖母一觉醒来，突然预感到李六子真的快要走了，现正通往芝长公家的畜棚。等到她急急忙忙地赶去，才发觉那里早已经聚集了差不多阖族的男女，似乎他们在这个早晨都有了同一个预感。四周鸦雀无声。围观的人一片冷漠，眼睁睁地看着李六子站到一方凳儿上，往畜棚的木梁上挂好绳索，并悬空身子试了试它所能承受的重量，然后才结下死套，头慢慢伸入。他在踢翻凳子前有过一刹那的犹豫，目光投向门外的族人，似乎指望有谁会出面救他。没有！有的只是畜棚外一片漠然的脸，亦如这时灰白的晨光，仿佛他们都是事不关己的看客。李六子绝望地从胸腔深处发出一声低闷的叹息。他踹倒木凳，身子猛地吊悬，巨大的拉力坠弯了那根梁木，畜棚开始剧烈地摇晃。李六子双腿在空中蹬踢，两手抓挠，似要拼命解开脖颈上的绳扣。结果枉然，绳套越勒越紧，他的脸在眨眼间憋涨成紫色，喉咙里发出嘶音，最后身子猛地向下一坠，绷直了。直到这时，在畜棚外围观的里村族人们，才突然感到了害怕，他们尖叫着、哭喊着、拥挤着，于一片混乱惊恐中纷纷逃散。

嗣后，祖母问过很多人，他们何以会在那天拂晓去畜棚。果然得到证实，被问到的人都如她一般出自相同的预感！祖母不相信神灵，但却难免不暗暗惊诧，她有些信了。总之李六子就这样死了，他自选的死法并不轻松，甚至比那些在沙滩上被斩首的人，比那个被刺刀捅死的孕妇和被大火烧毙的他的儿子长辛与花儿还要凄惨，死相也更加难看！他为何如此服从于祖父要他自由选择死亡的方式，他有没有想过逃走？是担心逃不出那时无处不在的白色恐怖，还是迷陷于某种既有的愚蠢思想，最终也要表达对它的忠诚？这忠诚是否和《里村李氏祖训》，以及他曾经代做过铎人有关？

接下来连续的几天夜里，祖母总梦见同李六子走在去成都的路上。李六子攥紧缰绳，顾自在前面低头牵引，两腿呈外八字，一蹦一蹦的像只兔。她骑在马背上摇晃，路旁是收割后深秋的田野和随处可见的稻草垛，像一个个巨大的纺锤。突然有堆草垛起火了，从火堆里传出花儿和长辛的叫喊，还有绕火光蹿腾跳踉的那些被砍落到沙滩上的人头；那个腹部被刺刀挑开的孕妇，正捂着肚子冲向火堆，嘴里高声叫喊着冷！冷……祖母猝然惊醒，她听见自己的牙齿在格格作响，身子也似掉进了冰窖。

没有谁知道在那些黑暗的夜晚，祖母都经历了怎样的恐惧。而恐惧更多是来自内心，因由祖父。从前，她极端鄙视他的阴柔懦弱，现在却惶然惊悚于他的野蛮残暴。他身上似乎已经彻底丧失了这个家族所有的遗传基因，像一头软弱的羊，突然变成了狼！她曾经那样强烈地渴望他发生改变，意志振作，萎靡尽扫，拥有男人的威武雄壮、勇猛刚强，甚而不必循规蹈矩，大可以离经叛道！她为促成他，采取的方式近乎物理作用下的反推力。除了最初数不尽的揶揄嘲讽、白眼凌辱，还有最极端的，那年在他兵营，她曾逼着他亲手枪杀了那个麻脸士兵。她所做的这一切，无非想铸造他的胆魄，唤醒他沉睡的血性。她无从知晓自那以后，祖父如何就一步步走到了今天？他乖张得阴狠凶残，如同魔鬼！这魔鬼竟由她催生，她觉得对不起梦里那些纠缠不去的冤魂，仿佛是她而不是他将他们残忍地杀害。

她奇怪自己在祖父大开杀戒时会那般平静，似乎她心中也有一个魔鬼，念着紧箍的符咒，不肯放她出面阻拦。当然还有祖父狰狞的面孔，在告诉她阻拦也不会有丝毫效果，他柔弱的心早已经变得铁石坚硬。一个曾在家时连只鸡也不敢杀，走路像鹭鸶探鱼、尽量绕开蚂蚁的胆小鬼，一个聊足树内示外，虽然没考中秀才，但绝对腹有诗书、尔雅温良、恪守祖训、绝无为非作歹，甚至不会滋生半点恶念的里村李氏家族的铎人，从前他手持象征礼仪、宗法、权威和诸如制度、秩序之类的木铎，能用滚珠泻玉般的铎声，将嘉陵江边这片温馨祥和的土地，浏览翻阅得如圣贤经典，一页页打开，次第庄重，而今却不但杀人如麻，还能像职业刽子手那样做到神态自若，处决手段也骇人听闻。原来羊变狼这样简单，并不需要很长的过程。也许人天生就具有狼性，只不过它潜伏时像冬眠的毒蛇。现在祖父心中的这条毒蛇终于爬出洞来，它阴嗖嗖地蹿行，嘴里呼呼地吐着信子，不断地用来示威和搜捕猎物。——这正是祖母夜里常常恐惧的理由。但她又不希望祖父回到过去，像窝囊废一样终守田园，像蟋蟀和蛤蟆伏处墉下，或蛰居草丛。

祖母非常清楚，她已不可能再对祖父形成任何约束！善良的人一旦被妖魔缠住，就等于套牢了另一重枷锁，除非他自己，哪怕有再亲的人苦口婆心地劝说，也万难挽回。她只能眼睁睁地看着祖父任妖魔蛊惑，像一团业经燃烧还必将更加疯狂的邪火，被罪恶的飓风肆意卷刮，随地滥逞淫威、涂炭生灵。

祖母随时都会听到他和方五少爷带队清乡杀人的消息，也常听去里镇的人回来讲，镇上那座戏楼前的檐枋，某天某时又挂出了多少多少颗人头。听得多了，祖母也就麻木了。何况那时在这片有过红军和苏维埃的土地上，几乎无一处不是屠场，几乎每一天都要有大批的人被屠杀！

祖母凭她小妇人的心智，隐约意识到随便杀人不对，像这样杀来杀去更不对。至于这一切是如何弄到你死我活，究竟因为什么，她就想不明白了。不过，祖母很快从二先生的行为里，隐约感觉到了什么。

那是李六子自尽后不久，乱象初定，二先生偕夫人回家，哀恸他爹已死，祖母前去安慰。其间，祖母谈及李六子、花儿和长辛死之惨状，还有发生在沙滩上的集体屠杀，二先生听后默然，而他病容满面的夫人，早已惊吓得快要昏厥。

二先生这次回家还做了一件更重要的事情，他把族人全召集来，向他们公开宣布，已被苏维埃分掉的土地他概不收回，永远归分到者个人所有！至于像李六子和长辛这两户而今家中已没人的，该得的土地充做义产，收入归族中支配。二先生这样说时，站一旁的先生娘子便颔首对众人微笑，还约略弯了弯腰，很似晚清末年的妇人，在面对尊者时道个万福，优雅而又极显教养。祖母忽然心生嫉妒，不是对二先生夫人，而是对她这个得体的动作，还有她和二先生配合的默契，同样对土地和家产所表现出来的那种不屑一顾的态度。但她的嫉妒在瞬间消失，因为祖母已注意到先生娘子抬起的脸上，两颊晕红得十分厉害，接着几声轻咳，一咳身子一颤抖。祖母想起二先生曾对她说过夫人患有肺痨，今日见此症状，恐怕已万难调治了，于是祖母不免对二先生娘子心生怜惜，想，多好的女人，不知下次还能不能见到了。

二先生和夫人这般舍弃祖业，将大宗的田产慷慨赠与，实属罕见。奇怪的是那些族人皆神情冷漠，似乎他们现在如惊弓之鸟，无意贪图美食了。祖母看见天昌家的麻脸女人，脸上密集的麻坑迥异往常激动时肿胀成的一片红豆，此刻它们粒粒阴凉，如江边刚被雨打过的沙滩般平静。这场面令二先生大感意外，即刻却又恍然，直说：

“噢噢，是我忽略了！自古私凭文约官凭印信呢，我这就按苏维埃既分地亩，给你们每个人写下赠与文书。改日再同你们去镇上，换了地契。”

语毕，二先生让夫人取来文房四宝，细细研墨。很快磨得浓酽，二先生将纸张摆放端正，挥毫蘸墨，毫尖在砚池边先做些涤荡，说：

“我这就写了。谁先来？”

竟无人响应。祖母说：“我先来吧！”她的脸涨得通红，极像是挺身而出。

二先生却不忙往纸上写，他抬头望着祖母，许久才道：“兄嫂，有句话我正想问你呢，听说苏维埃分给你土地，你没要，这是怎么回事？”

祖母说：“先生，你啥也别问。那时没要，现在不就要了？”

二先生一声感叹，说：“是了，我明白了。”方低下头去，按祖母所报的地名、亩数及其前后左右边界，正是苏维埃曾分给她而她又不肯接受的那些土地，二先生为她草拟了赠与文书。只是在二先生刚落笔时，祖母特别强调，说：

“二先生，户主的名字就莫写那个啥李天开字肇元了，也不要写啥李葛氏，就仨字儿，葛来凤！”

二先生又一声感叹，头点着，又像在摇晃，随即屏息凝神，笔尖在纸上沙沙地走。

有祖母开头，就有族人跟进，初始迟疑、忸怩，渐渐地就变得激动而踊跃。然而神奇也正在这时发生：除了祖母，二先生再要给谁写下赠与的文字时，案上的纸总要无缘无故地飞起来，在人们的头顶忽忽旋舞，人们伸手抓它，竞相拥挤，绕室追逐。而每一张自动飞翔的纸片，总似有神魂附体，像精灵的蝴蝶抓又抓不住，直闹得人恐惧异常。

这样，二先生每次书写，必得叫两个人用手将纸的四角压住，其中一个是他的夫人。尽管如此，被压住的纸张仍要时时挣脱，仿佛有一双无形的手在同人较量，累得二先生夫人气喘吁吁，羸弱多病的脸更加苍白，咳嗽得竟几欲晕倒。二先生叹息一声，含泪说道，父亲啊父亲，你要早听我当初之言，又何至于有今日？唉，身将化为朽壤，不过尘埃一粒，其执迷尚不知悟，死时诸多惨烈，不也悲乎！且请归去，归去。俄顷，众人似闻有人窃窃自语，隐隐颇多悔意，察其声，颇类芝长公。

而后二先生再书写赠与，那些纸张再也不会莫名其妙地飘飞了。终于完毕，那些拿到文书的族人，少不得要赞颂二先生的恩情，对他道不尽的感激。二先生却大摇其头，说应该感激的不是他，而是早有人在！他问大家这个人是谁，可曾忆及，有无忘怀。见族人尽皆茫然，二先生才正经相告道：

“可不敢忘记呀！这个人就是清初从湖广来的入川一世祖，里村李氏共同的祖先！”

言词铿锵。举众肃然。

二先生接着说：“我们要感激他当初为我们这些子孙后代圈占下那么多土地，垦殖出这片土地！我赠与各位宗亲的，其实也是这位祖宗留给大家的，我今天只不过是把它散归原主。所以你们真正要感激的人是他，而不是我。”他话锋一转，“如果一定要说到感激，那也是我感激大家！不是吗，土地赋税繁重，值今猛于虎也。我这么做实则是迫于无奈，看似将土地白送，没准儿是嫁祸于人！还望列位宗亲体谅，多所担待了！”言罢，他弯腰对众人深鞠一躬，嘴里唏嘘不已。

祖母看出来了，二先生那样说，实质是帮助人而又要让人不觉得他这是在帮助！果然屋里的气氛活跃了很多，那些接受了二先生捐赠土地的族人，也不觉得有多难为情了。天昌女人的麻脸又红豆般盛开，叽喳的声音比谁都响。大家正说着话，忽然就听从芝长公家的畜棚里，传来一阵低低的哭泣声，像一个在分糖果时被大人无端冷落了的孩子，像受到了莫大的委屈。

——祖母对他说，那是李六子在哭，当时在场的每个人都听到了！

第十五章

他历来对二先生充满着浓厚兴趣。除了二先生早期投身保路运动，后宦海沉浮，一心致力民主，更有他在除政治以外的其他领域为当时社会所作出的贡献，都同样巨大，影响深远。至于人们曾争相拥向江边所见最早的那艘机器船，是不是因了二先生去重庆说服的什么公司，才得以在嘉陵江出现，姑且存疑，但他为顺庆的几家缫丝织造厂擘划牵引，从日本引进回当时最先进的技术设备，却是无可争辩的事实！现在，就在他听祖母和七公、宽叔等讲二先生时，那些机器仍在顺庆城区各个角落的车间疲惫地运转，工艺还是旧时流程。不过据可靠消息，它们很快就要被淘汰了。原来这个国家已痛感她浪费太多的光阴，正以异常积极清醒的姿态、温和的形式，全心致力于一场真正够得上史无前例的工业革命。二先生当年购回的那批宝贝即将成为历史的见证。先生倘泉下有知，应该甚感欣慰！

二先生呕心倾注最多的还是教育。在他执掌顺庆中学期间，曾力排众议，免费让许多贫穷人家的子弟上学。有时还亲率教师到农村，教农民和农民的孩子读书识字，也教乡下人如何栽桑养蚕，自是倡导科学，有别传统。闲暇时曾一度钟情戏曲，他编剧的《潇湘吊玉》、《开元寺》、《渔父辞剑》、《李渊劝兵》等本，至今仍在一些地方舞台上演出。尤其后来国难当头，二先生创作了大量的抗战歌词、方言小品、活报剧。有些歌词被谱上曲，经小小陈圣谕到处传唱，小品、活报剧一类，则被二叔他们拿去排练了。当然这些只是民间口头和方志披露的有关二先生的事迹，正如历史的概貌往往只着眼大处，总会遗漏掉许多细微一样，有关二先生的生活细微亦被遗漏了，而细微又往往才最真实、最生动、最知著、最传神。比如他现在就最想知道，二先生那次偕夫人回家，有没有同祖父相与过从，他俩见面时会有怎样的交谈？

毕竟这堂兄弟俩少小同窗，亲如手足，又有多年暌违。祖父驻防里镇，二人咫尺须臾，不可能不交关消息。

他很快从祖母那里得到了肯定的答案。那次二先生同祖父有过两次接触。一次在二先生书写完土地赠与文书的第二天上午，他率族人去里镇办理过户的地契。二先生那天心情很好，一行人跟着他也喜笑颜开地走往里镇。谁知到镇公所却遭遇了刁难，既是民团团总又兼里镇镇长的方五少爷，得知二先生赠与族人的土地，一律按苏维埃当时分给各家的地亩时，当即沉下脸来，问，先生这是何意？二先生回道，本也无意。方五少爷哼哼地说，赠送人也不该这样赠送，居然和共匪苏维埃所分的面积一致。是何居心？二先生说，本无居心。方五少爷说，先生就不怕更大的麻烦？二先生问怎讲。方五少爷提高了声音，我看你这是变相拥护共匪苏维埃，成心让党国难堪，给党国添乱！二先生说，添乱不敢。方五少爷气急败坏，声言他要不是看二先生曾经还有些名头，又是现今里镇驻军李天开李营长的族亲兄弟，早就派人把他抓起来了。二先生迎前笑道，好，好，来抓呀！突然脸色一变，他手指了方五少爷破口大骂：

“如此危言要挟，也不看站在你面前的人是谁！当年闹保路风潮，我尚且不惧，只今何惧尔等！无须你动手，我这就自投罗网，找啥狗屁驻军李营长李天开去！”

言罢出门，径奔兵营方向，怒冲冲地边走边高声叫喊：“天开！李天开！你在哪里？你出来！”他没有像从前叫祖父的字肇元。

祖母和同去办地契过户的一干族人，也跟随先生去了。沿途所经街道，引来诸多观者尾随加入，脚步人声，轰轰隆隆。那时祖父在里镇乡村，人都惧怕七分，敢这样当街直呼其名的，二先生还是第一个！有知认先生的人，直对身边的人说，啊啊看好了，打头的这一位，民国人物哩，抵得十万雄兵。不是吗？闹保路风潮时他率人冲击督署衙门，生生把个大清朝天下冲垮。现在莫说一个李营长，就是有十个李师长、李军长，也休想奈何得了他！虽然夸奖的是二先生，但祖母听了非常受用，感觉十分自豪。

二先生就这样大呼小叫，途经馨儿的绸缎庄时，正巧祖父从里面出来。他衣衫不甚齐整，脸庞却刮得精光。双方一时愣住，神情既意外又尴尬，尤其当祖父看见祖母也夹杂在人群中间时，更觉诧异。

第十五章

“你就是李营长李天开？”二先生装痴作傻。

祖父忙赔笑脸，说：“贤弟开玩笑了。你啥时回来的？这是为何？”

二先生愤然道：“休问为何，我这是送来让你抓起！你关也行，杀也行。你不是杀人无以餍足吗？看我这颗头颅，可否聊充一数！”

祖父见二先生这般震怒，察觉是大有原因，由是好言相邀，抚肩把背，一定要二先生去他军营叙话。二先生用力挣开，说：

“免了！我今已将家中田土，按红军苏维埃分地不改，悉赠族中穷困了。你若不怕我附共通匪，蒙遭株连，那就替我到镇公所找姓方的混蛋，办好一应地契手续，早早送回。我在家等着了，告辞。”

说罢，他将所有赠与文书，往祖父怀中一掷，扬长而去。群众依旧跟随着，脚步的轰隆声比来时更宏大，像嘉陵江猛改了道儿，喧腾到街上了。

据说那天有叫花子在场，之后将这事编来打莲枪，依“红花一朵莲（哎）海棠花”的曲牌，经他们鼻龙口水地一番载歌载舞，祖父和方五少爷，就成了舞台上被人戏弄的两小丑了。这事让祖父十分窝火，不久传言有一个最能唱的叫花子，在馨儿绸缎庄门前被当兵的割了舌头，扔到街上让狗吃掉了。也不知是真是假。有人还出面证明他亲眼得见，拍打胸膛说保证那条狗是十足的野狗，要不就是狼！边说还边模仿吃的声音。不过没多少人愿意相信，因为不管是狼还是野狗，它们都在清朝末年或更早的时候，绝迹于嘉陵江穿越的这片山河了，即使在最原始的江之上游，恐怕也很难寻觅到它们的踪迹。

又据说二先生的义举也确触动了某些豪强，至少在他们尚未停止的清乡中，恶行有所收敛，多有得饶人处且饶人的举动。

祖父办好一应地契，第二天回到了里村。那天冥冥中仿佛有神暗示，族人们都不约而同地想要款待二先生和先生夫人，各家尽可能整治出一盘下酒的腊味，送到芝长公生前用来待客的堂屋——这就成“吃官酒”了。

那天的酒来自天昌爷。酒坛的陶色和坛封，被他麻脸的女人一眼认出，正是上年交租时，她给芝长公亲手酿制的那一坛。有酒助兴，刚开始还稍显拘谨的气氛，逐渐变得随和热烈，战争和屠杀带来的阴影，也就慢慢从族人们的脸上消失。至于曾在苏维埃时因阶级有过龃龉的族人，现在正趁机抓紧修补感情的篱笆，该叫爷的还叫爷，该当小的还当小。一切似又恢复到从前，长幼有别，尊卑有序。笑声、各种交谈声、谑骂声，听上去是那么友好谐和。席间，二先生和族人们商量了一件重大事情。二先生说：

“值今族长位置空缺。这里村李氏家族两百多号人口，总得有个出面管事的人吧？应对外界的且不说了，只说这族中祭祀、义产收支、鳏寡孤独……今天各家主事的都在场，是不是该把这族长人选早早确定了？”

众人都道好。只是具体到谁最有资格继任族长时，意见出现分歧，其说不一。二先生打断众人议论，说他心中已有个人选了，问，天昌如何？人皆目视天昌，原来在家的“天”字辈儿中，他排行老大，那时年龄又最长。事情就这样定了。

祖父却在这时不合时宜地回来了。他将办妥的一应地契交给二先生，也想坐下来吃杯酒，正好和族亲们聊聊。谁知屁股还来不及落座，二先生便冷眼睃他，说，天开，你今日哪来的这份空闲？不待祖父回话，又说，酒不用吃了，且清乡去！祖父十分尴尬，坐不成站又不是，忙赔笑说，贤弟，你、你这又何必？二先生正色道，那好，你一定要吃这酒，先容我请教个学问，答对了，再入座不迟。如何？祖父连忙拱手，说，贤弟太客气了。你书比我读得好，清末时秀才补廪，我年岁比你虚长，连个秀才还考不及第呢！更何况这些年戎马倥偬，啥书也不曾翻看。二先生说，我秀才补廪那是运气。论当年在馆塾学，你悟性可是比我要高。不由得祖父再推辞，二先生便问道：

“还记得死在你怀里的那位先生吧？”

祖父老老实实地回答，说：“记得。有人说我久考不第，正是我因他触了晦气哩。不过那书，他倒是教得不错的。”

二先生说：“先生给我们讲《论语》，向来是提纲挈领，大处着眼。说一部《论语》，不外夫子之道，何等精辟！”

祖父点头，也连称精辟，不料二先生又问他，说：“你也既言精辟，敢问这何为夫子之道？”

族人们都想这应该难不倒祖父，他准能对答如流。谁知祖父不知是因为来不及反应，被问了个事起突然，还是真的答不上来，抑或是不愿，也不好回答，总之他嗫嚅着，竟不能言，又见阖族人等将他注视，不觉得又羞又恼。

“你真要答不上来，或不想回答，”二先生说，“那就听我奉劝你一句，从今往后切忌滥施杀伐，更休要再殃及无辜！”

祖父悻悻而退，回头见马弁在躲躲闪闪地望他，祖父举手一鞭子正好朝他脸上抽去。鞭啸里一声惨叫，像遭毒蛇咬了般凄厉。

这事后来被演绎成二先生和祖父斗学问，输家当然是祖父了。至于问题的答案，二先生当时没有揭晓，等到十多年以后，他才肯告诉父亲。其实也就是一句话，既深奥又简单得不能再简单，稍有点旧学基础的人都懂，还经常挂在嘴上吟诵。

二先生当时未向祖父一语道破，是有意让他费尽琢磨，还是考虑到说了也是白说？事实是祖父不仅依然我行我素，而且还很有些变本加厉。清乡的枪声仍时不时地在里镇的乡村响起，隔三差五，总要有新鲜的人头被悬挂到镇上那座戏楼前的檐枋。祖父的行为，更像是对为难他的二先生恶意的报复！

那时身为党国军人的祖父，早已人性扭曲，像一辆业经发动的战车，除非意外熄火，否则谁也别想让它停下。

祖父驻防里镇，也就短短的几个月。这期间他只在给父亲办婚事时，才安心在家小住几日。祖母正是在这期间不合地怀上了小姑。在这点上祖父比他新婚的儿子强多了，父亲直到翌年离家，母亲肚子里也不见有丝毫动静。如果母亲那时也怀上他了，这婆媳俩的产期就会十分接近，他和小姑既是姑侄，没准还是最好的玩伴。那样小姑就不会孤独，也就不会死了。

小姑死于日本飞机丢下的炸弹。地点在里村下游那弯弓流处的浅滩。这听着怎么都有点像天方夜谭，但事实真就如此！他看过一本相关资料，抗战相持阶段，日寇妄图通过武力恫吓，逼重庆国民政府早作妥协，曾派出大批飞机轰炸战略大后方四川的广大城市乡村，小姑的遇难，应该正是在那样的某一次轰炸行动中。

母亲没有怀孕，是因为父亲心里还装着小小陈圣谕呢，他或许正像个不想种田的庄稼人，压根儿就没往地里播种。祖父驻防里镇的当天，就一个人去馨儿的绸缎庄了。那时街上仍旧很乱，他手下的士兵们在到处抢劫，吓得所有的店铺商家都关了门，那绸缎庄也不例外。祖父拍门不开，急得冲屋里一阵大呼小叫，像火蹿上了房似的。

“馨儿！馨儿！开门开门，快开门！我是李天开李肇元哪！”

门终于被叫开了，但出来的不是馨儿，而是黑铁塔样的水鬼老大！祖父一时愣住。水鬼老大才不在乎他已经当了什么国军军官，反倒拿他开涮，他抱着两膀问：

“哟天开！你来干啥？你啥时穿上这身黄皮了？”

祖父也狠瞪着水鬼老大的眼睛，坦白地说他是来找馨儿。这回答带着挑衅。水鬼老大冷笑着哼哼，说：

“你也配来找馨儿？当年你要有这贼日胆，馨儿也不会是我的人了！”见祖父脸上挂不住，又说，“好好，进屋去吧。闻闻她被窝儿里，有多少我水鬼的味道！”

说完他放肆地大笑，可他笑着笑着突然就哑巴了，他看见祖父已掏出了手枪。幸亏馨儿适时地从屋里冲出，情急中将祖父拿枪的手向上一托，几乎就在同时，枪声响了！死神偏离了水鬼老大，房梁上被打出个冒烟的窟窿。水鬼老大蒙了，不想祖父竟会做出如此的举动，他站着动也不动。直到馨儿催他快跑，他才如梦初醒地望着祖父说，好，天开，算你狠，狗日的出息了！见祖父还要挣脱馨儿，一副拼命三郎的样子，这时有许多士兵正朝着枪响的地方跑来，水鬼老大这才撒腿向江边狂奔，最后，一头扎进了滚滚波涛。士兵们直追到码头，还朝他跳水的地方放了阵排枪。打中的几条鱼翻白上来，却不见水鬼老大的影子。

那之后直到祖父奉命从里镇撤离，水鬼老大再往来这段江面时，即便是船停靠在里镇码头他也不肯上岸，宁可在舱里呆上一宿，馋酒了最多派个船工上岸去买来给他。等到某天他一脸怅然若失地站在馨儿的绸缎庄前。原来祖父在开拔时带走了馨儿，绸缎庄已易了主，改卖了油盐。掌柜的是干巴老头儿，已再不是风流妇人了。

祖父没追赶水鬼老大，手中冒烟的枪口指着馨儿，要她这就跟他到江边去，口气不容置疑。

馨儿乖乖地走在前面，被拿枪的祖父押解。沿途不知情的人见了，还以为红军在里镇时，馨儿与苏维埃暗通款曲，这要被处决。人所共知的是有一次，红军向镇上商家筹款，她出的钱不仅比谁都多，还捐送去两匹绸，说是给伤员裹伤，现在被追究起来，怕是押去要被枪毙。中国人自古最怕杀头，却又大多好看杀头，很多好事之徒，此时顾不得仍盘旋在他们头顶的战争阴云，以及随时可能发生的危险，他们在馨儿和祖父后面紧紧跟随。沿途呼朋引类，相与邀集，到了镇外码头时，人多得已然过江之鲫，逶迤一队。被好奇心驱遣的人们，渐渐地看出有点蹊跷，祖父押解馨儿到了河坝，没有让她停下的意思，而是继续用枪指逼着她穿过大片卵石铺满的滩涂，径直走向一侧深茂的芦苇。当祖父隐身苇丛的刹那，有眼尖的人看见他把手中的枪放回腰间的盒套里，很放松地回头一望，仿佛还笑了笑。接下来，那片芦苇便开始了异乎寻常的摇荡，像被飓风吹着一般。

至此，有人蓦然想起，早些年时，一样的光天化日，一样的这河滩，一样的那芦苇，一样的这一幕。不同的是男人易位，女人还是那个女人！

这事儿当天就传回里村。祖母知道后神色平静，因为这早在她多年前预感之中。她信守着借馨儿银票那天对祖父说过的话，还真就没去找那个骚小白兔儿什么麻烦，更不会再扯了她去跳大河了。反倒在心里赞叹起祖父，这事儿弄得还像个男人！

他现在已很难设想祖母当初的真实感受。不过有时夜里常听她骂“骚小白兔儿”，上扬的尾音，似乎不怎么挂恨，这倒是真的。除了要兑现自己当初不干涉的诺言，还有或许就是她真的已经不在乎祖父了！祖父一定对事情的后果有过种种预测，应对祖母的措施也五花八门，可惜最终啥也没能派上用场，像他在行军打仗前已谋划好了的无数条妙计，结果却没有遭遇敌人。

总之，那以后祖父和馨儿就如同积蓄多年一朝暴发的洪水，恣纵得不可收拾。祖母曾经预感到的干柴烈火，以比她想象不到的势头猛烈地燃烧着。据说馨儿和水鬼老大躲在绸缎庄楼上时，那栋房屋那时只是摇晃，而现在屋檐口时不时地会掉下瓦当，有几次险些砸着行人。祖父除了下去清乡杀人及必要的公干外，把剩下的时间、精力和激情，都悉付给馨儿了，仿佛馨儿才是他真正的生命，以致他的目眶里经常布满血丝网，眼角多泪水汪汪——那通常是刚行完房事，还来不及有片刻瞌睡的男人普遍表现出来的显著特征！与之相应的馨儿，眼睑周围总要弥漫那么多青晕，仿佛非如此不足以充分表达她纵欲过度的痕迹。

这天早晨，祖父刚从绸缎庄出来，一眼便看见祖母在门前站着，心猛地一收紧，却又一下表现得桀骜不驯。他嘴角露出冷笑，抬脸去望天色，神情似乎是在向祖母宣战。

“哟，看看，还神气的你啦！”祖母说，声音里并无恶意，“不过我得提醒你，再好的菜也当不得饭吃，吃多了照伤身体。”

祖父的脸就往下低了低，看祖母，问她：“你来干啥？难道你还敢拉她去跳大河？”

祖母说：“那倒不会。”于是就说她来找祖父，只为想趁他回来，把父亲的婚事办了，“女方姓朱，早都合过八字，还行送了聘礼哩。那时女方年纪太小，现在是他们派人来催……”

祖父松了口气，笑道：“原来是为这事啊，哈哈，我还当你是来找麻烦的哩！”他眼睛斜吊着祖母，“当然喽，婆娘你真要找麻烦，老子就敢扒你的皮！这可不是吓唬你，你都看见了，本丈夫可不再像当年！”他嘴里不知怎的就吐出了那许多脏话，这在离家前还从未有过，他说那些脏话很自然，仿佛那些肮脏的字句早就停在他的舌尖，迫不及待地蹦跳而出；他边说还边拍了拍腰间的手枪，挺了挺已被馨儿弄得有些疲软的身躯，竭力要在祖母面前展现他的骄横气概。

祖母正眼也不瞧他，哼哼道：“不是不敢，是你不配。”

祖父被这句话震惊得跳起来，连眼珠也不会转了。大约他特别不解，从前他不配时，祖母还肯跟他较真，如今他自觉配了，祖母却觉他不配。这前后颠倒，究竟因由何在？眼前这个曾令他十分畏惧的女人，真是越来越难以捉摸了。

祖母懒得和他啰嗦，道：“说正经的吧！这老大的婚事，你答应现在经手办还是不办了？你要不答应，我小妇人一个承当！如果有人问起他爹呢，我就说他爹嘛，做炮灰了，拿给红军炮火打死了……”

祖父忙伸开巴掌去捂祖母的嘴，说：“要办要办。这男大当婚，女大当嫁呢，怎么不办！”

于是那个清晨在馨儿的绸缎庄前，在详细询问了朱家的情况之后，祖父同祖母便商量起该怎样给父亲操办婚事了。那时的祖父，认真得倒也像个父亲，他在准备给儿子婚姻大事上所表现出来的态度，跟任何一个负责任的乡巴佬没有区别。只是他俩谁也不会想到，祖母的诅咒竟一语成谶，第二年冬天，祖父果然殁于红军的炮火，阵亡在川陕交界处一个叫六方嘴的坡脚。开春后灵柩由馨儿亲同扶回。望见那口多有黑漆损毁的棺木，祖母顾不上哭，先狠狠地抽打了自己几个嘴巴，仿佛祖父是因她的话而死。

父亲心里虽然还装着小小陈圣谕，但因惧怕方五少爷，曾经一度连里镇也不敢去了。后来红军攻打里镇，方五少爷仓皇逃跑，把他爹方五老爷和小小陈圣谕丢下了。方五老爷很快被镇压，小小陈圣谕处境艰难。父亲在这时有没有动过去找她的念头，实在不好妄猜。也许想过，但他那时已参加了长辛的自卫队，怕犯纪律；也许根本就没想，也不敢想，担心有朝一日方五少爷打回来，很可能就不再是拿他尿尿，而是生剥他的皮了。何况想也白想，他已和朱姓人家的女儿定亲了。

据说小小陈圣谕曾找到尖下巴老张诉苦，申明她出身穷人，家无田土，世代以讲圣谕为业，为人做妾本非自愿，实因她爹小陈圣谕惧怕方家势力，才被他们花钱买去。小小陈圣谕也要求参加红军，说她看到过有女红军到镇上宣传，她嗓子比谁都好，愿意跟她们去唱曲儿。不知尖下巴老张出于何种考虑，小小陈圣谕最终被拒绝。后来这事被方五少爷知道，赶紧将小小陈圣谕卖给了城里的什么戏班，也有的说是妓院。父亲这就更不可能去想了，他只能老老实实地接受祖母的安排，择日和姓朱的姑娘拜堂成亲。

婚礼很快举行，虽匆促却不失隆重。迎亲那天，祖父派去了很多士兵，这排场镇上多体面的绅士也做不到。婚宴所需一应烟酒食品、瓜子糖果，也是由当兵的肩挑背驮，提前送来的。连大厨也不用乡间的，整一个饮事班。祖父那时手握枪杆，算里镇的最高长官，既司人命，又掌税收钱粮，不知父亲婚宴的花费，有没有来自他这期间的地皮搜刮。吃喜酒时大凡里镇上得了台面的人物、驻军班以上军官、大小商贾、袍哥管事以上的人物，无一不到场祝贺。那在这类场合不请自到的乞丐，那天却一个也没敢来。

母亲出嫁的那天，鸡不鸣就被人叫起。头天傍晚，家里来了很多同族的姐妹，把她围在垓心，用歌唱表达彼此间既往的情谊和她们对母亲新婚后的祝愿。那些歌谣大多来自她们的母亲和外祖母，现在被一群未来的母亲和外祖母唱着，带着远古婚嫁的影子，古老得不能再古老。这就是这片土地上曾千古流传的“坐歌堂”。他小时候见过，可惜结局亦如同“吃官酒”。坐歌堂一般分“起歌头”、“劝嫁”、“骂媒”、“教女”、“扫歌堂”等，多到几十首。

苋菜开花满身红
姐妹围坐屋当中
一杯清茶喝四口
两杯清茶润歌喉

山上下雨山下流
今晚歌堂我开头
新打剪刀新开口
剪朵牡丹对石榴
……

歌堂一旦开了，便如欢乐奔腾的溪流，闸也闸不住。

母亲唱得最多的是骂媒，无非虚应故事，并不真心。“媒婆是个油嘴狗，东家吃了西家走……”骂过了才唱感谢父母，再唱哭嫁，歌声异常地哀婉凄恻，摧人肝胆，如怨如诉。

今夜（呀）堂前（啦）一盏灯（哪）
小女（呀）离别（呀）在天明（哪）
妈（呀）妈（呀），妈妈要我走（哇）
我去（舍）要回来（呀），妈（呀）妈子儿（哪）

一干同族的姐妹，这就跟着母亲，歌哭得眼泪汪汪，声音嘶哑，倒像是她们明天也要出嫁了。

母亲起床时眼睛红肿，听得厨房里刀砧声声，外屋早起的人正忙着张罗。有伴娘过来扶她，打开紧闭的房间，那里已备下一盆热水。母亲洗了澡，任由伴娘往她身上抹杏仁油，直抹得香气扑鼻了，才给她穿上干净的内衣，外套了一件绣花的红绸霞帔，搀扶到堂屋里。那里早有一个经验丰富的老妈子候着，拿面粉涂在母亲的前额，用两根红线拧成的一股，替她拔掉双腮和眉间的汗毛，为她脸上扑些胭脂，用眉笔把她的眉毛画成两弯新月，再给她戴上新娘的凤冠，穿上绣牡丹花的红鞋。据那位送亲的伴娘后来对祖母讲，母亲那天任由她们摆布，神情羞涩，略带些勉强，比较她打扮过的很多新娘，罕有像她这样表现得体的。

母亲娘家穷，外祖父在“闹红”和“清乡”这场乡村动荡中，不知何时竟稀里糊涂地失踪了。这也正是女家急于催促男方及早完婚的原因。何况他们已知道新郎的父亲正带兵驻防里镇，好歹也算有了依靠。那些聊供母亲风光出嫁的衣物，大多由祖父出钱采买，由即将成为新郎的父亲在婚礼的前几天亲自带人送到母亲娘家，使女儿出嫁的这个早晨，不致陷于窘涩。忙完这一切时，父亲率领的迎亲队伍已吹打到了院前，花轿稳稳地停下，院里却惊慌起来，母亲娘家人见有许多扛枪的士兵，尽欲争相走避。好在同时也有人看见了做新郎的父亲，一番询问，方始出来迎接，燃放鞭炮。

来龙大舅公自然在被邀请之列。做土匪的来虎小舅公邀请不到，也不被邀请。原来，据说祖父曾有意收编这股土匪，无奈大头领不干，还对二当家的来虎小舅公处处提防。为表达忠诚，来虎小舅公亲手割掉了祖父派去谈判的一名副官的耳朵。祖父因给父亲筹办婚事，才一时无暇派兵清剿这股土匪。

那天婚礼进行完毕，宾客们饮酒正酣，突然祠堂外的坝子边出现了几个商人模样的长衫客，头戴遮阳帽，将脸很低地压着。做迎宾的来龙大舅公赶上前迎接，为首的将遮阳帽揭下，原来是他弟弟来虎！跟在来虎身后的，不外也是乔装打扮的土匪。来龙大舅公脑子里嗡的一响，当即发出一声惊叫，吸引了婚宴上所有人的目光。那个只剩一只耳朵的副官，率先把手伸向腰间。这边厢更眼疾手快，已经先他拔出枪来，几副嗓门儿同声高喊：

“别动！我们也是来吃喜酒的。谁动就打死谁！”

结果有惊无险。来虎小舅公和他的手下被祖母邀请入座，祖父也笑脸相迎，还手挽着他这位多年不见的小舅倌儿，对众宾客大声宣布，说，既来吃喜酒，就都是客人。任何人不得鲁莽，冲撞了喜气！他向那副官丢了个眼色。副官知趣，就将手枪收回，重把酒杯。

来虎小舅公送给父亲和母亲的结婚礼物，是一个土匪奉上的精致木盒，打开来，里面装满了金银首饰，五光十色，璀璨夺目，把婚宴上的人全都镇住了。只可惜这贵重之物，后来都淹没于嘉陵江突发的那场大水，献于河神了。

那天，祖父不停地让军官们给来虎小舅公一行敬酒，意欲将他们灌醉后捆绑缴械。谁知来虎小舅公和他带来的那几个土匪，酒量大得惊人，十碗八碗来者不拒。那些上前敬酒的军官，也有几个好酒量的，此时一个个都早已经烂醉如泥了，来虎小舅公他们，竟比没喝酒时还要清醒，众人直看得目瞪口呆。随后来虎小舅公一行离去，有人发现他们刚才坐过的地方，地面上浸湿了一片。传言土匪们自有解酒的秘方，在饮酒前将几种晒干的药草垫在鞋底，任喝下多少酒，瞬间都分泌成汗，汗又汇聚成水，而后顺腿流到地上。

不过，来虎小舅公离去时倒真防着意外，他上前搂着做新郎的父亲，也就是他的外甥，一番窃窃私语，向村后那道隆凸的短冈，且笑且走。其余的土匪一致反身向后，几把快枪对准了祖父和他手下欲扑上来的军官。在他们无可奈何的注视下，来虎小舅公一行直到爬到短冈上了，才将父亲放回。父亲掉头时他们还鸣放了几排枪，也不知是欢送还是在向祖父他们示威。每响一枪，父亲都会一个闪跌，吓得人都以为他中弹了。

不知父亲是不是因为受了这场惊吓，从此男根萎缩，还是心里仍没有完全放下小小陈圣谕，夜里祖母和祖父同居一室，耳朵却没忘偷听隔墙新房里那一对新人的动静。整宿寂然。倒是他们在这边憋不住了弄出几回声响，跟狗舔稀饭似的。

祖父奉命从里镇开拔后不久，祖母便感觉到她怀孕了，随着肚子一天比一天凸显，最终生下了小姑。祖母长期监听，却始终不曾听到父亲那边传出耕播的声音，直到第二年春天父亲去了祖父生前所在的队伍，亦不见母亲肚子有丝毫的变化。可惜母亲不敢仿效当年的婆婆，来一番击铎闹祠，当着阖族宗亲向父亲讨个说法。她选择默默地忍受，被迫承受荒芜，心有多苦，只有她自己最知道。这样到了抗战结束，父亲从前线回来，临到解放前夕，母亲才怀上了他。

现在他记忆中的母亲，只有幼时的印象。母亲差不多就是一个像祖母那样的小妇人，比祖母年轻，性格却远不如她开朗，时常面带愁苦，背影忧伤。在父亲举枪自戕后的第三年或者是第四个年头，母亲便丢下他和祖母改嫁他乡，其后很快在那场流行全国的大饥荒中，因肚子鼓胀而绝望地死去。据说那边的丈夫也曾想用民间传说的偏方，弄些蟑螂给她煅成灰兑水服用，但最终放弃，因他相信要救命惟有粮食！

他记得母亲临改嫁离家的头天深夜，自己忽然被她的抽泣声惊醒。见他睁开眼睛，母亲不哭了，眼里泪光漾动，映着窗外亮银的月色，有着冰样的凄寒。母亲就那样无言地望着他，手在他头顶轻轻摩挲，直到他再慢慢睡去。

早晨醒来，他还躺在床上，听见母亲和祖母在前屋说话，声音很小。母亲说：

“妈，实在是没办法了啊！要不，我这辈子就只能永远是土匪司令的老婆……我原想把孩子也带走的，你老不让……”

“我就是不让！咋？我就是要给长山留颗种子！”祖母这嗓门儿顿时提高了。忽又轻轻叹了口气，说，“唉，慧贞，你走吧！再说你那样年轻，妈不留你，也不该留你！只是你嫁到那边，要和那个人好好过日子。”

母亲说：“妈，我会的。孩子这就留给你了，麻烦你替我多照顾。还有，你老人家定要多保重身子，我会时常回来、回来……”

祖母打断母亲说：“你放心走吧！你不要回来了！孩子我会照顾好的，再说还有城里他二叔哩！”

母亲泣不成声了，她大约没料到祖母会说出如此绝情的话。他来到前屋时，正看见母亲扑通跪在地，对着祖母一遍遍地磕头，边哭边说：

“妈，不管怎么说，我生是你们李家的人，死了也是你们李家的鬼！”

祖母把脸扭到一边，看也不看她。母亲站起来，刚要抬腿往外面走，蓦地看见了他！母亲很可能没勇气面对骨肉分离，原想趁他熟睡时悄悄离去，他的突然出现，顿时让她手足无措，既难堪又惊慌。她瘦小的身子开始颤抖，像被风吹动的一片树叶。

不过，母亲最终还是走了，那个男人正在村口等她。他看见她上了江道还不停地回过头来，望里村，望村中这座她生活了很多年的老屋。然后才见她转过身，低了头，很快地迈动脚步。

父亲结婚时，二叔没有回家。事实上自从祖父驻防里镇，他就一直不肯回家。根据苏维埃期间学校那次临时放假，二叔在家时的表现，虽不一定有明显的革命倾向，但至少在他心里已埋下了革命的种子。他对代表反动阶级的祖父，即便暂时没充满仇恨，却已心怀抵触。父亲结婚前祖父派人去通知他，结果去的人却捎回一张学校不予准假的字条。祖父气得暴跳如雷，要不是祖母拦着，他非要亲自进城，拿马鞭狠狠地教训二叔一顿。

“哼，连他哥结婚也不回来，我看他是借故躲着我哩，这个孽种！”祖父破口大骂，然后突然问祖母，“喂，你说，他为啥要躲着我？”

祖母说：“他怕你哩，你在家时就不太喜欢他。”

“呵呵，孽种，这个孽种。”祖父摇头苦笑。

事实上自那次同天宝被乱军裹入行伍，离开家乡，祖父至死也没能再见到二叔。

第十六章

前一天夜里，祖母连续做了两个梦，第一个梦：祖父要离家远行。他从院里那棵老槐树上解下缰绳，跨上雕鞍，刚走出几步，那匹炭青马就莫名其妙地停下，任祖父拿鞭子抽打，也不肯往前走。马的眼睛望向祖母，幽幽的，似乎也在求她阻拦。祖父气得不行，他朝炭青马连头带尾地猛抽了一鞭，疼得它咴咴嘶鸣，两前蹄竖起，落地时不由得撒腿狂奔，跟疯了似的。眨眼间冲出了村外，却已偏离江道，炭青马一撅屁股纵下岸滩，跃进江中，像一朵乌云驰蹿在水面。渐渐地飙飞起来，越升越高，突然化成一道黑色闪电，轰的一声坠落，发出雷霆般的震撼……第二个梦里，长长的迎亲队伍，吹吹打打，簇拥着一乘花轿，沿江道直向里村行来。领前的人像是馨儿，她边走边撒花瓣，纷纷扬扬，很像祖母曾经看过的一出戏《天女散花》。祖母在梦里也能闻到花香，正纳闷族人中是谁家娶媳妇呢，怎么馨儿也来了，还这样从未有过地抛撒鲜花？就见轿帘从内被掀开一角，新娘露出半张脸，原来竟是祖父！第一场梦醒后祖母还来不及回味，第二个梦就紧跟着续上了。再次从梦中醒来，祖母甚觉蹊跷，她把这前后两场梦单个琢磨，然后再合并了仔细斟酌，直到窗户发白也没有想明白，直等到这天下午，才真相大白。

祖母记得那天春寒料峭。嘉陵江边的天际线连日里堆满灰云，亮晃晃的却又不见丝缕阳光，好像雪前的景象。天冷，地里又没啥急着要干的活儿，午饭后祖母在门前专注地纺线，母亲坐在她身旁纳鞋底，针线被抽动得索索响，一架手摇的纺车像蜜蜂嗡嗡地响。父亲在前一天去了城里，说是给二叔送几件换季的衣物，其实祖母心里最明白，他很可能还在寻找小小陈圣谕，这已经不是第一次了。祖母曾力劝母亲管管父亲，还教了她很多招数，比如必要时可以拿起木铎，像她年轻时那样收拾祖父。但每次母亲都只对她笑笑，最多低下头"唉唉"两声，算是回应。对于父亲无故将自己冷落，母亲表现得无怨无艾，逆来顺受，连祖母有时呵责父亲，她也会竭力维护。婆媳间关系融洽，亲热得像母女。但这个下午她俩却很少说话，祖母仍在琢磨那两个梦，并很自然地联想到父亲昨天进城，到现在了人还没回来，不免忧心忡忡。母亲更不时地要张望一眼村前的江道，记不清手指被针扎出血多少回了。这次母亲的手又被针扎了，她刚要掩饰，祖母却转转眼角儿笑着附耳轻声道：

"嗳，慧贞，你放心好了，啥事儿也不会发生哩。我还不了解我们家的男人吗？他比你公爹年轻时还要熊的，就那点儿胆量了！"

祖母很想对母亲讲讲祖父当年和馨儿的事。这时隐隐听到有吹打声，自里镇方向一阵阵响了过来。她心头一紧，寻思昨晚那两个梦，莫非真要应验吗？果然！吹打声近了，憧憧人影最先投射到被灰云冻住了的江面，最后人群出现了，像是抬着什么东西，自村头径直向她们家走来。渐渐近了，祖母发现那是一口由四个杠夫抬着的黑漆棺材！随行护送的是几个佩戴青纱的士兵。吹打尽透哀音，像悲绝的人在长歌短哭，这一刻魂归故里更响得叽哇一片。领前的人还真就是馨儿！她身穿孝衣，一路趋前啜泣，不时丢下一张张引路的纸钱，好像她扶回家的正是她死在外面的最亲的那个人。

原来棺材里躺着战死的祖父！他亡命在川陕交界处一个叫六方嘴的山坡。驮着祖父飙升上天又轰然坠落的炭青马，还有它鞭打不前时幽幽回望祖母的眼神，至此似乎也都找到答案了。那两个梦全是凶兆。

馨儿这是随部队派遣的官兵，一同扶祖父的灵柩回家。路应该是千里迢迢，因为棺材板上的漆色，已不像刚漆上去时那么油光锃亮，已有了饱餐尘土、被风雨侵蚀的痕迹。四角和套绳杠的地方，已多有磨损漆坏，露出原色的木头。还有蓬头垢面的馨儿，已看不出穿了什么颜色的鞋子，人像经过跋山涉水，终于到家后软得站也站不稳了。这般丐妇的模样，很难让人联想到里镇街头曾经是绸缎庄里的那个老板娘。

当棺材停下的刹那，祖母听得一阵乒乓乱响，原来是那些士兵和抬棺木的杠夫们，全都累得趴下了，仿佛每个人都已经耗尽了最后的一点力气。祖母让母亲找来了铁钎撬棒，想要打开棺盖看看祖父的遗容，他们竟都无力爬起来帮助。最后还是婆媳俩一阵叮叮咚咚地敲打，又多亏了族长天昌爷和闻讯赶来的族人们一齐动手，才好不容易将棺盖打开。躺在棺中的祖父被白绸严裹，尸枕和尸身周围的缝隙，塞满了松丫和柏枝，脸用黄裱纸严严地覆盖着。祖母把黄裱纸轻轻揭去，露出了祖父的脸，依然眉宇英豪，俨然一副熟睡的模样。在祖父腰间，小腹上面，有一片白绸经血水浸染，留下了大面积的污斑，像印上去的黑色花团。幸而才到春天，气候还没有完全转暖，尸体不曾腐烂，但这并不意味着空气中没有死尸的气味。此刻它正从裹尸布下一缕缕散发出来，不管在场的人多么厌恶。

“他是给红军打死的！”馨儿向人们述说，“子弹打穿了他的肚皮，肠子流、流了一摊……”说着说着又哭了，边哭边用手捶打棺盖。那样深切眷恋，恨不能以死相随，仿佛她才是经祖父明媒正娶的原配、多年相濡以沫的妻子。

祖母从她的哭诉中得知，馨儿直到那时连妾也没做成，祖父至死也没有给她个名分！

“死鬼！死鬼！你原说等打过了这一仗，呜呜，就收我、收我……”

面对祖母，馨儿更想起了自己的伤心处，一语未毕，竟至昏厥。人们少不得给她掐人中、灌温开水，一阵手忙脚乱，她才慢慢苏醒。谁知刚睁开眼睛，她即刻又扑向那口黑漆棺材，头在上面咚咚乱撞，一副也不想活了的样子。天昌爷的麻脸女人费了好大的劲儿才将她拉开，自己也抹着眼泪。当时在场的每位族人，包括祖母，无不被馨儿的举动所感动。这女人名不正言不顺，最多只算祖父的相好、姘头，她能在祖父阵亡后断然不弃，从迢遥他乡一路亲扶灵柩，餐风宿露，又眼见这般的动情之真，吁哭几绝！

相反，祖母那天却表现得很平静，只是她的脸会厌恶地频繁扭曲，有几次竟当着那么多的人哇哇呕吐，直吐得翻肠倒肚，脸一阵青一阵白。人们都以为她是见不得死人，闻不得尸体的味道，谁都不会去想，她这是因有孕在身，表现出的妊娠反应！这反应如此强烈，似乎她子宫中的小姑，也已经感应到了自己父亲的噩耗，在为自己不幸成为遗腹子所愤怒。

祖父和他的部队离去两天之后，祖母才听说部队离开的消息。她赶到里镇街头，并不去驻军过去的营房，而是径奔馨儿的绸缎庄。那里果然换了掌柜，正是后来水鬼老大看见的干巴老头，绸缎庄改卖了油盐酱醋。不用问，馨儿这是跟随祖父走了。

“骚货！你也跟着他去挨枪子儿啦？”祖母忍不住骂了一句。

往回走的路上，她很快又心气平和了，仿佛这番来只为验证某种预感，应验了，也就无所谓了。直到在祖父的丧事上再见到馨儿，祖母才知道祖父在临开拔的当天上午，特意来到馨儿店中，强迫她将一应货物迅速典当，收拾细软，跟随他一同撤离。馨儿犹豫着，祖父就沉下脸来，把枪撂到桌上，冷笑着对她说：

“真不走吗？哈，你可要想好了，我可不想再把你留给水鬼老大！”

这样，馨儿不得不随同祖父和他的士兵，稀里糊涂地离开了里镇。部队一直向北开去，有时夜里也要行军。祖父给馨儿准备了一乘滑竿，用四个抓来的民夫轮流抬着，虽然免受了脚力之苦，却架不住这腊月天气，阵阵寒风刺骨，人坐在滑竿上直打哆嗦，牙齿磕碰的声音，远胜于士兵们踢踏的脚步声。途中还不时地发生零星的战斗，遭遇的有时是土匪，但更多的是红军。最危险的一次，子弹擦着馨儿耳边飞过，惊得她从滑竿上摔下，跌到地上啃了满嘴泥雪。几天之后，队伍开进一座城池，在那里过完元宵节，不久又随守城的部队赶赴嘉陵江西岸一个叫鸳溪的渡口，协助那里原有的守军担任警戒，严防东岸的红军强行渡江跟一支据说此前已流经数省，眼下正蜂拥进入四川的什么中央红军会合。很快东岸便出现了红军前哨，接着大部队如潮水般涌来，隔江熙熙攘攘，没日没夜地赶修工事，打造渡船。白天能望见那一面起伏的岸线、滩涂、田野、村落和山坡，处处插遍红旗，炊烟弥漫，尘土飞扬，隐约的红星帽，仿佛天上的星星密集地掉下来了，在江那边忙碌跃动。挖掘战壕的镐锹，应着打造船筏的斧凿，听着像是一群催促死亡的无常在不怀好意地咳嗽。红军这一面则严阵以待。不时有双方的士兵偷着闲了，会隔着那条著名的大河破口大骂，骂恼了，就相互举枪射击。总之一切都如常见的大战前夕，分外紧张却又形同儿戏。

馨儿被祖父安置在那座城池。直到某天清晨，祖父和他的马弁突然出现，丧魂落魄地带着她匆匆逃跑，她才知道昨晚红军已打过江来，此时正撵着祖父他们这一路穷追。沿途馨儿看见的都是溃兵，以及被溃兵践踏的庄稼地、火烧后的断壁残垣和火光冲腾中的房屋、被屠戮的老百姓。溃逃像没有遇到阻拦的洪水，她第一次见识了什么叫兵败如山倒。馨儿随祖父他们的部队，糊里糊涂地都不知经过了哪些地方。终于在这天上午得到情报，紧追不舍的红军已改道去攻打什么剑门关了，溃逃才放慢下来。至此，这支溃军的最高统帅，才赶紧调整部署，转而又去紧咬红军。溃退变为追击，倒像是他们打了胜仗。

他查阅到的史料也佐证了馨儿的这段陈述。红四方面军这次强渡嘉陵江，共动用了三个军的兵力，分左、中、右三路，借夜色掩护，一时长篙短桨船只竹排，几乎同时突破了四川军阀重兵把守的剑阁、苍溪、阆中一线江防，乘胜席卷了嘉陵江以西的广大地区，攻占县城九座。原来他们的目的只在牵制川军大部，策应中央红军北上。当丧师失地的四川军阀们一个个垂头丧气，正惶惶不可终日时，红四方面军却赶去和中央红军会合，趁机实现了战略转移。这是红军长征史上的重要篇章。长征中有很多著名的战役，都发生在四川境内，以至四川的荒江老河、深沟峡谷、江河上的桥梁、码头、渡船和沉寂千年的草地雪山，也因之名声大振，并被赋予了英雄气概、民族精魂，随着长征的结束而名垂千古，蜚声中外。至于何以要长征，有一条后来人所共知，在当时也最能发起号召的理由——北上抗日！事实是继"九一八"事变以后，那时已吞下了东三省的日本帝国，胃口更加膨胀，不仅正觊觎华北，甚而还意欲将整个中国灭亡。时局危难，蒋介石又奉行"攘外必先安内"的宗旨，中央红军这是冲破国民党第五次重兵围剿，率先提出结束内战，做北上抗日先锋。在当年红军经过的路上，至今还能看到很多石刻标语："团结对外，共御外侮！""中国人不打中国人！""再打内战，中国必亡！""不做军阀走狗！不当亡国奴！""川军弟兄们！欢迎你们参加红军，跟我们一起去打日寇！"……

祖父在尾追红军的路上，也一定看到了这些标语，那时它们刚被新鲜刻画上去，特别能吸人眼球，全不似今日这般经风雨剥蚀，苍黑着历史的痕迹。可恨祖父他们的追击一刻也没有停止，红军不得不边撤退边抵挡追兵。每遇到有红军阻击，祖父他们必会像一群疯狗猛扑过去撕咬。断后的红军总是精锐，每每又与之殊死相拼，战斗因而也就更悲壮惨烈。六方嘴即为一例。在这场名不见经传的血战中，祖父所在的那个团担任主攻，冲锋多次也没能攻上山头。团长阵亡，牺牲的营连排班长更是不计其数。紧急中，旅部一面向师部报告，请求增援，一面火线任命当营长的祖父就任团长，再次组织进攻。旅长正是当初的徐团长，算老长官了。当旅部的传令兵赶到六方嘴，在堑壕里找到祖父向他传达旅部任命时，祖父站起身来，以他军人的标准立正，

“啪”地一个敬礼。偏巧在这时，从红军阵地上传出一声枪响，就见祖父像猛闪了腰，用行军礼的手赶紧捂住小腹。他呻吟着，要把手里的什么东西拼命塞回去，但白花花的肠子最终还是从指缝间翻出，热烘烘地淌了一地……

祖父就这样死了，极富戏剧性。之前多次向上仰攻红军，他都亲自上阵，有次打红眼了，还夺过一挺轻机枪，冲在前哒哒地扫射。他身边的士兵纷纷毙命，有的被红军从山上扔下的手榴弹炸得血肉横飞，但祖父每次总能奇迹般地毫发无损。现在他不是倒在冲锋的战场上，而是死于命运安排的火线提升。原来生命还可以这般荒诞幽默，在刹那间让一个人灰飞烟灭，悲喜易位！

馨儿告诉祖母，祖父之死，其实先前已有征兆。原来祖父每次出征，行前总忌讳和她同房，说当兵的大凡临阵前与女人交通阴阳，上火线必吃枪子。好像要证明自己不是开玩笑，祖父还列举了很多例子，天晓得他是怎么知道的。然而在去六方嘴之前的头天夜里，祖父却要自破规矩，不管不顾地一次次和馨儿做爱，生离死别，似乎过了今宵，就再不会有明朝了。那时馨儿就感觉到十分异常，尤其祖父一遍遍射向她体内的热流，怎么都觉得像是滚烫的血浆，而她也确实从祖父身上，嗅出了那么一点死神的味道。

“早晓得真会这样，我就不该、不该……”馨儿对祖母讲完，又忍不住自责，“唉唉，是我害了肇元，害了天开呀！唉唉唉……”

她叫祖父天开，比祖母还亲切。祖母也不计较，更不会因此生发醋意，她猜测祖父之所以要破了他向来遵守的禁忌，很可能在那时就有了某种不祥的预感，自知天命难逃莫不如及时行乐。馨儿让他在战死前得到快活满足，她不在他身边，就不该也没有理由去指责馨儿，何况这个男人还是自己的丈夫，又何况他已经死了。现在最要紧的是棺材里的尸体不能再久放，该考虑如何给祖父及早发丧了。

父亲回来是在祖父灵柩到家的第二天傍晚。出乎意料，同他结伴的还有二叔。在祖母看来，二叔一定是从什么渠道得着了噩耗，然而真实的经过却令她啼笑皆非。原来二叔那天正要起床早操，学校的守门人就领着个扫大街的老妪，找到他寝室来了。老妪告诉二叔，她打扫时在城内那条人所共知的花街，发现了一个躺在马路上的青年，看样子是躺了整整一宿，人都快冻僵了。经老妪再三盘问，方知那青年有个在顺庆中学读书的弟弟，便打听清楚姓甚名谁，赶过来给他报信。二叔同老妪急急赶去，果然见父亲还在那当街躺着，面凝灰霜，浑身发抖。二叔要扶他去看医生，在离中学不远的地方，就有一对洋人夫妇开办的诊所，治病很灵。父亲却坚决要回家去，他挣扎着迈步前行，身形歪扭，俨然梦游。二叔不放心，来不及回校请假，就这样搀扶着他一路回来了，谁知恰赶上家里正在给祖父料理丧事。那时，祖母正为父亲到这日黄昏了仍不落屋而着急，已经安排了母亲和几个族人准备连夜进城寻找，顺便告知二叔祖父去世的消息。母亲和那几个族人正在院子里准备赶夜路照明用的火把，猛然看见父亲和二叔在村口出现，惊喜得火把也不扎了，慌忙搓拍着手赶过去迎接。

这个思想大约已经倾向革命的中学生，面对祖父的棺材，脸色比停放的棺材还要冷漠，看不出他为祖父在驻防里镇期间，自己总躲着不同他见面有多愧疚。做儿子的如此不孝，大多数族人看在眼里都要忍不住满腔愤怒。相比之下，父亲的表现却让他们深感满意，他一到家便像掉了魂似的，那副梦游的神情，让人怀疑他是因悲伤过度而灵魂出窍，正在去阴间的路上追赶祖父。虽然父亲自始至终不曾有一声号哭，但那显然正是极度悲恸的表现！于是，族人们都夸他是弱子仁慈，难得的孝子，纷纷劝他节哀顺变。同时也就更加鄙薄二叔，各自在心里诅咒他自小乖悖，长大忤逆，把他看做是同族的又一个水鬼老大！只是水鬼老大少不读书，该当粗人，可二叔这书都读到哪儿去了？

父亲的举止让母亲惊慌不已，尽管她深知眼前这个名义上的丈夫并不爱她，而是一厢情愿地暗恋着一个据称会说唱的女人，叫啥小小陈圣谕的，此番又是因为她才借口去城里给二叔送衣服，她却仍为父亲的健康深深地忧虑。连精明的祖母也闹不明白，父亲这样失魂落魄，究竟真的是因为祖父死了，还是昨晚他在城里有了啥不同寻常的遭遇？这哥俩咋就凑巧走在一起，父亲虚脱得还要二叔搀扶？她背地里多次盘问过二叔，可他除了看见父亲躺在当街，别的就什么也不知道。二叔不像撒谎。那么最真实的原因，父亲不说，就永远只能是一个谜了。

祖父的尸体很快被掩埋。他属于凶死，又不满寿，按族中一体定规，祖茔不得安葬，祠堂的神龛上也不能供设灵牌。虽然他生前任国军中校团长，地位特殊，但族中有族中的规矩，那几个扶送他灵柩的士兵也不好再坚持。

棺材中的祖父仿佛失望至极，在天昌爷召集族人最终决定的刹那，他的尸身开始迅速腐烂，姜黄的尸水瞬间像山泉从棺材底板汩汩流出，在地上蜿蜒成溪流。院子里顿时恶臭熏天，成群的苍蝇聚成黑云，连乌鸦也不肯在那棵老槐树上停歇，被熏得四散逃离。

二叔在祖父下葬后的当天就返回了城里的学校。虽然世风不古，那时也已少有孝子再居丧三年，但他太早离去仍不免又遭族人诟责，连向来袒护他的祖母，也觉得二叔至少应该过完“头七”再走。据传“头七”死者要上望乡台回首乡关，家中事体，一目了然。祖父驻防里镇时就没能见到二叔，登望乡台了也不得见，没准儿会伤心欲绝，在阴间再死一回。父亲则在见到祖父灵柩后就粒米不进，才刚落葬，便自卷草席，去他坟前铺守，颇类古人“寝苫枕块”，族人们愈加感佩。及至多年以后，他们还会拿父亲当日的孝行训诫子孙。

可惜父亲的寝苫枕块还不到天明，祖母就匆匆赶来了。她上前提溜起父亲，把铺地上的草席发狠地扔掉，说：“好，你那样孝顺你爹，你咋不跟他一起走呢？你钻他坟里去啊！”边叫骂边像轰赶一只山羊一般，把父亲撵回家了。

那时家里已点上油灯，捻子都拨得很大。那几个扶送祖父灵柩回来的士兵早已经起床，刚吃过面。桌上还放着一碗，是祖母给父亲特意留下的。父亲不吃，祖母说，身体是你爹给的吧？你要真孝顺他，你就吃了。父亲犹豫一阵，也就吃了。只是吃时难以下咽，眼泪不时地砸到碗里。好不容易吃完，祖母才让母亲拿出来一个大包袱，她把它交给父亲，指着那几个士兵说：

“几位老总马上要动身回部队了。我已经同他们讲好，你跟他们一同上路吧，到你爹原来的队伍上去！”

祖母没说到队伍上去做什么，父亲也不问，他接过了包袱，跟在那几位老总后面，默默地往门外走。到了这时，母亲终于忍不住喊了他一声。父亲转过头来，看见母亲泪眼婆娑，他没有丝毫的留恋，面无表情地又转过头去。这让母亲更加伤心，婚后父亲给了她作为一个女人的那么多委屈，这一刻她终于忍无可忍，化作了嚎啕大哭。

祖母始终也不曾告诉父亲，自己为什么非要送他到祖父生前的部队。不过据他猜测，祖母或许是有心要锻炼父亲的刚强，不想再见到他因祖父的死，消沉到这般萎靡。而父亲竟也不反对，这很可能跟他此前躺倒在城里花街的那一宿有关！祖父的死又让他再度受挫，他也不想再在这家中呆了。

过完“三七”，馨儿就要走了。祖母很有些依依不舍，拉着她的手，说：“馨儿妹，你要不走，就干脆留下来吧，留在这个家！我们家只要谁还有一口汤喝，就少不了有你一碗饭吃！”

馨儿苦笑着摇了摇头，说：“姐，那哪成呢！我是这家的什么人呢？多谢你这片心意了。”

馨儿离开了这个家，离开了里镇。没有谁知道她的去向，很多人猜测她极有可能去寻找那个传言中抛弃了她的江浙商人，也有人分析她从哪里来还应该回到哪里去。总之她的去也正如她当初的来，都是谜。

绸缎庄改卖油盐杂货的那个干巴老头儿，某天看见有个黑黢黢大个汉，站在店门前往里张望，人像掉了魂似的。——他正是水鬼老大！此后他也再不曾在里镇出现。问过很多过往船夫，回说改了水路，不走上川江和嘉陵江了，而是下汉口了。

祖母猜这事很可能跟馨儿离开里镇有关，她感叹水鬼老大虽风流成性，一江上下多少女人，却惟独对馨儿割舍不下，真是奇怪！不由得替馨儿惋惜，想她要知道水鬼老大对她如此情深意长，该有多好！

渐渐地，水鬼老大已被人遗忘，直到几年后的某天，有一位抗战英烈的灵柩从下游运回到里镇码头，他才又被人蓦然想起。

第十七章

公元一九三七年。农历七月末。嘉陵江两岸已遍野金黄，稻香弥漫。太阳异乎寻常的炽烈，在稻田上方轰轰燃烧，似乎不这样它们就不能熟透，像笼屉里已蒸到关键时刻的包子，非得要再烧最后几把猛柴才能蒸熟。江边的滩涂、山峦和村庄也无处不像着了火，空气里到处传出火舌舔卷时发出的嘶音。一条江竟不愿流动，仿佛也被热得懒洋洋的了，船行得有些黏滞，缓慢，纤夫焦急的吼喊，也越来越嘶哑无力。江边自多溽湿，连日里又绝少云缕丝风，气候已闷到极致，穹隆酷似蒸笼。

这天下午，母亲无意中看见有一群吱吱惊叫着的老鼠，首尾相衔纷纷爬上院子里的那棵老槐。等到她叫来祖母，婆媳俩看到了更骇人的一幕：老槐树下不知哪来了那么多的蛇，形形色色，大大小小，只眨眼工夫，竟一条接一条嗖嗖地攀蹿上树了！原以为它们是去追捕那些老鼠，然而蛇鼠们都上得树去，却又奇妙地相安无事，仿佛要共同躲避某种即将降临的灾难，就谁也顾不上谁了。

婆媳俩正惊得目瞪口呆，突然就见天昏地黄，一团火球在嘉陵江东岸炸响，顷刻间急雨箭射。风也刮起来了，而且是多日无风之后酿成的罕见飓风，呼啸声狂躁尖厉，仿佛它已将那条著名的大河提溜到天上，当鞭子拎着使劲挥舞。雨也就更加暴戾如注，感觉像是嘉陵江从天倾倒，没个停歇。这样还不到傍晚，世界已浑然莫辨，只有天地间轰轰的喧吼，震荡在无边的漆黑之中。

飓风掀掉了祖母家一大片房顶，暴雨径流，积水很快淹没了婆媳俩的脚背。屋里又点不住灯，什么也看不见。祖母凭感觉，腿边已有家具在开始漂浮，门外有一股巨大的力量在推挤墙壁。她突然意识到了危险，拼命叫喊母亲，可喊出的声音却连她自己也没有听到，都被风雨声无情地吞噬了。祖母想到了逃命，可她肚里的小姑，似乎也感到了危险来临，偏要在这时起劲地蹬踢抓挠，痛得她迈不开步。情急中幸而有一只手及时抓住了祖母的胳膊，搀着她来到屋外，向村后那短冈上转移。途中祖母跌了几跤，每一次爬起，都能见到有憧憧人影，正惊慌失措地从婆媳俩身旁跑过，无声的慌张，如被猛兽追撵……

也不知何时天才放晴朗。现在太阳升起，阳光最先照临到那重短冈，驱散开淡蓝的晨雾。祖母这才发现，冈子上到处都是避难的里村族人，他们或坐或卧，老人依偎在儿女胸前，女人怀抱孩子，人人面带愁容，浑身湿透。他们自幼就熟悉的嘉陵江已从眼前彻底消失，代之而起的是恣意汪洋，村里只剩了一片露出的房顶。突然，祖母听到很多人哭了，为家中失去的亲人，为辛勤攒下的家产和即将收获的稻田，也为眼前的饥寒交迫及日后的生计而忧虑。

这场大水后来载入《顺庆志》，被描绘成百年不遇的洪涝。洪水退后，瘟疫流行，更兼衣食无着，里村的族人们也像周边遭灾后的农民一样，无一例外地选择了逃荒。

现在祖母向他回忆起逃荒的艰难，还常常止不住感叹，像是不堪回首。祖母和母亲最初就顺着短冈之上大山半腰那条据说能通到陕西的官道，一直向北走。婆媳俩虽不晓地理，但都听说过“天倾西北，地陷东南”，既然北面高，就不怕遭遇洪涝了。一开始她们拣大路走。大道两旁，多有富户，这样乞讨也相对容易。但她们很快发现，大道上逃荒的人络绎不绝，便马上改走小路了。对母亲这倒没有什么，苦的是祖母，她已经临盆在即，身子简直成了繁重的负担，她的双腿已出现分娩前惯常的发亮虚肿。为此，祖母常常不得不双手撑在背后，借以减轻胸前压力，保持姿态平衡。前行的脚步十分缓慢，遇到道路崎岖，祖母就几近在挪动了。好在有母亲悉心扶助，一路上也还平安。乞讨时总是祖母出面，人见她一个孕妇，不拘多少也要打发。当然祖母也更要护着母亲，顾虑她年轻秀美，怕遇着个坏男人心生歹意。夜里婆媳俩大多露宿荒山野庙，或人家屋外檐枋。碰上有好心的施主，也会把婆媳俩请进屋内，安顿歇息，热汤热饭地款待着。内中就有个行将就木的老妪，也不顾忌有生人来家生孩子，大不吉利，高矮要留祖母在她家分娩，实在挽留不住，便送了祖母很多煮熟的鸡蛋，还有一床暖身的褥子。这床褥子替婆媳俩遮挡了许多风寒，尤其在祖母生下小姑后，夜间又不得已要委身野外时帮助她们度过了许多寒冷的夜晚。在祖母印象中，那是她今生盖过的最暖和的一床棉被！虽然旧重如铁，补疤重补疤里又多虱子臭虫，且散发着浓烈的汗酸味，但却如新被一样暖和。

沿途所经乡村，都不曾遭受洪涝。秋天的苞谷、高粱、黄豆、绿豆又大多可供收获，稻子也亟待开镰，因此食物并不难讨到。母亲总是把最好吃的让给祖母。如果祖母反过来再让着她，她必定非常生气。偶尔运气极好，也会讨到一合半升粮食，等到凑少成多，途中恰又逢着乡镇，就把它卖掉换成钱。这时祖母会把钱交给母亲，她慎重地叮嘱儿媳，说：

“都收好啰。等到九月，我们就回家去，用它买些麦种、豆种。天不绝人嘛！嘿，只要把小春种上，这日子就又该重打锣鼓另开张了！”

祖母很乐观，好像她不是带母亲乞讨，而是去走亲戚。“我们这是吃百家饭，”祖母对母亲笑笑，又说，“其实皇帝也吃的百家饭呢，我们这都快成皇后娘娘了。”

母亲受到她感染，阴郁的脸忽生光妍，再不像刚出来逃荒时的那样忧愁。只是近两天她发现，祖母隆凸的肚子，已下坠到胯间，像衣服里兜不住的圆滚滚的东西，随时都会掉出来。这天经过一道山弯，祖母走着走着就脸淌虚汗，腰弓着，走不动了。她却不让母亲搀扶，破例要母亲去前面讨些食物。母亲刚转身离去，祖母就感觉羊水破了，慌忙中找了块洼地，借周围茅草遮掩。剧烈的腹痛早已经开始，像肠子被人用乱棍搅着，刀在里面往外捅。祖母仰躺在草坪上，力气使劲儿向上提，每一次积聚到最大了，再运到腹部，帮拼命要向外挣出的胎儿一起发力。很快她就大汗淋漓，呻吟喘息，内衣湿透。痛到实在无法忍受，就用嘴咬紧身边的茅草，指尖深深地插进身下的泥土……

祖母就这样生下了小姑。整个过程荒秽野蛮。等到母亲好不容易乞讨食物回来时，她已用牙齿咬断脐带，撕破身上的衣服将小姑包裹好了。草坪也已收拾干净，连胎盘都被掩埋好，如果不细看，丝毫察觉不到刚刚有过生孩子的痕迹。

——现在她们接着上路逃荒，三张嘴了。

父亲那时也在路上。后来他和祖母对此有过不止一次的相互印证：祖母生小姑的当天，父亲所在的部队正奉命开拔，奔向指定的地点。那一天父亲能特别记住，是因为行前已有消息，此次集中的部队经过整训，很快将要被征调出川，参加已大规模展开的全国抗战了。

那个早晨，祖母把父亲交给那几个要返回队伍的士兵，他们带着他去向徐旅长复命。徐旅长望望父亲，说，哈，种你爹哩，硬像一个模具铸的！然后在父亲肩上重重一拍，道声嘿！格老子从军多年，还从没见有谁像你这号阵亡军官的子弟，被当娘的又送回到他老子生前的队伍。好，这才叫人子！你爹李天开李团长死得值了！然后向父亲问起祖母，说：

“我当营长时，你娘孤身一人大老远寻你父亲来到军营，嗨，了不得的女人哩！硬逼着我让你父亲亲手枪毙了那个麻脸。噢，她现在可好？”

徐旅长把父亲留在身边，给自己当勤务，也就是整天侍候他吃喝拉撒、烟酒茶汤，早起再倒倒马桶什么的。虽属下人差事，但毕竟在旅长身边，要比上火线安全。

那时这支部队仍在尾追红军，时不时发生战斗。最后把红军追到四川盆地同青藏高原的连接地段，双方在一个叫什么松潘以北的包座河畔恶战一场，结果红军大获全胜。都以为他们将从此向北远遁，四川的大小军阀们刚松一口气，不想这路红军又突然掉头，再过草地，翻越夹金山，沿天全、芦山一线进击，旬日间已攻占川康边广大地区。不久兵锋所向，又已将雅州通往川西平原的百丈关打破，气势凶猛，成都危急。四川军阀急调整部署，重兵布防，借飞机大炮掩护，组织强势反扑。鏖战七天七夜才总算将红军打退，逼迫他们不得不第三次过雪山草地，去吃草根树皮了。

正如历史教科书所讲，这支红军由张国焘领导，他拒不服从中共中央北上的命令，私自率军南下，妄图攻占成都，另立根据地。有次他出差去雅安，途经百丈关时忽然心血来潮，就下了车，打听到当地有一位知情的老人，连忙找到他做向导去寻访那片战场。看见了几处残存壁垒、数段堑壕、一个据说当年战斗最激烈的村庄和至今仍留在庄户人家墙院上的弹洞，密密麻麻，像挂着的一面筛。最醒目的要数关前石壁上那条竖刻的标语：“打到成都吃大米！”米字极具煽动，足足有一人多高。革命的神圣被贬低到为吃一口大米，那张国泰真有点像个庸碌的只知饥饿的农民。

父亲的本质懦弱秉承祖父，这在百丈关一战中表现得非常明显。原来战斗最惨烈时，徐旅长派往前沿阵地的几个传令兵都先后阵亡，最后只好派上做勤务的父亲。父亲刚闻令即吓得面无人色，行动磨磨蹭蹭。徐旅长见状脸一沉，说，格老子！愣着干啥？快去呀！父亲似去不去，嘴里还嘟嘟囔囔，谁也听不清他在说啥。徐旅长一下恼了，他刷地掏出手枪，黑洞洞的枪口对准父亲，说，哼，龟儿子敢违抗军令，老子这就崩了你！父亲倒退着走，直到离开掩体了才转身向外奔跑，惊恐中竟不知低腰隐蔽，立马招来红军的机枪狂扫，子弹嗖嗖嗖从头顶擦过。父亲吓趴下了，半天没敢起来。徐旅长赶过去见他还活着，一时又气又笑，边踢他边举枪乱射，子弹都打到父亲周围，扬尘飞土。父亲赶紧爬起来再跑，但没跑出多远，就听随着“啪勾”一声枪响，他像只被打中了身子猛向前蹿出的野兔，跳起来似要飞翔，结果屁股高翘着，头朝下跌倒了。

父亲倒下时听徐旅长骂，说，龟儿子李长山，这下死！父亲很悲伤，感觉中也就死了。他看见自己脑袋被打了个大窟窿，里面流出些白白红红的东西，腥得他自己都恶心死了。很快便意识到他正行走在去阴间的路上，在什么地方见到祖父了。祖父的肚子用白绸裹着，中间开着盛大的黑色花团。父子俩相见黄泉，忍不住抱头痛哭。父亲正哭到几近哀绝，猛听到一嗓断喝，说，哭啥？龟儿子装死，拉去刺刀挑了！父亲急睁开眼睛，发现周围站着徐旅长和很多人，脸都夸张变形，凶恶得还真像一群阎王小鬼。也不知怎的，父亲见到徐旅长就像突然见到了亲人，愈哭得不可收拾，说，唉唉，旅长旅长，我哭我爹呢，我刚才见到他了。徐旅长冷峻的脸像猝遭鞭打般颤抖着，目光开始四下搜寻，仿佛他过去的老部下李天开真就躲藏在什么地方，只要他一声喊，就会马上跑过来，啪地向他立正。这时有两个士兵真要拉父亲去用刺刀挑了，徐旅长这才又改变主意，将其放回。

多年后父亲告诉祖母，那场战斗结束，枪毙了很多士兵，罪名都因贪生怕死或临阵脱逃。他是在别人打扫战场时才被发现原来是吓昏死过去的，之所以最终没被处决，还真多亏了他会哭祖父！似乎冥冥中祖父已为他作了安排，要不然自己不会梦见，也就不会哭了。祖母却坚信是徐旅长心生恻隐，他不想把阵亡将士的遗孤送往阴间。不过，那之后徐旅长不再留父亲干勤务了，正像当年他不再让祖父当师爷一样，他派父亲下连队，正经拿枪杆子上战场了。

徐旅长对父亲说：“老子这次便宜了你个龟儿！去，上火线戴罪立功！”又说：“你爹当初也胆小到连只耗子都不如呢，结果咋样？打过几场战火，到头来不也他妈算条汉子了！”

父亲就这样下了连队。他所在的连担任尖兵，在这天傍晚逼近到红军防守的一片小树林前，因中间隔地开阔，才没有马上发起进攻。双方僵持着，谁都没有轻举妄动，偶尔有盲目的几下对射，像彼此在打探虚实。父亲整宿不敢合眼，他担心红军趁黑夜偷袭，自己糊里糊涂地送了命。他在黑暗中睁大眼睛，警惕得连头顶的星星也不敢看，更无意欣赏流泻在开阔地上的月光，谛听四周草丛中此起彼伏的虫鸣了。他始终盯紧对面的树林，有几次甚至已看见红军从树林里闪出，通过开阔地往这边移动。父亲止不住一阵接一阵地颤抖，头像野鸡样拱进藏身的灌木，却又久久听不到任何声响，结果每次都只不过是虚惊一场。

这样好不容易熬到天将破晓，不想黎明前的阵地却更加死寂，静到能听见露珠在附近草叶上滚动的声音，很远的天空下有只什么鸟正从巢里醒来，在惺忪的雾岚中振动翅膀；再很远的一个什么村庄传来婴儿啼哭，才只几声，大约就被母亲用手捂住了。这里的黎明却始终静得出奇，让人感觉到莫名的恐慌。父亲看身旁的士兵，一个个全都进入了临战状态，枪口和睁大的眼睛，一刻也不离开那片小树林和连接它的开阔地带，仿佛那树林背后掩藏着的不是大队红军，而是一群狮虎熊罴，随时都可能咆哮着猛扑出来。父亲也下意识地伸出枪口，紧张得差点儿就扣动了扳机。有一刻，他听见自己的头颅被打得叮当乱响，声音像来自里镇场头的铁匠铺；忽而又觉颈腔上一凉，脖颈空洞处鲜血溅射。父亲快吓哭了，幸而紧挨着他的那个络腮胡老兵，及时将他狠狠瞪住。父亲这才意识到战斗其实并未打响，他还活着，不知怎的他竟冲那老兵傻乎乎地笑了。

现在天光渐亮，小树林周遭树梢上已抹上一圈靛青的曙色，东向的林间缝隙，正有乳白色的霞光平流泛漾，渐渐变得玫红，闪烁在树的中低部，衬托得整座林盘顶冠更加苍幽墨绿。这时应该还有鸟在歌唱，但对面的小树林却仍旧沉寂得像一潭死水。父亲越来越焦躁，神经已快要崩溃了。死亡比等待死亡尤其可怕，战前的寂静往往昭示着更大的血腥。小树林杀机四伏。开阔地在从容地编织着巨大的火网，正在预约人们到里面血肉横飞。父亲已应了那样的预约，同时还听到死神对他咕咕冷笑，嘴脸像他小时候见到过的某个巫婆。还是那个络腮胡老兵，他最先听到父亲喘息急促，继而又见他脸色灰白，眼睛像条死鱼。老兵正不知该如何稳住父亲，却想不到他会在这时陡地腾身跃起，像只憋疯了的狗，嘴里胡乱地叫喊着，直冲向开阔地，猛扑向那片树林。士兵们错愕莫置，无数的身影纷纷从战壕中跃出，紧跟在父亲身后，排山倒海般压了过去。但父亲想象中的火网并没有张开，他成了最先投出去的那颗石子，刚一进树林便瘫倒在地。紧跟着冲进去的士兵们全都傻了眼，林子里除了挨挨挤挤的树木，根本就见不到一个红军！

父亲后来告诉祖母和母亲，他那是被吓的。然而在所有不知情的士兵眼里，他的率先冲出，无疑堪称勇敢！事后连长向上级报呈嘉奖，徐旅长亲自为父亲佩戴了一枚勋章。

现在，父亲随军急行，沿途所见道路，总有川军的其他部队在源源不断地调动，尘土遮绝，轰轰隆隆。看这架势，像是要马上出川抗战了！至于中日事态，父亲在军营中已闻言不少。先是东北沦陷，后有卢沟桥战事爆发，目前中日两军又正激战淞沪。中国政府既抱定抗日决心，举国同仇，川军各部也纷纷请缨……

这一路父亲异常烦躁，并非因为担心真的要出川抗战，而是莫名的心绪不宁。他会边走边张望路旁的草丛，目光疑虑，似乎在仔细分辨里面的声音。时而他听到的像女人在辗转呻吟，过一阵又像婴儿在啼哭，是那种刚出生的婴儿，带着愤怒的惊恐与嘹亮，仿佛不情愿就这样从子宫分离。父亲只当自己听觉错乱，哪知这声音其实真的存在，它来自遥迢之外的另一片山间草丛，那恍惚中的声声婴啼，竟是他听到的惟一一次小姑的声音！父亲那天感应于某种神秘，他根本不会想到不久前的某天深夜，他梦见嘉陵江月光浩大，震荡泠泠，实际家乡那时正被洪水淹没，祖母和婚后一直被他冷落的妻子，已外出逃荒；斯时听觉也没错，祖母恰委身荒野，生下了小姑。

越往前深入山区，才得知这片土地在苏维埃时闹得特别厉害，红军、苏维埃游击队与四川军阀部队、民团，曾数度激烈拼杀，血染山河。土匪也窜伏骚扰，猖獗巨甚。途中经过的几处战场，犹能望见死马的骨架、士兵的骷髅、折损的刀枪。如今虽战火早已消停，但祖母不知道正所谓大军过去，荆棘生焉，这里已是人烟稀少，村廓萧条，尤其干旱异常严重。初时尚可见地里有几粒收成，渐后遍野枯焦，再渐后就田土龟裂，阳光酷烈，触目皆黄烟赤地。村庄无不极度饥饿。有时整天下来，什么吃的也不会讨到。兜里虽装着几个铜钱，但根本买不到食物，祖母非常懊悔，当初不该将讨到的粮食变成钱，还计划着赶在九月，回家买些麦种豆种呢。很多村庄都饿死了人，路上常遇到出殡的队伍，披麻戴孝，扬幡哀号，抬棺的多为老弱，少有青壮。倒毙的饿殍尸体已开始或正在高度腐烂。又有行人正走着，忽然蹲下，就再也没有起来。立时不知从哪儿冲出三五条野狗，扑上去争着吃肉。如果那人凑巧还没咽气，最多只能哼哼几声，其状惨不忍睹。那些狗一只只都吃得头脸花红，见到人也不躲避，最多示威性地龇龇利牙。

再往前生路渺茫，甚而绝断。祖母和母亲急寻原路返回，奇怪的是那所有来时曾经过的地方，竟亦成了赤地焦土！仿佛大自然在眨眼间恶意变出的魔方，她们前脚刚离去，即将来时收获的景象片片坍塌。死神既在前张臂等候，又从后面紧追，不给她们任何回头求生的希望。祖母怀疑走错了路了，可看到来时曾寄宿过的寺庙、村舍，包括送她们一床旧絮的老妪人家，除了不见老妪，尽皆历历在目。途经她分娩时的那块洼地，祖母特地去看了看，还扒出了她埋藏的胎盘，竟神奇地如前鲜活，全无腐坏！一切都那样真实，祖母恍惚若梦，亦如当年她去军营探视祖父般不可思议。

往回走的路上，祖母和母亲只能靠野菜、葛藤和偶尔能采摘到的一点山果充饥。说来你或许不相信，小姑最终没被饿死，还多亏了那只胎盘！祖母扒出它，之所以不再掩埋，全在她猛地想起胎盘能充食物，传说还是补品中的上品！祖母这就求到一户人家，将胎盘焙干了舂成齑粉，每遇小姑饥啼，自己又挤不出点滴奶水时，便拈少许调和了喂她。可怜的小姑，降临人世脱却胞衣，却仍还靠自带的胎盘提供营养，照吃得津津有味。那婆媳俩都不忍看，或扭头，或紧咬嘴唇，止不住泪水涟涟。有时也喂小姑些山果汁，当然要祖母先嚼碎，再凭嘴送进那张小嘴。小姑的嘴也真像雏燕般张开，在饿极时迎对老燕。往回走的路特别漫长，印象中来时的半日行程，现在差不多要走两天！她们常常饿得迈不开步，甚而视线模糊、听觉错乱。

第十七章

几天后终于走出了绝境，有乍见到她们的人都会尖叫着跑开，疑是大白天活见鬼了。婆媳俩经过商量，决定还是改走大道，最好能去城市，到底城市比乡村富庶，有钱而又出手阔绰的人多。如是又走了些日子，途中还搭乘过几次好心人的牛车，终于来到了一座城市。

祖母说不出那城的名字，总之不像她早年为寻找二先生去过的成都，当然就更不会是顺庆了，顺庆她没少去。祖母对成都的印象，大坝汪洋，边缘有山。那次她随白马登高望下，坝子大得都翻过来竖在了天外，又像天大了扣在头顶，连白马都惊得不敢嘶鸣。

祖母记不住那城，却忘不了在那城如何谋生。她们先是在城隍庙墙外乞丐多聚集的地方，求他们挪挤出一小块空地，也学他们用竹竿和篷布搭出个像庄稼人守夜的窝棚，聊供栖身，遮风挡雨。最初讨到粮食变现的那点钱，原计划九月回家买种子的，现在都用来买竹竿和篷布了，不足的部分，还找相邻的一个老乞丐借了几文。城隍庙墙外的乞丐大多来自农村，原因除了天灾人祸，再就是家无恒产，又再有乡村懒汉和幻想到城里来闯天下，而最终却落到穷极潦困的倒霉鬼。更有因嘉陵江这场大水，也像祖母她们逃荒出来的灾民。庞大的乞丐队伍早出晚归，在两头迷蒙的灯影下，纷乱得像蝗虫一样。

祖母看见她们已变成了蝗虫。小姑长着蝗虫的脸，腋下又生出短绡的翅膀，幼嫩得还不会飞。她得由祖母或母亲放置襁褓，携带着去那城的餐馆酒楼、巨室大户、店铺商家、瓦舍勾栏，乞食残汤剩饭，讨来个一文半文。乞丐们各寻路径，只有当打听到谁家有人庆寿、谁家给孩子做满月、谁家有了红白喜事时才彼此相邀，情景跟里镇相似。如果再有哪位大善人要积阴功，或是某个有钱人为赚取声名，在自家门楼前搭起粥棚，那来的就不止乞丐，还有远近闻讯赶到的饥民，像是铺天盖地的蝗虫在拥挤争噬着一小块地里的庄稼。人翻腾得像粥棚里煮沸的稀粥，嘈杂的声浪与汗酸味与米饭香搅腾在一起。那样的人潮漩涡，常常把祖母和母亲推到边缘，大多时候只能无奈地退出，听背后一片慌慌忙忙的吞食声，咕噜吧唧地争食。好在两个弱女人带着婴儿，乞讨要相对容易，凑合着每日三餐。在这里她们不用挑战生存极限，也没有感受到过分的羞辱与难堪，祖母很少讲到这段经历，纵使偶尔提起，她最多只会这样重复，说，哎呀，那城里有个啥洋人的修道院，清一色黑衣修女呢！她们闹啥慈善，要替我收养你小姑，将来也做修女，我就告诉她们，说，你小姑是女人，将来要过正常女人的生活。还有好心人劝我把你小姑卖了，我就对他们说，你先回家把自己的儿女卖了吧。啊呸——！哎呀，你母亲也很不令人放心。我怕她走失了，又担心她遭遇坏人，到时你父亲回来，没法交代。每次上街，我都先要把我婆媳俩的衣襟角儿连着拴带，再弄些灰土，涂抹到她脸上去。你母亲那时怎么也算是个大姑娘，虽穿得破烂，面黄肌瘦，但眉目脸盘总还清秀吧。我敢保证你父亲绝对不曾动她一根指头，但终究会动，这就像一宗宝贝，更要替他看管好了。

当然祖母这一招儿，绝非能逃脱所有人的眼力。某天，婆媳俩从一家妓院门前经过，倚门而望的老鸨在母亲灰蒙蒙的脸上一端详，突然开出一份不错的价钱，劝卖与她经营的春楼，结果遭祖母劈头盖脸地一顿臭骂。

那天逢城隍庙会。自从在城隍庙墙外搭棚，祖母很快就知道了这里何以会成为乞丐们的聚居地了。原来，此地的城隍庙除了固定祭日，每月的初一、十五还用作市场，余时的初三、六、九在火神庙，逢二、五、八在药王庙……俗称庙会。庙会要赶。斯时商贾辐辏，百货充盈；晨集暮散，摩肩接踵。城隍庙的庙会更较他处犹盛。这就难怪会有那么多的乞丐搭棚在此，把城隍庙视作风水宝地近水楼台。

在祖母记忆中，那天的庙会与往常没什么不同。除了各路艺人来表演形形色色的说唱、杂耍，千工百巧，各尽其妙，更有兜售各类零食的小贩，在场所中钻进钻出，起劲儿吆喝。最多的当数卖百货、糖果糕点和本土特产的商家了。还有一类小摊，专卖女人梳妆用品，内中不乏一种一吹四扬的香粉，散到空中，像阳光照耀着纷飞瑞雪，只是雪输其香，这香粉飘到哪儿，哪里就芬芳弥漫，一扫因庙会酿成的浑浊空气。

母亲还像往常，每遇到这类香粉摊，腿便迟延，眼神迷恋。幸而被祖母衣襟牵带，才不允她太多流连。但那日祖母稍不留神，母亲就走失了！祖母并不焦急，慢慢转身寻找，果见了母亲滞留在刚过去的香粉摊前，好奇地望那小贩，将装香粉的盒儿打开，蘸一点在食指尖，噘着嘴去吹，并不怎样用力，就见香粉飘起，四面飞扬。这时祖母突然看见，母亲的眼睛会兴奋发亮，手情不自禁地伸进了衣兜。这动作祖母并不担心，因为乞讨来的些许散碎，都揣在她身上了。果然母亲掏了个空，又不想就这样离开，她犹豫着直到祖母过去将她拉走。

现在，祖母盼望天气转凉，她留心起行人的穿戴，掐算节气，也观察街边草木荣枯，如果有一叶凋零，就会禁不住喃喃自语。终于盼到这一天有雁阵从城外飞来，掠过城隍庙上空，好像还特别飞低了嘎嘎鸣叫，似乎在提醒这里的人们注意了。那个相邻的、曾借钱给祖母买油布搭窝棚的老乞丐，他仰首望着，突然显得既兴奋又心事重重。翌晨祖母她们醒来发现，老乞丐无了踪影，只在他搭窝棚的地方，留下一小块空地。

“老伯走了，”祖母对母亲说，“我们也该回家种小春啦！”

婆媳俩决定结束乞讨生涯，马上回到嘉陵江边去，回到里村去，用她们弱女人的肩膀扛生活，用勤劳的双手重建家园！

离去的那天恰巧又逢城隍庙会。不过，祖母这次带母亲去不为乞讨，而是专为她买了一盒香粉。见母亲困惑惊惶，祖母就打开香粉盒儿，学小贩用指尖蘸着一点，都吹到她头上了。果然也见了像瑞雪在阳光下纷扬，好看好香。母亲也往祖母头上吹香粉。婆媳俩俨然一对疯玩的母女——自从出门逃荒，她们还从没有像这样开心过。但很快两人就都瞠目结舌，原来祖母发现飞落到母亲发髻上的，其实是麦穗细白的花蕊，而母亲同时也看见了祖母头顶淡黄的谷花！

——两个女人，在同一时间，各自拥有了不同的季节。

第十八章

有过短期整训，父亲他们踏上征程，果然是出川抗日。刚出发时天气还晴朗，几天后就变得灰暗阴沉，风也一天比一天寒冷。有经验的士兵说，要下雨了。雨说来就来。士兵们赶紧拉过斗笠戴在头上，露出斗笠下的大刀。雨点打到斗笠的油纸面，毕剥地响，瞬间就罩住了人哗哗奔流。开始像泥浆，原来是数万大军踢荡出的滚滚尘土被风卷到天上，现在正和着雨从空中落下。不过雨点很快变得明亮，天地间都绚烂着水的光芒，再也看不清别的事物了。而后雨虽渐小，却又如牛毛细密，冰冷、刺骨，缠绵不尽。饱受秋雨浸淫的田野、村庄、树林，全都黝黑喑哑，阴寒沉郁。虽是沿川陕公路北上，但路况极差，再经长期秋雨浸泡，车践人踏，越到后面的士兵，走的路越烂，稍不留心就陷入前面兵们踩出的泥淖，或是炮车和运载辎重的车辆轧出的深潭，成了泥糊人。川军多穿草鞋，最裹浆夹泥，耐不得水泡，这样走起来不仅加重了腿上负担，常常走不远鞋就遭毁坏，多数士兵只好光脚行军，每天赶七八十里，直到宿营了才舍得将草鞋拿出来重新穿上。这场秋雨罕见地绵延了月余，覆盖辽阔，以致大军所过，无处不苦雨悲风，天地凄寒！途中没少见冒雨觅食的乌鸦，在征者的头顶沉闷哀号，像死神的阴影，始终挥之不去。

大军逶迤向北。及至走出四川，秋已深老，冬天降临。北地萧条，这时已望不见一丝绿意。自踏上征途就一直下个不停的雨，到这里就变成了雨夹雪，风更冷，路更滑。父亲他们出发时仅身着单衣，万难抵挡北方的严寒，即便行军路上士兵们也不得不缩着脖子，哆嗦得像路旁被风雪抽打的树上残留的几片枯叶，仿佛生命随时都会终结。亟待的衣物后勤暂时还无法供应。冻寒深去，行军继续，士兵们都受不了了。

父亲从没吃过这样的苦。据他后来告诉祖母，那一路他曾经哭过多次。

幸而有斗笠遮住额头，雨水掺杂着的泪水，才没被人看见。尽管气候恶劣，条件艰苦，这支奉命出川抗日的部队，却自始至终士气高昂，跟以往任何一次军阀内战都截然不同。经过前阶段的整训，官兵们听讲时事，都痛感倭寇入侵，国难当头，如再打内战，泱泱华夏必遭亡国灭种。从来祖宗埋骨之地，风成化习之所，忠孝仁义之邦，生长于斯的儿孙们，自当保家卫国，驱逐倭奴！父亲的心无时不被悲壮、苍凉、哀怆、决绝所笼罩。集训时他也像那些士兵，比往常加倍吃苦。听说日本兵枪法准，父亲他们就苦练射击，边练还边歌唱：

枪在手，想到那东洋鬼。
举起枪，瞄准那东洋鬼。
鬼子全身上、中、下，哪儿是瞄准点？
瞄准那上和中，嘿！快射击。

听说日本人会拼刺刀，父亲他们嫌练刺刀不够，还苦练大刀，教官是从一个什么寺庙聘请来的胖大和尚，功夫了得。也唱歌：

今朝练大刀，
明日逞英豪。
对准那东洋鬼，
咔嚓，咔嚓，劈！

即便最懦弱的男人置身其中，也要血脉贲张，顿生豪壮。父亲那时就禁不住热血沸腾，感觉胸中沉睡了多年的什么东西，被一根火柴点着了，开始在燃烧。尤其出师那天，部队集中到驻地校场，当地民众、绅商社团、党政机关、工厂学校都纷纷组织人前来送行，军民约十万之众。场面壮阔，声势浩大。据说仅壮行酒就用去三百多坛，燃放的爆竹屑事后拉了几十大马车。率师出征的长官还与将士们歃血盟誓，谓此次奉命出川抗日，誓竭股肱之力，恪尽军人职守，继以忠勇坚贞，果敢顽强。惟求暴骨沙场，决不贪生怕死。倭寇不灭，誓不还乡！十万军民深受震撼，一时歌哭呐喊，声震云霄，天都快塌了。父亲也像所有摩拳擦掌的士兵，恨不能立刻投身战场。那天四川军政界首脑也大多来了，个个致辞，慷慨激昂。他们中有不少是从前的防区司令，在四川这块地盘你争我夺，祸害天府，乱川多年，现在竟同仇敌忾，人们不由得不相信他们是要真心泯灭恩仇，于兹共赴国难了。

他掌握的正史野史足以证实此事。斯时“七七”事变发生，国民政府宣布对日作战，川军各部即摒弃前嫌，争先致电中央，请缨杀敌。八月，在有国共两党共同参加的南京国防会议上，国民政府军事委员会决定川军为二路预备军，辖两个纵队，共六个军、三个独立师旅，于九月分道出川，北上东下。父亲他们属北路先遣，之后更不断要有川军后续。国难当头，四川的军阀们已识得民族大义。实际那时之中国，自有“西安事变”，经共产党竭力促成，已不分政党，不分阶级，不论何种武装，只要不当汉奸，都已结成全民族的抗日统一战线了。国共两党这对打了十年内战的冤家，自北伐战争有过第一次合作，如今再度携手，共同对外。共产党领导的工农红军欣然接受国民政府改编，这就是后来尽人皆知、战功卓著的八路军。其先遣部队已东渡黄河，率先奔赴山西战场，很快就将有“平型关大捷”，鼓舞国人，震惊世界。此后八路军还深入敌后，配合国民党正面战场，再之后便是八年抗战的全面胜利。

他在课堂上每每讲这段历史，嗣后总要百感交集。这倒不是因为他对国共两党在抗战结束后最终未能实现第三次合作有多少遗憾，而是他深感于这华夏古老民族，在面对国难时所表现出的万众一心，众志成城！作为历史教员，他略知世界上有些也曾同样创造过灿烂文明的国家，鲜有不出现两次以上的文明断裂，还有的会彻底终结，比如古印度、古埃及。惟独中国这条东方巨龙，其文化影响源远流长，经五千年而仍自踔厉风发！其间虽历经磨难，尤其进入十九世纪，更是被西方列强凌辱不堪。然每有国难，这个崇尚温良宽容，向来不主动攻击，看似涣散、阴柔、拘谨、懦弱的民族必能奋起，突然爆发出的团结、勇气、信心、坚忍、顽强和牺牲精神，往往令人始料不及！它像一个韧厚的皮囊，不管外部怎样用力，也撕不裂、扎不穿、刺不破。他常百思莫解，也曾一度试图深入内部去探寻原因，比如国家机器、文化结构、民族心理、民族性格等，但苦于涵养欠缺，工程又太过系统庞大，终止于力不从心。只在有时，他会莫名其妙地联想到木铎……

现在他应该继续追述父亲，那次如何行进在出川抗日的路上。

这天，父亲他们在一个小村外宿营。没有帐篷，没有火烤，依然是单衣草履、赤脚，天气依然是雨夹雪，朔风吹，入夜来得更紧。士兵们怕冻着，只好在原地不停地跺脚，一圈圈奔跑，或是用讲笑话来分散注意力。那些笑话都极其粗俗。的确有很多士兵暂时忘记了风寒，获得了精神上的快慰。但白天行军太累，何况还是连续月余辗转千里，困倦袭来，士兵们很快入睡，怀抱冰冷的长枪，背靠背相互暖和。在北国他乡陌生的荒原雪夜，瞬息间只响着一个声音，那就是兵们的鼾声，一铺浪一铺浪的，仿佛全世界的鼾声都汇集到了这儿，盖过呼啸的风雪，响成潮水。鼾声是四川的，响时带着很浓重的巴山夜雨，还有他们这一路行来的千重足音。父亲朦胧睡意里，竟感觉那是嘉陵江的涛声在从他梦中经过。不过，这时节嘉陵江还不到落雪，即便在有雪的深夜，它发出的声音也只该是飘柔的、寒滑的，像阳光在春天的薄冰上试探着走，不似这般寒意袭人，冰凉彻骨。不知何时，父亲被冻醒了，他睁开眼睛，看见很多士兵也已经醒来，开始在原地又一轮地跺脚、奔跑，只是嘴里多了不停的叫骂。

“格老子！还是我们四川好，冷也冷不到哪里去。这北方的鬼天气，万恶！冻得尿尿都要结冰棍哪！”

“结冰棍好哇！你找个娘儿们，拿进去不就化了？”

“这冰天雪地，上哪儿去找娘儿们啊？即便找到了，那小鸟已给冻得不肯出窝，要掏也掏不出来啦！”

哄——营地上的兵们全都放声大笑。马上就有人说：

“哼，还笑呢，这才入冬。等着吧，有你们哭的时候！”

“是啊是啊，照这样下去，恐怕还不等见到日本兵一根汗毛儿，弟兄们早被冻死得差不多啦。”

这话煽动了士兵们的不满情绪，他们把积压在心底很久的怨气都统统发泄出来了。

“长官们咋搞的吗？我说的是那些大官。明知要出川抗战，北方天冷，又不提前准备防寒，把弟兄们开出来冻起。”

“格老子！我们就不是人吗？光脚板走路，见天哆嗦得像打摆子，枪都抱不稳了，还咋个去打日本人？”

于是有人在喊军需官。接着更多的士兵也开始齐声叫喊：

“军需官！军需官！”

连队军需官闻声过来，他同样衣衫单薄，看上去也才被冻醒。面对士兵们愤怒的质问，军需官目光躲闪，一个劲儿解释，说他下午问过上级主管了，很快就有棉衣了。

“弟兄们再克服克服吧，”军需官点头哈腰，“下一站，下一站……”

他的话还没说完，士兵们就情绪激动地吵嚷开了：

“日哄鬼哟！你说过多少回下一站了？”

“下一站要还领不到棉衣呢，怎么说？”

军需官忙拍胸口保证，说：“这回是真的了，到下一站了要还领不到棉衣，兄弟们只管拿我是问。”

可马上又有士兵叫嚷，说：“就算你这回当真，可弟兄们已等不到下一站了。再不想想办法，只今晚就要把人冻死。千里赶来难道就为的冻死吗？倒是打小日本战死了才好呢，这冻死了算啥？家人不知，猪狗不如！”

父亲听着，不禁悲从中来，低声抽泣。那一刻他想起了远在千里之外的家乡，想起了祖母，想到了二叔，也想到了小小陈圣谕，还想到了婚后就一直被他冷落的妻子，觉得真有点对不住她。这时，他突然就听到耳边有铎声响起，声声悲切。细听，原来是很多士兵在哭，是他把哭传染给了他们！顷刻间哭声像四处弥漫的风雪，给寒夜更添凄凉。一直未曾露面的连长，这时不知从哪里跳了出来，他气得忍无可忍地大声叫喊：

“格老子！家里死爹还是死了娘啦？嚎丧！这他妈还有完没完啊？看看，像大男人吗？一个个哭得像受了委屈的娘儿们，羞死先人了！”

没谁在意连长的训斥，快要冻疯了的士兵们，现在除了对自己，什么都不在乎。半夜里有几个士兵摸黑潜入营地旁的小村，扛回来一大堆木柴、门板和房料，噼噼啪啪地燃起几堆篝火。火光带来温暖，也降临了灾难。原来小村的百姓们当夜就把事情状告到团部，团部又反映到了旅部。黎明前部队集合起来的时候，徐旅长突然到来，他身后跟着团长和几个百姓。昨夜私闯民宅的那几个士兵，经同来的百姓指认，被徐旅长喝令出列。大概没觉得事情有多么严重，他们出列时全都大模大样，有个小眼睛的年轻士兵还转过头去冲大家做个鬼脸，别人没被逗笑，他自己倒先笑了，怪难为情的。父亲永远记住了那笑，小眼睛士兵在这世界的最后一次笑！

那时徐旅长重申军纪，出川前整训时新颁布的，严厉到近乎苛刻的军纪。按照新的纪律，闯宅扰民者该当枪决。那几个士兵忙喊冤屈，声言他们也不想扰民，那么做实在是迫于无奈，人都快冻死了。旅长，饶了我们吧！旅长，你看你看——他们有的抬腿，有的伸臂，有的拍打脸颊，他们的身上多有冻疮，很多疮口已黑红溃烂，触目惊心。告状的那几个百姓，见状心早软了，纷纷求徐旅长饶了那几个士兵，说他们实在是不知道大兵们都冻成了这样，要不早该主动慰劳慰劳，何况还听说是要开赴前线打日本人，咱当老百姓的也合当有钱出钱，有力出力。徐旅长却不为所动，声言扰民不该有任何理由，这就下令行刑。父亲在这刹那看见，列队集合的战士们，突然全都抬腿、伸臂、拍脸，嘴里叫喊着同一个声音：

“旅长，饶了他们吧！”

“旅长！你看你看，我们这儿，还有这儿，也冻坏了！”

“嗬嗬旅长啊，我们弟兄都冻坏了！”

哭声盈野，哽咽风雪。

那几个告状的百姓一见事情闹大了，吓得赶紧给徐旅长跪下，直要他刀下留人。徐旅长扶起他们，一边掏出枪来，朝天连鸣几响，把场面镇住。

“你们是政府抗日军人吗？”徐旅长大喊，“是政府抗日军人，就必须无条件服从军纪！就决不允许扰民害民！都听清楚了，现在不比在四川打内战，我们是代表中国政府打日本，保家卫国，保卫老百姓。今后胆敢有再犯军规军纪的，这几个弟兄便是你们的下场！”

那几个士兵最终没能保住性命。他们被枪决后，徐旅长向那几个百姓打听，村里有没有现成的棺材。“如果没有，就赶紧打几副，拜托把这几个弟兄掩埋了。”他叫来连队军需官，把准备打棺材的钱当即支付给那几个百姓。那几个百姓再三不肯，却被徐旅长逼迫着收下了，直到他们离去，仍都哭得像是自己死了儿子。现在，徐旅长把队伍分成左右两列，开始互问互答——那也是出川抗战前整训时的一项主要内容，自从踏上征途就不曾演练。

> 你当兵前是什么人？
>
> 我们当兵前是百姓，是农民。

第十八章

你父母兄弟姐妹是什么人？

我们父母兄弟姐妹是百姓，是农民。

你是抗日军人，如何对待老百姓，对待农民？

我们就如对待亲生父母！

就如对待亲兄弟、亲姐妹！

不扰民，不害民！

你将来不当兵时是什么人？

我们还是老百姓，是农民。

然后举枪振臂，齐声高呼：

我们都是好国民。

我们都是好军人。

我们要驱除日寇！

我们要保卫国家！保卫人民！保卫人民——！

天崩地裂，气吞山河。将士们都喊出了一头汗水。父亲阴柔腼腆，声音素少雄壮，但在那一刻，他至少觉得身上不多么冷了。

队伍又继续开拔。从昨夜燃烧过的篝火堆中，黑色的灰烬里还不断有青烟冒出，在弥漫风雪的营地上空，在留下那几个士兵血迹的刑场，丝缕徘徊，忍顾不去……

八年后的某一天，父亲将这事讲给祖母和母亲。祖母至今还清楚地记得，那天父亲心情沉重，连说是他害死了那几个弟兄。父亲这样推理：假如不是他先冻得哭了，就不会有那么多士兵跟着他哭；那么多士兵不跟着他哭，也就不会有后来发生的事情。

接下来的行军途中，父亲神思恍惚，仿佛梦游。有时，他会看见那几个士兵也在队列中行走，也散了裹腿，挽起裤子，足在泥淖里扯拔得咕咕响。有时还会听到他们在说笑，用从地上抓起的稀泥团成泥丸，向天空抛打在他们出川途中就一直追逐在头顶的乌鸦，他们冲这群黑色的不祥之物高声咒骂。

有一次，小眼睛年轻人头戴的斗笠忽然被风吹去，他追了很远才捡回来，但笠顶的油纸已被风揭掉了，人还摔了几个跟头，跟泥糊似的。小眼睛士兵索性扔了斗笠，任由它吹向天空，那斗笠却倏忽不见了，似乎也变成了一只乌鸦，加入到乌鸦们的队列中。那以后小眼睛的头和脸便时时露在外面，随冷雨浇着，样子更加狼狈。为此他总要难为情地笑笑，跟徐旅长那天喝令他出列时的笑毫无差别。

两天后队伍到了一个叫宝鸡的地方，果然领取到了御寒装备，部队也稍事休整。发放棉衣时，连队军需官逐个唱名，点到那几个士兵，无人回应。军需官愣了愣，许久他才想起那几个弟兄已经死了，被徐旅长枪毙了！现场的欢呼雀跃霎时陷入了沉默。父亲至此才相信他们是真的死了，千里受冻却穿不上新棉衣！但夜里父亲却又分明地感觉到他们就在自己身边，不停地喊冷，不停地坐起来，借着从宿营地外面什么地方投射过来的朦胧灯影，弯腰抠冻得红肿的脚趾，直叫痒痒得难受。小眼睛的年轻士兵还伸手去揭盖在父亲身上的被子，像快要饿死的人伸手去抓面包。父亲猝然惊觉，发现被子虽仍旧盖在他身上，但搭在被子上的那件刚发的新棉袄却不翼而飞！同时丢失棉袄的还有同连的其他兄弟，原来他们刚才也亲眼见到那几个士兵了！事情十分蹊跷，连队军需官只好请示上级，为父亲他们另行补发了棉衣。

部队在宝鸡乘坐火车，据传最初计划开赴淞沪前线，可那时淞沪不幸已经沦陷，苏常二州又相继失守。日寇正调动多个精锐师团，对中国军队采取战略包围，借海空军掩护，沿什么金山卫海岸登陆，以快速部队趋长兴，主力直指安徽芜湖，威胁南京侧背。南京是国民政府首都，形势万分危急。于是，父亲他们这一旅队伍被紧急调往安徽广德、浙江泗安一线集中待命，意在阻敌锋芒，拱卫京畿。

父亲第一次乘坐火车，历经数千里的对战争的忧虑和恐惧，很快被新奇取代了。列车昼夜兼程。白天他注目车窗外，观察途经的秦关汉水、莽莽中原、山川河谷、城镇乡村和所能见到的一应衣冠人物，感叹这中国的版图真大，真壮美！这中国的百姓看上去又都那么一团和气，那样淳朴敦厚。夜里他听车轮铿锵和偶尔的汽笛长鸣，感受火车正如何以强大的力量，冲破黑暗的重重壁垒，在广袤的原野电掣风驰。那时他会突然想到故乡的嘉陵江在有洪水的季节，也是这般一泻千里，奔腾咆哮，无坚不摧，势不可挡。他知道

第十八章

在平时，嘉陵江是温顺的、安详的、柔软的，一派静水深流，铺展在阳光和白色的云朵下，像一行忠实的被人赶着走的绵羊，粼粼浪线波纹，正是羊群有规律的脊背和天上的光在一同起伏跳跃。被风鼓拍出的江声，带着点儿古韵悠长，像他们家四代铎人重复敲响的木铎，更像传说中什么行吟江畔的诗人，在用艰涩的古音朗诵诗歌。父亲承祖父教诲，有些旧学功底，好歹要算个有文化的士兵，那颗心比其他兵们要多些感动，多些温软，多些感伤，也多些隐痛。

——那种像针扎的、欲哭无声的隐痛，在父亲还是第一次！

部队被撂在一个什么小站，接着又是徒步行军，日夜兼程。这样总算到了广德，天空中已战云密布。

广德城有多少繁华方广，父亲实际并不曾见识。他们这个旅没有直接开进城去，而是在城郊紧急集合，经徐旅长一番战前简短动员，便直奔距前方约六十华里的泗安城外，抢占阵地。父亲他们赶到后，幸喜日军还不曾到来，这就立即挖战壕、筑工事，紧迫仓皇，人像在跟死神赛跑。终于准备就绪，很快便见黑鸦鸦的日军飞机一次次俯冲广德上空，隆隆的爆炸声从机翼下一阵阵传来，火光和黑烟团团升起，四周被弥漫得暗无天日。

父亲他们这一面，暂时寂静着。父亲心里那条叫胆小的虫子，又开始频繁地蠕动。紧挨在父亲左侧的，还是那个络腮胡老兵，他正从腰间取下牛皮烟盒，掏一小撮儿烟丝装进烟锅，划根火柴点燃，不慌不忙地吸了一口。这让父亲顿感疑惑，他开始努力回想，自出川以来，在辗转数千里的行军途中，有没有见到这个络腮胡老兵？印象中没有，一次也没有！包括那个风雪夜在无名的小村外宿营，连里闹出那么大的动静。那时他居然踪影全无，好像从这支川军队伍中突然消失了一样，要不就是这支队伍里从来就没有他这个人！那么，上次在小树林……父亲不敢往下想，他蓦地惊出了一头冷汗，拿不准络腮胡老兵到底是人还是鬼！偏在这时，他又清楚地听到络腮胡老兵在问他，说：

“咋了你，害怕了？”

父亲没接话，目光僵直盯在阵地前沿，仿佛在留心那里哪怕一丝的风吹草动。感觉中络腮胡老兵已吸完了那袋烟，还把烟锅使劲儿往战壕边磕磕，这才转脸极认真地望了望他，十拿九稳地道：

“哎，放心！他们还没有来。不过快了，很快。”

父亲知道他说的他们指谁，既有的恐惧更深重一层，嘴唇苍白地哆嗦着，脸上的肌肉也愈绷愈紧。不想络腮胡老兵这时却挪到他身旁，用力扳过父亲的肩膀，朝他很诡谲地眨巴着眼睛，好像他洞穿了什么秘密。果然他这样说：

“嘿嘿，我早看出来了，你怕死，还不是一般地怕死。不对吗？上次追赶红军到那片小树林，没等连长号令你就第一个跃起冲锋，事后徐旅长还给授奖呢。”他故意顿了顿，“哈，其实你那不是勇敢，是给吓的！格老子，你这个胆小鬼，把全连的弟兄们都给骗了！”

父亲忽然不怎么害怕了，因为络腮胡老兵能讲到那片小树林，无疑证实了他还是个人，也一直在这支部队里，只不过千里征程，他不曾被父亲所注意罢了。

“哪有初次上战场不怕死的，”老兵可不想嘲笑父亲，“我刚上战场，也怕死呢。打过几仗，就不怕了。喂，我说，懂得怕死的人，才懂得勇敢！”

父亲的眼睛陡然放亮，他不敢相信这样的一句话，会出自眼前这个络腮胡老兵！他在说话时，从张开的嘴里，不停地冒出旱烟和齿缝间残留食物的混合气味。

“杀人就好比偷人，”他暧昧地笑了笑，“不是吗？有过头一回，就不愁第二回啦！”

父亲笑起来，为这实在是八竿子打不到一块儿的奇妙联想逗乐了。但细细品味，又觉这句话也并非十足的玩笑，似乎颇有道理。他想小小陈圣谕就一次也不曾被自己偷过，要是偷到手了一回……这时就听老兵又说：

“何况这马上要杀的还是日本人，不比中国人杀中国人。我虽是个粗汉，不像你有文化，但也听说过天下兴亡，匹夫有责嘛。保家卫国嘛，死了，值！”

父亲点头，心里那条叫胆小的虫子，突然停止蠕动了。

“记住老哥一句话，没被打死的，往往都是最勇敢的！哦——”络腮胡老兵忽然闭上嘴巴，耳朵贴地面听着，很有把握地轻声叨念，说，“来了，他们来了。”

果然，父亲看见从阵地前沿的山弯那边，轰隆隆地驶出一辆坦克，后面紧跟着几十个步骑，直扑向他们防御的阵地。他赶忙将头低下，直到一阵密集的枪炮声响过，听人喊鬼子给打退了，才迟迟地探出脑袋。络腮胡老兵没在意他刚才的行为，或者没察觉到，他只是很认真地告诉父亲，这只是鬼子的尖兵呢，等着吧，老鼠拉木锨——大头在后边！他又从腰间取下牛皮烟盒，装烟，吃烟。可一袋烟还没吃完，突然就激灵地扔了烟袋，大喊一声卧倒。与此同时，阵地遭到了猛烈的炮击，一排排炮弹呼啸而来，急吼吼地爆炸。父亲趴倒在战壕里，感觉到泥土碎石直往身上纷纷覆盖，瞬间要将他活埋，身下的大地发出剧烈震颤，好像马上要塌陷了。恐怖的声浪铺天盖地，好似从低空打下千万个霹雳惊雷。但父亲却听不到了，他耳朵几乎被震聋，呼吸愈感急促，浓重的硝烟，刺鼻的血腥气，呼呼啦啦，热辣呛人……

据父亲后来对祖母和母亲描述，他那时意识已昏沉，眼前一片黑暗，又像开了血光，自己在血海中沉浮，被血的巨浪生硬地摔撞抛掷。血浪里有人的脑袋、手臂、大腿、小腿，多得像嘉陵江涨大水时的漂浮物，绕着他旋转飞腾。这样不知过了多久，才终于平息。父亲试着动了动，确信还活着，可他倒愿意这样被活活掩埋，告别战争。络腮胡老兵过来替他扒开泥土，见父亲没死，忙将他一把拽起来，说，快抄枪，鬼子就要上来了。阵地前已出现成群的坦克，后面跟着的步兵潮水般向前推进。父亲拿枪的手不住地颤抖，头也不肯超出堑壕的高度。络腮胡老兵的目光从父亲头顶越过，望着壕沟边一丛低矮的灌木，吐了泡口水，说，格老子，有趣。然后指着灌木丛，对父亲说，去，把我的烟袋拿来。原来他的烟袋刚才被震飞到那蓬灌木丛里了，烟锅里的烟还没熄灭，挂在枝头像一粒盛开的小红花蕊。父亲有些犹豫，络腮胡老兵猛推了他一把，父亲便小跑着去了。他取烟袋的动作像姑娘摘花，腰勾下，忒小心。老兵接过他递上的烟袋，抹了抹烟嘴上的尘土，放嘴里时哼哼道，看见了吧？阎王爷不让我死，他还把烟袋给我留着哩。几口烟抽完，他熟练地抓起枪，将子弹推上膛。老兵的乐观镇定感染了父亲，他的头便齐平了战壕，也把枪伸了出去，像络腮胡老兵那样朝阵地前瞄准。他没想到络腮胡老兵会忽然唱起歌来，低声地：

枪在手，想到那东洋鬼。
举起枪，瞄准那东洋鬼。

父亲放松地笑了，也跟着他轻声哼唱：

鬼子全身上、中、下，哪儿是瞄准点？
嘿，瞄准那上和中……

日寇装备精良，中国军队武器落后，川军更不堪窳劣。但父亲他们硬是凭着报国的必死决心，打退了敌人一次次的进攻。父亲也放出了很多子弹，有没有命中目标，他自己可不好讲。后来日军见此地久攻不下，除了更凶狠地炮击，还出动飞机无数次狂轰滥炸。僵持到第二天，阵地前尸横遍野，守军也伤亡惨重。现在鬼子又一次蜂拥而上，同冲出战壕的川军殊死肉搏。出川前教练的大刀武术，再次让这些被誉为“川耗子”的小个头兵们大显神威，砍杀得那些擅长拼刺的日本兵鬼哭狼嚎，抱头鼠窜。

父亲也亲手砍杀了一名鬼子，但那是鬼子在被络腮胡老兵砍伤之后，父亲被迫的一劈。其实那鬼子最早冲向父亲，大约他已经看出这个中国兵表现失常，慌乱得像一只兔子，在刀光剑影中躲避追杀。幸而络腮胡老兵飞身拦截，双方一番交手，他砍伤了鬼子，自己也已被刺中胸膛。老兵倒下了，那鬼子没倒，他拔出的刺刀就那样挺着，很武士道地朝父亲一步步逼近。早吓呆了的父亲，这时忽听络腮胡老兵在拼足最后一口气对他喊，刀！刀！父亲猛地清醒，从背后抽出了大刀，迎头上去。那鬼子毕竟已经负伤，又见这个刚才还怕得要死的中国兵突然凶狠得像拼命三郎，稍一犹疑，父亲的大刀就拦腰挥来。鬼子慌得用枪一挡，父亲却趁势收刀，照他肩胛处斜劈了下去。这虚招俨然神助，那一刀大力势雄，事后连父亲也匪夷所思，自己竟挥出那么大的力气。即使在其后整个八年的抗战中，他虽刀劈过无数鬼子，但感觉没有哪一次使出像这次的臂力。他听见大刀嵌入鬼子躯体时，发出一连串斩钉截铁的声音，那是刀锋势如破竹，接连砍断了鬼子的骨头。鬼子兵被劈成两爿，有一爿连着脑壳，眼睛大睁着，舌头吐出来，似乎在用这种方式对父亲表达赞叹。父亲仍不解恨，又对准他的头颅和四肢一阵乱砍，边砍嘴里还边发出怒吼，吼声胜过愤怒的雄狮。然后便笑，便哭，便骂，便不停地自言自语，最后走向那个已经咽气的老兵……

络腮胡老兵之于父亲，不仅在拯救，在牺牲，更在他让父亲懂得了乐观、坚定、信心、勇气、勇敢。而勇气与勇敢，又最关乎人的荣誉和尊严。如果他猜测得不错，祖母当初把父亲送入军营，是有心要锻炼他的性格，那么老兵是往熔炉里投放了一把猛火，于父亲的将来至关重要。

那场战役迅速以中国军队的大溃败告终。泗安失守！广德失守！京畿侧背再无屏障，很快南京失守！日寇在南京弹冠相庆，肆行杀烧奸淫时，中国军队和大批政府官员，正目睹着一场震惊中外的、人类战争史上罕有的惨案发生，他们纷纷如溃围之水，争相夺路奔逃。防守泗安、广德的川军约四五万，后来随着战场形势不断变化，命运亦如川军诸部和其他省外军阀们的各色队伍，视情形被随时划拨到不同战区，由国民政府中央军事委员会统一指挥，再很难归还到从前的建制，更不可能再回到原来各自的防区，据地称王，拥枪自重。历史已不肯再给他们这样的机会了。在抗日的旗帜下，始终像噩梦伴随中华民国的长期军阀混战，借此得以消停，中央政府也由此实现了名义上的统一。尤其山东不战丢失，山东王韩复榘被处极刑，杀鸡儆猴，群雄用命，这也就从根本上保证了抗日战争的最后胜利。

广德、泗安丢失，徐旅长深感责任重大，举枪自戕。那时父亲正从阵地上下来，在遍地尸骸中寻路奔走。脚下遍布着阵亡的中日士兵，或面目焦煳，或肠肚流出，或胸膛洞穿，或头颅打破，或者肢体残缺，大块的和碎屑的人肉四处散落，有些飞挂到树上和灌木的枝条上。风吹来，他会感到有血肉的粉粒，从地上空中飘到脸上，有时从经过的树上咚地砸下个东西，以为是成熟的果子或干枯的树枝，细看原来是人的手臂，或者是半边脸或半个脑袋。双方的士兵有的搂抱着死在一起，在低洼地、岩坎下，叠压几层。地上空中都满了乌鸦，其中或许就有这一路从四川跟过来的乌鸦。——这些幽灵的化身，果真从川军踏上征途的那一刻起，就已经嗅出了死亡的味道！

然而父亲震惊地发现，那所有的乌鸦都不肯啄食阵亡的中国士兵，专啄日本士兵的尸肉，掏他们的眼珠，尤其心脏！嘴都红成了鹦鹉。这时父亲听到了一阵挣扎哀号，哇哇的，微弱的，却又极其惊怖的！原来是一个垂死的鬼子伤兵，被一大群乌鸦争啄着，撕心裂肺的声音令人毛骨悚然。父亲被吓得踉跄奔逃，总要被横七竖八的尸体一次次绊倒，而每一次绊倒，他的脸和手掌都会触及那一具具冰冷的、有的还散发着微温的死尸，这更增加了他深一层的恐惧。最后，父亲跑不动了，他恍若看见那些尸体竟相伸出手臂，要抓他的双腿。他终于停下来，开始在死人堆里翻看、寻找，并哭喊着自己的名字。父亲快要疯了，他以为自己已经战死，竟要把自己的遗体找回！直到耳边传来一声枪响，他才从另一种更为现实的惊恐中清醒。父亲遇到了徐旅长，他独自坐在一片炸塌的废墟上，周围尸骸枕藉，背后是一棵大树，大树背后是血色残阳。平时簇拥在他身边的参谋警卫们，不知是阵亡还是被打散，一个也不见了。

“是四川兵吧！你哭喊啥呀？吓疯了吗？”徐旅长用还在冒烟的枪口指着父亲，恶狠狠地说，“过来！再哭，老子毙了你！”

父亲不敢哭了。他过去时徐旅长笑起来，说：“格老子，原来是你李长山！”

这就有了后来父亲带回去的那封徐旅长的遗书，被刊登在全国各大报纸上。内容大意是徐旅长自恨阵地不能坚守，致战局靡坏，全线动摇，无颜以对国家……那遗书由徐旅长当时草就，交父亲务望带回。并说，你父亲曾是我老部下，你也曾做过我勤务兵，两代结缘，万不敢有负。交代既毕，他绕到大树后。待父亲听到枪声急赶过去时，徐旅长已背靠大树，脑袋像个血葫芦了。子弹从他前额贯穿，打飞的头盖骨嵌入苍老的树干，鲜血顺树皮的褶皱往下流，像浑厚饱凝的树脂，人却挺立不倒。直到父亲用手搀扶，徐旅长才像个干活儿累极了想要背靠大树歇息的老农，身躯沿树干坐下，很缓慢、很庄严，然后闭上眼睛。

徐旅长那时绝不会想到，八年后在嘉陵江边一个叫里村的地方，在一间亮着油灯的祖传老屋，一个抗战退伍军人，会把他当初的身殉国难，讲给两个早已惊骇异常的女人，这两个女人就是祖母和母亲！父亲一本正经地告诉她俩，那一刻他见证了什么是杀身成仁，舍生取义，这两句他自幼熟悉的儒家经典，造就了一代代多少像徐旅长这样的仁人志士！在他刚经历的那场战争中，这样的仁人志士多到数不胜数。正是有了他们，中国最终才打赢了日本！如果说老兵让父亲懂得了什么叫勇气、勇敢，那么徐旅长更坚定了他对勇气、勇敢的树立，因为在父亲看来，自杀比被动死亡更需要勇气。在随后的烽火岁月中，父亲每临战场，一次比一次无所畏惧，到后来冲锋陷阵简直就视死如归。他没有死在战场，也许正应了络腮胡老兵那句话，战场上没被打死的，倒往往是最勇敢的了。

父亲没有丢下徐旅长的遗体，他还用手指极小心地抠出徐旅长留嵌在树干里的每一块头骨碎片，镶回到它们各自原来的位置，再用从衣服上撕下的布条紧紧包扎，然后背着他上路，去追赶败退的队伍。这样，才有了徐旅长嗣后被国民政府隆重褒扬，遗骸不至落入敌手，忠魂回归了故乡；也才有了父亲无意中立下功劳，被破例提升排副。

这支溃散下来的川军，经收集整编后划归第二战区，已奉调开赴山西，归一个姓阎的战区长官指挥。父亲正是在那里初见黄河，虽然它已经封冻，但宽窄高下的河床和在苍莽峡谷中起伏奔腾的岸线，仍让他感受到了来自灵魂的惊悸，听到了坚冰下它汹涌不屈的势如雷霆般的涛声。比较故乡的嘉陵江，黄河是别样的江河。后来在武汉保卫战中，父亲又见到了长江，它又有别于黄河。黄河是华夏文明最早的发祥之源，自当沉雄勇健，气势磅礴。眼前冰雪壮美，阴风悍厉。关山数重，雪迷深处，膻腥隐隐袭来，胡骑啾啾……

第十九章

二先生也曾持掌过木铎。祖母和母亲逃荒归来，刚整顿好被大水淹没的房屋，用乞讨来的钱买回种子，准备播种小春。外出逃荒的族人们也大多重返家园，一度寂寥的里村又见生机显露，炊烟缭绕。二先生就在这时回来，陪同他的还有二叔。

那场大水退后，村里人家的财物、耕牛、农具都被大水冲没了，但族长天昌爷放于家中的木铎却幸喜保存完好——那次在祖父眼皮下突然消失了的木铎，当天他离去后又神奇地出现在了那面墙上！父亲从军后，族长天昌爷就兼做了铎人。祠堂神龛上的灵牌一个也不少，且如前排列得尊卑有序，既无倾斜，更无跌仆。而祖母还震惊地发现，大水明明冲到她家的楼上了，楼上一应财物悉遭淹没损坏，惟有祖父生前用过的书架和里面的书籍完好无损，甚至找不到丝毫被水浸泡过的痕迹！这种种咄咄怪事，不但祖母，连阖族人等全都匪夷所思。祖母曾经怀疑祖父和父亲一度性格懦弱，很可能跟读书多了和做铎人有关，虽然二先生读书更多，但人家出国留洋，大不一般。她憎恶过那些书，现在眼见连洪水也不敢侵犯，突然不由得心生敬畏。

二先生到家后立即组织人打扫祠堂。很快屋顶翻盖，将该补的窟窿都补上，挂梁木、墙壁、门窗上的水草被尽行摘除。地板上堆积的淤泥被淘理冲洗。尤其神龛不能马虎，每一面灵牌都得拿帕子擦拭干净，再恭恭敬敬地放回原来的位置。这活儿禁忌妇女小孩，最好是族中长辈，那天由二先生和天昌爷包揽了。每张灵牌还都用清水洗过两遍，且擦拭得十分仔细。很快祖宗们就除去泥沙水渍，一个个又抖擞精神地立在神龛上，如同眼前这群振作起来的儿孙，在期待着明天。

第二天早晨，天昌爷和二先生议事完毕，他正要持铎出门，谁知二先生却说，今天我来吧。天昌爷的惊愕，丝毫不亚于听见铎声后争相奔望的族人！二先生将铎敲得声声短急，好像发生了塌天陷地的大事。族人们自不敢怠慢，纷纷拥向祠堂，比任何一次听到铎声召唤行动都快捷。接下来二先生要大家对神龛行跪拜大礼，并带头双膝跪下。族人们虽心生疑窦，不明白今天到底将发生什么事情，但跪地时都甚觉感动，毕竟自大水后一场逃荒，祖宗已好久不曾祭祀，的确该尽一回人子的追思了。额头触地竟不觉冷硬，似有无限温馨，磕出的声音整齐而响亮。礼毕时祖母看见，很多人都磕破了额颡，眼里闪着泪光，还有人在低声啜泣，颇似一群浪迹四方的游子，复归他们耕作的田园。那些田园曾经历代祖先亲手垦殖，有他们的魂灵在世代守护。

这种凝聚着家族力量的沉重与肃穆，正是二先生所需要的氛围。他开始讲今天何以祭祀，旨在告慰列祖列宗在天之灵，子孙们虽因洪荒逃失，如今又团聚在他们当初圈占的土地，再与之骸骨相守，香火传承。家园正当重建，宗祠必更兴隆。突然话锋一转，举起手中的木铎，讲铎在古代中国，尤其在汉及前，朝廷多用青铜铸造，除用于祭祀、公告法令外，还用来发布有关战争的消息。在社会民间，铎就多为木制了，供家族祭祀祖先、通告事体、申明族纪、惩戒宵小、维持乡村秩序，当然也传达国家旨意、法律法规等等。

“我今天为什么要拿铎说事呢？”二先生环顾大家，神情庄肃，“想必列位宗亲已经知道了，日寇正大肆侵我中华，抗日战争已全面爆发！”

木铎还有那么多功能，很多族人这还是第一次听说。二先生到底不愧早年秀才补廪，又曾留学东洋，学问深哪！至于日本侵略中国，已有不少人在逃荒途中略有耳闻，祖母和母亲还曾在那城的街头见到过一次学生演讲，其中有个小青年口齿伶俐地演说，祖母差点儿误以为他是二叔。只是当时大家讨饭糊口还顾不及呢，哪顾得上这等两国交兵的大事！

现在二先生就专讲国民的责任，谓从来家国同构，国受外侮，正如家遭凌辱；国之不存，家亦随之，能不为人砧上鱼肉，其可得乎！为今紧要，在先知有国家，而后有一姓之家族；先知有国家，而后有一己之个人！天下兴亡，匹夫有责。

“我看该叫国家兴亡，匹夫有责才好！”二先生说，“我族与四万万同胞皆华胄后裔，务当与国家共患难生死，期存亡进退。争做守法公民，及早恢复生产，按时缴纳赋税，以利战争支援，表率乡间闾里。至于族中青壮，更要踊跃参军，断不可苟且偷生，逃避兵役，上有负国家——”手指着神龛，“下玷污姓氏，辱没宗祠！”

阖族肃然。这就听二先生说到里村李氏郡望陇西，盖因在秦及汉，以军功封陇西侯者历数世多人，于斯聚族，终成显望。斯时先有祖辈守土戍边，抗击匈奴，披坚执锐，后有飞将军李广，更是何等英雄！到我辈虽至柔弱，但毕竟血脉遗传，敢信其一朝苏醒，振先祖余烈，尽做男儿！二先生慷慨激昂，仿佛重现了当年保路运动时他演讲的情景。听罢人人振奋，纷纷表示要谨记二先生的话，为国家出力，与日寇誓不两立。

在翌年小春丰收及其后漫长八载，里村的族人总要交给国家最多最好的粮食，将家有的壮丁一批批送上前线。尽管随着战争越往后越艰难，尤其武汉失守以后，重庆作为国民政府的陪都，川中赋税已重到不能再重，他们宁肯吃糠咽菜，也绝无怨言。闾里乡间受其影响争相效尤，无不竭力承担国家忧患。事实上抗战八年，四川贡献最大，仅田赋一项，就征实稻谷亿万石以上！兵员募集更高达三百余万，占全国五分之一！更兼作战勇敢，殉国的众多川军将领及其阵亡的数十万川中子弟，皆足以令风云变色，日月增辉，故时有“无川不成军”之说，值今仍令川人倍感自豪。

他曾在成都街头，见到过一组表现川军抗日杀敌的群雕，皆脚穿草鞋，挥舞长枪大刀，呈呐喊腾跃的姿势，感觉人人争先奋勇，叱咤风云。据说红卫兵小将们当初曾要将群雕捣毁，可是他们一着手破坏，眼前即刻电闪雷鸣，耳畔骤响起震天动地的枪炮声和士兵们的喊杀声，仿佛当年情景再现，吓得他们赶紧跑掉了。不管这传说是真是假，群雕能在那样疯狂的年代得以保存，堪称奇迹。

二先生讲过了，二叔讲。他讲战争形势，讲日寇如何在中国的土地上烧杀奸淫，讲各地民间如何集会结社开展抗日宣传，讲中国军人在战场上打得何等英勇惨烈……表情生动丰富，语调极具感染力，还不停地打着手势。

祖母渐渐地忽略了二叔在讲什么，眼睛专注在他身上。她发现这中学生唇边不知啥时已长出了一层浅浅的茸毛，脖子上还多了一点喉结，讲话激烈时喜欢仰起头，涨红着脸，怎么看都像只小小的斗鸡。要不了几年，二叔就长成个大男人了，毫无疑问，他会是这个家最优秀的男人！祖母只顾了欣赏，直到二叔引领族人高呼抗日口号，怀中的小姑被惊吓得哭了，她的目光才转向满祠堂森林般的手臂，自己也不忙着管小姑，赶紧举起了手臂，随之高喊口号。

二叔回来好像专为这场演讲。他从不过问祖母和母亲在嘉陵江发大水后的经历，对祖母逃荒路上出生的小姑，也没有表现出足够的兴趣。他最多只是凑到祖母跟前，看看小姑的眼睛嘴唇、眉毛鼻子，再拍拍她茸嫩的脸颊，做几个滑稽怪相。可是他一凑近小姑，小姑就哭，弄得二叔往往很扫兴，不再看了。二叔没在家多呆，似乎家和家里的亲人对于他已不是十分重要，他还有着关乎国家、关乎民族的更大更重要的事情要做。他临走时，母亲惊恐地望他，目光忧虑又缥缈得分外惆怅，像有无穷的心事放不下。细心的祖母当即明白，母亲这是要从二叔的脸上，寻觅到和父亲相似的地方，儿媳的内心正饱受着与这场战争相关的极度煎熬！那眼神令人心痛，仿佛此去经年，二叔就再也不会回来似的；看见二叔就如看见了父亲，能多看一眼二叔，就如多看了一眼父亲！

祖母那瞬间的心情也正如儿媳。不过，她对自己当初把父亲送到祖父的部队丝毫不觉得后悔，甚至还离谱地认为，她是在帮母亲完成对一个男人的锻造。何况在祠堂听了二先生那番话更让她明白，现在不比中国人打中国人了，是中国人打侵略中国的日本鬼子，应该匹夫有责。守着个窝囊的倒不如那战死的！那样纵使做了寡妇，也是国家英雄的遗孀，走到哪儿也不会被人瞧不起！有时祖母想她应该安慰母亲，告诉母亲父亲会平安归来，他会守着她好好过日子。她甚至已经在心里设计好了台词，就这样对母亲说：

“放心！我知道这一家的男人，他最终会回到自家女人的窝儿里的。”

二叔走后二先生没走，他找祖母有大事商量。这件事当时只是二先生的个人主张，算不得官方行为，没想才对祖母一说，她竟然十分赞同，当即把小姑往母亲怀里一送，说，慧贞，我这就陪二先生出几天远门，小姑和家里的事都交给你了。

祖母带二先生先回了一趟娘家，果然从来龙大舅公那里获得了二先生所需要的线索。这就一路寻去，很快觅着了蛛丝马迹。原来自进入那片深山老林，身后便有形迹可疑的人交替跟踪，当地山民也用充满警惕的目光提防着这对贸然闯入的陌生男女。眼前升平景象，人尽安居乐业，连过往商旅都神色从容，看着也不像担心前面有土匪砍路板的样子。祖母怀疑来龙大舅公提供线索有误，二先生却认定他要找的离这地界不远，只在前面茂林深处！祖母问何故，二先生却反问她，说，你该知道兔子不吃窝边草吧？祖母说知道，古话哩！至此也就恍然，甚还有几分暗暗得意，好像经她手做了件挺不错的针线活儿。

后面仍不断有人尾随，祖母干脆掉头迎上前去，说，喂，你们是葛来虎手下的人吧？跟踪者躲避不及，正欲闪烁其词，祖母又亢声说，我是他姐姐葛来凤！为要紧事来，你们这就赶紧带我去见他。

那时，这股土匪的大头目死了，做了多年二当家的来虎小舅公接掌了大头目。二先生这是要说服来虎小舅公率众下山，接受政府收编，出川去打日本。只是谈判不具备官方性质，只限于在二先生和来虎小舅公匪部之间口头商议。内容也约略大致相同，不外做说客的人首先强调国难当头，继之再晓以民族大义，劝其尽快结束绿林生涯，参加抗日武装。

“当此之时，一切为了国家，一切为了民族，一切武装都该用于共同对付倭寇。”二先生说，“共产党为力挽民族危难，几万人的军队都接受改编了，你这点人马算啥！倘若再如此啸聚山林，不惟终非久计，只恐祸随不远。与其将来死无葬身，为人不齿，倒不如赴国死难，争远大前程，光宗耀祖；即便沙场战死，本也是民族英雄，流芳百代。诚开肺腑，不知列位壮士以为然否？”词意恳切，二先生言罢举目示众。

来虎小舅公早从祖母那里知道有二先生这么个人物，他那帮草莽兄弟对二先生也已是久有耳闻。二先生在这片土地民间，影响深广，历来被传说得神乎其神。今见其人，闻其言，来虎小舅公和他手下的土匪们无不眼界大开，甚为佩服。但二先生此行不代表官府，他们就多有顾虑，担心贸然下山，遭遇不测。谁想祖母这时一把拽住来虎小舅公，说，你少给我前怕后怕。走，听二先生的，这就下山去打日寇！来虎小舅公说，姐，你别急嘛……祖母叱道，啥话？你不急二先生还急哩，我还急哩！你要不听二先生的，还胆敢不听我的了？姐当初能够叫你上山，今天就能够叫你下山。二先生却笑起来，说，兄嫂，先不要催逼！我此番来重在要探探来虎弟口风，看其愿与不愿，然后由他开出条件，我再行知会官府，两厢撮合。祖母说，还撮合呀，撮合啥？这又不是做媒！大家都笑起来。祖母又说，那你们撮合吧，我可等不及了，家里有个吃奶的孩子，这逃荒回来才安顿好，又马上要播种小春。呃，二先生，你留下，我先走了。人都劝留不住。二先生和来虎小舅公他们议事出来，到了山寨门口，却见祖母在那站着。二先生一怔，又显出几分惊喜，说，兄嫂，你没走呀？祖母凤眼斜睨，撇撇嘴道，走啥走，你不来我就起不开步。她说那话的样子不像中年妇人，倒像个撒娇的少女。来虎小舅公只装没看见，不想二先生倒先自脸红了。

从祖母的话意神态，他能轻而易举地猜到，祖母陪二先生这来去途中，一定心情愉快！祖母最喜欢见到二先生了，尤其乐意为他做些事情。最早的一次是当年闹保路风潮。现在他只能胡思乱想，觉祖母的起不开步和二先生的脸红都有点儿意思，仿佛在两个人的潜意识里心有灵犀，二者中间蕴含着不可言述的极其丰富的内容。或许在回家的路上，两人要相互倾吐爱慕，当然话题最先由祖母引出，二先生终于招架不住，也倒出了心中的那点隐秘的想法。原来他也是一直暗恋着眼前的这位兄嫂，只是碍于宗族伦理，碍于祖训家规等等，才断不敢越雷池一步！他们很可能拉过手，不是攥着不放，而是在爬坡上坎，或跨越溪沟，总之在脚下艰难时，祖母主动向二先生伸出手去。自然不排除道路平坦，祖母会假装扭了脚什么的，二先生果然中计，上前搀扶，乐得他那位兄嫂趁势将半个身子依偎在他肩上……至于归路迢遥，向晚投宿……他可不敢再想象下去了。宁愿最终的结局，一如既往，不会花开。

祖母但若叙述她这段经历，声音不再像一个苍老的瘪嘴妇人，而是透出几分少女的甜美和清妙。眼神已不显浑浊，像有点光在水面浮动。脸上那份沉醉，舒展开每条皱纹，像极了一个农人在盘点他既有的收获。

现在，祖母回家播种小春，再无暇去管二先生和来虎小舅公他们将要进行怎样的磋商。没有耕牛、犁具，婆媳俩惟一能借助的锄头还是去里镇场头的铁匠铺新打的。老铁匠死了，不知死于洪水，还是死在逃荒的路上。掌锤的是他儿子，带着两个徒弟。很多人都赶着要打锄头，师徒仨挥汗如雨，锤声昼夜不息。大水后的里镇，有的房屋坍塌了，那完好的也淹留半壁水痕，或是被水穿墙而过。街面、码头已渐渐恢复热闹。方家门楼前正行义举，为每个灾民提供两升种子的小麦，等候领取的人蜿蜒成一条长龙。有人说方五少爷借那场水灾大发横财，洪水上涨时他派船沿江上下，求救者必须每人交五块现洋，否则上船了也要被一篙竿再打下水去。祖母不相信方五少爷再坏会坏到那样伤天害理，可惜那些被篙竿打入水底的人，终究死无对证。如果是真的，那么他现在大张旗鼓地发放种子，就只能是假仁假义。

仅用锄头无疑增大了劳动强度，也会延长播种时间。祖母和母亲怕耽误节气，常常鸡叫头遍就早早吃饭下地，备足午饭干粮，直劳作到夜色霜天。可怜小姑要么被两个女人轮番背在背上，要么就是被放在用床单绷在某棵树上的摇篮里。其实在嘉陵江两岸所有被淹没过的村庄，播种期的农民谁不是这样起早贪黑。因为谁都明白他们这是在重新创业，还有这场抗日战争，日后少不了要农民多做支援。

种上小春，男人们争着去当纤夫，去里镇的码头搬运货物，或是到更远的顺庆城揽活干，这样挣了钱好歹能买回一些粮食。从前里村的男人都不屑于去拉船，怕羞辱祖宗，眼下为了生计都顾不得了。妇女们有的又出门乞讨，并带上老人孩子，留在家的除了照顾地里的庄稼外，也腾出时间去挖野菜，去村后那座老山林里寻摘树干上的菌菰和腐草枯叶间长出的地莓。冬天的野菜不比春夏繁多，有时只能掘到根茎聊以充饥。

祖母就是在那时学会了捞鱼，用一种竹编的简单的虾篼，沿着嘉陵江边的沙滩，朝着她自认为有鱼的水域掷出篼斗去，然后再用力拉回。虾篼的形状像一个扁尖的漏斗，连接着丈多长的整支竹竿，细的一端攥在手里。抛掷时先将脚蹬紧了，身子后仰，鼓足力气，尽可能将篼斗掷得远远的。收篼时动作要快，慢了鱼就跑了。里村李氏家族的男人很少用虾篼捞鱼，也不习惯去江心驾船撒网，偌大的村子里从来就找不到半幅渔网、一条鱼船！守着一条大江竟不晓靠水吃水，这种罕见的现象说来谁也不信。

祖母最初抛掷虾篼抛得不远，有时人还随篼向前倾跌，见到的人都惊出冷汗。有时收篼时分明看见篼斗里有锦鳞跳跃，拉回到滩涂却不见一尾鱼儿，尽是泥沙水草，散发出比鱼虾更膻腥的气息。渐渐地祖母驾轻就熟，又渐渐熟能生巧，那抛扬篼斗时的劈叉双腿、一甩头、一仰腰，收篼时的快如闪电，手和腰柔韧自如，看起来像在精彩地舞蹈。从篼斗漏出的水花，像无比流畅的音乐，鱼的尾巴在点着节拍，一下下闪着银质的光亮。当然也不是每一篼下去都有收获，所谓十篼九空，那些捞上的鱼有大有小，太小的如同虾米，祖母就会将它们放生，让它们游回水去。吃了鱼祖母奶水就变多，而且汁白浓稠，小姑被滋养得也像一条胖胖的鱼了。祖母有时也将鱼拿到里镇换钱，买回些油盐米面。祖母给留在家的女人们做出了榜样，她们很快也学她，用自编的虾筢去江边捞鱼了。

这天上午，母亲正在家带小姑，一并收拾家务，蓦地就听到门外人声喧嚷，出门却见祖母怀抱着一条大鱼，个头足足像三岁的孩子，她身后跟着一群看热闹的族人，其中有一个掮着虾筢的筢斗，另一个扛着根光秃秃的竹竿。祖母浑身被江水湿透，鱼和人都遍体鳞伤，很显然刚才彼此经历过一场惊心动魄的搏斗，弄得连筢竿已被折断了！祖母到家后把大鱼扔到地上，猛扑过去抱紧小姑哇哇大哭，那样子像差一点就再也见不到她了。

后来祖母曾动心思找木匠打造一条渔船，之所以最终没有，是因为最难熬的冬天已经过去，春天来临。蔬菜够吃了，野菜也多了起来，老山林子里的菌类也吧吧咕咕地可劲儿直往外冒。水淹后的土地似乎特别肥沃，地里的豆麦长得比哪年都要墨绿葱茏。等到了麦收，往后的生活就再不用愁了。

来虎小舅公正是在这时突然来到祖母家。他身上的国军制服表明二先生已经撮合成功。至于他接受改编后的军衔，祖母说是连长，时而又说成营长。不过这无关紧要，重要的是来虎小舅公和他的弟兄们这就要出川去抗日了，他这次特地来向祖母辞行。谁想这一别竟成永诀！祖母从此再没有见到过她弟弟葛来虎，也不曾听到有关他的半点消息。父亲抗战结束后从前线归来，祖母曾向他打听，得到的回答同样令她失望。

“你们都在战场上打日本，咋会没见到过他呢？”祖母十分不解。

父亲回答说：“战场大呀，那时大半个中国都是战场！”

祖母沉默了，脸上的哀伤，远胜过当初面对祖父的灵柩。

于是他只能这样猜测，来虎小舅公要么死在抗日战场，要么死在其后国共两党爆发的又一场内战。或者是在大陆临解放前夕，随败退的国民党队伍去了台湾，从此一水阻断，音讯杳茫。

父亲倒是在战场上见到过天宝。一次在山西，他随部队护送一批师旅长去八路军某部驻地，向他们学习山地游击战术，凑巧天宝就在那支八路军里当连长，还在会上介绍经验，讲他曾经带领一个连，如何成功伏击了日寇一个运输中队，又如何夜袭日军据点，生擒少佐一名……这次见面俩人都很愉快，只是天宝怎么也没想到父亲会出来参军打仗，而且还立下功劳，当了国军的一名少尉排长。因为父亲给他的印象，始终是懦弱、阴柔，秉承着祖父的遗风。他们谈得最多的还是家乡。虽然父亲不愿讲红军离开里镇后村里发生的一切，但天宝还是从他的支吾言词中明白了一切。

“唉！”后来的天宝将军那时重重地叹了口气，默默无语，只有大颗的泪珠从脸上滑落。父亲也陪他落泪，在心里痛恨祖父。谁知天宝又不哭了，他用抹泪的手抬起父亲的肩膀，突然问他：“呃，还知道芝长公家那匹黄骠马吧？”不待父亲回答，又说，“它后来成了我的坐骑，被日本人飞机炸死了，就在前天！”

父亲当即产生了错觉，他认为天宝刚才流泪是因为黄骠马。

不久后的一天，父亲这个排担任尖兵去执行任务，途中遭遇鬼子伏击，眼看打到不剩几个人了，父亲自度突围无望，突然就听鬼子身后枪声大作，原来是正在这一带游击的天宝带着八路军及时赶来解了他们的围。不惟同胞更在宗亲血脉，那一刻带给父亲的情感冲击和灵魂震撼已不仅仅是天宝于关键时救他性命了！战地相逢，父亲抱住天宝放声大哭。

上世纪五十年代中期，已军阶至共和国少将的天宝回到里村，向祖母证实了他和父亲的这两次战场相见。可惜那时父亲已早赴黄泉。天宝到家的当天，去弯弓流处那弯浅滩祭奠了他当年闹红时牺牲的战友，让跟随他的警卫往江里倒了几坛酒，还去李六子和他妹妹花儿与长辛的坟前脱帽致哀，给生前患肺痨的老爹上坟垒土。天宝将军这次衣锦还乡，光宗耀祖，里村的族人们也为之深感荣耀，不免要替父亲一番惋惜，在将军离去后议论很久，假如父亲当年没投错队伍，也跟着共产党红军闹革命，没准那将军当得比天宝还要大，原因是父亲有文化，天宝连个大字也不识，在家时只知用臭鞋胡打卦。祖母听了也不觉得后悔，她现在越来越相信人各有命。

天宝将军在家小住了两日，此去后再也没有回到过里村。

第二十章

抗战八年，父亲的足迹遍及山东、山西和长江中下游广大地区，历经了大小战斗上百次。那些战斗至今仍断断续续被祖母、七公和宽叔等讲起，他听了也就听了，弄不清究竟有多少能还原当初的真相，不知父亲在讲述时有没有夸张，有多少夸张？但不管怎么说父亲打鬼子堪称英勇，他若没有像样的军功，战后复员时断不会官至国军中校团长，他额角上多出的那道弯月形刀疤似乎证明了他在战场上的无畏！

有关这道刀疤，一说来自山东战场，父亲他们固守在一个什么小城，同蜂拥而来的日军抗衡了七天七夜，最后虽城毁兵败，却为中国军队围歼数万日寇精锐赢得了时间。为此他查阅过相关抗战史料，那时在山东确曾发生过这么一次著名战役，也确曾有一支川军作过这样的孤城困守，功勋第一。另一说来自武汉会战。中国军队避敌锋芒，将好几个日军师团诱入河汊水网地带，然后再分割歼灭。日军拼死突围，向父亲他们扎紧的口袋一角疯狂冲击，飞机大炮轮番轰炸。守军更英勇顽强，数次将攻上阵地的日军用大刀砍杀回去。父亲的头颅在这场恶战中只差被劈成两爿，被人救出后在野战医院昏迷了二十多天。之所以最终能苏醒，据说是在他生死临界突然听到了一种奇妙的声音，仿佛来自他在家乡时敲打的木铎，深沉、缓慢、宏远、低回，有如寺庙钟磬，他出窍的灵魂才又被一点点、一天天召回。他不肯相信每临关键，木铎在父亲与祖父两代人身上所创造的奇迹，也不想去认真分析父亲额角那条长长的刀疤，究竟隶属于上述两大战役中的哪一次。

总之这些都不重要，重要的是父亲亦如祖父，在生死炼狱中完成了性格改造的全部过程，从此他不再是一介懦夫，而是一个硬铮铮的汉子！这是祖母最希望看到的，父亲到底没有辜负她的良苦用心。看到父亲脸上的刀疤，祖母感觉特别亲切，她望它像望着一件熠熠闪光的珍宝。倒是七公和宽叔有几次较真儿，当着他和祖母的面，对父亲脸上那道光荣的刀痕到底在啥地方落下争论不休。两老人相持不下时便求证祖母，而一旁的祖母却不置可否，顾自抿嘴含笑。

七公和宽叔缠着父亲讲他打鬼子的故事时，当年跟在这个铎人屁股后听他敲木铎的两小崽娃，都已长成小青年了。那时距抗战结束不久，外面国共两党又弄得战火纷扬，父亲乐得归田园居，自食耕种，沉浸在有人听他对既往战争经历的回忆中，得闲时还不忘翻翻古籍。

祖母现在仍能清楚地记得，那天上午她在楼上打扫卫生，猛然发现祖父留下的那只书架开始无缘无故地摇晃，原来是架上的书籍在快乐地舞蹈，好像一群孩子在欢迎即将到来的新伙伴。想起这些书籍在那场水中奇迹般地完好无损，祖母又一次惊诧不已，突然一股浓烈的书香扑鼻而来，不是来自眼前布满尘埃的书架，而是在户外的什么地方！她急忙下楼，随香寻找，找到门外时，正看见父亲沿村前江道向家里走来，身后跟着两挑夫，扁担在肩上颤悠颤悠，那种崭新的还带着油墨的书卷气息，被阵阵颤悠出来，又还带着一缕新瓷的特殊气味，正像这节气嘉陵江的流水，很舒展、很远古地汪洋恣肆。原来那两挑夫，在前的挑了一担书籍，后面的担了一担江西景德镇的瓷器，正奔家而来。

经父亲和祖父留下的那些古籍，他小时候常翻看，多为四书五经、唐诗宋词和《昭明文选》、《古文观止》一类。可惜这些经典后来都没能逃过那场史无前例的文化大革命，它们被从里镇来的红卫兵付之一炬。书被焚烧的前几天夜里，他和祖母总会听到从书架上传来嘁嘁嚓嚓的声音，像有很多人在惶恐不安地议论。那时已天旱数月，户外草木枯焦，楼上的家具已都干到坼裂，时不时地发声脆响，好似谁冷不丁丢了个爆竹，惟独那些图书被搬出去焚烧时每册书页都流淌下像人的眼泪，带着鲛质的透明，用火怎么也点不着。红卫兵们不得不发狠地往书堆猛泼汽油，最终将它们化为灰烬。

父亲在里镇上小学时国文天赋虽优于二叔，但国学的奥妙精深，他充其量仅略得皮毛，多有读不懂处，如果二先生在家，他就举书趋步，疾走去向他躬身请教，诚惶诚恐的模样，像在执弟子礼。自从抗战胜利后国共两党又重启战端，二先生不知因何要回家赋闲，读书、散步，或是帮祖母家浇浇菜园。虽然自苏维埃后他完成了一场二先生式的土地革命，把数代传承的家业都均匀分配给了里村的族人，但族中保留的义产，仍足以供给他充足的粮食。更何况人们都记得他的恩德，常有人请他去家中吃饭，或是做了好吃的亲自送去。然二先生看上去似乎并不开心，他常常抑郁寡欢，愁眉深锁。祖母直纳闷，二先生因何要隐居乡下，又何以会这等情绪低沉？

八年中，祖母记不清去过顺庆多少次了，有时也能见到二先生。最早的一次正赶上送八百壮士出征。在城关操场，二先生代表各界名流登台致词，那份精神抖擞，壮烈铿锵，怎么看都不像老之将至，动容处恨不能这就去前线亲手杀贼。时隔多年，祖母早已不记得他那日都讲了些啥，惟独记住了被他提到的两个古人，一个叫啥岳飞，一个叫文什么祥，还引用了这两个人的诗文，在场的很多人都能情不自禁地跟着他齐声唱颂。那时祖母听到嘉陵江高涨的潮水，正猛撞着狰狞的崖壁，一浪被摔碎了，一浪又怒吼而上，好像彼此厮咬、较量。操场上似乎只剩下喧腾涨落的巨浪，白滔滔的大水在翻滚着！祖母看见自己也溺身水中随波浪抛掷，砸下，再抛掷，再砸下，粉身碎骨的声音坚硬顽强，她感到淋漓酣畅。

接着，二先生和一批军政首脑给八百壮士披红挂彩，把酒壮行，她从没见他喝过酒，当时他竟亦大碗举起，一吞而尽。然后翻过手来，把碗重重地摔到地上。仿佛静场前的一记重槌，刹那的死寂，祖母心都被提起，之后紧跟着无数银瓶骤然炸裂的声音。祖母的心被震颤了，恨不能变身男儿，也去当一回八百壮士！现在壮士们即将踏上征途，正抓紧和亲友道别，到处是叮咛嘱咐，恋恋不舍，哽泣依依。更不乏年轻女子，与壮士执手相望，泪眼莹莹。祖母瞧着心酸，经历过祖父的阵亡，她突然感觉眼前的征夫和他们的亲友，分明是离别经年，重逢在某次梦里。

仿佛上天成心要让她见证生死，还是在城关操场，有一次祖母同母亲进城时从那里经过，正赶上一望的祭幛灵幡，万众悲哭。挤进去方瞧见中间地摆设灵堂，几十口棺材雁字排开，原来是政府在公祭从前线运回的阵亡将士！祖母当时即想，这批战死的人中有没有她目睹送行的八百壮士呢。

——这很难讲。不过据他查阅过的地方志记载，当年的八百壮士，战后归来者不足百人，且伤残者又十之其五！仅出征不久在江西一个叫梅塘村的地方，不期同日寇遭遇，一场恶战，捐躯的壮士就多达二百有余！那天由二先生开吊祭文。与当初送壮士们出征截然不同，他神情哀绝，声调苍哑，长歌当哭。祭文无疑出自先生手笔，满纸怆切，词意悲深。祖母才听几句，便跟着在场的人呜咽涕零。一时天低云垂，飞泪如雨。母亲没哭，她眼睛死盯住那一具具黑漆的棺木，突然脸色就发白，呼吸急促了。

那以后母亲就患上了恐匣症，别说见到棺材，哪怕是见到一只大点的、略带长方形的盒子，她也要浑身发抖，骇惧异常。祖母万般无奈，只好把家里凡具盒匣形状的东西统统都藏匿掩饰，或者放在不被注意的角落。眼见母亲的恐匣症才稍好转，谁知她又再一次饱受刺激，病情倒有些加剧了。

原来这一日天刚放亮，嘉陵江还在薄雾遮掩下静静流淌，镇上的一名团丁便策马驰过江道，从里村前经过时勒住马缰，冲这边打了通锣，接着一阵哇哇叫喊，然后又疾驰而去，奔向下一个村庄——这是自方五少爷出任镇长后镇公所发布紧急通知，或传达特殊政令时惯用的方式。抗战以来有过很多次了，比如征兵征粮，比如派款派差，比如报告中国军队又在什么什么地方打了胜仗，或日本人又打到了哪里哪里。里村人感觉新鲜，却又不无惋惜，因为按二先生对铎的相关解释，那团丁该用木铎而不是大锣。团丁都嚷了些啥没人听清，大意好像是里村出了个什么抗日英雄，今天载誉归来，要全体村民马上去里镇码头迎候，阖族立时欢腾，倾巢出动，在族长天昌爷的带领下浩浩荡荡向里镇进发。路上大家纷纷猜测，这英雄会是谁呢？让里村李氏家族如此大长脸面！大家的目光很快不约而同地聚集到祖母和母亲身上，仿佛已认定她俩就是英雄的母亲和妻子。祖母却心若止水，凭感觉，她不相信那个人会是父亲。而母亲的脚步却有些乱，脸也小心地红着，她多半以为很快就能见到父亲了不由得心潮澎湃。虽然对父亲婚后一直冷落自己也曾心生怨恨，但能见到他平安归来，还当了英雄，母亲到底还是抑制不住紧张与兴奋。

迎候从上午开始。码头上麇聚着差不多全镇男女和奉令暂停营业的商家、小贩、搬运工，以及打莲枪唱“红花一朵莲（哎）海棠花”的乞丐。人潮连江涌动，眼睛都投向江面，不放过任何一艘上行船。因为谁都知道，四川是大后方，重庆都陪都了，英雄回来走水路应该坐上行船。镇长方五少爷领着镇上一班头面，还有鼓乐手和手拿鲜花的学生，排前站着。每当有上行的船只横向码头，人群便气氛热烈，准备欢迎，鼓乐手们更抑制不住，一遍遍地望方五少爷，只等他做个手势，喊一声吹打。

然而总是落空。先是有一艘船运来用竹篾篓装的煤油，时称洋油；继而一艘运载的花布和杂七杂八洋玩意儿；再一艘，海带、盐巴、腌咸鱼……货船都被方五少爷叫停靠到码头一侧，也不放搬运工去搬运货物，而是让他们等着先迎接英雄。自抗战开始，方五少爷的名声似乎就不那么坏了，起因除了他动员手下的袍哥去从军抗日，还在于他一次卖掉了里镇场口外十多亩上等水田和镇上好几间铺子，所得的钱全都捐献给了抗战前线。祖母见那些田和铺子都换了新的主人，便很难再联想这方五少爷从前的德行了。祖母不知道方五少爷的捐献有一个古往今来叫得很响的名字——毁家纾难，抗战时像他这样的人很多！祖母虽不曾有过捐献，但自忖也有贡献。自从受水灾后的家园又打下粮食，祖母总是带着母亲最早去里镇完粮，也不管多到后来如何难以承受，她们总要交最好的。每每临了，看着母亲还要往装粮的箩筐里再多倒进一畚箕儿，祖母也不反对，只望儿媳妇笑着。母亲那神情，仿佛不多倒进那一畚箕儿粮食，在前方打鬼子的父亲就差这一点吃不到嘴里！这做法直延续到抗战结束。

事实上，里村和嘉陵江两岸的农民也大多如此，包括大后方的所有农民。抗战期间，村庄里闲汉少了，匪盗也不甚猖獗，绝少听说有谁被砍了路板，也少有人偷鸡摸狗、纷争滋扰、男盗女娼。总之外侮来时，民风向上，人人都像争着一口气。祖母实在想不出这其中的奥秘，只感叹怎么和外国一开战，这中国人就大大变了？

到中午了还没等到英雄。迎候的人群忍不住饥饿，渐渐失去了耐心，多有人悄悄离去。方五少爷和镇上那班头面和鼓乐手不敢擅离，里村的一个也没走，始终神情饱满亢奋，毕竟这英雄出在他们家族，骄傲属于里村李氏！母亲就更不用说了，她眼睛已望断了多少行船。又一艘上行船远远地在下游江心出现，母亲又如前的紧张、期待、激动，身边的祖母又一次瞥见那船在母亲的两泓秋水中冉冉呈现，听见儿媳妇心在涨潮。但很快潮水乍退，哗啦地落下千丈，原来是那船继续上行，对码头和码头上的人全无眷顾。母亲这次的失望特别厉害，她肩膀在微微抽搐，牙齿咬紧嘴唇，拿手帕遮挡住眼睛。其时阳光并不刺眼，太阳已经向西，悠悠江面，脉脉斜晖。暮色降临，烟岚缥缈，落霞尽处，水鸟归栖。镇长方五少爷正要宣布人群解散，突然在下游的江湾，隐隐又闪现出帆影，令在场人的精神都为之一振。

现在，那艘船已彻底进入了人们的视线，它逶逦前行，庄严肃穆。到了距离码头大约两百米烟波外，弧度绕取，掉尾移来。迎候的人都翘首以待，及至看出那不是一艘货船，想此番必定是他们要等的了，众人忍不住尽皆欢呼，向船上的人招手。母亲这时屏住了呼吸，面色赧红，兴奋里透出不安。方五少爷看看身旁那班鼓乐，手已举在空中只等落下。可鼓乐最终没能欢快地奏响，倒是从慢慢驶来的船舱里突然传出哀乐。方五少爷和码头上的人全都发愣，母亲的脸早已经惨白。船已停靠，船上的人移出一具棺材就再也支撑不住，重重地摔倒了。他们诧异英雄怎么会躺进棺材，有没有哪里弄错？结果错就错在英雄和英灵一字之差，也不知是镇上传令的团丁、邮政所收译的电报，还是哪个环节出了问题。在棺材最初移现的刹那，祖母的感觉蓦地如电光石火，一激灵只差大声惊呼：

“水鬼老大!”

——还真就是水鬼老大!

有关水鬼老大如何做了英雄，据扶送他灵柩回来的人讲，日寇进攻武汉，不知怎的把水鬼老大和很多船只都圈去了。继而又不知从何打听到他熟谙水性，驾船了得，便强迫他为进攻的日本舰队做向导。中国军队已提前在江上布雷，日军边扫雷边前进，遭到岸上守军猛烈射击，隐蔽在一处树林里的炮台也纷纷向敌舰打炮。可惜鬼子不在射程之内，没有一炮打中。炮台上的指挥官正发狠着急，忽然从望远镜里看见头舰的甲板上突跃起一位中国船工猛冲进舰舱里的机房，用力掀开操纵舵轮的鬼子，将敌舰队引向炮台。舱里几个鬼子拼命要夺回舵轮，同中国船工扭抱厮打。突然怪事发生了！那中国船工的身上猛地呼呼直蹿火苗，烧得那几个鬼子狼奔豕突，逃出舱外时又烧着了甲板上其他鬼子，瞬间在头舰上引燃大火，一片混乱。这时整个敌舰编队已大部进入到射程之内，可炮台却又喑哑起来，官兵们被眼前的一幕惊呆了。直到指挥官从望远镜里目睹到已烧成一团火球的中国船工在朝这边发急叫喊，他才猛然醒悟那船工的真实意图，急令开炮开炮！官兵们如梦初醒，瞄准敌舰群咚咚咚一顿狠揍。霎时江面上红光闪闪，爆炸声轰隆不息，团团黑烟里腾起的水柱像条条巨龙冲上天去。头舰准确命中，差不多被拦腰斩断。敌舰队惨遭重创，有几艘已拖着黑烟开始下沉，没打着的已开始慌乱掉头逃窜。

第二十章

事后，炮台指挥官派人打捞上那位中国船工的尸体，盛棺装殓，报司令部为其请功。水鬼老大走嘉陵江和上川江风雷震动，改走下川江了又云海翻腾，他曾经不止一次用自己的手板，给很多船工做煎鱼。具有如此奇异功能，借自身发火引燃日寇头舰的，这个人一定是水鬼老大！

随后里村人又听有知情的船工讲，水鬼老大改走下川江后，也曾在日寇进攻武汉前多次重返川江，会同浩浩荡荡的船队，把设在武汉的重要物资、工厂、机关、学校、难民等统统转移到陪都重庆。逆水行舟，超负荷运载，尤其至三峡多险滩湍流，头顶又常有日机频繁飞临偷袭，轮番轰炸扫射，一时那段川江真成了死亡甬道了。每天都有船只被炸毁，或因轰炸而触礁翻沉。峡江中随处可见漂浮的尸体、货物和打烂的船板、桅杆、篙与桡片。滩涂峭壁到处存留着遇难纤夫的尸体和他们的血迹。但船工和纤夫们竟毫无畏缩，没死的该行船走水还行船走水，该背纤拉船的还背纤拉船。水鬼老大表现得最为勇敢，敌机来时他总是挺立船头，横握篙竿，俨然戏台上的大将军横刀立马。眼见炸弹就要砸下来了，他才篙竿撑出及时躲过，俨然神助。船工们还很多次看见他为躲避敌机，将船急撑向横凸在江面的尖嘴崖下，眼见人与船就要撞上狰狞的崖壁了，人们紧张得都闭上眼睛。待到睁开眼，那船竟稳稳当当地从尖嘴崖下出来，行驶在河道中间。水鬼老大还回头向他们笑呢，他解下腰间装酒的葫芦，仰脸灌上一口，反手背抹抹嘴巴。有时，他还狂妄到举起篙竿，朝俯冲而来的敌机挥舞摆戳，跳着脚乱吼怒骂，好像要把那些敌机给一篙竿一篙竿戳落下来。孰料也巧，有次他对准一架敌机才刚那么一戳，敌机猛地就在他头顶一个忽悠，翅膀一折，撞毁在对岸悬岩了。驾机的鬼子之所以恐慌到失去掌控，大约误以为水鬼老大举起的那根篙竿，没准是什么新式武器吧？当然也不排除凑巧发生机械故障，或是挨了防空兵的炮火——那时为保证航道畅通，中国军队沿峡江布置了防空兵力。但不管怎么说，水鬼老大一篙竿戳落日本一架飞机的玄话，却从此在船工和纤夫们中间流传开来。讲这故事的船工们不仅信誓旦旦，还拍胸口保证他们这都是亲见亲历，绝非道听途说以讹传讹。

祖母是肯定信的。早年她曾坐水鬼老大的船去嘉陵江上游的古渡津关寻找祖父，沿途目睹了他如何剽悍捷猛，把一根篙竿舞弄得神吱鬼叫，没有闯不过的险滩也没有绕不过的礁石。即便临危绝壁，船倾一瞬，经他篙竿几点，整座山急闪得像在连连后退。祖母更相信他体内有火自喷，并且还能讲出有关这方面的各种故事。

他听了只当天方夜谭，倒更愿意相信是有别的原因。比如水鬼老大取得鬼子信任，事前在衣服里暗藏下什么易燃物品，或是直接用火种引燃了机房里的燃料，再或者他干脆就是被鬼子乱枪射杀，人死了双手仍紧把舵轮，把敌舰引向炮台射程，像后来人们在某部电影里看到的革命先烈，高喊着开炮，向我开炮！如此那死才更显英勇悲壮，才更庄严崇高，富含深度。但无论怎样，水鬼老大都堪当英雄。比较而言，除了用篙竿戳落一架日机，他更欣赏水鬼老大在三峡航道中那一派生龙活虎的勇猛。只是按时间推算那时他这位族祖，已该年近六旬，何以在祖母和七公、宽叔等嘴里，他还能青壮威武不减当年？有关那段峡江的航运倒绝对真实，那支浩荡的运输船队，主要来自卢作孚的民生公司，到抗战结束时已大多被炸沉江底，完好者寥寥无几。公司自此元气大伤，在共和国初期历经那场公私合营后，其归宿正如那时所有大小民族资本家和个体工商业主般被国有了。

祖母在确知那棺材里死难的英雄真是水鬼老大时，脑子里诞生出一个古怪的疑问：水鬼老大改走下川江后，会不会也像他在走嘉陵江和上川江时，一水路总要有那么多的女人，那些女人又总会莫名其妙地喜欢他，为他生下那么多的野种？他死了她们知不知道？她们还会不会像往常一样掐算着他的行程和船到码头的日期？这样想时，祖母不觉阴阴失笑，骂自己寻死人开心，终归为他惋惜。

水鬼老大死后还不到半年，从里镇就传来武汉失守的消息。镇上人心惶惶，好像不要多久，日本人就会顺长江攻占重庆，再沿嘉陵江来到里镇了。幸而历史最终没这样发展，人们也只是有过短暂惊慌后生活又呈常态了。事实上，是中国军队主动放弃了武汉，百万大军安全转移到了长江中游两岸广大的山岳丛林，日军占领的只是一座空城。

父亲正是那百万大军中的一员。那时随同“猫”在这一带的川军，多达好几个集团军。武汉会战之后，相继还有长沙、枣宜、常桃等系列会战，无一不空前惨烈，参战的川军各部又无一不奋勇争先。人们眼中曾经的杂牌队伍丝毫不逊于国军中的嫡系王牌，为此还曾受到最高统帅部通电嘉奖，让川军出尽风头。父亲他们在这一地区作战时间最长，也最为艰苦。他所在的集团军总司令姓王，常常被日本人追着在一个叫什么大洪山的崇山峻岭中兜圈子，像棋盘上的“王”被“将”得一趟趟转圈推，后来这战法干脆就叫“老王推磨”了。父亲回来后，最爱讲那一次次有惊无险的老王推磨，讲长沙城一把大火，讲衡阳城的中国守军如何勇猛顽强，直战至整座城池被鬼子夷为废墟……族人们总听得津津有味，尤其七公和宽叔一伙小青年，更是百听不厌。

母亲醒来后已是第二天黄昏。她从祖母那儿知道了死者不是父亲，而是她该叫族叔的一个啥水鬼老大，上午里镇刚为他举行过公祭，极隆重，灵柩已运回里村，族长天昌爷已派人先去城里通知二先生了，因这水鬼老大虽早年被芝长公逐出家门，但毕竟是二先生胞兄，身后事族中不便擅做处置，得等他回来再行定夺。母亲在得知真相后，最初沉默不语，继而哭声如瀑，长长地喘过气来。她虽然怕见棺材，但水鬼老大的丧事还得参加，这是祖宗传下的规矩，阖族男女只要在家的都必须去。水鬼老大的族籍在二先生回来的当天就恢复了，讨论时族人们的态度都惊人地一致——水鬼老大做了抗日英雄，家族荣耀呢，你总不能让他死后不入宗祠，将其拒之门外吧？宗祠一定要入的！作为抗日死难英雄，无论如何要归葬祖茔，在祠堂内供设灵牌。

于是，天昌爷用铎声将里村成年的男女都召集到祠堂，由他对神龛上的祖宗们概要陈述，水鬼老大今番怎样怎样，现经阖族商定，又该当如何如何。尤其对芝长公重点表白，希望他在天之灵首肯。天昌爷话刚说完，就见芝长公那张灵牌在众人的注视下，嗒的一响，接着像人点头似的朝前倾了倾，其余叠叠垒垒的灵牌，也跟着全都如此。在场的人就说，好了好了，芝长公同意了！祖宗们都同意了！

接下来就该阖族开吊。灵堂就搭在祠堂门前的地坝里，丧事办得十分节俭，近乎寒碜。依天昌爷和族人们的意思，原本要动用族中义产办得风光体面些，但二先生竭力反对，声言抗战时期理应一切从简，即便要将灵柩多停放个三日五日，他也极不赞成。从祠堂出来，向水鬼老大举行告别，无非二先生祭文表达集体的追悼哀思，随后送他去祖茔归葬。也不见二先生如何悲痛，时而还颔首微笑，好像他那位胞兄也算无愧天地了。

整个过程，母亲始终没敢看一眼那副棺材，但这并不意味着棺材的影子就从她眼底抹去。就在当天深夜，睡梦中的祖母突然听到母亲哇的一声叫喊，接着响起开门声、慌乱的奔跑声和院里老槐树上鸦们飞去的惊叫声。祖母急起身冲出房外，见母亲正坐在院子里号啕痛哭，边哭边呼唤着父亲的名字。祖母弄不清这半夜三更究竟出了啥不得了的大事，她忙紧紧地抱住儿媳，问，这是怎么了。母亲很久才缓过气来，喉咙里发出一声悲叹，颤声道：

“妈！他回来了，回来了！棺材！棺材！”

祖母被闹糊涂了，她摇晃着母亲问：“喂，慧贞！慧贞，他是哪个？棺材，棺材在哪儿？”母亲的手胡乱指点，忽东忽西，恐惧得话也说不出来了。

祖母紧张地四下张望，眼前除了一地漆黑，朦胧中老槐树枝影婆娑，再有就是门前那条嘉陵江大河在夜色下曳行着一线银灰，周围屏障些黑黢黢的山峰。她明白儿媳妇是因连日受到惊吓，罪魁祸首还是棺材！不管刚才是梦还是幻影，她都真切地看见了父亲的灵柩被一伙陌生人扛抬着来到门前。将母亲搀扶回屋去，祖母看见小姑已被吵醒，惊恐地望着家中的这两个女人。那时小姑还不足三岁，目光清澈得如水透明。

以后这样的事又多次发生，雷同得如照相的底片，被不停地反复洗印。

小姑死于日本人丢下的一颗炸弹。只是你也许想不明白，日本人的炸弹啥地方不好投，咋偏偏要投到里村临江的那一面沙滩？原来日本天皇为震慑中国政府，逼其尽早投降，曾下令对陪都重庆和作为战略大后方的四川狂轰滥炸，遭殃的不仅是大中城市，亦遍及集镇、乡村。顺庆就多次遭日机空袭，最惨的一回在民国二十九年夏天。

祖母记得那天她进城去看二叔。二叔已上完高中，在城里谋到一份做小学教员的差事。祖母找到二叔任教的学校，有老师告诉她，二叔没来上课，他一早就去城关操场搞宣传了。祖母赶到城关操场，见二叔和小小陈圣谕正站在台上教唱歌，小小陈圣谕教唱，二叔打拍子，台下很多人学唱。这样的场面祖母已见到过好多次了。母亲还曾见过，二叔在演啥活报剧，一幕一幕演的都是打鬼子。后来有个女人上台说唱，虽没报名姓，但母亲只听她唱了一句，便确信这女人就是小小陈圣谕了！之前她从未见识，只约略知道她曾被方五少爷卖到了城里。不过今日看她精神眉目，倒不像传言中身在娼门，而更像是入了戏班。想到丈夫曾被这女人迷得神魂颠倒让自己受尽冷落，如今仍是女儿身子，母亲忍不住就挤到台前，想将她看得更仔细。回家后她将那女人貌相、说唱时的声腔讲给祖母，祖母不好坐实。但母亲坚持着道，妈，错不了的！她要不是小小陈圣谕，我都不姓朱了！她沉默片时，忽地又一声叹息，神情有些无奈，说，唉，那模样真像画儿里的！声音呢，也好听得像阳雀！怪不得长山那样喜欢她！我要是个男人，也会。母亲说着说着笑了，眼睛里闪着泪。那以后，祖母轻易不让儿媳进城了，母亲也就无缘再见到那个被她认定了是小小陈圣谕的女人。

这天，小小陈圣谕教的歌老是唱嘉陵江，因那江正流经城外，学唱的人很是动情。惹得祖母也跟着学，不想她竟有几分天赋，许多人还没唱会时，她便会了。

那一天，敌人打到了我的村庄
侵占了我的田舍
牛和羊
如今我徘徊在嘉陵江上
我仿佛闻到故乡的花香
一样的流水，一样的花香
我已失去了一切
现实和梦想

江水每夜呜咽流过
仿佛都流过我心上
我必须回到我的家乡
为了那没有收割的菜花
和那饿瘦了的羔羊
我必须回去
从那敌人的枪炮下
我必须回去
从那敌人的刺刀下
我必须回去
回到我生长的故乡

祖母听出来了，这首歌唱的是外省人，他们的故乡已被日寇占领，这才逃难到了四川，逃难到了嘉陵江畔这城。不过在他们心里，仍然放不下老家的土地、菜花和牛羊，发誓要打回去。眼前这群人中间，没准儿就有些外省人呢。祖母早些时就已听说，有所东三省的什么大学都万里跋涉，搬迁到了顺庆。

二叔正打着拍子，猛地就看见了祖母，又见她嘴巴在像模像样地闭合，更是惊喜得了不得。他一溜烟从台上下来，拉住祖母的手直摇，说，妈，你啥时到的？这歌你也会唱了？祖母就不好意思地笑笑，说，我大老远进城，可不是跟你来学唱歌的。母子俩正要叙谈，忽然天边传来闷雷似的轰鸣，紧接着城里的防空警报也骤然响起。飞机飞机！日本人飞机来啦！鬼子要丢炸弹啦！操场上到处传来惊慌失措的叫喊，人群瞬间像轰散了的羊群。二叔指给祖母看操场边一处出口，告诉她那条路直通城外，并催促她赶快从那里逃离。祖母跑过出口了才发现二叔没有跟来，回头见他又站到了台上，正朝混乱的人群挥舞手臂，大喊大叫着，好像在指挥他们有秩序地疏散。

祖母来不及反身去叫二叔了，已有敌机飞临操场上空，飓风掀起，摇撼着周围的树木和房屋，飞沙走石，啸声尖厉。祖母感觉被飓风一掌猛搡到操场外面，倒地时身后已然翻江倒海，并震响着持续不断的山崩地裂。世界仿佛在一刹那坍塌了，只剩下纷扬的尘土、热浪、浓烟和旋转着的沉沦前的黑暗。终于止息。代之而起的悲哭哀号，似挖心剜肉，惨不忍闻。祖母从地上爬起来，飞身扑向操场，大声呼喊着二叔的名字。此刻的操场已处处被犁开，弹坑累累，遍地尸横。有不少人受了伤，很多人在抢救。祖母在他们中间发现了二叔和小小陈圣谕，他俩正要把一个满脸是血的人送往医院。二叔也看见了祖母，说，妈，没事吧？祖母笑了，流着泪，说，你没事才好哩！吓死人了。小小陈圣谕也说，大娘，你早些回去吧，这里不安全。祖母望着两人送那伤员离去，心想这倒是不错的一对儿。

离开城里时祖母看见，遭空袭后的顺庆，满城浓烟烈火，四望断壁残垣。随处可见死伤枕藉的平民、啼哭的儿童、尖叫的妇女，被炸飞的头颅、手臂、腿、脚掌、断指、开膛的肠肚以及衣服的残片、烟袋、草鞋、皮鞋、绣花鞋、木屐、草帽、纸伞、纸扇、蒲扇、篾扇……整座城似开了血库，血像红色的蚯蚓，在石板铺垫的大街小巷恣意蜿蜒、交汇、纠结，不屈不挠地，拼着要万涓成水、汇流成河。祖母不知道它们最终能积聚起多大的容量，要流向哪里，但却分明看见此刻在城外的什么地方正涌来无数血色溪流，纷纷注入那条著名的大河。刚才还在二叔教唱的那首歌里呜咽着的嘉陵江，交织着新仇旧恨呜咽得更加沉痛了。

快到里镇时天已黑尽。地上月色清凉，好像不是任天倾泻，而是被无形的手从江心里一把掬起，泼洒开来。身旁的嘉陵江也显出有些异样。夏日的这月上初更，在往常仍不绝桨声人语，今夜却过早地落寞，沉寂得一似荒芜。江月曳着惆怅的影子，像裹带着千古悲愁。两岸的村庄也悄无声息，怯怯地慌张蛰伏。镇上更绝少灯火稠繁，惟几盏疏漏，几处悲哭，几处的房屋像刚经历过大火，有几处竟甚成瓦砾。月光徜徉的街道，有凝固的血迹，像是洁白绸带上被人恶意弄出的污斑。空气中还残留着硝烟的气味。脚下不时碰着些钢铁的碎片，叮当声俨然镇上那位手艺不错的铜匠在修补铜盆。祖母不想里镇也挨轰炸了，她由里镇想到里村，神经一下紧张起来。不祥的预感在这瞬间潮水般汹涌来临，仿佛家里惨祸已然发生，与轰炸和小姑密切关连！她立时惊出一身冷汗，脚底发软，从里镇到里村的路，都不知道是怎么走回去的。

果然才到村口，就传来母亲的哭声，还夹杂隐隐的人声，像是七嘴八舌地在安慰。——祖母的预感不幸应验，小姑真的被日本飞机炸死了！那颗炸弹扔在村前江岸。当时岸边除了小姑，什么人也没有，江上又正好不见行船。总之那颗炸弹扔得有些莫名其妙，鬼子飞行员简直是十足的丧心病狂。

据说之前从里镇方向已传来轰轰隆隆的巨响，正在地里干活儿的母亲直纳闷这是怎么回事，就忽见那架飞机经里镇上空一个贼闪，像钻出云层的鹞鹰，飞到村前的那一片江天。它低掠着双翅怪吼，岸上的草木神奇地在它肚皮下起伏连绵。母亲想起小姑最爱去岸边玩耍，常常痴迷到忘了回家，这婆母又起早去城里了，急得她正要往江边冲去，就听那儿骤响起一声霹雳，巨大的烟尘遮蔽了天空……

当时很多人都亲眼所见那架飞机，七公和宽叔现在都信誓旦旦地，一个说他看见了机身上那贴红色膏药，另一个更玄，说看见了鬼子飞行员狰狞的面孔在不怀好意地望下冷笑。有时两老人又互起争论，指责对方当时根本不可能看得那样清楚。最有趣的还数族长天昌爷的麻脸女人，她不仅将那架敌机当成了一只从未见过的大鸟，甚而还认为它那样尖声怪叫肯定是因为饿得太慌了，还嚷嚷着要回家拿苞谷籽撒地上喂它，才转身进屋，就见那大鸟尾巴一翘，拉下颗大蛋，砸到地上，响声震得她脚下地皮直颤，人差点跳起来。

那时大后方的农民只听说过飞机，里村的族人们这还是第一次见到，当即惊慌躲避，除了母亲，再不会有谁想到在岸边玩耍的小姑了。在平时，他们去江边挑水、洗衣、淘菜，可没少见到祖母家这个出生在逃荒路上的黄秧秧的小丫头。她总是孤独地在岸边玩耍，跟村里的孩子不合群，更不会像他们每来到江边，就快活得像溪流奔放出了山涧，喧闹得叽哇一片。她喜欢一个人蹲在滩涂，看那些圆融的、密密的蟹眼，用事先折下的一片草叶，将从里面爬出来的幼蟹或别的昆虫，轻轻扫回到窠穴里去。然后等待，等到那些小东西们探出脑袋了，再扫回去，仿佛担心它们会受到伤害。偶尔她也会用卵石在沙滩上垒出一个个小圆堆，就跟现在的儿童玩搭积木一样。不过，她最喜欢的还是坐在岸边，低头看漫过来的江水，一漾一漾地涤荡着堤岸，被挡回时便化成一缕银亮，沿岸线急速地流走。涤荡和挡回的声音都那样轻柔，除非起了风。她还喜欢看螃蟹、虾、蝌蚪或是别的什么更幼细的水族，在滩前的浅水荇丛中盲目蹿游，小鱼在吹着气泡。平静的水面不停地流过一些花瓣、草茎、落叶或是枯树的枝条，有时也会陡地生出一个涡旋，倏忽间便消失了，仿佛潜水似的，转瞬在距离它不远的地方，又呼地冒出一个涡旋。那些涡旋都只有碗口大，旋转时姿势优美，嚯嚯地像吹口哨，气息均匀，只有下潜时才一声悠长，像人深吸气。小姑就这样神情专注，似乎从来就没有仔细看看更远的江面，那里阳光耀金，激流壮阔，鸟与船上下翔动；船去了复归平静，野鸭随意出没，还有些鸟儿，飞着飞着，突然闪电般地从波心里抓起一条鱼，衔着鱼飞去。

然而小姑就只对眼前这片窄浅的水域充满兴趣，常常一看就半天，但却看不出她从中感受到什么欢乐，目光忧郁得让多次寻找而来的祖母或者母亲见了暗暗发愁，担心她幼时孤僻，长大了性格自闭。两个女人却不谋而合地又谁都不曾干预，似乎在抚着一段疼痛，只要小姑愿意的事情，她们都乐意呵护。小姑也偶有高兴的时候，那时她会在岸上的草丛中采几朵野花，奔跑着捕捉蝴蝶，或是掐两小段乌青的马草，粘在上眼皮，马草上细绒的须，就像长长的好看的睫毛。拿马草装饰睫毛，生长在嘉陵江边的女孩儿们自小都会。祖母那晚到家后看到的小姑，眼皮上就粘着那样的睫毛，手握着满把鲜花！可见她罹难前正体验着难得的欢乐，敌机飞临头顶时，她没准也将它当成了一只大鸟，还朝它挥舞鲜花哩。

小姑所幸没被炸成齑粉，她只是全身多处被弹片击中，很可能是炸弹落地时掀起的气浪，一下将她推倒了。用马草在上眼皮上粘出的那两道睫毛和手握的鲜花，至死都没有脱落。那天随同小姑被炸死的还有数不清的小鱼小虾，白花花的，在江面漂浮。它们中有许多在活着时应该和小姑彼此认识，是用心感应的朋友，现在又随小姑一同离开了人间。

小姑呱呱坠地在逃荒路上，一出生就险遭夭折，这才不到四岁又被日本人飞机炸死，好像她来到人间就只为面对死亡。小姑的童年里没有父亲，只有两个成熟的女人，年长的是娘，年轻的叫嫂。她眼见的嫂与娘整天都在忙碌，自然也就很少有照顾到她的时候。即便她们下地劳动也时常带上她，却又忙得往往忽视她的存在，以致有一次她在地塄上睡着了，成群结队的蚂蚁围绕在她身边，好像要把她当成什么食物给抬走。小姑不懂得埋怨，她早已从大人们的谈话和眼神中，隐约感知到在很远很远的地方正在发生着啥了不得的事情，那两个该叫娘与嫂的女人如此疯狂地干活儿，似乎与此有关。久了，小姑不再随娘与嫂下地了，她越来越喜欢一个人去到江边，孤独和忧郁就这样一天天形成了。

小姑死后祖母一度悲伤欲绝。她常常去江边，看炸弹留下的深坑，也去小姑惯常坐的岸边坐着，像她一样长久地看那片窄浅的水域，直到涨过几场大水弹坑被泥沙填平。祖母最初几天，直哭得声带沙哑，眼里流出血沫，从此泪腺就仿佛干涸，里村没有谁再见过她哭。她没有用一领破席将小姑像村里那些曾经夭折了的孩子草草掩埋，而是慎重地请来木匠，为小姑量身赶制了一口小柏木棺材。她深知小姑来到人世间有多么千难万苦，自己又亏欠她太多，又这般惨死，身后可不敢让她再受委屈！小姑先天就营养不良，黄秧瘦小，打出的棺材差不多也就是一只大点的木匣。母亲本是最怕见到棺材的，但从打棺材直到小姑安葬，她自始至终没离开半步。入殓那天，竟还是母亲抱着小姑把她轻轻地放进那只小柏木匣子里。

小姑活着时夜里和母亲睡一张床上。因祖母担心父亲抗日在外，年轻的儿媳妇孤枕难耐，最好身边能有个伴儿，即便这伴儿小到仍需大人照顾。

有些夜晚，母亲在黑暗中睁大眼睛，望窗外夜色，听嘉陵江涛声隐隐，一时感觉得无边虚空。那时小姑就会醒来，不迟不早，仿佛掐准了她心绪的秒表似的。她在这个该叫嫂的女人的胳肢窝里先是懒懒地翻身，然后轻轻咳嗽，说，嫂，嫂。听到虚空里传来真实的声音，母亲通常会一个激灵，知道小姑又有事要她起床了。当然也不定每次有事，好像小姑叫她就只为要她分散心思，注意力转移，寂寞难耐时不再寂寞。母亲初不甚在意，巧合的次数多了，便怀疑小姑是不是有什么特异功能，在梦里也能感触到她的心事，要不就是她一直假装睡着。母亲并不觉得小姑有多么腻烦，反而对她心存感激，毕竟是小姑让她摆脱了寂寞，像一个迷失在茫茫荒原中的行者，正四顾彷徨间突然被一声唤回，这之后困倦已极的母亲会很快沉沉地坠入梦境。

小姑的死带给母亲的伤痛，丝毫不比祖母轻微。在母亲的潜意识里，她早就把躺在胳肢窝里的小姑，当成了她亲生的闺女。母亲原本该有一个跟小姑同龄的孩子，母亲抱着小姑睡觉时便免不了要伤感，对父亲充满了幽怨。但更多的还是担心。她祈盼这场战争早早结束，父亲能平安归来。那样她就还有望期待他回心转意，拥有做女人所该有的一切！她提前预热着母亲的角色，并从对小姑倾注的爱里，时时感觉得心旌荡漾。尤其夜里抚着小姑入睡，那种奇妙的感觉便特别强烈，如果窗外的月影正好移到床前，母亲会静静地将她凝望，欣赏她晶亮的鼻翼，听她均匀的呼吸，忍不住还会伸出手指，去她鼻尖上轻轻刮刮，仿佛那是一滴月光下的露水，怜不够也爱不够。母亲想她哪天真要有了孩子，纵使可心地疼，大约也只能是这样了。

比起祖母的坚强，母亲就显得十分脆弱，小姑被掩埋已久，她仍要夜夜哭泣，将祖母与里村的族人们一次次从梦中吵醒。这天深夜，祖母迟迟没听到母亲的哭声，正寻思儿媳妇会不会从此心绪平静了呢，突然就听母亲在隔壁一声惊呼，直叫：

“妈！妈，你快过来！快过来呀！”随即寂然，再没有了声音。

祖母在这边顿时紧张，她用手咚咚地拍打墙壁，意在给儿媳壮胆，一边就问：“慧贞慧贞！咋了？出啥事了？”

听不到回应。祖母急掌灯过去，却见母亲的神色像猝然受到惊吓，又像十分欣喜，不觉地举灯四顾，心下茫然。“这半夜惊乍乍地叫喊，究竟咋回事吗?”祖母面有愠色，目光直狐疑地盯住母亲。

母亲的手忙指向那张木床，激动得嘴唇颤抖，说：“小姑，小姑！我刚才看见小姑了!”

“在哪儿?”祖母问。手像被烫着了，油灯差点儿掉到地上。

“她从小柏木匣子里出来，就躺在我身边，胳肢窝下。我仍像往常一样抚摸她哩，还用手去刮她的小鼻尖，这样……”怕祖母不信，母亲伸出根指头比划，末了又竖起手指放在唇边，仿佛那上面还留有小姑的气息。

床上自然不会有小姑。除了刚才母亲惊起时弄乱了的床单被褥，再别无他物。

之前，母亲面对装殓小姑的那具木匣，已表现得并无畏惧。那种奇怪的症状指望就此慢慢好转，谁知经此一闹，却强烈地反弹。现在，母亲不仅怕见到那些大点的长方形器物，就连见了椟匣之类，她也高度紧张像快要窒息。后来严重到居然小到连装旱烟的牛皮匣子、火柴盒、方形的纽扣也怕见到了。这现象直延续到父亲抗战回家，母亲的恐匣症才突然消失，跟正常人一样了。

第二十一章

父亲回家在那年腊月。距日本投降，已过去几个月了。

那一年是民国三十四年，公元一九四五年。这场自卢沟桥事变起发生在中日之间的战争，最终以日本无条件投降落下帷幕。八年抗战，中国为亚洲乃至整个世界和平作出了重大牺牲，自己则在战争中艰难奋起，愈战愈强。有史学家把抗战胜利视为近代中国的分水岭，这个古老庞大的东方民族，有望就此开创新元，行民族复兴，圆世界强国之梦。抗战的胜利给了这个民族极大的鼓舞，日本投降的消息甫一传出，一切有炎黄子孙的地方，无不变成欢乐的海洋。

里村也不例外，只是比里镇稍迟。里镇差不多在第一时间得知了消息，功劳在于方五少爷那台能说会唱的匣子，他能够及时收听到来自前方的最新消息。据说方五少爷乍听了还万万不敢相信，直到连听过三遍，认为千真万确了，才赶紧令团丁速去鸣锣跑报，将这泼天喜讯往四乡传送。那团丁先在镇上的大街小巷亮堂堂吼喊一阵，然后骑马下乡。他刚跃上马背，忽然一街市爆竹和巨大欢声从身后霹雳般地滚来，惊得马猛地往下一矬，人险些被掀翻。他所报过的每处村庄，人和马才刚离去，鞭炮声、欢呼声、敲锣打鼓声、锅碗瓢盆的打击声，就追着他的马屁股响了！那是一种不同于任何欢乐的欢乐，像无数的儿孙在赶跑了盗掘祖宗庐墓的强盗之后，见到先人骸骨犹存的刹那间悲喜！

祖母至今能确切地回忆，那天里村是她最先敲响的铜盆，结果很多人家都竞相效仿。祖母边敲铜盆边呼唤小姑的名字，一直跑到江边她遇难的地方，把脸埋在沙滩里久久恸哭。族长天昌爷还做了一件后来令二先生大为称道的事情，他迅疾地敲响木铎，召集阖族男女都到祠堂祭祀，实则是要将抗战胜利的消息及时告诉祖宗。列祖列宗还真与在尘世的儿孙们分享欢乐，一龛台灵牌突然就开始了毫无节制地舞蹈，像人兴奋得跺脚摆手，磕碰出嚓嚓的声音。而每张灵牌古暗峻肃的刻面，也全都陡地生气鲜活。有的瞬间潮润，仿佛热泪夺眶。更奇的是在当天晚上，族人们都做了同一个梦：一对年轻的陌生夫妇，穿着不同于今人的服饰，在里村的田野和村巷默默地行走，不时就停下拍拍这户那户的门窗，好像这片土地与聚族而居的村是他俩曾经用心血而缔造的。虽然谁都不曾见过这夫妇俩，但所有梦醒后的人都一致相信，那正是世代相传的入川一世祖了！大家不可思议老祖宗夫妇何以要给那么多人托相同的梦，莫非他俩在天之灵也深自庆幸，只要种族不灭，国家不亡，自己的后代仍将承续耕种当年他们辛勤圈占垦殖的土地，先人们留下的骸骨，也就不愁没儿孙守护！

接下来便是族人中有的家庭在苦苦盼望，期冀他们参加抗战的孩子或丈夫早早归来。他们当初要么响应二先生号召，纷纷报名从军，要么就是在随后不断征收壮丁时慨然入伍。那些日子，在里村前的江道、村口，在里镇的码头，在通往顺庆的大道两旁，在更远的很多很多地方，一切能通行的去处总要有那样多的年轻妇女、老人和儿童在惶惶等待，守候不知存亡的亲人。这是抗战胜利初期，也是任何国家久经战乱后，最常见的一道诞生在广袤大地上的独特风景！缠绵哀苦，温馨凄凉。

祖母和母亲也加入到守望者的队伍。江道上，渐渐走来从前线返乡的士兵，他们不时地会见到有伤残，或架着拐杖的，或甩着空了的一只、两只袖筒的士兵。战胜者即将回到阔别的故乡和亲人的怀抱，虽显特别地轻松欢愉，但透露的却是沉重。尤其这些先期归来的川军的基层官兵，除了头上没有跟随的乌鸦，现在也像当年出征时脚穿草鞋，身背斗笠，少了的只是长枪大刀，他们大多衣衫褴褛，不堪饥疲，有的人还沿途乞讨，狼狈万状。

祖母和母亲就曾遇过这样一位老兵，他蹒跚着经过在江道守望的婆媳俩身旁，突然停下脚步，用乞求的眼神，很低的声音，说，老嫂子，大姐儿，我饿得快要走不动了，能不能发发慈悲，上你们家讨口吃食。祖母和母亲欣然将他领回家去，下了在她们看来是足够的面条，还煎摊上两个鸡蛋。谁知老兵很快吸溜精光，又怪难为情地从碗里抬起头来，眼巴巴欲言又止。母亲还想去再给他下碗面条，刚要转身去厨房，被祖母唤住了。祖母对老兵说，兄弟呀，不是老嫂子舍不得，我是怕你再吃就撑坏了肚子呀！饿狠了的人，一次不能吃得太饱，弄不好要死人哩。老兵强咽下一口唾沫，说，行，老嫂子，那就给我再添一碗面汤，行不？祖母笑说，行呢，那咋不行。谁想一碗面汤不够，老兵连要了三碗，直喝得像牛饮，祖母和母亲看着他忍不住双双泪流。老兵见了也哭，不为这一路艰辛，只为自己能活着回来，听到乡音，见到面前的两个女人。他说，当年和他一同出征的人很多不如他幸运，八年抗战死伤那么多中国军人，其中五个就有一个是四川子弟！

“嗬嗬——好几十万川军兄弟啊！他们永远回不来了。长眠在异地他乡，要回家也只能是鬼魂啦！”

老兵哭得不能自抑，横着肮脏破烂的袖筒，不停地去抹脸上的鼻涕眼泪。祖母和母亲好不容易劝得他不哭了，也就趁机向他打听父亲和来虎小舅公的消息，却没有丝毫线索，不免又是失望。祖母送老兵出来，到院子里，刚要嘱咐他慢走，谁知那老兵竟从她眼前倏忽消失，祖母怀疑刚才看见的难道是阵亡士兵的灵魂，要回家了。

这样直持续到秋天过完，婆媳俩守望的人竟没有出现。冬天来临的时候，母亲差不多已经完全绝望，她整日情绪低迷，常常一个人暗自流泪。祖母见了，每每就笑着对她说：

“哭啥呢？放心！我感觉他还活着哩，很快要回来了！”又提高嗓门，道，“慧贞慧贞，不信看吧，等不到过年，这家里就要多一个喝酒的人啦！”

也不知是祖母故意要宽慰母亲，还是她那时真有了什么预感，而她的预感历来又神奇地准确。总之在年关将临的这天上午，祖母正在楼上收拾房间，猛然发现祖父留下的那架书橱开始无缘无故地摇晃，书架上的书在快乐地舞蹈——正如你已经知道，是父亲带着那两个挑夫，挑着一担书和一担江西景德镇的瓷器回家来了！祖母兴奋得如喜从天降，她边望父亲边回头慌慌张张地叫喊：

“慧贞慧贞！哎呀慧贞，快出去快出去！你男人回来啦！是长山回来啦！”

听到祖母的喊声，在厨房里拾掇的母亲不知为何却直到父亲进了屋才迟迟露面。她出来时眼圈红着，围腰不解，手就在那上面不安地搓揉，用力地，一下一下，像要抓牢什么东西。她的头一直低着，后来总算鼓足勇气瞥了瞥父亲，望了一眼又慌张移开，突然就趴到桌上，双肩颤抖不已。然而父亲自从进门，就不曾对母亲正眼瞧瞧，仿佛家里原本就没有她这么个女人！苦苦期盼，真心祈祷，谁知盼回家的父亲竟无丝毫回心转意，母亲的心伤透了。不过，她仍愿意将自己当做他的妻子，并很快想到了此刻她最该应尽的责任。

“噢，你回来了，我去给你烧碗水喝吧。”母亲从桌上抬起头来，眼睛红红的，转身要去厨房。

“你哭去吧！格老子，不用啦！”父亲粗门大嗓，额角那道条形的醒目的刀疤，刹那间暴凸通红。

祖母被震得一跳，同时看见满屋的东西也都突然跳动起来，有的甚至摔到地上，发出粉碎的叮当乱响。母亲的腿像一下给钉住了，两个女人都惊愕于父亲在离家前，他说话的声音从未有过如此雄壮，并带着原始的粗莽，简直就是狮吼虎啸。尤其是祖母异常惊喜，感觉父亲已成为一个真正的男人了，这种男人正是她一直想要铸造的！

其实在父亲进屋时，祖母就已注意到他身材魁伟、容貌粗粝，脸上赫然出现的刀疤以及他跨越门槛时矫健的脚步，落地时那铿锵的一响，丝毫找不到他从前的孱弱阴柔、拘谨胆怯，如今一派阳刚英武，潇洒得脱胎换骨！那瞬间祖母在心里就认可了父亲，而他冲着母亲的那声吼，无疑又给这判断下了最好的注脚。

那天方五少爷来访，带着团丁礼盒，见面就对父亲竭尽恭维，还一口一声李团长。父亲表情冷漠，但每当方五少爷顾望他额角的刀疤时，他便会额头痉挛，手还会下意识地往顶上一护，没准以为方五少爷又会伸手去揭他头上的帽子，往里面尿尿。方五少爷似乎也意识到因由所在，忙低下眼睛，说，嘿嘿，李团长，我今天来只为代表镇公所和民团慰问抗战英雄，早知道你在部队是堂堂国军中校，作战勇敢，为地方争了光。父亲哼哼，不屑地将头扭过去。方五少爷忸怩半晌，最后不得不把话挑明，责备自己在早少不更事，后又年轻气盛，屡有不恭。父亲不待他话说完，腾地跳起，手指了方五少爷，厉声吼叫，说：

“格老子，你今天也晓得造次？造次个鬼了！滚吧！给老子滚！”

方五少爷他们悻悻地走了。丢下的礼盒，也被父亲踢飞到院子里。

祖母简直不敢相信，父亲会骂人了，而且骂的还是方五少爷！眼前的这个人就是她曾经希望看到的儿子。由此她更坚定了父亲现在已充满了男人血性，到底打过日本人，像条汉子，响当当的汉子。她庆幸自己当年替儿子作出的抉择，要不然窝在家里，只今肯定还是个懦夫，还要受方五少爷这等人欺负！直觉还告诉她，父亲断不会像祖父那样暴戾凶残，这更符合她铸造男人的本意，否则这铸造就是造孽了。惟一令她不满的就是父亲仍不肯与母亲同房，还时不时为此表现得郁闷烦躁，对祖母瞪着眼睛，似乎在怨恨她和祖父当年包办了他的婚事。祖母心知这都因他心系那小小陈圣谕，她并不生气。果然这一日清晨起来，父亲告诉祖母，他要进城去看二叔，问问他回不回家过年。祖母掐算离过年只差几天了，便顺势道：

“也好，你就叫他回家来过年吧！就道是我说的，这抗战打胜了，你当哥的平安归来，正合该一家人团聚团聚，有多少年没团聚啦！”父亲才要迈步，不想祖母又靠身近前，叮嘱他此去务必要买些礼物代她去看看二先生，最好也劝他回家过年。

父亲走后，眼睛一直红肿的母亲又继续没完没了的哭泣，只是少有泪水，声音也软软懒懒，像只病猫。祖母佯装不解，问她哭啥呢，母亲一下扑到她怀里，哽咽道：

“妈，你明知道的……他保不定还要去会、会小小陈圣谕呢。她人长得那样标致，又说唱得好……”

祖母恼了，她猛推开母亲，说：“就怕他不去看哪！那又怎样？慧贞，听娘的话，你赶明天把床铺收拾好了，就等着做女人吧！”

母亲将信将疑。第二天傍晚却烧了热水关门洗澡，将自己和父亲的卧房从头整理，床单被褥都换成新的。还找出当年和祖母带小姑乞讨离开那城，在城隍庙买的那盒香粉，回家后舍不得用，祖母也不让用，这就拿出来蘸一点在指尖，不厌其烦地往床上吹。只可惜时间太久，香味儿早已经完全挥发，更别说有什么麦花和稻谷的清芬了。然而奇迹却在这瞬间诞生，刚才还了然无味的香粉，突然竟芬芳扑鼻。立刻召来很多蝴蝶，五彩缤纷，绕室飞萦，也不知正天寒地冻，腊月年尾，它们是来自哪里。

父亲这次回家可没要二叔搀扶，也看不出有丝毫病相，神情像是解脱了。祖母问他二叔回不回家过年，父亲说，不回。又问他去看过二先生了？回答更干脆，没看！

“那么，你是……哦呀！”

祖母吃惊地看见，不知啥时已有很多蝴蝶，裹挟着沁人的香粉气，都扑落到了父亲的身上。

父亲听到母亲的叫喊，顺祖母目光低头看停在自己身上的蝴蝶，忙用手挥赶它们。然挥去复来，愈集愈多，绕着父亲耳面盘旋，逼得他不好不起身追逐。这些大自然的可爱精灵，像上苍派来帮助母亲的使者，将父亲一步步诱进了母亲的卧室。

祖母竖耳朵悄悄听着。父亲进屋后有一阵了无声息，接着才像人从高空坠落时无可奈何地一声长叹，仿佛已彻底葬身于那片花海，翩翩蝶影之中。

年三十午饭前，父亲去天昌爷家，对正要抬腿出门的天昌爷说："爷，给我吧！"

天昌爷一时迷惘，问："啥呀？"

父亲指了指他手中的木铎，说："我回来了，你就还让我做铎人！"

"噢噢，那咋行？"天昌爷说，"你当团长回来，打日本回来……"

"有啥不行！"父亲话说得斩钉截铁，"我现在已不当兵了，我就还该做铎人！"他从天昌爷手里拿过木铎，问："爷，你说，还照旧时规矩，这就通知族人们都去祠堂，先祭祖再回家吃年饭？"

天昌爷点头时，父亲已迫不及待地将木铎敲响，但才一声，手便停下，仿佛受到震骇，不敢相信那像天籁的一记铎声竟是来于他自己的手中！

祖母和七公、宽叔等现在还能深刻地回忆起，抗战后归来的父亲，那日敲击的铎声别具况味，别说他在家做铎人时从没有过，祖父和曾祖父也未有过！总之父亲感情错综难以名状，传达得便如风嘶雨打又晴空凤鸣，像一个人历经战乱后最终有了安定的生活，在向人类倾诉生存的不易。听的人感慨万千，温馨悲切，击铎的父亲也自泪流满面。

从祠堂祭祖归来，父亲直接将木铎拿回家中，还挂在原来的那面墙壁。一旁的墙壁上，有祖父楷书写的十二个月农事。也正是从这天开始，父亲再续了他们家第四代铎人的历史。

父亲年前那次进城，有没有去寻找小小陈圣谕，这事他一直没讲，祖母也不问。倒是母亲试图刺探，虽然自作聪明地绕着弯子，但结果还是被父亲一眼瞪住，吓得她直打哆嗦，再不敢吱声了。那以后，母亲最怕父亲冲她瞪眼睛了，她说从父亲的眼里会看见刺刀，感觉那刹那她已经被当做了敌人！谜底最终由二叔揭开，他在新生的共和国大规模镇压反革命结束不久，即从城里带回家一个女人，并郑重地对祖母宣布，他要和她结婚了！

——这女人正是小小陈圣谕！

祖母从未有过这方面的预感，当时特别震惊。母亲更是呆若木鸡，躲回房间里独自流泪。那时她已是货真价实的匪首遗孀，她想到了自戕的父亲，不明白这哥俩和小小陈圣谕，究竟是怎么回事！

父亲年前那次进城，先寻到二叔在学校的住所，门没上锁却久敲不应，他正欲转身离去，门却从里面开了，他一眼就瞅见了坐在床头的小小陈圣谕正慌乱地往一条腿上套丝袜。没谁知道父亲那瞬息的心情，但他脸上涨红的刀疤却着实把屋里那两男女都吓了一跳！

接下来便出现了多种版本。有说父亲当即转身离去，赌气轰酒买春，专寻这城最好的青楼。有说父亲不想当着小小陈圣谕的面打二叔，就把他叫到城外嘉陵江边，揍了个鼻歪眼肿。再有说兄弟俩实不曾打架，父亲还掏钱请二叔和小小陈圣谕吃饭，给他未来的弟媳买了做衣服的绸料，讲好是他送给她结婚时的礼物。

祖母从来只讲最后一种版本。这倒不是因为它更接近事实真相，而是她觉得父亲必得这样才符合她理想中的男人标准——男人除了勇猛刚强，更应具包容宽忍，心有柔软，胸襟广大！祖母欣赏在最后一种版本里，父亲所表现出来的父兄情怀和仁者之风。

婚后，小小陈圣谕到文化馆上班。解放前靠说唱为生的艺人，在新社会成了文艺工作者。工作仍是说唱，更多的是辅导基层、说唱时事。她不再忧愁生计，有时间就学文化，又有二叔手把手教，慢慢地便能写出几句唱词儿，甚至还会创作诗歌。大跃进时她有两个代表作，一篇为说唱《嘉陵江引上南天门》，大意为农民用龙骨水车首尾连接车水，浇白云深处的梯田，把嘉陵江的水都引上南天门了！谱曲后由她演唱，流传之广，直追抗战时她曾演唱过千百遍的《在嘉陵江上》。另一篇为诗歌《人民公社放光辉》，刊登在国内了不得的《诗刊》上亦被人广为传诵。

出于对婶娘才情的向往，他曾托人去文化馆查寻资料，好不容易将那两篇代表作找到，迫不及待地翻开看时，却惊呆了，原来署名的作者却是本土姓蒋姓王的两位农民！他们的身份籍贯，都被括弧在不同的书页。那首诗也就四句：

青山翠谷金万堆，
万顷棉田白云飞。
祖国山河无限美，
人民公社放光辉。

他有些失望，猜想那金万堆应该是谷堆吧？大跃进放卫星，流行把若干田里的水稻集中到一块田堆。二叔时任副县长，里镇似乎搞过这方面的样板。那时“人有多大胆，地有多大产！”也盛产农民诗人。两篇作品的作者，这么多年居然被讹传成小小陈圣谕，也不知是怎么回事了。

小小陈圣谕死于“文革”，罪名都集中在她曾给方五少爷做过小妾。二叔那时已被打倒在地。小小陈圣谕不堪凌辱，一狠心悬梁自尽了。红卫兵们发现，她死时穿着他们谁都没见过的那种花色、那种款式的连衣裙！两耳松绿石吊坠，翡翠玉镯；施淡妆，面色如花初谢，凄艳鲜美。就在当天深夜，有不少人听到了他们从未听到过的歌唱，行腔古怪得很。

灾荒年——饿死人（啦）听说来见（啊）
今年子（呀）黄家坡（舍）断绝人烟
大劫到（啊）实难逃（唉）奴夫先走（哟）
我这就（唉）回娘家——求个周全
……

路过城关操场和住在附近的人们，也听到操场上有女人唱歌，却并不见人。

……
如今我徘徊在嘉陵江上
一样的流水，一样的花香

第二十一章

我已失去了一切
现实和梦想

江水每夜呜咽流过
仿佛都流过我心上
……

二叔不久也死了，走资派，还受到祖父和父亲的牵连。他死于开枪自杀，那是一把很不错的手枪，日本制造。红卫兵们不知他那枪从何而来！

小小陈圣谕的美，他只见到过两次。最早在他五六岁，或七八岁，肚子像吃得饱又像吃不饱。二叔带着个女人回家，拎了大包的零食，他印象中有酥脆饼干，还有一种像彩色粉笔的糖，任由他吃了个痛快。祖母在旁，一次次提醒他不要光顾了吃，该叫那女人一声婶了。他不肯叫，祖母作势要打他，被那女人一把抱过去，说，妈，你打我吧，多乖的小侄儿哟。她嗓门甜脆得像阳雀，却要比阳雀更好听，带些绵软的柔声。他开始留心这女人，她眼睛大而明亮，衬着忽闪的睫毛，像露珠在宽齿的草叶边滚动；还望他笑呢，似花开在了面靥。他被她抱坐在膝盖，感觉那两条腿特别的笔直修长，极富弹性，像他打弹弓使用的橡皮筋儿。在早，他坐在门前，看见她和二叔出现在江边村道，款款地，像从身后江水里一点点走来，俨然传说中的嘉陵江女神。后来离去，亦如她来时，缓缓隐没进粼粼江水之中。再一次见到她，是小小陈圣谕上吊死的时候，他和祖母进城为她收尸，她死去的模样宛然熟睡，像被冰雪冻僵了的美人。

春天到来。嘉陵江两岸山峰已不见有丝丝积雪，苍翠黛绿的树林，迎着暖融潮湿的阳光黑得发亮。岸畔广袤的豆地麦田，肥油深厚得像一面面水塘。庄稼拔节向上的声音，沙沙地响。空气清新淡雅，像一杯刚沏的新茶，但也掺杂进各种腐烂的气味，像酝酒的粮食正在发酵。江水清澈流淌，凉爽宜人。

农事一时还不会十分繁忙。父亲每天除了去田间地头转转，大多时间就坐在院里那棵老槐树下，守望一条江看书喝茶。茶具自然是用他退役时买回家的景德镇瓷器，茶、书卷和瓷弥散的气息，混合着江风吹来的味道，像这个古老的家族有一种厘不清的底蕴，醇厚绵长。父亲身旁总要招来不少族中男女，绕缠着要他讲如何打鬼子的故事。那时小青年的七公和宽叔最为踊跃，投向父亲的目光像在仰望英雄。

父亲讲的大多是他亲历亲为，虽百战惊险，却娓娓道来。只有每讲到额角上的刀痕时，他才会按捺不住冲动，跳起来吼着、叫着，像一头垂死相搏的野兽，令在场所有人都听到了刀砍在他头顶的那咔嚓声，带着金属贯穿骨节时的重音。那道丑陋的刀疤也随之贲张扭曲，蠢蠢地腾起血腥气，把茶、书和瓷的气味扫荡殆尽了。

后来二先生回家居住，父亲就很少再讲他那些出生入死的故事了，他有空便手拿书本，去向二先生请教学问，有时也探讨愈趋变幻莫测的时局。常常在夜深人静时，嘉陵江江声被父亲的吟诵所掩盖，俯仰抑扬，玉溅珠落，总不少于两三个时辰。至于内容，阐释的情怀，全在于天气和父亲当时的心境。后来里村的族人们不到父亲吟诵完毕，谁都睡不着觉了。他吟诵的若干诗文大段章节，他们中很多人已耳熟能详，即便是祖母，现在也能用缺牙漏风的嘴说出“种豆南山下，草盛豆苗稀”。七公最喜“山松野草带花挑”，宽叔张口就“浩浩乎平沙无垠”!

为此他曾突发奇想，倘各地乡村都有一位像父亲这样的人物，使风气之开不曾间断，那中国当下乡村的夜晚该是何等景象？

宽叔讲他之所以能将那篇深奥的古文背诵不差，是因为越到后来，父亲越常诵读那篇，每到“苍苍蒸民，谁无父母？提携捧负，畏其不寿。谁无兄弟？如足如手；谁无夫妇？如宾如友。生也何恩？杀之何咎？”必几番哽咽，声多惨沮。他想父亲定借这古人一篇，感时伤事，心绪忧惶，也算得是一种寄望和释放悲愁罢了。——其时抗战疮痍尚不及修补，国共两党和谈又破裂，一时关内关外，烽火燃遍。父亲常去里镇买报来读，偶尔也伫立方家门楼前，听听里面的收音匣子在播放的多为时事，回家就与二先生相互议论。

父亲在加入方五少爷匪帮之前，农闲时节大多这样度过。家务很少做，非不情愿，而是母亲总要适时阻挠。如父亲要去挑水，手才摸到扁担，冷不防被母亲从旁夺过；想要扫地，正寻找笤帚，母亲不知怎的已在挥舞笤帚了。母亲别无他求，只要父亲像现在这样对她好，他尽可以什么也不用干。

不过，到了农忙节气，父亲于这个多年男人缺席的家庭，倒是担当重活儿，起到擎天顶梁的作用。春播，他会抢时平整秧田，脸迎向那条著名的大河，让春阳把泥更好地酥融，嘟嘟地直冒泡。插秧时也保持这姿态，为让每块秧田享受到足够的阳光。夏收秋收，父亲负责把祖母和母亲割倒的庄稼运回，力气大得像每次都在搬走一座小山。和家里没男人那些年比，婆媳俩轻松多了。

相比之下，祖母最喜秋种。那时父亲扶犁耕地，在前摆肩扭臂，不停吆吼，她和母亲身系围腰，右肩斜挎装肥料的粪筐，交替紧随，两手从缝在围腰上的布袋和粪筐里分别抓出种子与肥料，快速地同时撒下。撒播的样子极像喂送。每次喂送，腰必向前倾，头点一点地，仿佛在对土地躬行朝圣，更像在神龛前跪拜祖宗。这倾点的姿势被一代代人承传下来，在这条著名的大河两岸和广袤的川北大地，人们把种粮食就不叫“种”，而要叫“点”了！“点”，蕴含有宗教意义。祖母不会去多想这“点”的姿势，只是她每点一回粮食，总要感觉到其乐融融，土地和家庭结合得异常温馨，新翻耕的泥土腥潮醉人，种子和肥料同时投向大地的声音又是那样令她心房颤动。眼前秋天裸露的原野，在嘉陵江两岸辽阔伸延，家家都耕播流动在金色的阳光下，明黄灿烂得像一幅幅她见过的什么画儿。不到夕阳倦怠，画就不会消失。黑暗降临，天空青得凛冽，像满盘胳腮胡刚被刮过的脸，晚风从江上来，多了生刺刺的冷。祖母喜欢这冷，干爽刺激，冷得人精神亢奋。歇活儿回家的路上，她总会不时地看看儿媳，再望望父亲肩扛犁铧的脊背，对那一扇宽厚结实，抿嘴笑着。

冷往深处去时，秋播也已结束，因沿旧俗，家家“洗”泥——意即农忙人都灰头土脸，裹泥沾沙，这闲下该清整下卫生，再弄些酒菜，犒劳自己。那时这条著名的大河上下，无处不见扎堆的捣衣妇，走水的船工纤夫吆吼得极具挑逗，而已婚的妇人们这时已毫无顾忌，边嘭嘭地捶捣衣服，边目光斜射他们，乐得也粗细迎合，疯话飞去解疲劳。因寒意困顿的江流，又因此起彼伏的喧哗放浪，快活得再次摇头摆尾，忘记了严冬正在逼近；条条道路上多了走亲串友的人，篱落处不断炊烟升起，弥漫着煮沸的酒香肉香。待官客、吃官酒的机会较农忙多了，乡土一闲，人情倍殷厚周至。同脉同宗，里村亲情更浓！有时官酒待客的场面，盛大得像排筵席。现在有父亲在家，吃官酒就多由他去充当了。待到“泥”洗得有个七八分了，族长天昌爷吩咐父亲去传铎令，内容无非防火防盗，阖族小心。历来如此。父亲在当兵前做铎人时就已谙熟。这样，当农闲后的第一次铎声在里村悠慢的还余音未了，江风在严寒中喳喳地掀动着村庄屋顶，在不禁摇撼的嘎嘎声里，冻住了一年中最漫长也是最闲的冬季。

——书卷茶壶。父亲再尽享闲时生活。

第二十二章

他不想太多评价父亲，因他已铸成铁案。但假如不是因为来龙大舅公，已严厉拒绝担任里镇团总的父亲，也许就不会最终大难临头了。

当然这只是假设，父亲最多由此不至于参加匪帮，但并不担保他以后就能逃脱厄运。像他这样大批的国军军官，不管抗战胜利后是否即解甲归田，还是再接着打了三年内战，他们的后半生，都注定了要戴一顶历史反革命分子的帽子，被群众监督劳动改造，甚至在牢狱中度过。尤其那场史无前例的文化大革命，很多人都被折磨至死。

父亲参加方五少爷匪帮前，二先生已回乡隐居。那时国共两党势成骑虎，像一盘棋鏖战到中局。有一天父亲问二先生，这两党还有无和谈可能，譬如兄弟俩打架打累了，再重新坐回到一根板凳儿上。二先生似不愿讲，许久才长叹一声，说，只要打的！在早有一方不愿，现在倒也愿意了。父亲问为什么就不能相互妥协，非要弄个你死我亡。二先生不再回话，抬头望天，只望见一个太阳在冲他笑。

传闻抗战结束后，二先生像年轻了不少，终日喜滋滋的，似打了半辈子的光棍，这就盼着马上要娶新娘了。不时又表现出忧虑，好像在担心这门亲事即将变卦。果然就传来消息，国民党正忙于调兵遣将，瞬间要大打出手。二先生忧心如焚，赶紧联络满城绅商和知名人士，上书最高当局，力陈外患驱除，内战切不可开。应及早推行和平建国，组成联合政府，行西方民主宪政，致国家繁荣富强。无奈国共两党最终大动干戈。二先生失望之余，仍致力于和平奔走，又像抗战时动员民众，到处宣传演讲，在报纸上撰文抨击，笔锋凌厉，都是在吁止内战。

又传闻这期间二叔和他接触频繁，曾多次鼓动他举行罢课，率师生上街请愿，却不知为何遭二先生婉拒。再后来就打疯了，二先生劝架又劝不住，结果就病了，几次住进医院，身心大不如前。更兼夫人死后他一直不曾续弦，身边又无子嗣，寂寞惆怅中，就决计回里村为族裔们做一件事情，城里是一天也不愿呆了！于是便留下辞呈，隐居乡下，眼不见，耳不闻，省得愁烦心苦。

这些传闻不论真假，事实是二先生已安居乡下，埋头续谱。现有的里村李氏族谱已断三代，承前续写正是他想为族裔们做的那件事情。到家不几天，他即让族长天昌爷找来旧谱，核实搜罗，归类整理。累了就出去走走，往下游到弯弓流前那弯浅滩，返回至上游那重断崖。芝长公在世时，他偕夫人回家省亲，夫妻双双也曾这般散步，而今可怜得形单影只。

祖母常做了好吃的去请他，还承揽为他浆洗衣服。二先生初时不肯，将一团脏乱的衣服用手护住，连说：

“兄嫂，可万万不敢代劳！万万不敢代劳！”

祖母瞪他一眼，嗔道：“还不就举手之劳吗？既叫我兄嫂，有啥代劳不代劳啊？”又笑说，“能为先生洗衣服，也是我的福气了。”

二先生的脸一阵阵泛红。

祖母拿回去衣服就自己洗，而且绝不和家人的混同洗，似乎也不愿母亲染指，好像那都是她一个人的事情。有次母亲要帮忙，才拿起一件，就听祖母急喊道：

“慧贞！快放下！快放下！”

母亲愣着，问她这是咋了。祖母从母亲手中将二先生的衣服抢过来，脸一沉，说：“也不咋了，忙你的去吧。”

母亲只当祖母担心她洗不干净，直到类似的事再次发生，方始困惑。那天祖母也是请二先生来家，亲自做下可口的饭菜，已盛好放在锅台，母亲手快，正欲端走，准备给在前堂正由父亲陪着的二先生，祖母见了同样发急地喊，惊慌得像火上房了。

“啊呀呀！快把你那蹄子拿开，莫烫了手的！”

母亲这才想起，但凡款待二先生，好像都是祖母下厨，不仅留神刀工、火工、做工，讲究味鲜色亮，且还要把持亲奉，舀在细瓷的碗里，总是不满沿儿，看着就很诱人。二先生用过的碗筷，更要单放在厨柜顶高的一格，用细白纱笼着，怕招蟑螂，也不准家人取用。

挨了祖母的骂，母亲那双伸向锅台的“蹄子”便悻悻地缩回。在她的记忆中，这还是第一次遭婆婆刻毒的咒骂。她感到有些委屈。祖母的喊声惊动了前堂的父亲，他慌张地跑进厨房，还真以为是失了火哩。

相同的事也发生在父亲身上。父亲没事时常去看二先生续修族谱，趁便向他讨些学问，说些事情。一次见砚池久不洗了，正拿将出来要去江边，不想被祖母过来瞧见，也是极生气地一把夺过。父亲不知她气从何来，猛想起常见她为二先生磨墨展纸，父亲回家讲给母亲，她听了愈益迷惘不解。

渐渐，母亲就看出些端倪了。二先生和祖母他俩有时会相视无言，彼此望对方脸上深浅里表的褶皱、鬓角和头上愈来愈多的白发，像有多少心结情缘！以她年轻女人的敏感，母亲能判断出婆婆就从没放弃过对二先生动用真情，哪怕只是她一厢情愿。难怪她对二先生那么袒爱，凡沾着点他的啥东西了，除却她，在别人是碰也不能碰的！一天夜里躺在床上，母亲推推父亲说：

“嘿！依我看嘛，该叫二先生搬过来，跟你妈住在一起啦！”

“噢，你说啥？”父亲矇眬地问。

母亲重复了一遍。父亲还不及任何反应，隔壁的祖母却喊叫起来，说：“长山长山，你婆娘说啥了你没听见吗？这乱嚼舌头的货！打她，掌她的嘴！”听到传回两记响声，又道，“哼，由她口无遮拦，眼又不闲的？打得好！以后再敢胡说八道，你要不敲木铎，我就拿了去敲，扭了她去跪祠堂！”

其实那两响是父亲在拍打墙壁，而母亲那时已伏在她男人腋下，吭吭哧哧地悄声笑着。父亲赶紧去捂她的嘴。

据祖母回忆，父亲自那次年前从城里回来，被大片飞出的蝴蝶引诱到母亲卧房，就没见他再打骂过母亲。父亲对母亲的好，让祖母既感欣慰又生醋意，妒极时真想把他俩生生拆散，将这个小时候她最不喜欢的儿子重新揽回到自己的襁褓。

有时，父亲和二先生聚一起谈话，只要不是谈诗论文，祖母偶尔忍不住也会参与。端去了纺车嗡嗡纺织，或是拿了正在纳着的鞋底，顶了针利索地走线，边听他俩说话，眼睛才望着二先生，却又出溜到儿子身上。她听不懂他们说诗书，但逢到能懂的，有时忍不住也插嘴。譬如有一次父亲和二先生正谈及战争，她冷不丁就问：

“这世上为啥会有战争呢？要不打仗该有多好！”又顾自道，“要依我说，根子都在土地！”

父亲和二先生都愣了，不知她何以会有此高论！祖母却不慌不忙，自问自答道：

“唉，这人一落地站在哪儿？不就是土地嘛！人要没土地，就没法活了。咋办？争吧、抢吧、打吧、杀吧，于是满天下就稀里哗啦地打仗了！”见四只眼睛都停在自己脸上，“咋，我说得不对？难道日本来打中国，不是因人多土地少，挤不下生活？抗战时我就听人讲，这日本是个啥弹丸之地——呃，二先生，你曾留学过东洋的，亲眼得见嘛，是不是啊？”

二先生连连颔首，鼓励她说下去。

“还有你们刚才讲的啥正在打仗，那就更是因为土地了！不是吗，当年他们在这儿闹苏维埃，就打土豪分田地。”祖母突然感叹地说，“唉，我原以为土地只长粮食呢，人吃饱了粮食再长相貌衣冠，有了衣冠相貌再长礼节斯文，想不到这土地还生长战争，闹得人相互打斗……”

祖母现在还记得那天她话才说出，二先生竟激动不已，将她久久地凝望，神情震惊得好像人与土地与战争，有多少解不开的复杂奥妙，都被她一语道破了！事隔多年，祖母那天对他复述，仍快乐得像一个被极度欣赏的略带羞涩的孩子，或许那正是她当初原态的再现。

——祖母有理由高兴！她关于土地与战争的看似奇谈怪论，别说当年的二先生，就是他在今天听了也要为之一震。作为中学历史教员，他甚至对教科书上有关历史的阐释开始产生怀疑。也许中国几千年的封建历史，还真就围绕着土地的得失抗争，循环往复，像一台机器上无休止转动的齿轮！那么，一部卷轶浩繁的煌煌世界史，会不会也如中国？最简单浅显的道理，没有土地就没有人，没有人也就没有历史；土地于人历来是那么重要，重要到连走兽也天生就知道拥有、霸占、劫掠、撕咬，在彼此的地盘上涂遍血腥。他蓦然想起那位传闻中的入川一世祖，当年在圈占了大量土地之后，望着夕阳下如金镶玉砌的嘉陵江，恨不能也去圈占一幅给这帮子孙。

祖母那番高论，还让他想到了里村存在过的宗祠、木铎、铎人以及他正在收集整理的这本谱书里有关这个家族的那些人和事。如果不错的话，这些也该算做在土地上的生长，至少是其中一种，像祖母所标举的礼节斯文、相貌衣冠吧？

现在他得分秒必争。下游那弯弓流处日夜浇筑的大坝，正不知不觉间即将筑成，他要抢在它闸水发电、里村彻底消失之前，让搬迁的李氏阖族儿孙，带着他们的生命轨迹，带着明天与未来，也带着这个家族的历史，上路。

这天，已有几年没露面的二叔突然从城里回来，同家里人仓促打过招呼，便起身去找二先生了。很快，从二先生家传来争吵，先还不紧不慢，渐渐变得激烈高声。

“叔公，”二叔的声音透出火气，“想不到你会变成这样！你怎么会变得这样？难道你毕生追求，末了才……”

“才什么？”二先生也吼起来，“我就要变成这样！碍着谁了？你快拿走吧，我说过了这份声明不签，就是不签！不签！”

“好，好……”二叔已然气急败坏。少顷，就见他手拿着一张纸，从二先生家冲出，家也没回，满面怒容地直奔村外。

祖母和父亲见这般，急着要上二先生家看看，也好替二叔给他赔个不是。去时却发现二先生家前厅已到了很多人，正义愤填膺地怂恿族长天昌爷赶紧派人把二叔追回，事情不能就这样了了。

“哈，有谁见过敢像他那样惹二先生生气的！二先生什么人啦？我们里村李氏开宗建祠后才出的头个圣人！当年保路时何等了得！岂能容下那小儿这般大不恭敬？”

“呸！李葛氏家的这个老二，小时就少中规中矩。如今在城里当教员，好歹也是读书人嘛！二先生不单是他长辈，还是他中学时的校长，问问他那书是怎么读的、教的？这人是怎么做的？哼，要不把他逮回来给二先生磕头认罪，那天地君亲师还要不要了呀？”

“对！最好再弄他到祠堂去跪祖宗，打一通板子。要不，带坏一族后生，狂悖忤逆的都没法儿治了！”

天昌爷的麻脸女人吵得最凶，她扭着自己的男人直叫：“哼，有你这样当族长的吗？只怕祖宗定下的规矩早晚要毁在你手上啦！还不快叫他哥去敲木铎，把人都吆喝到祠堂去！”

吵吵嚷嚷。也有人躬着身子，在向二先生小心打听，问究竟发生了什么事。二先生却摆摆手，说，人各有志的，你们不要难为他了，由他该来者来，当去者去。然后要族人们各自回家，直道他累了，想要休息。

这样，二先生和二叔那场争吵究出何因、二叔拿出的是怎样一份声明、二先生又为何要态度强硬地拒绝在上面签字，嗣后二先生一直守口如瓶。还有二先生那两句颇类偈语的“当来者来，当去者去”，不像只针对二叔，其中蕴涵的意思也令人费解。

那以后和二先生在一起，父亲再有话及时局，二先生或急止之，或转身就走。

现在战场的形势早攻防易位，国民党军队先从辽沈败退关内，继困平津，再经徐蚌会战，在共产党一方称之淮海战役，解放军已雄师百万打过长江。远在西南这嘉陵江边的里镇，最能明显感觉到时局动荡和战争灾难的便是货币贬值，物价飙扬，有一种叫金圆券的新币，开始像瘟疫般充斥市面。正是它的滥觞，将中小商贾和寻常百姓们多年辛苦挣下的积蓄，像飓风卷落叶般肆行收刮，很快又随着它的贱同废纸，越来越多的人顷刻间沦为赤贫。物价也就在这疯狂收刮的过程中大张血口，常常是早晨攥手里的钱能买一升大米，到下午就被生吞得只够买三个烧饼了。钱庄倒闭。商店关门。作坊歇业。妓院萧条。烟馆冷清。街头多了插标卖女的人，破产的商家在捶胸顿足。乞丐的队伍愈益庞大，“莲枪”却打得气若游丝，翌晨扫街的时常会扫到一具饿殍。即便在抗战最艰难的时期，里镇也一直憋着股劲儿，何曾有过这般凋敝、败落、颓丧、怅惘、灰心和绝望？萧瑟秋风，穷途末路。

自从二先生对时局淡漠，父亲在他面前早已经不谈国事了。但这天他从里镇回来，忍不住还是去告诉二先生，他刚从报纸和在方家门楼外听收音机得到的确凿消息，南京失守了！国民政府已迁都台湾。原以为二先生听了仍心若止水，不料他眉毛却倏地向上一挑，父亲察觉到了这点细微，能感知他内心的意外。短暂沉默之后，二先生道：

“尚武者死于武！自古天道难违，得道多助，失道寡助。”突然他变得情绪失控，“他老蒋当初要肯听各方调停，包括采纳我们的联名上书，又何以会弄到今天这大厦将倾，大势已去？多行不义，天丧尔曹！”

父亲感叹说：“唉，那南京已是两番失守了。第一次在抗战，外围保卫时我也参加……”他瞄了一眼二先生是否愿听，却见他已紧闭双目，似老僧入定了。

那之后二先生就难得去江边散步，有时祖母和谁家做了好吃的去请，他也只是让人给他送去。他明显加快了续谱的进度，好像给自己规定了完成的时间。

这天，父亲从里镇回来，带回家几个官兵，都是抗战时他队伍上的患难兄弟，现正奉命驻防里镇，在街上不期而遇。不久，村前的江道上便不停地过兵，行状像受到追击，好像解放军马上要打过来了。但除了少数大户人家外，凡经历过那场苏维埃的这方百姓，探知将要来到的队伍正是当年的红军时，便不再人心惶惶，更不会跑去躲藏和埋藏东西了。他们反暗自心生盼望，想这天下几十年兵荒马乱，没准就要真龙出世，他们从此可以享受太平了。恰好二先生已续谱告竣。兹事体大，少不得要告祭祖宗，一番仪程。那日进行完毕，二先生把谱本极慎重地交给天昌爷，嘱其务必妥善保管，最好藏诸石匣。众人正要散去，谁知天昌爷却要大家止步，言二先生深忧家族人心未来，续完族谱后又特予祖训补充，即行跪诵，日后谨遵。

凡我族人，必恭行本分。磊落耿介，正大光明。

凡我族人，必善根贞固。吾族吾类，生而平等。

凡我族人，必各安良心。神明敬畏，懿德懿行。

凡我族人，必守性中和。谦谦君子，和乐天真。

凡我族人，必自主头脑。不任盲从，凡事思考。

……

直到十多年后，泱泱中华遭受了一场空前浩劫，经城里来的红卫兵串联发动，里镇和里村周围的村庄风暴席卷，很快弄到人人自危。为求自保，便不择手段地主动攻击他人，检举、控诉、诬蔑、造谣、诽谤、羞辱、谩骂、恫吓、告密、罗织、陷害……华夏文明几千年坚守的道德底线史无前例地大面积彻底崩溃，当时参与跪诵的族人，似乎于中才感悟到什么。

二先生失踪在第二天早上。其时嘉陵江金光流朗，深锁的晨雾正像千门万户幢幢洞开，而二先生家的大门却紧闭着，江边也不见他散步，祖母去叫门时，才发现二先生已人去房空。之后他一直没有回来，也没有谁知道他去了哪里。直到两年后的某天，里村来了几个专门调查他的陌生人，祖母和族人们这才知道，二先生那次不辞而别，是去了顺庆城郊一处叫凌云山的白山寺里出家做了和尚。

祖母很快寻去。凌云山在嘉陵江东岸，山势雄伟，广厚绵延。上山后，祖母先见到一座学堂，闻得书声琅琅，直疑二先生在此做了教员，及至看时，教书的却是个长髯老者。祖母转到一处道观，见几个道士在观门前没精打采地洒扫，想二先生既做了和尚，必不在里面，难道此地山中，还会有寺庙不成？一问果然，确有一白山寺在北面那座山峰。这样在山中绕来转去，寻找到白山寺院时，但见它殿貌宏伟，翠碧环围中青瓦红墙，从山腰直逶迤至顶峰，两侧檐枋相接，廊庑勾连，于中又撑开古木蓊翳。寺内却香客冷清，缭绕的香烟淡渺，也不闻经声佛号。一径行去，直来到中间一重大殿，方见那堂上坐了一地和尚在念诵经文，声音细若蚊蚋，好像一干僧众正各自心存忧戚，在为己消灾祈福。

好不容易等到他们做完功课，一袭袭袈裟低头过去，祖母终于看见二先生了。他剃度后人愈益清癯，神情不像离家前有那么多忧悲恼苦，脸色多有红润，目光则显得空无。祖母叫住他时，他也不甚惊讶，只道声阿弥陀佛。祖母问他因何出家，二先生回说，只要起脱离心。祖母又问，为何要起脱离心呢？二先生说，我想要弄清楚我是谁。祖母笑起来，说，你是谁？你不就是二先生吗？二先生说，不是。我就是我。祖母再问，我就是我，又是谁？二先生答，无我。祖母吃惊道，怎么会呢？你这个我分明就站在我面前嘛！二先生说，那是名相，并不是我，非我本质。

祖母越听越糊涂，她上上下下地看二先生，觉得又不像有病，便问他要怎样才能弄清楚我是谁。二先生说，只在明白了什么是什么。祖母问，什么是什么又是什么？二先生答，什么是什么正是什么。祖母说，正是什么呀？二先生说，不是什么。祖母又问，不是什么那又是什么呢？二先生答，什么都不是，无我。这遍问答比前番更绕口，而且绕着绕着又绕回到第一个问题，祖母如听天书，真的被绕昏了头。

那天，祖母对他讲起时不觉又一副昏头的样子，而他这个做中学教员的孙儿听着，也差不多快昏了头。他于佛学素少研究，仅凭大胆臆断，二先生阐释的似乎只在一个“空”字。空，能让人明白什么是什么。人一旦明白了什么是什么，就能看清无常、苦与无我。由此他分析二先生何以选择遁入空门，很可能为了要从根本上消除烦恼、苦感，从而获得大安乐大自在。二先生肯定经历过反复激烈的苦闷和自我拷问才明白了他是什么，他能做什么，他能做成什么，他能成为什么，于中体验到自我，意识到自我，最后也就服从了自我。

二先生的烦恼和深刻的苦感，极可能来自他的信仰和理想的彻底破灭。纵观他既有经历，留学日本崇尚“明治维新”，归来后恨其路不通，保路风潮时主张暴力推翻清王朝，继以民国初肇推崇西方宪政，直到抗战吁请国共两党开诚谈判，行民主共和，他已由早期激烈的革命者，逐渐蜕变成温和的改良派。他视专制为丑陋、罪恶，毕生追求民主、自由、博爱，渴望在大中华广阔的疆域上，能够及早真正建立那种普世认同的国家，一雪百年耻辱，振兴民族富强。他每天都在行动，时刻都在思考，且思考得极有深度，因为他国学与西学兼具，又有留学东洋的开放眼光。当思想者的思想步步成空，二先生内心的锐痛和苦感，就只有他自己才知道了。他曾经是我想怎样，到现在已是我不想怎样，终于就变为我不再怎样！心既哀绝，出家谙合情理——当然这仅是他妄加揣度。

祖母临别时问二先生对族人们还有何忠告，说，都知道他出家了，政府来人调查。二先生想了想道，也说不上忠告，你只须告诉他们，中华传统，仁爱忠恕，和而不同。祖母记住了这八个字。接下来二先生还讲了啥万物并育，不可比齐，如欲比齐，就会乱了自然，最终大乱天下，在她就听不懂了。二先生就用大白话说，那你就告诉他们，人人都有家庭，人人都要病老，人人都要死亡，人人都生而平等，人人都有权先利己后利他人，人人都有权跟随自己的喜爱来执取某种价值观，人人都有权去选择自己喜欢的宗教，人人都有权去发出自己喜欢的声音……如果族人们都能这样思考，大家就不会再起任何争执。祖母回家后大肆宣讲，不知族人们是否也像她没太听懂，也不知他们有无感悟。

祖母从凌云山回来不久，一日莫名地心烦，总像听到有一个声音在催促她赶紧去照镜子。你已经知道，那面小圆镜是二先生特别赠送给她的礼物，每次用过都被祖母锁进梳妆匣里。多少年了，祖母用它照容貌娇丽、整云鬓青丝，直至渐生白发，转朱颜凋谢，从没有过这天这等的怪事。祖母正兀自不安，孰料镜子已在匣中等不及地无端自鸣，发出玻璃与匣盖顶撞的嚓嚓声。祖母慌忙打开木匣，拿出小圆镜一照，更大的怪事发生了！她照见的人不是自己，而是二先生在白山寺正被人揪发掀头，仰着一张血糊的脸，含笑望着她。祖母吓坏了，直叫慧贞！慧贞！等母亲闻声赶来，她手中的小圆镜已啪的一声，掉地上摔粉碎了。仿佛天人感应，那时祖母神色陡变，哭喊着：

“呜——嗬嗬，二先生死了！就在镜子摔碎的时候。二先生哪！呜——”她趴在母亲肩上，泪水如注涌流。

“妈，不会的。”母亲这样安慰她，“怎么会呢，二先生都出家当和尚了啊！你不是刚才、刚才大白天做噩梦了吧？”

“不！我没做梦，二先生真的死了！就死在我眼前，镜子里！”祖母十分肯定。说完又无声地抽泣，以至上气不接下气。

关于二先生之死，祖母后来从那个老僧处打探到，是与当地群众强迫僧人还俗有关。那时土改与镇反轰轰烈烈，光明所到，黑暗遁形。虽然有哲人讲纯粹的光明是黑暗，就像漆黑的夜色，一丁点儿也看不见。但刚过上太平日子的群众可不那样认为，他们对着光明欢腾膜拜，也不愿有善良的人被遗弃在光明外。这样，和尚道士就被惦念着，他们是很大的群体，应早日走进光明并参与光明的建设。更热心的群众已在张罗着要为和尚尼姑们牵线搭桥，只等他们一经还俗，即行婚配。群众觉得非如此不足以帮助那些悲观厌世的人真正脱离苦海，因为他们大多在旧社会出家，属于贫穷和最不幸的人。祖母由是想起，她上次来寻找二先生，在道观门前见到的那几个懒洋洋扫地的道士和白山寺里那群无心诵经的和尚，想必正是因此事而忧愁了。但也有少数坚守者，二先生就是其中一个！终于这一次的坚持惹得群众是可忍孰不可忍了……

祖母随后带着母亲同去了白山寺。偌大的寺院，如今已全无香客，只留下个老僧看庙。他已经老得快走不动了，祖母和母亲看见他时，他正坐在山门前的阳光里，翻开破烂袈裟，很有耐性地捉藏里层的虱子，捉住一个就用大指甲盖叭叭地摁毙，指甲盖沾着虱子的血和尸体，两手脏黑。

祖母正是从老僧那里知道了二先生的死因，却不曾打听到他死后被掩埋在何处，也无处祭奠。在确知二先生死讯后，不知是泪腺早已经干涸，还是因面对眼前这座有二先生精魂弥漫的庄严庙宇，或者是干脆不想让二先生在天之灵听了难过，祖母没哭。她不敢相信这就是二先生最后的归宿，因为那次见到他时，他还说了那么多的话。很懊悔当下没多劝劝二先生，或许能劝得他一念动摇，就免了这飞来横祸。当然她知道这绝无可能，二先生似乎只怕生，不惧死。死前她从镜子里也看到，他神情平和会心，目光慈炯，不像是面对一出悲剧或滑稽戏，更像是在欣赏一出喜剧。

祖母在白山寺门前默默伫立，等她想起还该问老僧点什么时，才发觉他已无了踪影。突然她倍感酸楚，抑制了很久的泪水，终于哗哗地流淌不止。母亲也陪着她哭，小心地，像在竭力地呵护。

那时沿山腰至山顶，偌大的白山寺院叠压成一片空静，檐枋清冷地勾接，寂寞荒芜。只有古木蓊翳上几声呖呖鸟啼，回应着山的空灵。

第二十三章

方五少爷自上次被父亲轰赶，又到他们家来过三次。前两次带着城里的军警，旨在搜查二叔。原来二叔上高中时就参加了共产党，毕业后借小学教员的身份做掩护，秘密开展地下活动。前不久为配合解放军进军西南，在顺庆与广安交界的乡下领导了一场农民暴动，被打散后逃亡，军警们怀疑他潜伏回老家了。那次父亲还算客气，允许他们进屋搜查，结果当然是一无所获。事实是自上次同二先生谈得不欢而散，二叔就再没有回过家了。方五少爷他们第二次来时父亲就勃然大怒，堵门口不让进去，军警们要强行进入时，他竟赫然从腰间掏出把手枪，令在场所有人全都一愣。

“都告诉你们了，老二不在家，他没有回来！”退役前的国军中校团长咆哮着，冰凉的枪口直指方五少爷，“你们要不信，我枪子儿可信哪！”

方五少爷的脸比父亲的枪口还要冰凉，他赔着笑，一边指挥军警们后撤，一边朝父亲拱手，只说后会有期了。之后父亲提防着，担心会有啥不测。谁想几天之后，方五少爷却带着镇上几个头面人物，齐来造访。他们对父亲彬彬有礼，神情恭敬，方五少爷还就前两次带人搜家，不停地赔礼道歉，说无非上峰差遣，二叔那地下党又闹得太凶，实属迫不得已。同来的人物们也随声附和。及至正题，最后还由方五少爷说出，原来他们此行只为恳请父亲出山，他愿让出镇民团团总一职，希望父亲任团总。

“嘿嘿，我知道李团长不屑一镇团总，实在有些委屈。不过……”

父亲看在几位头面人物的分上，才没即刻臭骂方五少爷，而只是打断他，说自己实在不愿意再舞枪弄棒，只想耕田种地，兼做家族的铎人，过安静的田园生活，闲暇时守着一条嘉陵江，读书，喝茶，自由自在。头面人物中有识得诗书的，便一个劲儿夸父亲，说，李团长有这等志趣，难得难得，高雅高雅。也有说这等舒适谁不想呢，怕只怕有一天牵黄狗，出东门，要做也做不到了。父亲识得其典，忙惊问何故。得到的答复却是他已知的消息，共产党已攻占重庆，正挥师川北，其势迅雷不及掩耳。父亲笑了，说，当为着啥事呢，原来是共产党来了。共产党也不是没见过，打小日本时还同他们共同作战哩，个个都好样的！又说，共产党现在来了也不可怕，跟他一个普通农民，没多大相干。即便他们还像当年在这里建苏维埃，他家那点儿田土，也不怕被划成地主。方五少爷就哼哼冷笑，说，李团长，别忘了你当过国军中校，在早又打过红军。还有令尊大人……现在他们打回来了，这笔账难道能不清算？父亲说，我是打过红军，但我没有亲手杀死过红军呀。那些人就笑起来，说，依得你讲吗？谁信！父亲仿佛快要坐不住了，他沉吟着，像在盘算。同来的头面人物们趁机纷纷怂恿，要父亲赶快就任团总，不为保护地方，也为自保。还激将他曾为党国军人，令尊又死于共匪，其仇乃不共戴天！此时出山保卫桑梓，正可谓忠孝两全。

然而，父亲并不容易被煽动，他很清楚方五少爷他们拉他当团总，无非利用他有作战经验，名为保卫桑梓，实则是保护他们那批人的利益。他早已经厌倦了战争，更不想同红军打仗，要不，抗战结束后，他就该留下来接着打了。父亲才不愿为方五少爷他们卖命，尤其方五少爷曾在他头上尿过尿，现在想起来还恨得牙痒痒呢。

父亲不打算做新生政权的敌人，也不想仇恨谁，自然也不希望有谁仇恨他。他只求平平安安过日子，像现在。他想如果二先生没失踪，肯定也赞同他，因二先生历来主张共和，强调化解。记得有一次他向二先生请教，何为夫子之道。二先生说，当初你爹驻里镇清乡，剿苏维埃杀得眼红，回家来我也曾这样考过他，他原本学问很好的，谁知竟被我难住了，不想你今天倒拿来考我。父亲赶紧申明，说，自己真悟不透，似隔着一张纸，欲辩不能言。二先生看着他，就说，其实夫子之道，真要概括起来，也就两个字。见父亲吃惊得瞪大眼睛，二先生方揭开谜底，原来是忠、恕二字。父亲俨然醍醐灌顶，他想不到长期困扰他的夫子之道，经二先生这般剥茧抽丝，提纲挈领，简单到忠、恕而已！正这时忽听有声叨念，反复地只说那两个字，却只闻其声不见其人，仿佛有谁在另一个世界也在释疑解惑，且等这答案等了很多年。父亲和二先生都听见了，那声音隐隐地像是祖父。

第二十三章

现在惟一让父亲焦虑的，便是新生政权有一天会不会真如方五少爷他们所讲，追究起他当年打过红军的事？他想应该不会，从来打了胜仗的一方都很宽容，大多能原谅甚至尊重失败的对手。虽然父子俩当年打过红军，但他爹被红军打死，也算扯平。再说那是战场，打仗哪有不死人的？枪子儿不长眼睛，就不该追究拿枪的人。

父亲这样想，便又坦然。可惜最终来龙大舅公的事情发生，他生命的走向，也因此发生转变。

就在昨天，祖母对他谈论大舅公这事时还万分懊悔，说那天她已准备好要去给来龙大舅公奔丧，不知怎的临到出门时却突然改变主意，把父亲派去了。一切都是命，祖母如是说。

来报丧的是来龙大舅公家的长工，姓王，人都叫他王老倌，他夜里偷偷跑来，说完话就走了。当天上午，来龙大舅公和他的小儿子被刚发动起来的群众活活打死了！他女人当场吓疯，已跑得不知去向。好心肠的王老倌特来报信，希望祖母能回趟娘家，将东家父子俩收葬了。

原来祖母娘家那一带已经解放，解放军一时还没有打过江来，原因在解放军的主力已直奔川西，小兵团又被国军和地方民团顽强地阻挡在东岸，于是便在江那边先发动群众斗地主、分田地了。

来龙大舅公这许多年一个人勤扒苦做，虽没能秉承他爹龅牙擅长做生意的遗传，但他心有不甘，据说抗战时曾冒险和军队做过几单买卖，都赚了钱。这样不到抗战结束，他不仅已娶妻生子，家里还请了长工。刚过去的金圆券风潮，弄得很多人都倾家荡产了，他却在不慌不忙地大肆买进土地、放高利贷，瞬间变成了那方圆最大的地主。不料瞬间被土改，斗他最凶狠的正是不久前那些不得不把土地贱卖给他和向他借高利贷的人！他们清算他、控诉他，争拥上前，竞相对来龙大舅公拳打脚踢。上边派来的土改工作队员，眼睁睁地看着，要制止又不制止。来龙大舅公的小儿子也就六七岁，父亲该叫他小老表，眼见亲爹被打得快断气了，这时冲上台去，像只疯了的小狗，紧抱住一个仍在向他爹挥舞木棒的大汉呜呜乱咬。那大汉疼得哇哇嚎叫，手一狠，木棒重重地朝小老表头上砸去……

父亲看见了小老表，头像被砸瘪了的小南瓜，一撮毛上沾着脑浆血渍，都已污黑，两手还呈紧抱的姿势。并排躺着的来龙大舅公，像一头被活活蹂躏死了的脏猪，鼻子嘴巴歪斜得没了人形，两只眼睛大张着，似乎不甘心他的大地主梦就这样瞬间终结，或许也想不明白这到底算怎么回事。

父亲被眼见的震惊了，尤其小老表的死，让他感到了无比的愤怒！那时父亲一定想骂人，想找谁拼命，可抬起头来，却正碰上附近一双双眼睛，在异常警惕地朝他张望。父亲的怒火瞬时消了，仿佛底气不足，软得低下腰去收拾地上的死人。很快父亲就从眼角的余光里发现那些眼睛在游走，在交接，在慌张地寻找锄头木棍，他们在迅速四下散开，无声无息地向他靠拢。空气顿时紧张。父亲似乎已嗅到了新鲜的死亡气息，他刷地直起身来。这时忽听有人声音失常地叫喊，说：

“当心哪，他身上有枪！刚才他弯腰时我看见了，他腰杆上有枪！”

原来早上临到动身，父亲担心此去会不安全，特意把那支手枪带上了。枪是他从一名日本军官手里缴获的，因为心爱便偷偷藏起来，退役时也没舍得交出。关键时还真亏有人这一嗓提醒，父亲也就猛然想起，手才下意识地伸向腰间，这时有两支枪口已先将他瞄准，持枪人都穿着军装，戴着他当年已十分熟悉的五角星帽，很可能就是王老倌儿报丧时提到的土改工作队员。父亲后悔不该带枪出来，这嘉陵江东岸已是共产党的天下了，如被捉去，他一个前国军军官，没准儿就是来龙大舅公的下场了。他飞快地思考着该怎样才能脱身，边举双手边镇静地回答，说：

“嘿嘿，开啥玩笑，哪来的枪吗？插的水烟袋！我是来收葬死人的。”

“由得你说吗？到底是枪还是水烟袋，看看不就知道了。”

两持枪人近前搜查，一枪口指着父亲，另一个才弯下腰，就听哎哟一声，捂住脸仰面跌倒！父亲在打出那记重拳后扑地一连串翻滚，几乎就在同时，枪声响了，子弹擦着他头顶嗖的一声飞过。父亲跃起时已擎枪在手，他边逃跑边转身回击，一枪打中了冲在前面的那名土改工作队员。他恍惚看见那土改工作队员一个急刹，像猛地想起什么事情，还没等想明白就一头栽倒了。后面呼啸着的那伙农民，像奔腾的洪水被突然闸住，稍作犹豫，又不要命地追赶上来。枪声和呐喊声震荡四野。沿途又有土改工作队员和农民不断加入，在单调的手枪步枪声里，经验丰富的父亲已听出有轻机枪在哒哒扫射，子弹嗖嗖地在他身前身后跳跃。幸而快逃到江边了，父亲已经看见了对岸码头上的里镇，严冬落日下那条嘉陵江大河此时正迷蒙灰影，苍茫凝滞，烟罩寒笼。父亲泅渡过江。水温虽已沁凉，江面却比秋夏要枯瘦许多，水流也不甚湍急。很快游到江心，耳听这边防守里镇的民团正同追赶他的人隔江对射，枪声一阵紧似一阵，他感觉自己已脱离了危险。

父亲边划水边哭。不是激动于甩掉追兵，而是他想起当年长辛回村办自卫队，在浅滩前那弯弓流训练武装泅渡，他如何一次次被长辛抓住头发，强行按入水中，再一次次提起，再按入水中。终于学会了游泳，可以毫不费力地横渡嘉陵江了。正是掌握了这项生存本领，抗战时他随大部队长期猫伺在长江中下游，才得以同日军在湖汊水网作战时，陆路水路，来去自如；今天又助他化险为夷，没被生擒活捉，否则结局非死不可。

其实，父亲在击毙那名土改工作队员的刹那，已经意识到了问题的严重，此去今生，他已别无选择！那一瞬他想哭想笑，原来忠、恕竟是这般不易做到，忠、恕应该是双方共同努力的结果！

祖母和母亲一直没等到父亲回来。直到又过了些日子，婆媳俩才打听到父亲那天上岸后就加入了方五少爷的民团，现早已撤退到山里，不知去向了。母亲听说后情绪表现出少有的激动，她那时刚有妊娠反应，父亲却跟着方五少爷走了！失望伤心之余，她惟有像抗战期间那样，用心祈求他早日平安归来，别让自己和腹中的胎儿再为他担惊受怕。那样他们就还会拥有一个完整的家庭，她希望他们能早一天守着土地，守着孩子，守着家门前那条叫嘉陵江的著名的大河和它半夜清晰的涛声，守着他心爱的茶壶与书卷，过普通百姓的生活——那是任何一个女人希望过的正常生活。何况刚经历过漫漫抗战时期的别鹤孤鸾，战后的重逢相守又是这般短暂，尤其在确信自己有了身孕之后，母亲对那种生活的渴望就更为强烈！她实在过怕了家里没有男人的日子，更惧怕哪天孩子出生后见不到父亲。她就在这巨大的焦灼和忧虑中惊惶度日，连里镇何时解放，里村何时来了土改工作队，怎样土改，都概不知晓，只是总要有带枪的军人，隔三差五找到她们家，向她和祖母打听父亲，强调一旦有了消息，要及时向他们报告。

也正是从不断的来人口中，母亲隐约知道了父亲的许多现状：他率领方五少爷的民团，最先袭击了来龙大舅公生前的那个村庄，村里的土改工作队员、解放军战士和农会积极分子无一幸免。拿木棒打死小老表的那名壮汉，在目睹了他的三个孩子被刺刀挑死，人差不多快被吓疯了时，却又被父亲下令放他一条生路，只怕已生不如死了；父亲和方五少爷的民团，在短短七天时间内，连续攻击了九个刚建立新生政权的乡镇公所，残杀军民无数；父亲和方五少爷的民团，新近收罗了为数众多的国民党溃兵、土匪和被地主豪绅煽动叛乱的农民，拥众数千，他们已被逃亡台湾的国民党授予什么“川北反共游击军第三纵队”的番号，父亲被委任为司令，方五少爷任顺庆行署专员……

当然，更听说了解放军一次次增加兵力，对这股匪帮实施大规模围剿。种种传言，常常令母亲一夕数惊。她不堪精神忍受，又兼妊娠的负担，终于变得形销骨立，人同病柳，而那时嘉陵江边的这春天，万物正葱茏勃发，次第丰盈而来。

更为不幸的是，这期间她的恐匣症又犯了，而且比当初还要更变本加厉。为此，祖母不得不把她曾经遮掩过的东西再重新严加遮掩，连一只火柴盒也不敢让她看见。但即使这样，母亲有时低头走路，忽见地上爬行着一只呈匣盖状的甲壳虫时，她也会失声尖叫，令人毛骨悚然。

渐渐地，他能感受到母亲情绪波动，有时还能隔着子宫，听到她在哀怨，在叹息，在小声地詈骂和嘟囔，但更多的时候她在抽泣。哭声凄咽低沉，极像他出世后听到的寒蝉声里，冬风抽在树梢的声音。他不会知道母亲心有多苦，他只顽强地遵循自然法则，该表现自己生命特征时就可着劲儿地表现，尤其在母亲把恶劣的心情传染给他时，他会在她子宫里不停地蠕动、翻滚、顶撞，终于有一天发展到拳打脚踢。他隐约听到了母亲的呻吟、呼喊、诅咒、喘息，有时仿佛还能看见她双手紧按在腹部，豆粒大的汗珠在额头滚动，脸痛苦得畸形夸张，吓煞人了！

——这时你大约会想，没准母亲哪天就早产了，而事实也正是这样。他出生在夏天，好像刚满八个月，又好像才七个月多一点儿。之所以出现分歧，要么在祖母说得颠三倒四，要么在母亲，也许对当初父亲回来后她久久不能怀孕缺失信心，也就忽略了自己受孕的确切时间！

母亲那天还起早去赶了里镇。自从父亲加入到方五少爷的匪帮，她每个逢场天都渴望去镇上打听他的消息，毕竟那里交关各方，江湖深广，传闻也多得像商品和攒动的人头。虽然每次出门都心有忐忑，准备好承受她最不能接受的消息，但这天回来，祖母看见她脸色灰白，满头虚汗，嘴唇乌紫，腆着的肚子在衬衫下颤动不已，像藏匿着一尾刚从水里捞上的鱼。

“慧贞！”祖母才叫了一声，心便悬到了嗓子眼儿。

母亲慌忙掩饰，说是他在腹中不安分，才弄得她这般狼狈。“这小孽种，也常起劲儿折腾我呢，但从没有过像今天这样厉害！”母亲惨笑着，竭力要表现轻松，说时还对祖母俏皮地皱了皱眉头。

“噢。你今天咋这么早就回来了？”祖母目光狐疑，直视着母亲似乎哭过的眼睛，“难道，难道真就没听到他有啥消息吗？”

“没有，妈。”母亲回答了就赶紧躲进卧室。片刻，她房间里忽传来惊慌失措的叫喊，天塌地陷一般。

“妈！妈！你快来呀，不得了啦！哎哟唉，唉……”

祖母急推门进去，正看见他在母亲的胯间，蠕动着一颗圆乎乎的小脑袋，上面浅黑的茸发，顶着一汪亮亮的羊水。母亲像已遭受太多的惊吓，她不再叫喊，或许是虚脱得没有了力气，只牙齿恨恨地响着，嘴里含糊着各种稀奇古怪的声音。这声音像一群人在地狱里相互埋怨，母亲间歇性地休克，一直持续到黄昏，到深夜，再到天明。祖母后来形容他出生时像一只老鼠，就那样被死死卡在洞口，三天两夜，进退不能。两张脸早已经憋得青紫，但母子俩又都不可思议地保留下奄奄的气息，眼里闪烁着生的希望，冥冥中像有某种不可预测的强大力量在支配，在撑持。如此惊心动魄的难产，最终以他来到人世间的第一声啼哭宣告有惊无险。

原来，母亲那天遭遇了空前的创痛与绝望。她在里镇的大街小巷，总能听到人们在争相传颂，就在昨天，父亲和方五少爷已被围剿他们的解放军击毙，整股土匪武装全军覆灭。后来又见有几圈人在围看布告，有边看边念出声的，母亲感觉到天和地翻了个儿，自己被抛起来，在阴森的漆黑里嘤嗡旋转，然后头朝下呼呼俯冲，血都涌上头了。头涨得要爆炸。失血的躯干正在冰凉。心房承受着尖锐的挤压。但母亲硬撑着没有倒下，还强忍住泪水，她不想被人轻易察觉，眼前这个表现失常的女人，正是布告上那个被解放军击毙的土匪司令的老婆！她不想因此遭到嘲弄、谴责、唾骂甚至是殴打。母亲维护着这点可怜的体面与尊严，在心里用最恶毒的话咒骂父亲，直到踏上了回家的路，面对嘉陵江欢腾的涛声，江之上云闲天阔，泪和哭声才憋不住猛烈迸发，将她对父亲的怨怼和自己遭受的委屈，痛快淋漓地发泄。她忘记了腹中的胎儿早已无比恼怒……

相同的布告第二天也张贴到了里村。县上派到村里的两名土改工作队员，还故意要将其中的一张贴到她们家户外墙上。张贴前又故意打门，高声向祖母讨要糨糊。祖母因为母亲难产，整宿没睡，何况产妇分娩，最禁忌被人惊扰。她开门出来，脸色便很难看，但见是土改工作队的，也就忍着，问他们要糨糊干啥。内中有个姑娘，扬起卷着的纸筒，说张贴布告哩，剿匪捷报。祖母听得是剿匪，想问又怕问，倒是那姑娘嘴快，将布告内容抖搂得像爆豆一般。祖母终于明白，母亲为什么会早产，两工作队员又为什么要把布告张贴到自家墙上了。

“拿到别处去张贴吧，”祖母异常镇静，“我自家的墙壁，不经我同意，谁也别想往上面乱贴东西！”

“可这是政府的布告呀！”姑娘特别强调。

“我不管，那不关我的事！少在这啰嗦了。”祖母警告，“屋里有个女人在生孩子，冲撞了，要有个三长两短，你帮她生去！”

姑娘气得脸都青了，说：“你这是什么话！女人，她不就是布告上那个被打死的土匪司令的老婆吗？”

“是啊，那又怎样？土匪司令有罪，未必他老婆孩子也有罪啦？”祖母反问，又说，“我还是土匪司令他妈呢，我要也有罪，你们现在就捉去枪毙得啦。”

两土改工作队员好像已达到了目的，布告去哪儿张贴也无所谓了。

祖母根本不相信父亲死了，预感告诉她他还活着，就蛰伏在她看不见的某处山林，像他难产的妻儿，随时都可能被死神擒拿。她还荒唐地认为，只要这边母子平安，父亲那边也就能化险为夷了。她不断用自己的信念去鼓舞儿媳，在经历了三天两夜之后，最终产下了他。果然就在他刚满三个月的那天，村里来了个神秘的货郎，他借去祖母家讨水喝时悄悄告诉这对婆媳，那次围剿真正被解放军打死的人是方五少爷，父亲只不过受了伤，现已经复出，托他来给家里捎个信儿。母亲也要货郎转告父亲，他已经有了儿子，是真正的父亲了！她想父亲知道了定会十分高兴，他曾经不止一次，埋怨她是头怀不上崽的母牛哩。货郎走时丢下很多钱，顺便送了大量玩具，其中有至少不下于八种形状的货郎鼓，摇一摇都很响。

第二十三章

等到他会尽情地玩耍那些玩具时，父亲在那边也已死灰复燃，匪焰比之前更要嚣张。不断有暴行传到里镇，父亲的匪帮在何时何地袭击了某某乡镇人民政府，血洗了某处村庄，残杀解放军战士、土改工作队员、民兵和土改积极分子有多少多少。虽然多有夸大，甚至以讹传讹，但也有多经证实的。每逢听到这样的消息，祖母和母亲都要在心里诅咒父亲，骂他比当年的祖父还要残忍，自然更加日夜为他担受着惊吓，盼他平安。

那年夏天很久没有父亲的消息。突然在一天深夜，祖母却分明听见他夜行的脚步，沾着露与月色，由什么地方向这边跌跌撞撞地走来。到天快亮时这声音才消失，像鬼倏忽地又隐没在坟墓。祖母疑心耳朵出了差错，谁知隔宿更静，那声音依旧传来，而且比昨晚更要清晰，有时还能听到他腿被绊了，或是一脚踏空，但不管怎样，都在遥远地迎着家的方向奔来。如是几经昼夜，直到这晚鸡叫过三遍，祖母才听见好像有只乌鸦从江边飞来，无声地歇落在院子里。——后来母亲告诉祖母，正是在那一刻，刚才还在自己怀里拼足劲儿吃奶的她小孙儿，一下就吐出奶头，小耳朵像机警的兔子一样竖着，这是他出生以来的第一次谛听。而这时祖母正好推门进来，神情诡异地向母亲使眼色，要她赶紧放下孩子，这就到外面去看看。

父亲就这样回家了。灯影下的父亲，让屋里的两个女人都不敢相认！他又黑又瘦，头发胡子茅草般乱蓬蓬的，额上那条醒目的刀疤，像被更深地嵌进肉里，隐隐能望见刀锋留下的锈迹，人亦疲惫不堪，像精神崩溃了似的。祖母和母亲忍不住掩面哭泣，而父亲也就在灯光和女人的眼泪中，慢慢露出了轻松的笑容。忽然他起身擎着灯盏，去了他和母亲的卧室。他不会知道父亲那晚都对他有过怎样的关注，倒是从小到大总爱做这样的梦：自己变成婴儿躺在床上，睁眼瞅见一位他似熟悉又陌生的男人，胡子拉碴，正举灯将他久久凝望，然后俯下身去，用手指轻触他晶亮的鼻翼，用脸去贴他粉红的小脸……他总是在这当儿醒来，感觉脸颊刺痒，好像就在刚才，他还真的被梦中那男人的胡子扎过了。

之后父亲便像刚从地狱里放出的饿鬼，拼命要吃要喝。吃饱喝足了，父亲对母亲说，天一亮你就去城里告诉二叔，就说我在家里等他，话没说完嘴里就发出鼾声，倒头呼呼大睡了。再之后便是第三天早晨，母亲领着二叔回到家中，把仍在昏睡的父亲从床上推醒。

——父亲就这样暴露了！没有人知道他为什么会脱离自己的匪帮。也许是山穷水尽，新生政权稳定了政局，各地的大小股匪已基本肃清，一度被地主和袍哥掌控的乡村更绝少叛乱。而他更愿意相信那是因为一件神圣的器物——木铎！要不然，父亲也就不会回家自戕，活着走出山林了！他曾将那把日军军官使用过的手枪，嚓一声对准了自己的脑门，然而就在这一刻，木质的枪柄让他感受到了无限温暖，这温暖又让他蓦地想到了木铎。子弹上膛时的那声响，也不像发自金属，而是如他某次用槌在铎身上的一记轻敲。他突然强烈地怀念木铎，更想回家去看看儿子——自从那个土匪装扮的货郎到过他们家之后，他才知道自己已为人父！儿子和木铎，那时竟会成为割舍不去的牵挂，是生命中最后的留恋。

现在他只想尽快回到家中，看看祖母和母亲，亲亲他未曾谋过面的儿子，最好再做一次铎人，敲最后一遍木铎，为里村李氏宗祠，为村前那条著名的大河，为由这大河孕育的曾经宁静古老的乡村和乡村秩序！

于是在这天上午，里村的族人们又听到了他们久违的铎声。那时人都像中了邪似的，纷纷走出家门，呼啦啦地跟随在父亲身后。父亲且敲且行，在村前村后，在祠堂周围，然后朝着向江边倾斜出去的田野。嘴里喊出的也不是什么铎令，而是二先生补充的《里村李氏祖训•新条》。

凡我族人，必恭行本分。磊落耿介，正大光明。

凡我族人，必善根贞固。吾族吾类，生而平等。

凡我族人，必各安良心。神明敬畏，懿德懿行。

凡我族人，必守性中和。谦谦君子，和乐天真。

凡我族人，必自主头脑。不任盲从，凡事思考。

……

族人们跟着唱诵，像在唱一首行将衰绝的挽歌，感动得每个人都想放声哭号。在满载着如此悲壮压抑的铎声中，里村的田园、村舍和溪流，再不会像从前每当铎声响起，便如亘古的经典一页页打开，而是像在拼命地挤压收缩，看上去迷惘而又惶惶不安。惟有那条长远的、宽阔的、著名的大河，静水深下，犹自稳重。

第二十三章

二叔没有加入到追随者的行列。父亲敲罢木铎回来，兄弟俩就关起门说话。谁也不知道他俩谈话的内容。外面的人全都屏声敛息，神情凝重。许久后二叔走出了那间小屋，将身后的门轻轻掩上。也正在这时，从屋里传出了一记沉闷决然的枪声，接着便有什么重物訇然倒下了。

据说那天他刚满周岁，依然死抱着那根檐柱，眼睛一动不动。蓦地就被枪声惊吓，他并未被吓哭，而是出乎意料地喊出了自降生以来的第一个字：

“爹！”

这声喊带来的震撼，远远超过了枪声，因为他发现不但祖母和母亲，连所有的人都惊奇地望着他。他不知道正是他不满三周岁前的这一声喊，从此打碎了长期徘徊在这个家族中的一个挥之不去的梦魇，结束了一段荒唐的宿命！他离开了那根檐柱，在族人们的注视中，蹒跚地走向那间因蜂媒蝶使才有了他的此刻正弥漫着硝烟与血腥气的小屋……

他在编写谱书的过程中，从祖母、七公和宽叔等那里收集到的种种传闻不知有多少真实可依。更何况还有不少是来自祖母在夜间的自说自话，尚不知在醒在梦。当然，他也无须去辨伪存真，因为这本来就不是历史！

既然如此，那么有关他们家族的林林总总，尤其发生在现、当代的那些人和事，也就尽可以不必较真，甚或忽略不计，权当是祖母和七公、宽叔他们的无事闲聊，姑妄言之，且姑妄听之罢了。

谱书编印出来，他尽快各户分送。那时，电站已经竣工，阖族按政府选址，正准备迅速搬迁。里村和里村的历史，很快将结束在这深处变革的八十年代，淹没于泽国汪洋之中了。届时族人们将带着他编写的谱书上路，像很多年前入川的一世祖夫妇，到一块陌生的土地去生息繁衍，骸骨安葬一样，年代一久，他乡就成故乡了。

这样想时，他不禁心生悲凉，好在有这本谱书，他们的儿孙将来无论走到哪里，也都能记住这个家族的历史，知道自己从哪里来，到哪里去，聊自欣慰吧。感觉也算做下些功德，终不曾辜负二先生梦中相托了。

然而，在距离搬迁期限的最后一天，祖母死了！晚饭时她还吃了满碗煎蛋面条，夜里也还一贯地自说自话，似乎又还骂了声骚小白兔儿，还尾音上扬。又何况半年前，她嘴里竟长出了满口新牙，满头白发也突然在一夜间变成青丝。他不相信祖母就这样走了，好像要必须赶在搬迁之前终老旧屋！她死后面色安详，似正合心愿，十分满足。

在整理祖母遗物时，他又见到了那口木箱，古老的，用铜锁锁着，很多年不曾开启，上面积满了灰尘。记得直到史无前例的“文革”结束后恢复高考，他作为里村的第一个大学生在离家之前，也常去箱里寻找东西，期望会有新的发现，结果每次都只找到一堆祖母穿戴过的衣帽鞋袜，于是从此就再不肯去翻动它了。此刻他更无心翻检，不想却听到咔嚓一声，铜锁自行弹跳，箱盖打开了！

他惊诧了半晌，这才俯看箱中，发现了一件他从未见到过的器物，造型像一面腰鼓，只是中间楔入了一把尺多长的手柄，旁边放着支木槌，比打腰鼓的粗了许多。那时他凭直觉，坚信这东西就是在父亲自戕后神秘失踪，从此再不曾出现过的木铎！他拿在手里仔细观看，铎身是一块挖空了的整木，材质是他小时候见到过的建造祠堂的马桑。铎的内部中心，镶嵌着一小块由弹簧支撑的铜片，像鹦鹉的舌头。他用槌敲击，铜片便随了手的轻重缓急，上下左右，转动自如。金与木相生共鸣，发出铎人想要的声音，表达铎人想表达的情绪。铎身经常被敲打的地方，黝黝锃亮，尤其铎槌手握处，一抹肉色掌纹，简直就似羊脂玉。他深知那上面浸润着他们家四代铎人的血脉声息，此刻再经他手握，好像更多了某种非同寻常的意义！

但他还不敢肯定这真的就是木铎！他欲出门去问见过它的七公和宽叔，才猛想起村庄已成空窠，族人们都搬迁走了。

他这就敲响了木铎。心想他应该算是他们家的第五代铎人了！铎声朝一家家响去，却发现他编写的谱书，大多没被人带走，更有的被裁成散页，随地委弃，风把它们吹到空中，像一张张飞舞的纸钱。

他孤零零地，愣了一会儿，再次举起了手中的铎槌。这次铎声一响，心开始锐痛。

二○○六年七月至二○○八年八月初稿

二○○九年二月改于凌云山

十二月改毕

图书在版编目（CIP）数据

木铎/李一清著. -北京:作家出版社, 2011. 1
ISBN 978-7-5063-5483-7

Ⅰ.①木… Ⅱ.①李… Ⅲ.①长篇小说-中国-当代
Ⅳ.①I247.5

中国版本图书馆CIP数据核字（2010）第140810号

木 铎

作　　者：李一清
责任编辑：懿　翎
装帧设计：牡丹平面
出版发行：作家出版社
社　　址：北京农展馆南里10号　邮码：100125
电话传真：86-10-65930756（出版发行部）
86-10-65004079（总编室）
86-10-65015116（邮购部）
E-mail：zuojia@zuojia.net.cn
http://www.zuojia.net.cn
印刷：紫恒印装有限公司
成品尺寸：152×230
字数：230千
印张：18.25
版次：2011年1月第1版
印次：2011年1月第1次印刷
ISBN 978-7-5063-5483-7
定价：33.00元